从红月开始 2

Since the Red Moon Appeared

黑山老鬼
著

北京联合出版公司
Beijing United Publishing Co.,Ltd.

图书在版编目（CIP）数据

从红月开始. 2 / 黑山老鬼著. — 北京：北京联合出版公司，2024.1（2025.5重印）
ISBN 978-7-5596-6899-8

Ⅰ. ①从… Ⅱ. ①黑… Ⅲ. ①幻想小说—中国—当代
Ⅳ. ①I247.5

中国国家版本馆CIP数据核字(2023)第215185号

从红月开始. 2

作　　者：黑山老鬼　　出 品 人：赵红仕
责任编辑：管　文　　特约编辑：王周林
产品经理：张建鑫　　美术编辑：任尚洁
封面设计：别境Lab　　封面插画：Cakypa

北京联合出版公司出版
（北京市西城区德外大街83号楼9层　100088）
联合读创（北京）文化传媒有限公司发行
天津中印联印务有限公司印刷　新华书店经销
字数 304千字　710毫米×1000毫米　1/16　19.5印张
2024年1月第1版　2025年5月第5次印刷
ISBN 978-7-5596-6899-8
定价：49.80元

公元前3年，汉哀帝时期，天下大旱。函谷关以东地区出现神秘事件，百姓集体陷入恐慌，弃田掷锄，皆手持禾秆或麻秆，称其为西王母之筹策，须递于皇宫。他们或披头散发，或赤臂光脚，晓宿夜行，奔波于路野田间，相互传递。各地官府或抓或压或打，意图阻止，却无济于事。数千禾秆、麻秆经历二十六郡、国，最终送入京师，放在汉哀帝面前。

此后，百姓皆在巷弄田间歌舞诵经，祭祀西王母，直至年秋，方大梦初醒。（见于《汉书》《资治通鉴》等。）

1518年，欧洲法国斯特拉斯堡爆发“跳舞瘟疫”。初时有一女子忽于大街上起舞狂欢，引人驻足。后陆续有人加入，随之跳舞，经夜不休。一天后，舞者达到三十四人；三天后，舞者达四百余人。当地官员请来医者问询，却无策可施。甚至有多名医者及士兵加入舞蹈，跳舞数日，累死方休。一个月后，一城之人有近半死于疯狂舞蹈。

1960年，美国马萨诸塞州发生稻草人事件。新英格兰高地麦田中出现一具稻草人，制成者不详。凡看到稻草人眼睛之人，皆木立当场，形容呆滞，身体僵直。看到僵立之人者同样出现类似症状。一日之内，此情形蔓延整个州市，后出动州警、军队，结果不详。

2005年，东京涩谷区一中学之学生午休时集体梦见红眼蜘蛛，引发恐慌。后学生开始出现肢体扭曲、眉眼歪斜、手脚纠缠等症状。专家了解后称此现象为群体性癔症引发的肌体痉挛。翌日，学校发生煤气爆炸，摧毁多栋学舍，伤亡不详，幸存者不详！

2030年，红月亮事件发生！

前情提要

陆辛，一个疑似患有人格分裂症的普通青年，被破格招募进特殊污染清理部。

陆辛还是新人，就接连遭遇人形果实树事件、无头骑士案、血色玫瑰事件、集体哭墙事件、精神污染炸弹危机，每场战斗均是以身犯险、九死一生。他在战斗中的惊人表现，令特清部视其为有力武器，又十分忌惮他深不可测的能力。

疯狂的怪物，扭曲的疯子，敌人的阴谋，失落的记忆……跟随陆辛，战斗继续！

目录

C O N T E N T S

第一章

家庭会议

“支援小组入场！”通信频道里响起韩冰的声音。她压下心里的诸多疑惑，知道此刻处理南墙下的混乱战场才是重中之重。

清醒过来的人越来越多，他们看着周围那躺得密密麻麻的尸体，不明白自己为何会莫名其妙地出现在这里。恐慌的情绪蔓延开来，有人大哭，有人尖叫，有人乱跑。

如果不管他们，情况将非常危险——即使作为污染源头的精神怪物已被解决，仍要提防这些被污染者身上潜在的污染风险。况且，他们之前都被“哭泣的小男孩”控制过，精神不知道受了多少损伤，可能需要接受治疗。按照青港城特殊污染清理部的规定，他们需要被集中起来，进行隔离观察，直到确定没有任何问题才能恢复自由。

这已经不是陆辛的工作范畴了，他终于能舒一口气。

“大家不要慌！你们刚刚经历的是一场大规模食物中毒事件，现在主城正在调集医护人员过来！大家克制一下情绪，留在原地，不要乱跑！如果你们乱跑，医护人员待会儿找不到你们，后果自己承担！友情提示：自己去医院治疗，诊费起码要几百块！……”赶过来的两支巡城军小队用大喇叭不断喊着话。凭他们的人数，很难控制住现场这么多人，通过大喇叭喊话的效果出奇好，现场虽然仍有人在大哭大闹，但乱跑的人很少了。

“这法子是谁想的啊？”陆辛坐在大坑旁边的石头上，感叹道。

他看向周围，只见随着两支巡城军小队入场，秩序已经逐渐恢复。不久，远处有军用车辆缓缓驶来。头顶之上，螺旋桨转动的声音震耳欲聋，雪亮的光圈从空中照射下来，有三架直升机落在附近，穿着厚厚防护服的支援小组成员鱼贯而出。

由于二号卫星城突发的特殊污染事件太多，城内支援小组的人手严重不足，这几个支援小组应该是从其他卫星城赶过来的。虽然人数不多，但他们的专业性同样毋庸置疑。

每次看到支援小组入场，陆辛心里都会产生一种奇妙的安全感，他那颗高高悬着的心终于放了下来。

他掏出一根皱巴巴的香烟，用手捋直，然后拿出刘经理送给他的打火机，将香烟点燃，缓缓吸了一口，再徐徐吐出一口烟。

“城里的污染都解决了吗？”耳机坏了，陆辛是用卫星电话和韩冰通话的。

韩冰的声音比之前放松了许多，她轻轻柔柔道：“差不多啦，根据从其他地方传回的情报，二号卫星城出现的四起大型特殊污染事件都得到了很好的控制，支援小组正在事发区域善后。另外，各个卫星城的调查小组也已经赶来，进行深度的排查。虽然大型特殊污染事件非常少见，但我们做过许多次演练，知道这种情况该怎么处理，再加上另外四个卫星城，甚至主城都抽派力量来支援了，所以善后工作正在有序进行。”

陆辛轻轻“嗯”了一声，将烟掐灭，重新放回烟盒里。他转头向周围看去，只见支援小组的成员们已经扯起了长长的警戒线，将那些处于惊慌之中的幸存人士与满地的死尸分隔开。幸存者们渐渐安静下来，呆呆地聆听着大喇叭的声音。

死尸一侧，成员们正在检测还有无活人，同时拿着对讲机大声讲话。听到“货车”“铲车”之类的词语，陆辛心里不禁微微一颤。他转过头，不忍心再去看那遍地的死尸了。

他心想，他这也算是完成任务了吧？毕竟，他救下了一半以上的人。可是，死掉的那一半呢？他们静静地躺在那里，没有半点生机，就像一堆人形的废弃物。陆辛感觉心脏被什么东西刺痛了。

高墙边死去的人就已如此之多，再加上城里那些被玫瑰花控制的，被秦燃团伙的火力波及的，被城市混乱影响的……一共得有多少人失去了生命？

“所以，你们有头绪了吗？”陆辛深呼了一口气，低声询问电话里的韩冰，“这一场场的混乱，究竟是怎么来的？”

“正有专人在调查，还没有报告递交过来。”韩冰的声音微微沉了一下，“不过，从我们目前已知的情报来看，这件事一定与科技教会和城外的骑士团有关。我们可以肯定，除了抢走那幅油画，他们还有更深的阴谋，而且……他们很有可能已经得逞了！”

“为了一些不可告人的目的，他们居然害死了这么多人！”陆辛揉了一下自己的脸，问道，“这件事，总部会怎么处理？”

“特殊污染清理部的主要任务是清理污染，如今我们已经完成自己的工作了。”韩冰轻声道，“荒野骑士团是城防部那边负责对付的，我目前只知道他们派出了专业的追踪人员，据说已经锁定了破坏者，估计很快就会有结果了。

“单兵先生放心，有消息我会第一时间告诉你，我们都非常重视这件事。”韩冰的声音里带了点少有的凝重，“他们必须要对在这场混乱中无辜丧命的人负责！”

“对啊。”陆辛抬起头，看向城外殷红的天空。在他身边，妹妹也抬头看着同一片天空，眼睛微微发亮，不知在想什么。而妈妈早已不知去向。陆辛继续道：“死了这么多人，他们一定是要付出代价的，不论他们是谁，也不论他们来自哪里，又逃到了哪里！”

韩冰觉得陆辛的声音听上去不像在附和自己，而像在叙述已成定局的事实。她一下子沉默了，这样的陆辛让她有点担心。

“说得好！”陆辛的身边突然响起轻轻的鼓掌声和笑声，是不知何时回来了的妈妈，她的笑容优雅而迷人，“今天工作完，记得早点回家哦！你父亲正在发火，好大的火。我想，我们要考虑开一次家庭会议了。”

“单兵先生，我已经接到了通知，二号卫星城各处的特殊污染事件都已得到了控制，而且在初步排查的过程中没有发现隐藏的威胁。现在你可以先回去休息一下，有问题我会通知你。”一个小时后，韩冰给陆辛打来了电话。

这时，南墙之下的幸存者已经在支援小组的引领下离开荒地，前往附近一个临时搭建起来的隔离区接受治疗与观察。那些尸体也被放入了临时搭建的、封闭性极好的黑色帐篷。

越来越多的支援小组成员带着各种物资赶来，陆辛注意到，停在附近的军用卡车已经有十几辆了。有几个人从其中一辆车上抬下来一捆捆厚厚的黑色玻璃纤维口袋，那是可以防止精神污染扩散的特殊收容袋。

协助支援小组处理完现场事宜后，壁虎来到陆辛面前。

“走吧，兄弟！先回去休息一会儿！”壁虎想必也收到了铁翠的通知，他微微扬了扬头，陆辛顺着方向看过去，只见不远处停着一辆吉普车，似乎在等待他们上车。

陆辛点了一下头，对卫星电话里的韩冰说道：“我知道了，谢谢你！”

韩冰轻声道：“单兵先生，应该是我替青港城的人谢谢你，是你保护了我们这样的普通人。如果没有你，这起事件真不知道会演变成什么样。”

陆辛真诚道：“没有你帮我，我也做不到这些事。”

“没有没有！”韩冰忙道，“我能帮的只有一点点小忙，单兵先生才是真的厉害！”

“你也很厉害的……”

“不不不，我感觉自己好笨，都没能帮到单兵先生太多……”

这两人的对话壁虎在旁边都听愣了。他抽完一支烟，看到陆辛终于挂了电话，忍不住问道：“你们每次都是这样交流的？”

陆辛好奇道：“当然，有什么不对吗？”

“当然不对了！”壁虎道，“你看我和琳达，聊天的时候多亲密，这才是自己人嘛！”

陆辛仔细回忆了一下，心想：那叫亲密？

“你这样聊天是不行的！”壁虎一副“我是过来人”的样子，感慨道，“一直这么客气，啥时候才能把她变成自己人？”

陆辛怔了一下，道：“为什么要把她变成自己人？”

“嗯——”壁虎深深地看了陆辛一眼，“这个问题我起码得再过半年才能详细跟你聊。”

两人一边说着，一边坐上了吉普车。车子向警卫厅驶去时，陆辛还在想，什么样的事情非得要半年后才能详细告诉他？

过了一会儿，壁虎好像已经忍不住了，鬼鬼祟祟地向陆辛道：“兄弟，有一件事我可以提前告诉你，你那个专线小秘书的底细，我帮你打听出来了。据说她长得特别漂亮，是信息分析小组的一枝花！”

陆辛反应了一下才意识到他说的是韩冰，他解释道：“她不是我的秘书，没准儿级别比我高呢。你是怎么打听出来的？”

“从琳达那里问出来的呀！”壁虎道，“琳达自己的事藏得严实，但说起别人来还挺大方的。”

陆辛心想，铁翠已经把自己孩子多大都告诉壁虎了，也不算藏得很严实……

壁虎才不管这些，他嘿嘿一笑，兴奋道：“我帮了你，你是不是也得帮我一个忙？”

“什么？”

“从小韩冰那里帮我打听琳达的消息啊！比如我最关心的一个问题——”

陆辛明白过来，打断道：“她有没有孩子？”

“不！”壁虎摇头道，“我更关心她是不是真的有三百斤。”

“……”陆辛沉默了一下才回道，“好吧，我尽量。”

陆辛与壁虎回到警卫厅时，大厅里空空荡荡的，只有两个值班的人，估计绝大多数人手都被调去维持秩序了。虽然几起特殊污染事件都得到了控制，但被污染者那么多，城内肯定乱作了一团，恢复秩序工作压力巨大。

二人来到四楼会议室，一眼就看见桌上有一个超级大的糖果盘，盘子里装着种类超级丰富的五颜六色的糖果，陆辛觉得这一定是陈菁下令准备的。

“两位今天晚上辛苦了！”一位穿着白色防护服的工作人员走了进来，拿着两份文件，“依惯例，请两位填写一下检测报告。”他笑着将两份文件分别递给陆辛与壁虎，“之后你们就可以休息了，警卫厅给你们准备了卧房。如果你们想用餐的话，这里也有准备。不过，为了防止有突发事件需要两位帮忙，在得到通知之前，还要辛苦两位暂时在这里值守。”

“好，先给我们准备点吃的。我要啤酒、泡面——没过期的那种，再煎块大牛排……”壁虎毫不客气道，又看向陆辛，“你要什么？”

还能点菜的？陆辛有些惊讶，他之前都是人家给什么就吃什么的。

壁虎见陆辛不回答，就大手一挥，替他做了主：“给他整份肉多的、贵的。”

陆辛顿时觉得壁虎这个兄弟还是不错的。

仔细说完了要求，壁虎才问道：“其他人呢？”

“局势稳定后，其他卫星城与主城的特别行动组成员已经离开了。”工作人员道，“这次的事情惹得所有部门人心惶惶，各城的行政厅也希望有精神能力者坐镇。”

“好了，知道了，去准备吃的吧！”壁虎笑着摆了摆手，然后在一张会议室专用椅上坐了下来，两条长腿搭在会议桌上，开始随意地勾选文件上的选项，这种“例行公事”他显然已经驾轻就熟了。

这种文件陆辛之前填过一次，大概知道都是什么内容，不过这次他还是认真地阅读和填写着。

“这玩意儿好填！”壁虎随意地划拉了几笔，向陆辛道，“不过，后面的工作报告你准备怎么写？”

“我不是已经告诉你事情的经过了吗？就按之前说的写。”陆辛看了壁虎一眼，漫不经心地回答。

陆辛留意到，壁虎微微皱了一下眉头，但旋即笑着道：“我支持你。”

陆辛故作轻松地笑了笑，道：“谢谢。”他看得出来，其实壁虎现在很警惕他！而且这一路上壁虎都在不停地讲笑话，努力活跃气氛。

陆辛清楚地知道壁虎为什么警惕他。

为了解决那只人脸缝合怪，陆辛将力量借给了妹妹，所以妹妹发挥出了比以前更恐怖的实力，尤其是，她居然可以污染那只精神怪物，这件事就连陆辛自己都有些吃惊。

相信现在有很多人比他还吃惊。在执行任务时，他们很快便答应了他的条件——撤出现场且不做窥视，但这并不代表他们事后不会追根究底。如今他们一定很想知道他究竟是怎么解决掉那只精神怪物的，只不过，他们忌惮他强大的力量，担心他一言不合就爆发，所以不会急着探究这一问题。现在的局面越平静，越代表着暗流汹涌，有很多人在紧张。说不定，壁虎如今和他在一起，也是因为有人让他看着他。

对于这些事，陆辛心里一清二楚，也很理解，但他并不打算说破。一是因为他觉得大家保持这种默契挺好的；二是因为他心里的疑问也很多，想自己先搞明白再考虑别的。

“哥哥，你打算什么时候回家？”一阵清凉的风从会议室开着的窗户刮了进来，陆辛看到妹妹挂在窗外的电线上，表情幽怨。

陆辛露出疑惑的表情，他以为妹妹已经跟着妈妈回去了。

“那个老怪物在发脾气，我现在不敢回去……”妹妹倒吊在电线上，随着风忽左忽右地慢慢荡着。

“你也有怕的时候啊！”陆辛心想。不过他还是心疼妹妹，便点了一下头，偷偷指指壁虎，用口型道：“待会儿我带你回去。”说着，他抓了一大把糖果塞进口袋，对她笑了笑。妹妹这次帮了大忙，要奖励的！

警卫厅准备的夜宵非常丰盛，有煎得肥嫩多汁的牛排、烤得金黄软嫩的整鸡，以及切成片的香肠，居然还有两碗包得很小巧的馄饨，以及几道腌得很入味的小菜。在壁虎的特别要求下，还给他们准备了几瓶啤酒。因为啤酒保质期较短，所以灾变之后，啤酒变得比白酒更稀罕了。

大部分卫星城里的酒鬼只能靠那些开荒队带回来的，或是小作坊里生产出来的劣质白酒度日。好在青港城本来就有完整的啤酒与白酒生产线，如今已经在主城复工。一些好的白酒已经可以生产出来了，啤酒也开始大量投放市场，甚至和城外的一些势力做起了生意。当然了，就算如此，能够在卫星城喝到新鲜的啤酒，也算是一件奢侈的事情。

“我今天要回家一趟。”吃完夜宵之后，陆辛向壁虎说道。妈妈离开时跟他说要召开家庭会议，陆辛已经答应了，他感觉这场会议很重要。而且，他自己其实也有些话想说。

壁虎听到这句话，脸色微微一变，似乎不想让陆辛离开。陆辛心里的猜测好像得到了证实，看样子，壁虎确实接到了命令，要尽量让他留在警卫厅里。

迎着陆辛平静的目光，壁虎没有强留他，而是笑道：“想回就回啊。我们这次立了这么大的功，上面难不成还能把我们绑在这儿？我跟你一起回去怎么样？上次就想去你家坐坐来着。”

“这个……”陆辛有些无奈地看着壁虎，认真道，“活着有什么不好？”

“啥？”壁虎闻言，瞳孔都放大了，冷汗顺着后背渗出。

陆辛见他表情僵硬，忙抱歉地笑道：“我跟你开个玩笑！”

“哈哈……”壁虎干笑了两声，然后严肃道，“以后这种玩笑少开，挺吓人的。你知道，我这个人最严肃了，从来不跟人开玩笑。”

“……”陆辛勉强点了一下头，然后道，“这次就不邀请你去我家了，你在这里替我值一会儿班，如果真有什么事也可以打我电话。我应该不需要太长时间就可以赶回来了。”

“这样的话……”壁虎听了，只好点了点头，“可以，你去你的。”

陆辛略略收拾了一下东西，便走出了警卫厅。他本来打算去坐地铁，但如今时间已经这么晚了，想必地铁早就停运了。他略一停顿，看到送他和壁虎过来的那辆吉普车还停在门口，便径直走了过去，打开车门上了车。等妹妹坐在了自己身边，他才向驾驶座上的司机说道：“送我去一趟月亮台。”

司机没有说什么，只是点了点头，便发动了引擎。这位司机是一个看起来沉默寡言的男子，四十岁上下，壁虎与陆辛上一次完成任务后，也是他接送的。看得出来，他的职责应该就是在这种要紧的时候，专门为精神能力者服务。

吉普车启动后，陆辛发现，有几个人急匆匆地从警卫厅里跑了出来，其中一个正是那位穿着白色防护服的工作人员。他们有些焦急地向吉普车看来，但最终并没有出声阻止。

随着吉普车驶入下一个路口，后面亮起了几盏可疑的车灯。此时是深夜，时间接近黎明时分，城里又刚出现过一场大混乱，因此路上车辆极少，那几辆车便异常显眼。不论它们做不做掩饰，陆辛都知道它们在跟着自己。周围黑洞洞的阴影里，也好像有几双眼睛正在看着他。

陆辛静静地坐在后座上，微低着头。妹妹坐在陆辛旁边，脸贴着玻璃窗，瞪大眼睛凝视着窗外的黑暗。陆辛心想，要是那些通过望远镜或夜视仪看着他的人知道他的身边也有一个诡异的女孩正盯着他们，他们会做何感想呢？

陆辛微微叹了一口气。他能够理解这些人对自己的好奇与警惕，但他不喜欢被盯着。况且，如今他是打算回家开家庭会议，他担心这些人对自己的跟踪和监视过了线，会惹怒了心情本来就不好的父亲。

所以，他思索了一会儿之后，直接拿出卫星电话，拨了个号码。

陈菁的声音很快便响了起来：“什么事？”

“我这边的事情已经处理得差不多了……”陆辛沉吟着，慢慢说道，“现在我打算回家一趟。”

陈菁道：“那回去就是了，这种事不必跟我汇报。”

陆辛停顿了一下，道：“可是有很多人在跟着我，我不太喜欢这样。”

陈菁沉默了一会儿，道：“我明白了，等我安排一下。”

电话挂断了，陆辛静静地等着。司机通过后视镜看了一眼陆辛，似乎没想到他会用这么直接的方法解决跟踪的事。

不知道陈菁做了什么样的安排，跟在吉普车后面的几辆车很快便消失了，那种被暗中的目光盯着，有些心烦意乱的感觉也消失了。

卫星电话响了起来，陆辛接通之后，陈菁平静地开口：“跟踪你的人不是总部安排的，不过我已经让他们尽数撤回了，你暂时不必再烦恼这种事，甚至可以——喂！你手稳一点！没见过女人的肠子吗？”

陆辛刚想答话，被陈菁这突如其来的一句话打断，下意识问道：“你在做什么？”

“我在做手术。”陈菁道，“被袭击时受了点伤，现在才有空处理一下。”

“……”陆辛愣了一下，道，“没事吧？”

“没事。”陈菁的语气满不在乎似的，“就是腹部开了个口子，伤到了内脏，缝合一下就没问题了。我已经用精神能力催眠了自己，不会感觉到疼痛。你的事情比较重要。这次你解决了人脸缝合怪，做得很好，但你处理得太好了，吓到了一些人。不过，不光是你，当初招募娃娃、酒鬼、壁虎，甚至一开始面对我，他们都有过这种反应。我们特殊污染清理部有自己的规章制度，你不用理会这些让人心烦的琐事。”

“好的，谢谢。你专心手术，保重。”陆辛挂断了电话。这时候他才想起自己也受了伤，低头看去，只见伤口早已结了痂，似乎快好了。

陆辛突然想到，陈菁是他的领导，她在动手术，他是不是该买点水果去慰问一下？

经过半个小时的行驶，吉普车停在了一栋老楼下面。陆辛下了车，然后透过车窗对司机道：“不用等我了，我等会儿自己回去。”

司机面无表情地点了点头，低声道：“知道了。”

陆辛也向司机点了点头，转身走向漆黑一片的老楼。他刚进楼，四楼靠左边的一个房间里便亮起了温馨的灯光。

司机默默地驾驶着车子向警卫厅驶去，在驶出一段路之后，他握着方向盘的手才忽然肉眼可见地颤抖起来，面无表情的脸上的肌肉也松弛下来，额头上隐隐有冷汗滴落。他用微微颤抖的手拿起耳机戴在耳朵上，频道里早有人在呼唤他。

“上面有命令，停止对单兵的监视。B3，听到没有？上面有命令，停止对单兵的监视！”

“听……听到了。”司机哑着嗓音开口，“刚才他就在我的车上，这是绝好的机会，为什么要停止？”

“是特别行动组的陈菁为他做了担保。”

“可是，不是说他现在的威胁等级达到了A级吗？”

频道里的声音消失了一会儿，然后道：“这也是为你们的安全考虑。上面刚刚得到了汇报，在这次清理任务中，有几个奉命调查他的人已经付出了代价，其中包括一位资深调查员、一名A级精英特工，甚至还有一位精神能力者。他们的死因……不详……”

司机下意识回头，看向那栋老楼所在的区域。良久，他忽然起了一身的鸡皮疙瘩，一脚油门，加速远离。

从进楼开始，陆辛就感觉到了一种别样的压抑。

楼道里黑漆漆的，没有一点声音，只有走廊末端的狭窗透进来一些月光，使得他可以分辨出楼里模糊的景象。空寂的房间整齐地立在楼道的两侧，如同一座座监牢，紧闭的房门与沾满了蛛网的走廊将这栋老楼装饰得没有一丝生气。偶尔能够看到老鼠窸窸窣窣地从楼梯口或房门下的破洞冲出来，它们转过头静静看一眼陆辛，然后又飞快地冲进黑暗角落里。

妹妹跟在陆辛后面，贴在楼道天花板上往前爬，口中咿咿呀呀地小声唱着歌，似乎心情很好：“小娃娃，呜呀呀，光着脚丫找妈妈，妈妈躲在床底下，我们不要告诉她！小娃娃，肚饿啦，躺在床上不说话，爸爸准备做晚饭，看着娃娃他笑啦！”

陆辛忍不住停下脚步道：“妹妹，你不要唱了。”

妹妹倒吊着身子，黑色的头发垂落下来，嘻嘻笑道："哥哥，你不喜欢吗？"

"对。"陆辛点头道，"你跑调太严重了！"

妹妹倒吊着的身体晃了晃，郁闷地闭上了嘴。他们已经走到家门口了，一丝光亮从门缝里挤了出来。在这栋冰冷空荡的老楼里，只有家里才有温暖的灯光。妹妹轻轻地跳了下来，趴在陆辛的背上。

"别怕。"陆辛轻轻安慰了妹妹一声，默默走到房门前，慢慢推开了门。陆辛知道妹妹不想进去，这说明父亲一定特别生气。

明亮的灯光照在脸上，不时微弱地闪动一下，陆辛感觉这灯光不像往常那样温馨了。他眯了一下眼睛，适应了屋里的灯光。他看到，客厅里乱七八糟的，就像经历了一场战争。所有家具和地板上都可以看到碎裂的痕迹，天花板上也有一道醒目的划痕，到处都是饱受摧残的迹象。

父亲身上系着围裙，正一言不发地坐在餐桌旁边唯一一张还算完好的椅子上。看到陆辛进来，他眼睛里的血丝更明显了。

妈妈正倚在墙边打电话，她笑着对电话里的人说："陈小姐，你在担心什么呢？没事的，只是城里进来了几个强盗而已，已经解决啦！我儿子就在相关部门工作呢！你相信我就好啦，别担心，好好休息。"

"啪！"父亲忽然重重抬起手，用力拍在桌子上，已经裂开的餐桌瞬间散架，噼里啪啦地堆在地上，巨大的声响刺激着客厅里每个人的神经。

"废物，都是废物，一群活该被人利用、被人害死的废物！"父亲愤怒地起身，眼睛里猩红一片，额头上青筋浮现，就好像有几条蛇在他的皮肤下面游动似的。

随着他愤怒地大叫，厨房里挂了一排的刀在轻轻地颤动，客厅里悬着的灯泡也微微地颤动着，灯光闪烁得更明显了，甚至整个房间都开始跟着颤动。到了最后，陆辛感觉这栋老楼好像也在微微晃动。

"嘶——"趴在陆辛背上的妹妹从他的脑袋后面探出小脸，向父亲低吼着。

"你说，你是不是废物？"父亲一边大叫着，一边向陆辛走过来，手指几乎要戳在陆辛脸上了。他对陆辛异常不满意，大声吼着："你在外面跑了一整夜，可你究竟做成了什么？你把那些人全都放跑了！你被人哄骗着，跑断了腿，却没落着一点好！"

陆辛沉默地看着父亲，站在原地不动，哪怕父亲的手指都快点到他脸上了，他也没动，甚至眼睛都没眨一下。

“行了行了，已经发了一天的火，还不消停！孩子这不是已经回来了吗？”妈妈挂断电话，轻盈地走了过来，微笑道，“现在一家人已经齐了，我们是不是应该开个家庭会议呢？”

父亲脸上的怒意未消，狠狠瞪向打断他说话的妈妈。

妈妈依然微笑着，看着他道：“还没打够吗？”

父亲的喘息声粗重了很多，牙关紧咬，额头上就像有蚯蚓在爬来爬去。

“妈妈说得有道理。”这时候，陆辛慢慢地开了口，平静地看着他们道，“确实该好好谈一谈了。”

听到他的话，父亲立刻转身瞪着他。

“就是嘛，一家人有什么话不能坐下来好好地说一说呢？”妈妈笑意吟吟，优雅地走到沙发旁，轻轻坐了下去。而陆辛则在看了父亲一眼之后，拉着妹妹坐在了沙发的另一端。他们都静静地等着父亲坐过来。

“哗啦！”父亲用力将餐桌旁边的破椅子扯了过来，重重地坐下，居高临下地看着沙发上的人。

客厅里的气氛十分压抑，一股无形的力量一直在积蓄着，似乎随时都会爆发。

“我觉得自己做得没错。”陆辛沉默了一会儿才说道，“我既然领着薪水，就该帮人家解决问题。就像以前的老院长说的：‘每个人都坚守好自己的岗位，这个社会才能正常运转。’另外，陈菁帮我保护了红月亮小学的人，我当然得替她保护卫星城的人。”

父亲听着这些话，一张脸以肉眼可见的速度涨红了。他的目光越来越凶恶，好像有火焰要从眼睛里喷出来似的：“到了现在，你还要说这种话？你保护了别人，谁又来保护我们？什么工作？什么岗位？那就是他们在利用你，全都是他们的借口！你以为他们会感激你吗？他们恨不得让你去死！你帮他们做了这么多事，但他们的第一反应便是提防你，跟踪你！所以，你该让他们死！不然，这个家里的所有人，所有人都会被你害死！”

陆辛有些头疼，父亲的话如同钢针一样刺入他的大脑，疯狂搅动着。他的耳膜嗡嗡作响，眼前的景象开始模糊失真。当父亲愤怒地吼叫时，陆辛整个人好像被卷入了一片混乱的潮水之中，有种莫名的压抑感，而这种感觉让他产生了一种奋力大吼一声，将所有东西全都打破的冲动。

父亲死死地盯着他，似乎在等他的回答。但他只是皱起眉头，没有说话，仿佛什么也听不到。

“他们全都死了，谁来给孩子发工资呢？”这时，妈妈笑吟吟地开了口。在灯光的照耀下，斜坐在沙发上的她既优雅又迷人。她一开口说话，陆辛终于稍稍平静下来。妈妈继续悠悠地说着：“所有人都死了，又有谁来维护这座城市的运转呢？空空荡荡的一座城会很有趣吗？”

父亲回答不上这个问题，他的喘息声又粗重了几分。

妈妈用漂亮的眼睛看着父亲，声音显得那么温柔而理性：“其实我们该讲道理的，既然我们做出了一些别人做不到的事情，那么怎么能把人家害怕的权利都剥夺了呢？不是每个人都像你一样不爱出门的，这个世界嘛，还是热闹一点好！”

父亲又死死地盯住妈妈，拳头捏得咔咔作响，手臂在隐隐变粗。妈妈依旧笑吟吟地看着他，目光没有一点闪避，甚至隐隐带了点挑衅。眼看着他们又要打起来了，陆辛的头更疼了。妈妈其实是打不过父亲的，但她每次都要挑衅。而且她明明有吓住父亲的手段，她却很少用，似乎只有在父亲真正威胁到他们时，她才会用。

不过，或许是因为在陆辛回来之前他们就已经狠狠打过一架了，此时父亲虽然很愤怒，却终究没有动手。

妈妈挑衅地看了父亲一会儿之后，便把温柔的目光重新落在了陆辛身上：“当然，妈妈是很讲道理的人，有一说一，你确实表现得软弱了一点。当那些人逃走的时候，你选择先救人，妈妈能理解，但刚才呢？”

陆辛听出了妈妈话里的意思，心里恍然大悟。难怪他们没有当着他的面打起来，原来此刻他们的态度其实是一样的。这让他有些感慨。他下意识看了看父亲、妈妈，还有瑟缩在自己身边的妹妹。他们是那么真实、生动，都有着独特的性格，而且都在用自己的方式替家人着想。

“如果不想被别人害死，那就只有在他们害你之前，先向他们下手！你要让他们明白，不该来招惹你！”父亲微微咬着牙，用血红的眼睛死死地盯着陆辛，缓缓说道。

“你已经是工作很多年的大孩子了，”妈妈也温柔地笑道，“有时候，太过心软可不是个好习惯哦！”

他们一个愤怒，一个温柔，都在极力说服陆辛，这让他下意识烦躁起来，心里有种抵触的情绪在滋长。

“哥哥没错！”妹妹忽然挺直身板，大叫了一声。她的声音非常大，同时用力抱紧陆辛的胳膊，好像他会忽然跑掉一样。

“咦？”妈妈有些意外地看向妹妹，然后便掩口轻轻笑了起来。她的目光静静地从妹妹脸上扫过，显得有些微妙。

但是妹妹并没有留意到妈妈的目光，她身体前倾，对父亲做出了凶狠的表情。

“死丫头，蠢丫头，你根本什么都不懂！”面对妹妹的顶撞，父亲变得越发暴怒，凶狠地大叫着。他一下子站起来，身材显得异常高大，客厅的吊灯被他的身子挡住，投下一道巨大的阴影。这道阴影笼罩住了陆辛和妹妹，随着吊灯晃动起来，阴影也不停地摇晃着。

“哥哥做的就是没错！”妹妹有些害怕地缩回陆辛身后，但还是小声嘀咕着。

“闭嘴！”父亲狠狠吼道，同时一点点靠近，身体好像在膨胀，投下的阴影越来越大。陆辛逆着光，只能看到一双血红色的眼睛。

“你不要吓唬妹妹了。”陆辛抱紧缩成一小团的妹妹，皱着眉头道。

扭曲而绷紧的青筋在父亲的皮肤下面不停滚动，但他并没有进一步的动作，只是死死瞪着挡住了妹妹的陆辛。良久，他声音低沉道：“那些人差一点就撕碎了你，差一点就用子弹将你打成了肉酱，然后他们一句话也不说，一走了之。难道你打算像以前一样不去计较，就让他们这么轻松地走了？”

对于父亲说的话，妈妈没有什么反应，她看着妹妹，突然开口道：“你哥哥当然没有错，他做得很对呢！我们现在要讨论的是以后该怎么办。虽然其他人都觉得，城外的那些人只是为了抢那幅画，但仔细想想，真的这么简单吗？如果他们只是为了抢那幅画，一开始为什么会有个精神改造人过来找你哥哥？为什么那枚炸弹引爆的地点偏偏在城南呢？安排在距离港口较近的地方，不是更方便吗？所以，我们要怎么办呢？”

妹妹出神地看着妈妈，不知道听没听懂这些话。

妈妈又笑道：“而且，城外很好玩哦，我们还没出过城呢……”

妹妹的眼睛突然亮了……

当妈妈轻松而愉快地跟妹妹说话时，陆辛一直静静地坐在沙发上，不知想到了什么，古怪的笑容爬到了他的脸上。他一抬头就看到了父亲血红色的双眼，以及妈妈优雅的微笑和妹妹好奇的表情。

"你们说得有道理啊！"他轻轻点了一下头，感叹道。

"你终于同意了？"父亲犹豫了一下才低低地问道。从他那张愤怒的脸上，似乎可以察觉到一丝兴奋，甚至是期待。

"应该说……"陆辛的脸在摇晃的灯光中忽明忽暗，"我回家之前就已经决定了。我来找你们，只是为了确认一下，你们会不会支持我。"

听到这话，父亲直直地盯着陆辛，嘴角缓缓向两边拉扯，变成了一个笑容。

客厅里的灯突然停止了闪烁，灯光安稳、均匀地洒在一家人身上，明亮且温暖。"你们看，有事好好商量，多好啊！"妈妈轻盈地站起来，笑着做会议总结，"就这么愉快地决定了，我们……去找他们吧！"

父亲异乎寻常地点了一下头。

妹妹抬头看向陆辛，似乎是在等他最终表态。

在妹妹期待的眼神中，陆辛也平静地点了一下头。他很喜欢通过这种"友好而愉快"的交流方式，达成一致意见。

第二章

逃走的实验室

镶嵌在墙壁里的一排排日光灯照耀着整条通道，光线明亮而不刺眼。

刚刚做完手术的陈菁将头发梳理得一丝不乱，穿着笔挺的西装和一双十厘米的高跟鞋，抱着一沓文件，咔嗒咔嗒地向通道尽头的办公室走去。

“陈大校！”办公室门口的两个警卫齐刷刷地向她行礼。

陈菁向他们点点头，左边的警卫替她打开了办公室的门。宽敞的办公室里，穿着一身白大褂的白教授正拿着放大镜研究桌子上的一份旧资料。在他身后的一块大白板上贴了许多照片和资料，离得老远就可以分辨出其中有法医拍摄的“秦燃”尸体解剖图，以及密密麻麻的分析报告。

“白教授，”陈菁反手关上门，将手里的文件放到桌子上，“许家父女的口供、他们搜集艺术品的所有地点，以及他们雇用的搜荒队的资料都在这里了。根据这些资料，我有理由怀疑，这场混乱的始作俑者可能早就埋伏在城里寻找那幅画了。”

她微微一顿，又道：“许潇潇曾提到，她看到那幅画后产生了私心，悄悄将它转移了。她做得很小心，连她父亲都不知道，其他人自然无法打探到这个消息。所以我猜测……”她微微蹙起眉头，虽然是在说着猜测的话，口吻却显得非常确定，“其实城外那些精神能力者早就知道这幅画流落到许潇潇手里了，只不过他们并没有从蚌埠港存放那批艺术品的仓库里找到这幅画，所以才蛰伏到现在。”

她从自己带来的文件里抽出一份材料推到白教授的面前，继续道：“城外那些精神能力者不知道许潇潇将画藏到了哪里，又没有办法直接进主城找到许潇潇，所以才在暗中等待机会。他们想必有自己的眼线，不然他们就无法得知许潇潇离开主城的具体时间了，也无法提前做准备伏击我们。我已经安排人去调查那家私下雇用单兵帮许潇潇治病的咨询公司了，毕竟，最有可能泄密的就是他们！”

听完陈菁的话，白教授慢慢直起身来，问了一个毫不相关的问题：“你伤势怎么样？”

陈菁怔了一下，然后道：“没问题！”

“还是要注意休息！”白教授道，“你可以用精神能力让自己感觉不到疼痛，不影响工作，但并不代表伤口不存在，它一样会对你的身体造成极大的负荷。精神能力者也是人，你不能把自己当成机器人一样使唤。”

“我现在还不能休息。”陈菁沉默了一下才道，“这次事件很严重，不搞清楚，我心里过不去。”

“其实事情的脉络已经很清楚了。”白教授替陈菁拉过一张椅子，示意她坐下，“041号特殊污染源——姑且称之为‘秦燃’吧——应该是一个很强大的精神能力者，从他对精神能力的熟练运用来看，他起码已经接近第二阶段了，不排除已进入第二阶段的可能。”说着，他看向白板上“秦燃”的照片，眼神里带了点欣赏，“这个人很大胆，同时又很谨慎。他对卫星城的防御情况非常了解，或许是因为他有很多在高墙城内生活的经历。也许他入城来只是为了抢那幅画，但他采取的种种手段实在是太高明、太有杀伤力了。他是个危险分子。”

陈菁的眉头紧紧皱在了一起：“若只是几个强盗还好办，如果是科技教会……”

“我倒不觉得这件事是科技教会的意志。”白教授摇了摇头，“从科技教会以往的行事风格来看，若真是他们在安排这一切，那么精神污染炸弹很可能不会只有这么一枚。我认为更符合逻辑的推测是，这个混进城里的骑士团从科技教会那里买来这种杀伤性武器，用来牵制我们的力量，阻碍我们对他们的追踪。当然，也不排除科技教会授意他们引爆这枚炸弹，借此获取炸弹的实验数据，或者向各方势力发出信号或示威的可能性。毕竟，从观测到的数据来看，那枚炸弹如果真的爆了，后果一定不堪设想，仅仅作为断后的工具，有点大材小用了。”

陈菁沉默了一会儿，低声说道：“是单兵的功劳……但沈部长那边居然还安排人监视单兵！”

“你了解老沈的想法，对他来说这很正常。其实我让你过来，也是想说说这个问题。”白教授笑了笑，“还是从这个神秘的骑士团说起。从调查的结果来看，他们做的很多事都有逻辑可循，唯独一点显得有些突兀。首先，根据残留样本的检测结果，我可以确定，之前那个精神改造人与在九江路袭击你们的属于同一类，极有可能出自同一位木偶系精神能力者之手。也就是说，不久前，这个骑士团安排了一个精神改造人潜入二号卫星城，试图接触单兵，但是被单兵给吓跑了。这就意味着，这个骑士团的人早就注意到单兵了。”说到这里，白教授微微一顿，问陈菁道，“你可知道为什么？”

陈菁细细回想了一下，然后道：“因为那个精神改造人是在红月亮小学附近跟踪上陆辛的，所以当时我就怀疑，他的目标不是陆辛就是红月亮小学，而他们都跟当年的红月亮孤儿院有关。于是我派人调查关于红月亮孤儿院的一切，但是之后忙于处理城里的特殊污染事件，又在手术台上花了点时间，没顾得上这件事。所以，对于他们为什么打孤儿院的主意，我还没有头绪。”

“看了这份文件，你就能略知一二了。”白教授将那份旧文件推到陈菁面前。

陈菁低头去看文件内容时，白教授解释道：“调查有所收获，在他们搜集整理的资料中，我发现了这份有意思的文件。”

看完那份文件，陈菁有些惊讶地抬起头看向白教授。

“你怀疑……”

“十三年前，月食研究院曾经有过分歧。”白教授道，“最终，一位实验室主任携带着一部分重要的资料与实验品离开了。此后很多年，月食研究院一直在寻找他，代号便是‘逃走的实验室’。这件事很多人都知道。”说到这里，他直起身来，郑重道，“我有理由怀疑，这就是骑士团的其中一个目的！”

一时间，陈菁默然无语，过了好一会儿才低声说道：“这份资料太单薄了，说明不了什么吧。”

“确实。”白教授点了一下头，道，“时间太过久远，而且有些东西好像被人刻意掩盖过，很难找到什么有力的证据了，我们也只能在现有资料的基础上进行合理的猜测而已。不过，如果当年那个孤儿院真的与‘逃走的实验室’有关，那么，现在起码还有一个人是知道真相的。”

陈菁猛地抬起头：“曾小鹿？”

白教授赞许道：“不错。如果你现在非要处理工作，那我建议你去调查这件事。至于城外的精神能力者是怎么偷运武器进来的，又是怎么得知主城许家父女的消息的，老沈处理起来比你更擅长，下手也比你狠，所以放心交给他就好。而有关这个孤儿院的事情，必须由你来处理，换作其他任何人都无法让我放心。”

陈菁思考了一瞬，问道：“原则或底线是什么？”

白教授笑道：“当你开始考虑给自己定原则或底线的时候，往往说明你心里已经慌了，做事反而会不周全。所以，我不打算给你定原则。你觉得应该怎么做，那就怎么做！这便是你该遵守的唯一原则。”

陈菁微一沉吟，点头道：“我明白了。”

二号卫星城突发混乱，所有人或多或少都受到了影响，但那所距离警卫厅不远的小学很好地避过了这场灾难。当陈菁的车子停在小学楼下时，甚至能隐隐听到孩子们念书的声音。

陈菁下了车，向值守的战士点了一下头，便径直顺着狭窄的楼梯走上楼。

才几天时间，这里的墙壁上就已经多了很多小孩子的涂鸦。不过，这些涂鸦好像被人改过，本来是歪歪扭扭的随意涂抹，一经修改变成了可爱的画作。陈菁擅长素描，她看得出来，改涂鸦的应该是个很温柔的人。

对于这位在单兵的档案里分量很重的小学校长，她的心里充满了好奇。同时，她也有些庆幸自己当初做出了将他们迁到这里保护起来的决定。虽然当时她只是想让单兵没有后顾之忧，安心地配合卫星城的排查工作，但现在，她意识到自己的决定在无形之中帮了大忙。若是她没有将小学迁过来，他们很可能已经出意外了。

陈菁走上三楼，只见楼梯拐角处有个穿着淡蓝色保安服的老大爷坐在马扎上看报纸。听到陈菁的脚步声，戴着老花镜的老大爷抬起头来，用探究的目光打量着她。

陈菁穿的是便装，但是她身材高挑纤细，一头短发干净利落，带着一种锋利的气质——很明显，她不像是会出现在这里的人。

陈菁知道，这人是红月亮小学的保安，小学迁过来时，他也跟着过来了。虽然这里的条件好了些，但是他的保安亭却没有了，他只能在楼梯拐角处待着。

“我是警卫厅的人，来找曾校长。”

老大爷闻言抖了抖报纸：“还没下课呢，等会儿。”

陈菁看了老大爷一眼，道：“好。”

然后两个人就谁也不说话了，一个拿着报纸继续看，一个静静地在楼梯口等着。

等了十几分钟，楼上传来了小孩子的嬉闹声。

陈菁踩着楼梯来到四楼，一眼就看到了一个膝盖上放着一摞课本、在小孩子的簇拥下慢慢滑着轮椅出来的女孩。她看起来与陆辛差不多大，扎着马尾，模样非常清纯可爱，举手投足间透露出温柔文静的性格，比照片上更讨人喜欢。

陈菁露出笑容，慢慢迎了上去：“你好，我叫陈菁，是陆辛的同事。”

“同事？”

小鹿老师抬头看着这个个子应该有一米七五还穿着高跟鞋的女人，神色讶然，脱口而出道：“你就是给他发那么多钱的人？”

陈菁没料到她的关注点在这里，她轻轻笑了一声，道：“他做的工作对得起这份报酬。”

小鹿老师忙点点头，似乎有些紧张：“你找我有什么事吗？”

陈菁坦然道：“有些以前的事情，想找你了解一下。”

小鹿老师沉默了一下，指了指斜对面的办公室：“你先去办公室等我一下，好不好？我得去放书本。”

“没事，我不着急。”陈菁轻声答应下来，径直来到斜对面的办公室里。

这间办公室约二十平方米大，陈设简陋，只放了一张办公桌和一把办公椅，角落里则堆着一些玩具。陈菁在办公椅上坐下来，随意地拿起办公桌上的作业本看了起来。这些本子上都是一些幼稚的话，但一笔一画写得非常认真。

“我长大了要做科学家，发明一种十只脚的鸡，让人天天都可以吃鸡腿……”

“我以后要造飞船，飞上天把月亮炸掉……”

“我以后要娶小鹿老师……”（红色批语：“老师不同意！”）

看了一会儿，陈菁的嘴角忍不住弯起一丝弧度：“这些小孩都这么有志气的吗？”

“不好意思，让你久等了。”小鹿老师推开门，缓缓滑动轮椅进来，带着歉意道，“你要喝茶吗？”

“不用麻烦了。”陈菁放下孩子们的作业本，站起来靠着办公桌，笑道，“我只是来找你随便聊聊。”

小鹿老师关上门，脸色郑重道：“你想问什么？”

“是有关陆辛的事。”陈菁坦然道，“你们是在同一家孤儿院长大的，对吧？”

小鹿老师点头道：“对，就是红月亮孤儿院。他是在十三岁左右离开的，不过他经常回来帮我。”她想了想，又笑道，“这个人好傻的，总是把他的工资交给我。有一次，我看到他冬天都舍不得买厚衣裳，却把攒的工资拿过来，让我给孩子们买衣服、买煤炭……说实话，如果没有他，可能这所小学早就办不下去了，我们……我们也可能已经饿死了吧！”

“他确实是一个很好的人。”陈菁笑了笑，“不过这次过来，我更想了解的是你们小时候在孤儿院长大的事情。”

“当初在孤儿院，他也是个很好的孩子……”小鹿老师的声音低了下去，过了一会儿，她微微抬头看向陈菁，“这有什么好问的？”

陈菁静静地打量了她一会儿，轻声道：“当年孤儿院出过事故，对吧？”

小鹿老师沉默了半晌，忽然警惕道：“你想知道什么？”

陈菁放缓语速道：“我只是想了解一下事故的一些细节，比如当时具体发生了什么，以及你和陆辛究竟是怎么——”

忽然，陈菁目光一凛，说到一半的话咽了回去——小鹿老师突然从衣裳里拿出一把枪，对准了自己的下巴。她抬头看着陈菁，眼睛里慢慢地涌出了泪水。陈菁见状，没有继续提问，只是挑了挑眉。

“我不知道你想知道什么！当年的事情，我什么都不知道！”小鹿老师的声音微微发颤，似乎很害怕，但她的态度却异常坚定，“我只知道，不能让你们伤害陆辛！我们现在的生活都很好……他是那么好的人，现在的一切都是他应得的！你们休想从我这里骗到什么，我不会允许你们伤害他！”她咬紧牙关，紧紧地握着枪，“我知道你们有很多奇怪的方法可以让我开口，但你们若是逼我，我宁愿……我宁愿打死自己！”

陈菁一动不动地看着小鹿老师，发现虽然她的手在颤抖，纤细的手指却毫不动摇地放在扳机上。如今整个卫星城都禁枪，也不知道这个坐轮椅的小学老师是从哪里搞来枪的。从上面的铁锈，可以看出这把枪已经很旧了。原来刚才她说要去放书本，其实是为了拿这把枪。

陈菁叹了一口气，缓缓摇头道：“这把枪没有保养过，是开不了的。”然后她缓缓转身，在旁边的作业本上写下一个号码，又道，“我不知道是什么让你对一切都充满警惕，不过我想对你说，你珍惜这种平静的生活，希望陆辛也能继续平静地生活下去，而我的工作正是守护这份来之不易的平静。”

“今天我的目的已经达到了，”陈菁撕下那页纸，然后转过身看着小鹿老师，“谢谢你用这种方式告诉我，陆辛是一个值得信任的人，甚至是值得你用性命去相信的人。这是我的号码，以后你有事可以直接打给我。”

听完陈菁的话，小鹿老师怔住了，一时不知该怎么回应。

陈菁直接从她身边经过，走向门口。快要出门时，她忽然转头笑道：“另外，我看到了楼下贴的单子，水电费该交了！看在陆辛的面子上，你私藏枪支的事情我可以帮你遮掩一下，但水电费和房租，你们还是要自己交的！”

第三章

黑水镇与木偶系精神能力者

陆辛接到韩冰的电话，是在第二天的中午时分。当时他正在警卫厅，那里的人仍然很少，几乎每一位警员都在外面奔波。

在来警卫厅的路上，陆辛注意到，社区广播、商场大楼外的显示屏和街道上的巡回宣传车正在不停地播报着对卫星城造成了巨大影响的“食物中毒”事件：“据调查，该事件是有人违规采集了荒野之中受污染的毒蘑菇所致。行政厅已经开放四个医疗区域，对中毒群众进行免费的隔离治疗……”

在新闻中，播报员一脸严肃地说道：“想要真正切实有效地提升青港城人民的物质生活，我们还有很长的路要走。据悉，行政厅将对涉事人员进行严厉的惩罚。”

陆辛之前想过，针对影响如此严重的特殊污染爆发事件，行政厅会如何处理？难道真的将精神污染事件的真相告知民众？毕竟此事影响甚广，不好掩藏。但他发现自己想复杂了。行政厅的处理方法居然出奇简单，而且很有效。虽然收尾工作旷日持久，但整体的社会氛围已渐渐趋于稳定。

“城防部与特殊污染清理部处理这样的事情很有经验。”电话里，韩冰轻声向陆辛解释道，“经历了科技教会侵扰四号卫星城的事件后，我们有了相关的应急准备。而这次危机无论是规模还是损失，都要比那次小很多。我现在通报一下这次大规模袭击事件的调查结果。城外那些精神能力者的袭击，被定名为‘8·18袭击事件’。此次事件中出现的两种类型的污染源，分别被定名为096号特殊污染源，代号‘血色玫瑰’，以及097号特殊污染源，代号‘哭泣的小男孩’。可以确定这两起特殊污染事件都是由精神能力者推动的，并非自然形成。从目前的检测数据来看，这两起事件都已得到了彻底的清理。”

陆辛更关心那些逃走的罪魁祸首怎么样了，忙问道：“然后呢？”

“接下来通报一下对那些袭击者的追踪情况。”韩冰轻声回应道，“那些袭击者夺了画，闯出高墙城后，一部分在城外巡守的侦察人员追了上去。因为当时城内大乱，牵扯住了太多武装人员的精力，因此没能及时派人支援。目前，有两位侦察人员和我们失去了联系，可能已经遭了敌人的毒手。如今，总部已经派出三支B级特遣小队对他们进行追踪了。但是，因为时间过去了太久，而且敌人表现出了极为专业的反追踪能力，所以……”

陆辛明白她指的是什么，所以没有打断，只是静静听着。

“无论特遣小队能否成功追踪到这些人，城防部都已经决定对他们进行通缉了。”韩冰又道，“任何袭击城内的行为，青港城都无法接受，联盟也无法接受！城防部已经在全联盟的范围内对他们展开悬赏通缉，希望通过联盟所有精神能力者的力量，抓捕到他们。”

陆辛忽然问道：“悬赏金是多少？”

韩冰微微一怔，道：“具体的悬赏通报还没出来，但初步估计应该在三百万以上。”

“三百万？！”陆辛吃了一惊。

“是的。”韩冰条理清晰地说，“这是对敌人的精神能力等级、背后势力，以及他们对二号卫星城造成的损害等进行综合评估给出来的数字。联盟经常利用悬赏通缉的手段抓捕犯罪分子，不同的悬赏金额意味着犯罪程度的不同。悬赏金额低于一万的，代表着被通缉的人违反了高墙城内的基本法律；一万到十万之间，说明高墙城十分不欢迎他们；十万到百万之间，表示高墙城对他们十分愤怒，必须严格落实惩戒；高于百万的，则代表着他们已经触及了高墙城的底线，高墙城一定会要他们的命！”她顿了一下，然后道，“当然，一般来说，百万以上级别的悬赏很少，因为金额设置得太高可能会弄巧成拙，引起不必要的麻烦。曾经有精神能力者被高额悬赏金所吸引，故意操纵他人犯下大错以换取赏金。悬赏通缉不可以成为生意！”

此时，陆辛只是默默地想着：那么多钱，很诱人啊……

韩冰解释完悬赏的事，又道：“还有一件事，是关于单兵先生的报酬的。

在这次混乱中，单兵先生解决了万众商场的096号特殊污染源，会得到处理二级污染源的报酬；而097号特殊污染源是三级污染源，可以得到处理三级污染源的报酬。再加上其他——”

经过这段时间的接触，她已经很了解陆辛在意什么了，所以在说到报酬时会尽可能详细一点。但是，陆辛忽然轻声开口打断了她：“这不重要。”

“那么……”韩冰似乎有些诧异——对单兵先生来说，报酬居然不重要了？她的声音紧张起来，“单兵先生若是有任何意见，都可以告诉我。”

“没有没有！”陆辛慌忙解释，“现在我急着去做另一件事，没有时间仔细对账单。所以，为了避免出纰漏啥的，我觉得还是等我回来之后再说报酬的事情吧……”

“另一件事？”韩冰好奇道，“什么事啊？”

“一件小事。”陆辛轻声道，“你刚才也说了，城防部对那些人的追踪效果不佳。但是那些人在城里惹了这么多事，不能这么轻易地放过他们。所以，我想向总部提个申请——出一趟差！”

韩冰诧异道：“你是去……”

“去找到那些人，把他们抓回来，就算抓不回来我也要让他们付出代价。”陆辛笑道，“毕竟他们弄出了这么多麻烦，害死了这么多人，不能就这么轻易地跑了，对吧？”

电话里的韩冰忽然沉默了，如果听筒这边是别的任何人，那么隔着电话应该也能感受到她此时的惊愕与紧张，尤其是这么惊世骇俗的话，陆辛却是用这么轻松的口气说出来的，更让她觉得……这个人，疯了！

“单……单兵先生……”韩冰再次张口时，声音结结巴巴的，“对……对荒野骑士团的追踪……是一件非常复杂且危险的事情，而且一般都是由城防部来负责的。况且，荒野之中有很多不确定性，高墙城内的技术支持、后勤支援难以跟进……单兵先生，这件事的难度有些……”

“没关系，”陆辛听出了韩冰的为难，解释道，“我不需要支援，只要上面同意就好。”

韩冰暗自倒吸了一口气：“你……你要独自去追踪他们？”

“这倒不是，”陆辛摇了一下头，轻轻笑着道，“我可不是一个人。”

“他要独自出去追踪那些精神能力者？”

青港城主城高级行政厅会议室里，针对这次袭击的问题总结会议正在召开中。

对青港城来说，这次会议有太多的问题要商讨，光是怎么稳定民众的情绪，就要讨论上大半天了。另外，对入城抢画的骑士团的追踪行动失败了。所以，青港城要面对的后续问题又多了一个，即要摸清那个骑士团的真正来历，调查清楚他们背后是否还有其他势力的影子。排查与修补青港主城与五个卫星城的防御漏洞也刻不容缓……

这本来是个冗长而烦琐的会议，与会者昏昏欲睡之际，一份特殊的申请报告使所有人瞬间清醒过来。

这份报告来自青港城特殊污染清理部驻二号卫星城特别行动组编外人员——单兵，申请内容是请求总部允许他出城追击那个袭击了二号卫星城的荒野骑士团。

在荒野骑士团搞得二号卫星城满城大乱后逃之夭夭，使得青港城上层为之震动的情况下，这份申请……似乎很“合理”！

“这是在胡闹吗？”城防部的沈部长忽然用力将申请报告砸在桌子上，“在这次袭击事件中，他暴露了很多我们之前完全不知道的秘密。如今，对他展开调查是刻不容缓的事情，他却在这时候突然申请出城……”他停顿了一下，沉声道，“肯定有问题！”

唰！唰！唰！随着这话说出来，会议室里有许多道目光同时向他射了过来。

迎着这么多目光，沈部长脸都涨红了，他清了清喉咙，补充道：“我知道他在这次事件里立了大功，救了很多人。可是一是一，二是二，对他进行表彰我没有意见，但是他这种隐瞒自身能力的行为，向来是特殊污染清理部最忌讳的事情，这代表着隐藏的威胁，所以我才提议对他进行质询！”不知是有意还是无意，他在“质询”两个字上加重了语气。

“原来不是审讯啊！”一位戴眼镜的秃头教授笑道，“你说清楚点多好，我还以为你要卸磨杀驴呢！”

“就是！”旁边大肚子的秃头教授附和道，“严格来说，这还没卸磨呢！”

沈部长重重地哼了一声，扭开脸，不愿接他们的话茬儿。

“我和沈部长一样觉得有点奇怪。”这时候，一位身材有些发福的中年男子笑道，“必要的质询可以展开，毕竟从一开始，我们最重要的目的就是维护高墙之内的安全与秩序。单兵作为特清部的一员，如果自身突然出了问题，那毫无疑问将是青港城的灾难！”他轻叩着桌面，目光扫向众人，“因此，我想知道，他要出城，真正的目的是什么？躲避即将到来的质询，还是……要离开？”

他的话说到了众人的心坎上，不少人都点头表示认同。

“还有，对他的精神能力的研究，现在有没有什么结果？”中年男子转头看向会议上的“青港六怪”，谦逊一笑道，“我不是精神能力者，也不是相关研究人员，所以我不太懂他在097号特殊污染源的清理行动中的表现究竟夸张到了什么程度。我比较关心的是，他所表现出来的特殊能力，是不是我们能够解释的？”

会议室里的气氛压抑了些许，很多人都低头看向手里的文件，试图找到答案。

“解释不了。”“青港六怪”中戴假发的秃头教授干脆道，“根据巡城军及其他精神能力者的报告，我们差不多还原了当时的情况，但我们的人按照单兵的要求全部撤出后，没有人目击到他是怎么处理掉那只精神怪物的，只知道当时发生了精神量级接近三千的爆炸。事后我们对现场进行检测，没有发现任何遗留的痕迹。其他的……”他一边说一边翻了两下文件，遗憾道，“啥也没有了。”

“嗯……单兵让其他所有人退出战场的目的是什么？”中年男子又问道。

“我们不妨大胆推测一下原因。”这时候，戴着金丝边眼镜、面容和善的“青港六怪”之首陈教授从容开口道，“有可能是单兵不想被别人看到自己要做的事，也就是说，他确实在掩饰着什么。”

听了他的话，神色威严的沈部长立刻想要说话，但陈教授抬手阻止了他，继续道：“但还有一个可能，那便是单兵认为自己即将做的事情非常危险，他不希望伤害到自己的同事，所以才提议让大家退出。也就是说，当时的他并无把握对付那只精神怪物，可为了救下那些受污染的人……”他扫视了一圈众人，指节轻敲桌面，“他赌了一把！”

会议室里有不少人暗暗点头，沈部长也不再试图说话了。两种不同的推测，给人两种不同的感觉。

中年男子笑了笑，道："这么说，我们能够确定的东西真的很少喽？"

"说实话，是的！"陈教授叹了一口气，"解决一只精神量级接近三千的精神怪物并不难，无论是我们准备的特殊武器，还是派出娃娃，都有可能搞定。但是，在解决这只精神怪物时不让它释放出最后的辐射，救下现场那么多人……"他微微摇头，脸上带着遗憾，"我无法做出承诺。"

"说起来，有件事比较奇怪……"这时，"青港六怪"中的红月神秘学研究女教授撩了一下自己的卷发，戏谑道，"沈部长这次怎么这么听话？让你把人撤出来，你就撤出来了……要是留下几个人悄悄观察一下，现在也不会有这么多疑问了！"

大家听了，顿时连连点头，纷纷道：

"就是，老沈转了性子了！"

"以前你不是怀疑这怀疑那，谁都跟踪的吗？"

"就是，他以前还派人跟踪过老陈……"

"说起来就气，我当时不就是拿了几枚残次的电浆子弹回家给小孙子当烟花放吗？"

"一提这个，我就想起他抢我们经费的事……"

"你们的嘴不要这么损，老沈也是为了工作，再说人家现在学好了，不是吗？"

听着他们七嘴八舌地议论，沈部长的脸拉了下来，却没有作声。

"苏先生的问题，我可以回答几个！"在一片不知真假的调侃声中，坐在沈部长对面的陈菁轻轻抬起头，看向那位中年男子。她的脸色显得有些苍白，在白教授的建议下，她已经解除了对自己的催眠，所以刚做过一场手术的负担在她身上完全显现了出来。

说话之前，她先轻轻按了一下小腹，让自己的声音听起来更有力一些："单兵出城应该不是为了逃离，对这一点我很有把握。至于拖延即将到来的质询，更是没可能，他理智且现实，清楚拖延没有用处。另外，对于我们的质询，他只可能给出两个反应，一个是缄口不言，一个是如实禀告。"

说到这里，她下意识看了白教授一眼。有些话她不打算在这样的会议上说，比如白教授发现的那个问题。因此，她微微一顿，直接说出了自己的想法："我一直很信任单兵。我虽然理解沈部长的担忧，但并不认为对一位尽心为高墙城效力的精神能力者太过提防，甚至让他意识到我们的不信任，有助于我们维护高墙城的秩序。我认为这是很危险的事。

“在这次袭击发生之前，我与单兵一起处理了一起异常事件。具体情况你们已经知道了，惹出这件事的是城内爱好收藏的许老先生和他的女儿。当我赶到许家别墅时，许老先生让我给他一个交代。你们也知道，这样的事情通常是很难处理的，精神能力者由于自身的特殊性，总是会引起一些不必要的麻烦。有时候，我们甚至需要专门开绿灯，或是要点手段，才能解决这类问题。唯独这件事，我处理得非常轻松。”她微微一顿，加重了语气，“因为单兵在整个过程中没有半点违规！”

一口气说到这里，陈菁才停下来，抬头扫视众人。此时，所有人都正看着她，包括沈部长与苏先生。

陈菁微微直起身来，不让腹部的疼痛影响到自己，平静而有力地说道：“所以，我的意见是，为什么我们不能把这份申请报告看作一份普通的工作申请呢？”

陈菁的话使得会议室里出现了异样的沉默。大家的讨论中包含了很多对陆辛的怀疑，显得陈菁的这个提议有些荒唐。这样的精神能力者在这个时候提出了这样一份申请，真的只是一份普通的工作申请？做任何事情都完全按规章来的人，应该值得信任吧？但为何大家想起在许家别墅拍的取证照片，心里反而觉得更别扭了呢？

沈部长第一个皱起眉头，正打算说话，陈菁赶在他之前再次开口道：“对了，我还有一句话想要补充——如果单兵强行出城，我们应该是拦不住的。”

会议室里顿时一片死寂。

听到卫星电话响起来时，悠闲地坐在会议室里翻看培训资料的陆辛立刻就端端正正地坐好了。电话是陈菁打过来的，陆辛一直告诫自己，面对领导时应该保持基本的尊重。

电话里响起了陈菁清楚而有力的声音：“我看到了你的申请报告，你想出城？”

“是的。”陆辛下意识放低了声音。

会议室里只有陆辛和壁虎两个人，听到陆辛在接电话，壁虎并没有离开的意思，他正趴在窗台上，眼睛放光地看着街道上的行人，时不时还吹声口哨，发出“嘿嘿嘿”或“啧啧啧”的声音。

电话里，陈菁的声音微微一沉，道：“我建议你不要去。”

陆辛微微一怔，问道：“为什么？”

陈菁沉默了一下，然后道：“荒野之中充满了危险与意外，你作为一个从小在高墙城内长大的人，出去之后，谁也不知道你能不能适应，或是会不会遇到什么未知的麻烦与变化。另外，你想要追击的那个骑士团并不好对付。”

电话那头响起纸张翻动的声音，过了一会儿，陈菁又道：“经过初步调查，我们得知，这个骑士团中起码有三个精神能力者：第一个是041号特殊污染源事件的关键人物——秦燃，此人具体精神能力未知，怀疑有类似分身甚至是重生的能力；第二个是那个木偶系精神能力者，昨天就是他操纵精神改造人，对我们的车队进行狙击的，当时的情形有多危险，你也很清楚；另外还有一个是此次波及整个二号卫星城的096号特殊污染源事件的推动者，能够造成这么大的混乱，他的实力不容小觑。”

陈菁喘了一口气，接着低声道：“你刚被我招募不久，基础的培训都还没有完成，而且到如今只是处理过几起特殊污染事件，还没有与精神能力者交手的经验，所以……你出去追击他们，会非常危险！”

陆辛静静地听完陈菁的话，若有所思道：“我确实没有与其他精神能力者交手的经验。”

陈菁刚松了一口气，就听到陆辛又说：“不过，他们应该也没有对付我的经验。”

“……”陈菁皱紧了眉头，过了一会儿才慢慢说道，“告诉我，你想要出去追击他们的真正原因是什么？”

“这个嘛……”陆辛顿了一下，道，“你不是说过，无论是谁，只要破坏了规则，就该付出相应的代价吗？”

此时的主城高级行政厅会议室里，满满一桌子的人正目不转睛地望着陈菁放在桌子上的电话。陆辛的这句话一说出来，在场所有人面面相觑，感觉他说的理由十分正当，但也因为太过正当，反而让人觉得有些别扭。渐渐地，会议室里的气氛变得古怪起来。

面对着卫星电话的陈菁忽然道：“你是不是听说了悬赏的事？”

唰！唰！唰！顿时有无数道目光向陈菁射了过来。众人暗自奇怪，明明在说正事呢，陈菁忽然提悬赏这样的小事做什么？

陆辛的声音过了一会儿才响起来，明显带了点慌乱：“不是，真的不是！我只是觉得，他们就这样进了城，害死了这么多人，做得实在太过分了！所以我想出去把他们捉回来，让他们为在卫星城做的事付出代价。悬赏什么的……”他顿了一下才小声道，“那不是后面的事吗？”

从电话里传出来的声音多少有些心虚与紧张，听众都能根据语气想象出陆辛此刻的表情。会议室里的众人再次面面相觑，表情古怪。

陈菁则好像心里落下了一块石头，抬头向苏先生看了过去。

苏先生若有所思地看向陈菁，点了一下头。

陈菁立刻向电话里的陆辛说道：“我可以批准这次申请！”

二号卫星城警卫厅四楼，听到陈菁的话后，陆辛顿时松了一口气。他真担心陈菁会坚决不同意，那他就不知道该怎么办了。毕竟，家庭会议已经商量出了结果，也定下了一起出城的计划，到了最后关头，如果领导不同意他的申请，那就有一种他已经在家人面前放出了大话，结果却被打脸的感觉。这会影响现在难得的温馨友好的家庭氛围，也可能会让家人觉得他在工作上不受信任，甚至是受了委屈，后果很可怕的！

其实陈菁说的悬赏真的没起决定作用，陆辛申请此次出差，除了要让那些人付出代价，也是为了消除别的担忧。在这次袭击中，二号卫星城大部分的伤亡事件都发生在城南一带，小鹿老师和孩子们以前就生活在那片区域。陆辛不敢想象，如果当初不是陈菁比较警惕，将小学迁到了警卫厅附近，并专门派人去保护他们，结果会怎么样。不过，既然陈菁已经答应了，这些事就不必拿出来说了。

电话里，陈菁沉默半晌，又道：“虽然我可以批准你的申请，但你必须告诉我你准备离开多久，这是工作的必要流程。”

“我明白。”陆辛认真考虑了一下，“可能……得十天？”

“十天？！”陈菁惊讶道，“你打算在十天时间里追击并解决三个精神能力者？”

“对。”陆辛想了一下，又肯定地开口，“主要是，我不太了解城外的路况怎么样，担心会在追踪他们的时候浪费太多时间，所以……放宽了一点。”

陈菁因为震惊，扯到了腹部的伤口，微微皱了一下眉头。不仅是她，整个会议室里的人都无声地张大了嘴巴。戴着假发的秃头教授差点就张嘴喊出来了，幸好被旁边的人用眼神制止了。

“你先等我一会儿。”陈菁向电话里说了一声，然后轻轻挂断了电话。

顿时，会议室里“嗡”的一声乱了起来。陈教授不可思议地问陈菁道：“他平时吹牛也吹得这么狠吗？”

陈菁缓缓摇了一下头：“我没见过他说大话。”

“这个……”戴着假发的秃头教授指了一下自己的脑袋，“虽然我们给他做过检测，但我还是想问一下，他这里真的是正常的吗？”

陈菁缓缓点头，心想：“从表现来看，应该比您这几位教授正常。”

“能不能……能不能……”衣着得体，但一直给人一种神婆印象的红月神秘学研究女教授下意识对陈菁嘀咕了两句，忽然转头看向苏先生：“苏先生，认真地讲，你有没有考虑过把单兵送到我们研究中心来？实在不行，把我送他那儿去也行！”

苏先生有些无奈地苦笑了一下，还未回答，沈部长便斩钉截铁道：“肯定不行！”

女教授顿时大怒：“你这是在耽误我们做科学研究！”

沈部长冷冷地说：“我这是在保你的命！”

在一片吵闹声里，苏先生微笑着看向坐在上首、整场会议中几乎没有发过言的白教授。他这个细微的动作吸引了很多人的注意力，于是会议室里渐渐安静下来，所有人都紧张又期待地看向白教授。

“我只有两个意见！”白教授对大家轻轻点了一下头，郑重道，“第一，调高有关单兵的一切资料的保密等级，绝对不可外传！”

会议室里的人都有些诧异，他们面面相觑，没有人说话。

“同意！”片刻后，苏先生第一个点头，然后看向其他人，表情还是很和气，但语气中多了几分威严，“从今天开始，单兵的档案保密等级调整为A级，以后有关他的一切事情全都列为最高机密，这间会议室内的人不可以将包括本次会议在内的有关单兵的任何事情向外人提起。以后，起码要青港城三个大校级以上的人同意，才可查阅他的资料；两个部长级及以上级别的人同意，才可对他进行问询。而那些已经了解到他部分情报的，请给予适当处理吧！”

会议室里的众人反应各异，有人轻轻摇头，也有人脸色凝重地点头。而那位一心想研究陆辛的神秘学女教授则痛苦地摸了一下自己的头发，似乎是因为她打开他大脑研究一番的心愿越来越难以实现了。

白教授向苏先生点了点头，然后才慢慢地说出了第二个意见：“第二，既然我们已经决定批准单兵的申请，那便要给予他全力的支持！请注意，这种支持不仅仅在于物资，还包括我们的态度！”最后这句话，他是对着沈部长说的，语气严肃而认真。

沈部长沉默了两秒钟，沉声道：“同意！”

会议室的众人好一会儿才缓过来，各种各样的议论声又响了起来，但气氛已经没有刚才调侃沈部长时那么轻松了。

这时，陈菁不动声色地看了白教授一眼。她已经把探访红月亮小学的经过告诉了白教授，白教授的指令是让她写一份报告，直接越级交给苏先生，并且按最高机密的标准存档，不准告诉别的任何人。如今他又顺势提高了有关单兵的一切资料的保密等级，难道是因为他发现了什么事情？

陆辛默默地等着陈菁再次打电话过来。在他看来，既然陈菁已经批准他的申请了，那就没有什么事了呀！难道她想专门说一下悬赏的事？

在窗台边看街上的女孩看得十分开心的壁虎终于恋恋不舍地收回了目光，他好奇地看了陆辛一眼，问道：“你刚刚在跟谁讲电话？”

“陈组长。”陆辛道，“我在申请出差。”

壁虎的眼神顿时变得有些古怪：“去哪儿出差？”

陆辛道：“城外。”

壁虎微微怔了一下，大声道：“兄弟！你疯了？”

陆辛有些不解地看了他一眼。

“傻子才会出城去！”壁虎低呼了一声，“你是不是不知道城外的环境？”

陆辛茫然地摇了摇头：“有什么问题吗？”

“你还问有什么问题！问题大了！”壁虎有些无奈地道，“你以为城外就跟咱们高墙城里一样，随便就可以找到吃的，晚上也能睡个安稳觉吗？与城内的生活比起来，在城外简直就是活受罪啊！那些在城外跑运输的人能够赚到那么多钱，是有原因的！人人都想躲在城里，你居然还主动申请跑出去！”

“这……”陆辛被壁虎说得微微一怔。这时，卫星电话再次响了起来。

陈菁利落地道：“你这次出城算是一次特别行动任务，任务等级定为A级。”电话里传来了翻文件的声音，“针对这次任务，除了必要的交通工具与尽可能的信息支持外，我会安排两个调查小组、一个后勤小组跟着你。如果你有特别的需求——”

陆辛听到这里，忙打断道：“不用了！”

陈菁一怔：“什么不用？”

陆辛道：“你说的调查小组、后勤小组，都不用了。”

陈菁沉默了一会儿才道：“你知不知道，在荒野之中行动，与在卫星城里大不一样——侦察、后勤、信息分析，甚至是必要的救援，如果这些统统无法及时提供——”

“这些我都考虑过了。”陆辛再次打断道，“不需要安排，否则的话……更麻烦。”

陈菁仿佛从他的话里听出了什么，她轻声问道：“最后确定一下，你真的什么都不需要？”

听着她认真的询问，陆辛突然犹豫起来。他默默地想了一会儿，转头看向又趴到窗台上兴奋地吹着流氓哨的壁虎。

“我需要一个司机。”

“司机？”陈菁似乎有些意外，“我以为你最不需要的就是司机。”

陆辛知道她为什么这么想——蜘蛛系精神能力者特别擅长驾驶，普通的司机哪怕驾驶的经验再丰富，也不如蜘蛛系精神能力者随手施展能力操作得好，这是天赋问题。

他没有细细地解释，只是点头道：“还是需要的。”然后他一边思索，一边慢慢地讲道，“我希望有一辆方便赶路、高性能的车子，以及一位擅长驾驶的司机，再加上十天的食物和水。最好不是普通司机，必要的时候，他可能需要一点自保能力。嗯……如果他能跟我熟络一点就更好了，路上还能说说话……”

陈菁这次的反应比较快：“你说的是不是壁虎？”

这时候，趴在窗边的壁虎明显怔了一下，耳朵轻轻动了动。

陆辛看着壁虎，点头道："嗯。"

壁虎忽然转头，向陆辛看了过来，眼神十分慌张。

陈菁沉默了一下，忽然道："他现在是不是就在旁边听着？"

陆辛道："嗯。"

陈菁的声音里带了点笑意："那直接让他去做准备就好了。"

陆辛再次应声，脸上也带了点笑意，然后挂断了电话。

"等等！"电话挂断的那一刻，壁虎终于忍不住蹿了过来，他直接跳到会议桌上，伸着脑袋向着卫星电话大叫，"怎么就让我去做准备了？我答应了吗？你是不是忘了问我的意见？喂！喂……喂？"

看着壁虎紧张又惊恐的样子，陆辛好心提醒道："已经挂断了。"

壁虎瞪大眼睛看着陆辛，都快哭出来了："兄弟！你怎么搞的？咋还非要带着我呢？"

陆辛坦然道："听你刚才说的，我想，你应该对城外的生活很有经验吧……"

"正是因为有经验才更不想出去啊！"壁虎抓狂地叫道，"好端端的，我怎么就成你的司机了？现在下命令都不经过本人的同意了吗？"

陆辛略带歉意地看着紧张的壁虎。他不希望带调查小组与后勤小组出去，是因为他担心会出现意外，危及他们的生命。不过，壁虎应该是比他们强一些的。而且壁虎曾经表达出对他的家人的善意，甚至一直想上他家坐坐，这次一起出去，也算是满足了他的意愿。当然，这些事他不必向壁虎解释，也不用说服他。他感觉，壁虎应该马上就要接到电话了。

果然，壁虎挂在后腰上的卫星电话忽然响了起来。

陆辛静静地坐在警卫厅会议室里，翻看着之前没有看完的培训资料。他马上就要外出了，可能会面对很多问题，所以对这些事情了解得越多越好。

"哥哥！哥哥！"妹妹不知何时出现在了陆辛身边，她欢快地在会议室里爬来爬去，兴冲冲地说道，"那个家伙正在打电话，他听起来很生气，不停地说着什么'我答应被招募，是为了赚点钱''在照顾别人生意时不被抓''将来娶三个老婆生一堆娃'……他说他是特清部的人，不是城防部的人……"很快，妹妹又气冲冲地道，"他现在在说你的坏话，我要不要收拾他？"

陆辛摇了摇头，小声问道："电话里的人在说什么？"

"我贴近了听听。"妹妹说着，开心地爬走了。陆辛想象了一下妹妹倒吊在天花板上、脸贴着壁虎的脸听电话的场景，不由得摇了摇头。

"电话那头已经换了好几个人了，有的跟他讲大道理，有的好像在威胁他……"妹妹很快爬了回来，"但这个家伙软硬不吃，说是宁愿从四楼跳下去也绝不出城。"

陆辛惊讶道："他从四楼跳下去应该死不了吧？"

妹妹很快出去又很快回来了，快速道："又变了，好像有个人答应他，只要他能成功配合你完成任务，回来之后就给他安排一次在主城的培训任务，到时候有个'铁疙瘩'也会去。"

听到这里，陆辛放下了心。这件事成了！

五分钟后，跑出去接电话的壁虎快快地走了回来。他将卫星电话立在桌子上，然后沉默地坐在椅子上，两只手在胸前交叉，低着头，看起来好像"自闭"了。但是，他的嘴角居然时不时地勾起来，好像有些按捺不住内心的兴奋……

"怎么说的？"等了一会儿，陆辛还是打破了会议室里的诡异气氛，有些关切地问道。

壁虎过了好一会儿才长叹一口气："总部已经决定了。"他抬起头，一脸严肃地看着陆辛，沉声说道，"上面决定让我们两人组成一个特别行动小队，我是副队长，你是队长。另外，既然是紧急追踪任务，那就要抓紧时间，相关人物的资料正在传输过来，我们需要的物资正在准备，预计半个小时后出发。"

陆辛点了点头，道："没想到这么快。"不过他转念便已明白，毕竟是为了追踪逃跑的骑士团，自然是越快越好。

壁虎感慨道："兄弟！你都不知道我为你付出了多少！刚才我本来已经说服了领导，给你换个司机，但是我仔细一想，毕竟城外那么危险，所以……"

陆辛深深地看了壁虎一眼，笑着道："真是太感谢你了！"

壁虎被他瞧得有点心虚，忙正色道："没关系，都是应该做的，我啊……”他嗓音低沉，听这酝酿感情的语气，似乎是想和陆辛交交心。但他一抬起头来，却忽然住了嘴。他发现，陆辛并没有看向他，而是看向了另外一个地方。

陆辛坐在沙发上，目光低垂，就像在看一个蹲在地上的人。他认真地聆听了一会儿，突然伸手摸了摸大约在膝盖高度的空气，露出有些宠溺的笑容，温柔地说道：“听话，他要陪我们一起出去，因为他擅长开车，能够帮上忙……不好，你不能把他当玩具！”他的表情变得很严肃，“我们这次出城的第一个重要原则，就是不许伤害他！”

周围没有半点动静。

过了一会儿，陆辛轻轻叹了一声，神色有些无奈，微微让步道：“那就……尽量不要伤害他？”

“兄弟，虽然我不知道你是在跟谁说话，但是……”壁虎在旁边看着，眼睛都直了，苍白的脸上滴下冷汗，“你这句‘尽量’是认真的吗？”

特殊污染清理部的准备工作一向是做得又快又好，很快便有一辆高大的改造车开到了警卫厅楼下。与此同时，一位支援小组的工作人员上楼，将一份清单交到了陆辛与壁虎手上。

“东西应该准备得差不多了吧。”壁虎有气无力地打开清单。

看了一眼那份长长的清单，陆辛不禁面露惊讶：“准备了这么多东西？”

“都是必需的啊……”壁虎看了陆辛一眼，无奈地一一清点，“军用罐头五十盒，压缩饼干一百盒；纯净水三十千克，水过滤装置一套，含替换滤芯两个；应急药箱两个，手术设备一套；简易帐篷两顶，睡袋两套；强力手电筒两支，干电池四节，简易太阳能充电器一个；最新军用地图一份，指南针两个；可以在整个北方地区流通的联盟币一万，金条两块；特制精神能力抑制器四个；还有我的武器装备，制式手枪一把，子弹四匣，特制14.9毫米超长距狙击枪一把，普通子弹五十发，特殊子弹二十发，再加三柄配用匕首；信号枪两把，信号弹六发；特制荒野卫星电话两部，简易信号接收器一架，无线电设备一套，对讲机两个；另外还有用来换洗的衣物各一套，简易餐具两套，消遣解闷儿的杂志三本。”

陆辛瞠目结舌：“怎么准备了这么多？我们只是出去十天而已啊！”

“唉，这些东西我还担心不够用呢！谁知道会在荒野上遇到什么……”壁虎哀叹道，“比如这个水过滤装置——在荒野之中，食物和水源都是非常重要的资源，那些在荒野生活惯了的，找到干净的水源就可以饮用，最多只是煮开了喝；而我们这些高墙城里出去的，没准儿喝了就拉肚子。在荒野，拉肚子也可能出大事的。再比如这些罐头、钱和黄金——只要出了高墙城，就免不了要和荒野上的人打交道，而与荒野上的人打交道，最缺不了的有两种东西，一种是武器，一种是货币，且货币是重中之重。虽然联盟币已经在高墙城内通用了，但在荒野上仍然有人不认，所以我们要带上黄金备用。遇到某些特殊的人群，黄金都不一定好使，得用食物来交换，罐头就派上了用场。”

在这之前，陆辛没有想太多，之所以带着壁虎，主要是因为他需要一个人帮忙开车。但是如今，听壁虎说得头头是道，陆辛心想，看样子，让壁虎跟着他一起出去的决定，他确实是做对了！

“看得出来，老陈在你身上是真的下了血本啊！”下楼后，壁虎见着了那辆荒野专用车，围着车转了一圈，这里摸摸，那里拍拍，模样有些兴奋。

“为什么这么说？”陆辛有些不理解，心想，不就是辆车吗？

“嘿嘿嘿——”壁虎掀开车前盖看了一会儿，越看越满意，啪的一声扣上盖子，笑道，“这一看就是研究小组专门改造的军用级越野悍马——高底盘，大屁股，V10引擎自然吸气发动机，6.8升排量改装进气排气，机械增压套件做心脏，加大喷油嘴，再搭配ECU行车电脑程式、堪比三十年老处男的1099匹马力，再加上防弹玻璃、重型六管转轮机关枪，这他娘的——”他的眼睛都有些放光了，“简直就是一头‘钢铁巨兽’啊！”

陆辛听得有些云里雾里，但为了表示自己的关心，他问了一句：“确定能在城外跑吧？”

壁虎转头，眼神有些鄙视地看着他。

陆辛不由得有些心虚，分辩道：“我是指，在城外跑得也很快吧？”

“放心！”壁虎拉开车门爬进驾驶室，拍了拍方向盘，“我甚至觉得它能飞！”

陆辛看着工作人员将给他们准备的物资一点一点地搬上车，他们甚至特意一样一样地让陆辛看清楚，好方便他之后随时取用。最后，作为特别行动小队的队长，陆辛在单子上签了字，并拿上自己的证件，这才拉开副驾驶的车门。

上车后，陆辛问壁虎道：“你需不需要回家跟家人说一声？”

“不用！”壁虎笑道，“我孤家寡人一个，除了琳达没人关心我，我们直接出城就行了。”

“哦！”陆辛点点头，道，“出城之前，先去一趟月亮台，我家的地址你知道的。”

“为啥？”壁虎有些诧异地看了陆辛一眼，“你不知道现在时间宝贵吗？”

“去接我的家人啊！”陆辛理所当然地看了壁虎一眼，心想：“你没有家人，我可是有的啊！”

壁虎“唰”地转头看向陆辛，见陆辛一脸认真，他的表情逐渐变得古怪，脸色也变得煞白。

“启……启动！”壁虎没有多说什么，而是转头试了一下语音启动系统，发动了车子，然后默默地载着陆辛，一路按照交规行驶，老老实实地来到了陆辛所住的老公寓楼下。

“那个……”壁虎头也不敢转，只是盯着方向盘，声音有些颤抖，“你用不用，呃……上楼接一下？”

“不用！”陆辛一动不动地坐在副驾驶上。

“要的吧？”壁虎结巴道，“帮着拿点行李……什么的……不是吗？”

“他们已经上车了。”陆辛转头，看着壁虎笑了笑，“可以走了！”

壁虎从后视镜里看了一眼空空荡荡的后座，咽了咽口水，默默地重新发动车子。

车子缓缓驶上大路后，一直忍不住悄悄往后视镜里瞄的壁虎忽然挤出一个笑脸，做了一件陆辛始料未及的事。

“叔叔、阿姨、妹妹好啊，我叫壁虎，是单兵的好同事，也是好朋友……”他居然聊起来了，“很高兴认识你们……呃……想必你们也很高兴认识我吧？”等了一会儿，他又道，“哈哈哈，不要客气嘛……”

正在副驾驶上翻着资料的陆辛转头看向壁虎，神情既无奈又好笑。被他的家人吓到过的人不止一个，但是明明看不见，还试图跟他的家人聊天的，这还真是第一个。他无声地叹了一口气，转头看向前方，只见前面的钢铁吊桥正在缓缓放下。城外的风缓缓地吹进车里来，感觉似乎与城内有些不同。

一条宽阔的水泥路延伸出数条夯土小路，划出圆润的弧线，通向荒野深处。越野车在水泥路上向前驶去，不久就进入了一条大道。这是三十年前修建的高速路之一，延伸向远方。虽然灾变时道路严重损毁，但青港城周围的道路得到过城内施工队的修缮，基本还保留着原貌。靠近高墙城的道路路口设立了很多路卡与高吊桥，以防止荒野上的疯子的袭击与其他未知的危险。

陆辛自小在二号卫星城长大，这还是第一次出城。他从副驾驶的窗口向外看去，看到了一片郁郁葱葱、生机勃勃的风景。所有的植物都有着疯狂生长的迹象，但空气里却隐隐有种若有若无的腐臭味道，让人下意识绷紧神经。

天空灰扑扑的。目光向远处眺望，会产生光线被扭曲的感觉，总觉得远处的景物在不停地变换着形状，就像一个个匍匐在地上、阴森森地看着周围的怪物……

“哈哈，来，让我猜猜！如果叔叔阿姨和可爱的小妹妹三个人正坐在后座上的话，那么我猜他们一定是这么坐的——叔叔坐在左边，阿姨坐在右边，可爱的小妹妹坐在中间，对不对？要不就是叔叔在右边，阿姨在左边……”驾驶着车辆的壁虎在得知这辆看似空空荡荡的车其实有些拥挤之后，他的嘴就停不下来了。从出城到现在，他不停地和车上的“家人”聊着天。关键是，他还聊得挺开心……

陆辛听得有些无奈，轻声提醒道：“你猜错了。”

壁虎呆了一下，笑道：“不会吧？那是不是妹妹坐在左边？或是坐在右边？”

“都不是。”陆辛毫不留情地否定了。

他从后视镜看去，看到妈妈正端端正正地坐在后座上。见陆辛通过后视镜向自己看来，她轻声笑道：“这小伙子挺好，就是话有点多！要不考虑一下，让你妹妹把他的嘴给缝上吧！”

呃……陆辛想了想，觉得还是算了。他侧耳去听，可以听到车顶之上，妹妹正一边吹着风，一边发出开心的叫声。

这辆车上其实只有陆辛、妈妈、妹妹和壁虎，父亲并不在车里。虽然这次家庭会议一致通过了“一家四口集体外出寻找城内混乱肇事者”的决定，但是脾气暴躁的父亲肯定无法忍受这一路的枯燥与苦闷，若是他也在车里，由着他发脾气，陆辛估计这辆车很难完整地开到目的地。而且他也无法保证，在开到目的地之前，一直在开开心心陪聊的壁虎的脑袋还能继续留在他的脖子上……

通常，对于那些看不见他的家人的人，陆辛会选择闭口不谈这个话题。当初陆辛主动告诉陈菁他的家人的存在，是因为那牵扯到工作。让壁虎知道则是因为要一路同行，可能还要一起对付精神能力者，彼此了解一点比较好。壁虎现在已经紧张到变成“话痨”了，陆辛觉得还是不跟他提自己的父亲为好，防止他崩溃。

“城防部给的资料，有用的好像不多。”为了防止壁虎被缝嘴，陆辛翻开手里的资料，随口道。

“是的，是的。”壁虎立刻回答。这一路上与看不见的人聊了那么久，他心里早就慌得不行了，此刻终于听到了另一个人的声音，他甚至觉得很幸福。他一手握着方向盘，一手将手套箱里的一份文件取出来，摆在面前翻了两下，脸色迅速变得认真：“城防部的追踪其实算是失败了。从城防部特工传递回来的初步调查结果来看，那些精神能力者逃出城后，在城南方向三十里外一座废弃城市的高楼上逗留了一段时间，然后才重新启程，连夜逃离。可惜的是，当时追踪到这个骑士团的只有两名特工，而且在追到那座高楼之后便失联了，至今没有任何音讯，生死不明。后来派出的调查小队只能追踪到那座废弃的高楼，如今正在寻找那两名特工。”

陆辛点了点头，道：“现在的计划是先过去看看吗？”

“对。”壁虎点头，“先去他们之前逗留的地方看一眼，并看看调查小队是否有线索。”

从后视镜里，陆辛发现妈妈似乎没有什么意见。他认真地想了一下，道：“他们已经逃走了差不多一整天的时间，谁也不知道在这段时间里他们能够走出多远。如果我们想要追上他们的话，那就只能保持极快的行车速度！”

“嘿嘿——”壁虎听了陆辛的话，低声笑了起来，“兄弟，我觉得是时候给你表演一下了！让你看看咱们蜘蛛系的摸到可以操纵的东西时，究竟有多猛！”

说话时，壁虎已经推下了挡位杆，同时一点点地将油门踩到了底。感觉到明显的推背感，陆辛便将车窗升了起来。他看到窗外的景物开始加速倒退，在来不及反应的视网膜里变得模糊。

身为蜘蛛系精神能力者，又驾驶着这样一辆高配置的越野车，壁虎的能力很快展现出来。仪表盘上的指针被一只无形的手拨向了更高的数字，发动机发出野兽般的吼叫声，一种麻嗖嗖的感觉钻进了陆辛的身体深处。

前方道路上，龟裂的路面、破土而出的杂草、深深的坑洼都是车子行进的阻碍。但壁虎看起来很轻松，在他灵活到极致的操控下，车子一直保持着异样的平稳。前方的景物疯狂地逼近，又迅速地被甩到身后。这时候，陆辛真的有一种感觉——这辆车在飞。

“嗖！”就连拐入一个曲折的路口时，壁虎都没有减速，反而还提了速。在方向盘与脚下离合、油门、刹车的精妙配合下，沉重的车身划出了一个流畅的弧度，精准而顺利地拐入了新的路口，甚至躲过了一只飞奔着穿过小路的野兔，一头扎进了长长的道路中。他唯一做的比较尊重这条道路的动作，只是往前瞅了一眼而已，两只手甚至都没有放到方向盘上。陆辛不由得感慨，看蜘蛛系精神能力者使用工具，有一种异样的美感。

妹妹呢？他向后视镜里看了一眼——刚才经过路口时，妹妹被甩飞了出去，此刻正生气地追过来……

靠着壁虎一流的驾驶水准，车子只用了不到二十分钟，就来到了那座废弃城市。高大的建筑被荒草围绕，像一头头巨大的怪兽，有一种破败与阴森的感觉。

车子没有驶进城市深处，而是在城市边缘一座大体还保持着完整的高楼下停了下来。车子停稳时，陆辛微微松了一口气。壁虎则神色严肃地把一只手伸出车窗，比画了一个手势。

看起来一片荒芜的杂草里很快便有两个身穿迷彩服的战士跑了出来，他们的怀里都抱着枪。其中一个人拿着一份刚刚打印出来的文件走到车窗边敬了个礼，然后汇报道：“奉城防部的命令，与你们分享即时情报：我们是今天凌晨四点钟赶到此处的，那时已经失去了那两位同事的消息。之后，经过初步调查，我们可以确定，那些袭击者在前方的高楼上停留过，且停留时间超过半小时。后来，经过对高楼周围的轮胎轨迹与路况的调查，可以确定对方是一支至少有七个人的小队，拥有五辆摩托车与一辆越野车。从现场痕迹来看，他们离开时比较匆忙，有可能逃向了南方。不过，周围的路况与地势都极为复杂，我们现在无法判断其逃匿的准确路线。另外，没有找到那两位同事的踪迹。”

话毕，他将手中的文件递给壁虎，只见上面不仅有对他刚才所汇报的情况的深度分析报告，还有遗留在楼顶的食物包装袋和烟蒂的照片，以及其他留存的证据等，可以说非常全面。

“就凭这点信息，怕是不好找人哪……”壁虎思索着，转头看了陆辛一眼。虽然他是副队长，但他是跟着陆辛出来执行这个追踪任务的，并不知道下一步该怎么做。当然，可能上头的人也不知道该怎么做。

车窗外隶属于城防部的那两名特工明显也很疑惑，他们知道这是一个特别行动小队，他们是出城来继续进行追踪的，并要求城防部全力协助。可是如今该调查的都已经调查过了，对方留下来的线索实在很少，连他们的逃走路线都确定不了，这茫茫荒野，要怎么去追踪呢？

当在场三个人的注意力都集中到自己这个队长身上时，陆辛默默地从后视镜里看了妈妈一眼。

“走左边那条路。”妈妈优雅地坐在后座上，脸上挂着温柔的微笑，看起来很有把握。迎着陆辛从后视镜里投过来的疑惑目光，她解释道：“既然要拜访客人，怎么可以连客人在哪里都不知道呢？”然后，她的笑意更深了，“当初他们有一个人想要偷看你的时候，我也看到他了呢！”

陆辛放下心来，从衣服兜里拿出一个小笔记本，在避着壁虎目光的前提下，翻到写有“妈妈”两个字的那一页，写下“疑似可以追踪看到过的人……”。然后他放好笔记本，平静地看着壁虎道：“走左边的小路。”

壁虎小心地看了陆辛一眼，问道：“兄弟，你懂跟踪？”

“我不懂。”陆辛老老实实地回答，然后看了一眼后视镜，轻声道，“但我有家人帮我。”

后座上，妈妈慢慢地露出了满意的笑容。

壁虎没敢再问，赶紧发动了车子，仿佛咆哮着的野兽一般的越野车猛地扎进了左边的小路，一路远去。

留在原地的两名特工一头雾水，他们已经对周围地区做了极为细致的调查，确定那些人是往南走了，而左边这条绕着废弃城市而过的小路上根本没有任何痕迹，他们实在不明白这两位上级严厉叮嘱过一定要尽力配合的特别行动小队成员为什么要选择这条路。两人对视一眼，其中一人低声道："这可能就是高手吧，做的事一般人看不懂。"

"该往南去了。"

在壁虎的操作下，越野车在崎岖的道路上疯狂地飞驰。每到一个路口，妈妈都会温柔地指出方向，而陆辛也不多作考虑，直接告诉壁虎，这使得壁虎心里十分诧异。

壁虎单手驾车，另一只手铺开地图研究着。这是青港城近几年来绘制的最新地图，上面标注了千里之内所有的人群聚集点以及危险点位，不同路况用不同的颜色标注，有断裂或阻碍的道路都用红色叉号标了出来，代表着车辆无法通行；用虚线连起来的代表路段极难行驶，但可勉强通行。一张小小的地图上汇集了很多有价值的情报，不过陆辛看不懂。还好他可以借妈妈的能力确定敌人的方位，再与壁虎的驾驶能力相配合，就可以找出最佳路线。

"这帮家伙挺能跑啊！"越野车咆哮着行驶了两个多小时后，壁虎翻着地图，嘀咕了一声。

陆辛点了一下头。出城之后，他们没有耽误一点时间，一直在飞快地追赶，而且他相信妈妈指的方向准确无误，这就使得他们又省了很多时间。虽然路况不好，但凭着壁虎非凡的驾驶能力，越野车的时速保持在一百千米以上。两个多小时过去了，他们距离青港城已经差不多有三百千米远了。哪怕是直线距离，也有一百多千米了。

"由此可以证明，这个骑士团不是常在青港城周围活动的那些骑士团之一。"壁虎絮絮叨叨地分析着，"高墙外一直有各种骑士团活跃着，不过，说是骑士团，其实就是一帮强盗——开着几辆破摩托，拿着几杆破枪，到处抢劫。他们下手的对象往往是小型的聚集者基地或运输队，一般是没有胆量直接向高墙城内出手的。如今，随着我们青港城的影响力越来越大，周围很多骑士团都已经开始走正道了，靠接城里的运输、护送或搜荒的委托谋生。当然，偶尔逮到机会还是会去抢，就当是副业了。青港城周围的骑士团的动向基本都在我们的掌握之中，而我们正在追的这几个人没有丝毫停留，一直在远离青港城，说明他们的基地不在周围。我怀疑，有可能是其他高墙城雇用他们专门到青港城来干什么坏事的。"

陆辛又微微点头。从他了解到的情况来看，这个骑士团应该是以秦燃为首的。他们至多只有十个人，能力却很强，其中至少有三个精神能力者。他们策划血色玫瑰事件，在城中制造混乱，又埋伏陈菁的车队，目的是抢那幅画。至于他们来自哪里，为什么抢这幅画，为了找到这幅画暗中调查了多久，这些他统统不知道。但他也没有必要知道，调查真相是陈菁的事，他这次出差的任务就是把他们抓回去。

“嗖——”高大的改装越野车行驶在一望无际的荒野之上。四个堪称巨大的特制橡胶车轮搭配那坚固到变态的钢铁骨架，使得这辆车子当真像是一头“钢铁巨兽”，无论是什么样的裂隙或沟壑，都不能阻挡它的去路。它驶过波光粼粼的大水坑，溅起了两三米高的水花，车身沾满泥泞。在荒野里逡巡的狼群远远地听到了动静，站在原地竖耳聆听，但目睹这“怪兽”驶近，马上就吓得一哄而散。一个身体已经腐烂、机械而缓慢地行走在道路中央的人形“疯子”听到发动机轰鸣的声音后木讷地转过身，仅剩的浑浊眼球里满是疯狂之意。但它刚刚转过身，便被呼啸而来的车头撞飞了。

“别看我只是一只羊，嗷——绿草因为我变得更香，嗷——天空因为我变得更蓝，呜哇——白云因为我变得柔软，嗷嗷嗷——”

夜幕渐渐降临，越野车已经行驶了很久，陆辛一直没有看到人影，只能看到破败的村庄残骸，被长势疯狂的荒草掩映着。或许过不了多久，这些村庄仅剩的痕迹就会彻底消失。铺满荒草的路上只有雪亮的灯光与壁虎唱歌的声音，他唱的歌让陆辛觉得很熟悉，好像是一部动画片的主题曲。妹妹之前很喜欢看这部动画片，但后来她就不看了，因为狼一直吃不到羊。壁虎唱得和陆辛记忆中不太一样，有点狂野的味道，唱出了反派的嚣张。歌声传得远远的，荒野深处的野兽时不时地高声嚎叫，与他应和。

“这样唱歌不会引来大批的疯子吗？”趁着壁虎还没唱到高潮部分，陆辛问了一句。

“疯子？”壁虎笑了起来，“现在可不是十年二十年前，疯子数量不多啦。而且咱们走的都是运输车队走过的路，早就已经蹚干净了。咱们这一路过来遇到的这么几个，那都是珍稀动物了。如果真这么轻松就可以遇到一大批，那倒是我们走运了！”他酝酿了一下，又开始高歌，“有什么难题去——”

陆辛又打断他，笑着问道：“你为什么一直唱歌？”

壁虎转头看了他一眼，道：“因为你也不陪我聊天啊，我唱歌提提神！”

陆辛想了想，壁虎已经开了四五个小时的车，是该有点累了，便好心道：“要不要我替你一会儿？”

“不要，不要！”壁虎连连摇头，“我还撑得住。”

陆辛无奈地笑了一下：“你是怕我不会开车吗？”

壁虎严肃地看了他一眼：“不，我是怕自己没有利用价值之后，会被你的家人……”说着，他拿食指在自己的脖子上比画了一下。

陆辛吃了一惊，心想：“这家伙把我的家人想得太不讲理了吧！”他从后视镜里看了一眼，只见妈妈与妹妹都饶有兴趣地看着壁虎……

“如果今天追不上的话，就先……”陆辛打算先找地方休整一下。虽然壁虎一直在使用自己的精神能力开车，不怎么费事，但是连续四五个小时都保持这样的强度，应该也挺疲劳的。他可不想壁虎累倒，不然就没人替他开车了。

不过，就在他提出这个建议时，后座上的妈妈忽然坐直了身体。她微微皱起眉头，似乎感知到了令人厌恶的东西，不过神情转瞬就变得难掩兴奋了。而妹妹则很明显地兴奋起来，小脑袋探到车窗边，用力地嗅着，黑发之下的眼睛明亮如星。陆辛察觉到了什么，慢慢摇下车窗，向窗外看去。

壁虎一下子掩住了口鼻，问道：“什么味道？”

陆辛没有说话，他也闻到了那股很提神的新鲜血腥味，特别浓。

“找到了哦！”妈妈微笑着掩住口鼻，向车窗外看去，“就在那里！”

壁虎将车子掉了一个头，灯光照着血腥味传来的方向，然后他神色凝重地与陆辛一起下了车。

天色阴沉，红月在云后若隐若现。刚下过雨，湿气很重，那新鲜的血腥味便显得更为浓郁。四下一片黑暗，车灯的光芒打在荒野之上，显得眼前一片迷蒙。被灯光照亮的荒草不停地晃动，仿佛草里有不少活物凶狠地转过了头。

“可能是野狗什么的。”壁虎抬手，向草丛里开了一枪。

“哗啦啦——”远处的荒草又是一阵晃动，似乎有野兽在里面东奔西跑。片刻之后，一切恢复宁静，宁静得让人感到诡异，仿佛这种宁静只是假象，荒草后面仍有不少目光在警惕而凶狠地盯着他们。

“小心一些，荒野里啥都有！”壁虎小声提醒道，然后和陆辛一起慢慢地拨开荒草，向远处走去。

他们越靠近，那血腥味便越浓。壁虎下意识皱紧了眉头，并用余光看了看陆辛，发现陆辛的脸色还是一如既往的平静，脸上没有对血腥味的好奇，也没有对未知危险的恐惧——一脸平淡。

“究竟谁才是新手啊？”壁虎在心里嘀咕了一声。

两人拨开荒草，发现荒草深处有几只野狗睁着幽绿的眼睛，死死地盯着他们。他们无视野狗，来到散发出血腥味的地方，一眼看去，便看见了一团团红糊糊的血肉，散乱地堆在荒草丛中。肉块上面还有齿痕，应该是野狗留下的。

“是内脏！”壁虎头皮发麻，低声说道。

陆辛仔细分辨了一下，道：“应该是人类的，而且不止一个人。”

“你怎么一眼就能分辨出是人类的？”壁虎心里生出一个疑问，但他忍住了，没有问出口。他观察了一下周围，确定除了野狗外，没有别的生物，便奇怪道：“为什么会有人的内脏被抛弃在这里？周围没有发现人类的残肢断臂，也就是说，这里只有人的内脏。”

一般人突然目睹这样的场景，是很难一下子把它与追踪任务联系起来的。不过陆辛相信，妈妈说“找到了”，一定是指这些内脏与他们追踪的人有关。于是他微微皱了下眉头，道：“那个骑士团里不是有个木偶系精神能力者吗？”

“你是指……”壁虎顿时反应过来，他不知道陆辛是怎么将这两者联系起来的，但还是顺着往下想了想，“木偶系精神能力者的招牌就是控制精神改造人，所以这是在……制作精神改造人？”

陆辛点了一下头，仔细回忆着这一路上看的资料，道：“研究院给的资料里有对袭击二号卫星城的精神改造人的解剖报告。解剖发现，那些精神改造人均被摘去了大部分内脏，只保留了心脏……”

壁虎看了陆辛一眼：“所以……”

陆辛轻声道：“他在二号卫星城损失了很多精神改造人，需要填补空缺。另外……”他顿了一下，又道，“我想，可以跟主城汇报了，失踪的那两名特工已被找到。”

说完，他从地上捡起了一块碎布。那是一种融合了玻璃纤维的特殊布料，一看便是高墙城内的产物，城里的特工大都穿着用这种布料做的衣服。

壁虎一下子沉默了，认真地看了一眼地上的一片鲜红。他微微叹了一口气，嘀咕道："你是怎么这么快就想到这些的？"

陆辛很自然地道："资料上都写了呀！"

壁虎："……"那些资料他也扫过一遍，但根本就没有把它们跟眼前的场面联系到一起。当然了，这也可能是因为他一直忙着开车，没仔细看。陆辛可是坐在副驾驶上，一直在研究那些资料，看得非常认真。

壁虎迟疑道："那我们现在……"

"都是自己人……"陆辛沉默了一下，道，"把他们带回去吧！"

"啥？"壁虎顿时有些蒙，眼神古怪地看向陆辛，"就地掩埋不好吗？"

刚说完这句话，他就反应过来了。看了看荒草深处那一道道阴森森的目光，他有些无奈地叹了一口气。有这么多野兽环伺，就算掩埋了，也会被扒出来的。如果烧掉的话，就需要用到汽油，在荒野中，这是一种极度奢侈的行为。

壁虎忽然意识到了什么，怔怔地看着陆辛。陆辛也转头看着他，两人你看我，我看你。

壁虎先忍不住了，颤声道："啥事？"

陆辛道："在我们这个特别行动小队里，好像我是队长，你是副队长？"

壁虎绝望地点了一下头："对啊，咋啦？"

陆辛指着地上的内脏道："副队长，请你把我们的特工收敛起来。"

壁虎顿时一脸生无可恋。

陆辛觉得，身为队长的感觉其实还挺不错的。对付南墙下那只超大型精神怪物时，他就知道自己升职肯定比壁虎快。不过，当时的他也没想到，居然可以升得这么快……

在队长陆辛的催促下，副队长壁虎终于还是执行了命令。他无奈地从车里取出两个特殊收容袋，同时戴了三副口罩。他强忍着不适，用戴着橡胶手套的手一把一把地将两位"同事"装进了袋子里。由于自家队长陆辛就在旁边看着，他甚至都不敢偷懒，麻利地将周围的几块碎肉也收了起来，在野狗悲愤的叫声里直起身。

“呕——”将两个袋子放进后备厢之后，他终于忍不住吐了起来。

陆辛好心地倒了杯水给他，然后一边等他吐完，一边抬头看向远处。车里，妈妈也静静地看着那个方向。

“应该就是那里了吧？”陆辛自言自语道。车里的妈妈听见他的话，不由得笑了起来。

“我说，你到底是怎么找到这两位同事的啊？”壁虎吐完了，又洗了好几遍手，这才重新上车，瘫坐在驾驶座上，好一会儿才缓过来，转头有气无力地问道。

“不光是同事，那些人应该也在不远处。”陆辛望着西南方说道，用的是推测的句式，语气却非常肯定，“那个方向是不是有什么聚集点？他们现在可能就在那里。”

“那里？”壁虎急忙拿出地图，微微对照之后，神色有些茫然，“我现在……真的……兄弟，你究竟是蜘蛛系，还是算命系啊？”

顺着陆辛看的方向，壁虎确实找到了一个聚集点。这是一片在地图上被标成红色的区域，它的名字叫黑水镇，周围清晰地标注着几条能够进镇的路线。另外，这片区域还有一个冲锋枪的标志，非常醒目。

“你一下子就说准了，这未免也太……”壁虎不敢置信地说，“神了吧？”

陆辛神色有些古怪地看了他一眼，道：“你没发现那里的天空微微发红吗？那应该是灯光映射造成的吧！有灯光的地方不就是聚集点？”

“呃……”对着陆辛那看傻子一样的目光，壁虎脸都红了，急忙若无其事地换了话题，“如果那些人真藏在这里，那倒麻烦了。这是一个比较大的流浪者聚集点，也是周围最大的黑市之一。”

壁虎慢慢回忆道：“灾变初期，这里有不少石油库存，因此吸引了很多人过来。如今，这里的石油应该早就卖光了。不过，因为它很有名气，倒成了交换物资的地方。如果那些人真藏在这里，我们就得准备好与这里的骑士团头子打打交道了。可得小心，这破地方的武装力量怕是快赶得上我们的巡城军了。”

陆辛看了一眼地图，奇怪地问道：“这里距离青港城也就一天路程，他们胆子这么大？”

壁虎一听，得意地笑了起来："你看，你也不懂了吧！"

陆辛坦然地看了壁虎一眼，壁虎立马老实了，连忙解释道："不是看距离那么简单的。黑市也好，流浪者聚集点也罢，对高墙城都是又敬又恨的。敬的是，他们多多少少都要依靠高墙城生活，毕竟很多生活必需品都是高墙城出产的。而且论起武装，他们也远远不如我们。恨的原因则在于利益存在冲突。一来，近几年，很多流浪者都投靠了高墙城，他们的人手大大减少。二来，因为高墙城的干预，他们干抢劫一类的勾当总是会受到一些限制，不得不有所顾忌，大概早就憋了一肚子的火。表面上，他们会听从高墙城的命令，配合我们的工作，但实际上，高墙城里的人或车队出现在他们的地盘，被他们悄无声息地干掉，也是十分常见的事……"

壁虎轻轻敲了一下地图，接着道："我们只有两个人，车上拉的好东西又不少，在他们眼里大概是最好抓的肥羊了！"

陆辛沉思了一会儿，问道："那我们进去了，是不是会很危险？"

壁虎看了陆辛一眼，嘀咕道："听你的话感觉你好像有些担心，但看你这样子又不像在担心，真是搞不懂你！"他长长一叹，笑道，"放心吧，'青港'这俩字还是有些威慑力的。"

他一边说，一边跳下车，看看周围的环境，又道："不过，为了稳妥起见，还是汇报一声。这样，如果我们真在这里出了事，好歹有人过来找一下。"

他轻车熟路地打开后备厢，搬出一个结实的铁皮箱子，里面是一架小型的信号接收器。架好天线后，他打了一个电话，道："失踪的两名特工已经找到，请向上面汇报，他们已经牺牲……我们怀疑袭击者进入了黑水镇，现在准备进镇进行调查。如果三个小时后我没有再次汇报，便意味着我们出事了。"

汇报完后，他收拾好东西，快速上车，顺着当前道路急驶而去。

"最新进程通报，特别行动小队已找到两名失踪的特工，并初步锁定了袭击者的位置，正准备进入黑水镇进行调查！"

陆辛不知道，当壁虎汇报的消息传到青港城时，总部立刻召开了一场紧急会议。

"他居然真的在调查……"

"可是，他们才出去了几个小时啊！"戴假发的秃头教授掀起假发挠了挠自己的脑袋，脸色说不出的古怪，“他在几乎没有任何情报支持的情况下，于千里之外的茫茫荒野上找到了两名特工的尸体，并且初步锁定了袭击者的位置，这……这根本就不合理吧？！”

其他几位教授的脸色跟他差不多。很明显，作为研究人员，他们并不喜欢这种完全超出他们理解的事情。有许多道目光下意识向白教授看了过去，在他身后，电子显示屏上的两个人正是苏先生与沈部长，他们也很关心任务的进展。

“精神异变者的能力有些时候确实显得很神秘，但也并非毫无逻辑可言！”白教授慢慢道，“你们可以试着猜想一下他是怎么做到的。”

会议室里，众人眉头紧锁。

红月神秘学研究女教授叹道：“研究这些是没有用的，万一他的能力就是直接定位呢？”

“呵呵……”白教授笑笑，不太想接这话，又对众人道，“或者说，你们试着想一想，他怎么才能做到？”

陈教授举了一下手里的笔，道：“如果排除他是全知全能的，一动脑子就可以知道那个骑士团的位置，或是早就在那个骑士团的人身上放了追踪器之类的，那么，他能够在这么短的时间里找到他们，只有一个解释……”说到这里，他似乎有些底气不足，“可能不是那么严谨，但起码有逻辑。”

白教授笑了一下，道：“老陈，你尽管说。”

陈教授点点头，站起身来，用笔在身后的地图上标出了黑水镇的位置：“黑水镇距离青港城起码有七百千米远，而他们花了四五个小时就赶到了这个地方，只能说明……”他画出一条长长的直线，“他一开始就是要去这里。”

众人都认真地看着他。戴假发的秃头教授问道：“他为什么会去那里？”

“有两个可能！”陈教授道，“要么是他确定对方就在那里，要么是他猜测他们在那里。两者之间的区别是很大的。”

会议室里一阵骚动。

“如果我们要抛开第一种可能不谈，那么想一想，他是怎么猜到的呢？”陈教授又伸手在地图上画了几个圈，“在荒野上赶路，补给是一个大问题，食物、水源、汽油，都是必不可少的。所以，对一个行事严谨的骑士团来说，一定需要一个合适的补给点。距离青港城太近的补给点他们肯定不会去，因为那些地方有不少我们的人；而太远的话，他们又撑不住……之前的调查已经确定他们逃向了南方，所以，能让他们落脚的只有这几个地方。其中，黑水镇正是在青港城的南边，距离对他们来说也非常合适。”

陈教授的话使得会议室里出现了片刻的安静。

“我有疑问！”过了一会儿，一位穿着白大褂的女研究员道，“如陈教授所言，符合条件的有好几个地方，不是非得去黑水镇不可，那么他是怎么直接锁定黑水镇的呢？如果出于隐蔽或是安全考虑，那几个小的聚集点更适合他们。”

“他猜到了他们不只需要补充食物、水源和汽油。”陈教授把双手撑在会议桌上，轻声回答道，“别忘了，他们中有一个木偶系精神能力者。我们知道，第一阶段的木偶系精神能力者能够操控最多十个精神改造人，而木偶系精神能力者在身边没有精神改造人的情况下，实力并不强。这个骑士团伏击陈大校与单兵的时候，损失了六个精神改造人。我们的人打扫战场的时候，在南墙下又发现了三个精神改造人。所以我有理由怀疑，那个木偶系精神能力者身边的精神改造人几乎耗光了，即便后来加上了两名特工，数量也远远不够。可想而知，他们选择的补给点，除了要有食物、水源和汽油之外，还要满足一个条件……”他微微一顿，拔高声音道，“有劳务市场！这几个补给点中，只有黑水镇完全满足他们的条件！”

会议室里一片安静。

“这就是我的推测。”陈教授加重语气，慢慢道，“单兵手上有我们目前掌握的关于这个骑士团的所有资料，也有最为详细的周边军事地图，而且他们从城防部特工那里得知了骑士团逃向南方的信息。可能在那时，他进行了快速的分析，推测出骑士团逃往黑水镇进行补给的可能，于是直接和壁虎以最快的速度赶去黑水镇，并在黑水镇附近发现了失联的两名特工……”他轻敲了一下桌面，“这样一来，一切便解释得通了。”

会议室里依旧鸦雀无声。

“很好。”过了一会儿，白教授才轻轻点了点头，“这似乎是个正确的分析方向。”

众人顿时隐隐松了一口气，开始议论纷纷。

“原来还是可以解释的！”

“还好不是我们无法控制的力量！”

只有那位女教授不服道："我还是坚持认为，他是直接定位的！"

没有人理她。众人低声交换着意见，然后埋头记录。

在会议室陷入一片忙碌的安静中时，一位穿着军装的女士轻轻举手道："对于他们进入黑水镇调查的行动，我们应该做什么布置？"

白教授没有回答，而是转头看向屏幕上的沈部长。

"全程监测！"哪怕是在屏幕里，沈部长也能让人感觉到一股子冰冷的威严，"特遣小队立刻赶赴黑水镇外围待命，一有求救信号，立刻给我攻进去！"他似乎觉得有点不解恨，又道，"如果有必要的话，可以使用超远距电浆武器！直接给我推平黑水镇！"

西南方向微微有些发红的天空确实是灯光映射的结果。

陆辛与壁虎顺着道路一直向前，很快便发现微红的天空变得更加明亮了，仔细看就像飘浮着一团模糊的红色雾气，漫射出诡异的荧光。

又行驶了十来分钟，他们在路边看到了一个生锈的路牌。这路牌歪歪斜斜地立在路边，上面用鲜红色的油漆刷了一个箭头，箭头下面是三个潦草的大字——"黑水镇"。这三个大字下面还有几个稍微小点的字，是"加油""吃饭""大保 ×"——最后一个字有些看不清了。

"服务还挺齐全。"壁虎略微来了点精神。顺着箭头指向，车子拐进了一条铺满碎石子的小路。路的两边黑魆魆的，长满了一人高的荒草。陆辛听到荒草里传来一阵窸窸窣窣的声音，还看到荒草在晃动。

壁虎略带神秘地解释道："是兔子。"

陆辛看了一眼，道："能不能打一只？"

"可别……"壁虎吓了一跳，忙阻止他，低声道，"那是黑水镇放出来的'兔子'，观察动静的。当咱们到黑水镇时，这些人基本上就摸清咱们的底细了。"

陆辛这才明白，"兔子"就是探子的意思。

在小路上行驶了半个小时左右，车子才来到灯火通明之地。这是一座建在较高地势上的镇子，周围树立着三四米高的粗木栅栏，上面缠满了狰狞的铁丝网。他们在远处看到的灯光，其实只是从栅栏顶部露出去的一小部分。

栅栏外面停着一辆辆满身泥渍的大卡车，有的里面空空荡荡的，有的装满了货物。卡车周围有一些守卫，他们闷头抽着香烟，偶尔警惕地扫视一眼。小路的尽头是一扇生满铁锈的铁皮大门，旁边有一座用铁栏杆围成的亭子。

“搜荒的！过来休息一下。”壁虎径直将车子开到亭子旁边，大声喊道。

“搜荒？”亭子里的人隔着车窗打量了一下车里的壁虎与陆辛，投过来一个玩味的眼神，笑道，“瞧着不像，你们两个身上挺干净的……”

他的声音有些大，亭子里几个抱着枪的人看似无意地往外走了几步，在卡车旁边闲聊的几个人也将目光投了过来。

“我们是他妈搜荒的，又不是拾荒的，为什么不能干干净净的？”壁虎用力拍了拍车门，故作粗豪地笑道，“咋地，非得滚一身泥才能进？”

“没有，就是问问。”亭子里的人见壁虎毫无惧色，眼皮便一耷拉，例行公事道，“老规矩，入镇可以，但只能带手枪，重型火力要留在车上。你要问什么是重型火力……‘突突突’的就是重型火力，要放车上；‘啪啪啪’的就是可以带在身上的。你们要停车的话，有两个选择：停在镇子里面，一天一百联盟币，或是十个罐头，枪和子弹也能抵，我们有人帮你们看着，但贵重物品要随身携带；停在镇子外面的话，没人管你，你们自己留人看着，出了事概不负责。”

停个车都这么多规矩，陆辛觉得长见识了。

“‘啪啪啪’的肯定要带啊，还用你说？”壁虎拿出手枪，在车门上拍了两下，“停里面，省得被人卸了轮胎！”

周围不少人瞄到他手上有枪，就都将目光收了回去。

“能带手枪，可不代表能开枪，在镇子里随便开枪，不管有理没理，先罚一千块钱！”亭子里的人唠叨了一句，接过壁虎递过去的一百联盟币，叫道，“牛子！领一下。”

“好嘞！”铁皮大门被打开，里面跑出来一个小年轻，手里拿着一个竹牌牌，一掰为二，一半给了壁虎，一半系在车的左后视镜上，然后站在前面挥手，“来来来，进来！……没事，剐不着，大胆开……”

“停个车都要一百块啊！”陆辛心想，微微有些心疼，不过他转念又想，“反正是公差，可以报销。”再转念一想，“如果出公差省下钱来了，不知道可不可以自己留着……”

车子在铁皮大门后一片平整的空地上停了下来，壁虎拔了钥匙跳下车，甩上车门。

“停在这里就可以了？”陆辛没有多少出门的经验，有些不放心，“不会出事吧？”

“这个你放心。”壁虎拍了拍车屁股，“咱这车，一般人可对付不了。”

陆辛点了点头，转头看去，只见妈妈和妹妹也下了车。妈妈正看向一面墙壁，但她的目光似乎穿过墙壁，看向了更远的地方。

“很近了哦，你要做好准备。”察觉到陆辛的目光，妈妈微笑着对他点了点头。旁边的妹妹似乎非常开心，眼睛都亮了。

“爷们儿，你们来镇子干什么的？”停好车子后，那个叫牛子的小年轻把他们领出停车场，然后殷勤又带点审视地上下打量着他们，笑道，“咱黑水镇吃的、喝的、玩的，可都比高墙城里多！无论你们是想住店，还是想喝酒吃饭，我都可以带你们去！”说着，他悄悄压低了声音，“如果是想买货，也有很多地方可去。大市场现在关门了，你们只能明天去。小市场的话，就看你们要什么了，反正我差不多都认识。”

“能买人不？”壁虎对牛子挤了挤眼。

“当然啦！”牛子一听，来了兴致，压低声音道，“咱们这儿的劳务市场可是周边最大的。”他一边说一边掰着手指头算，“壮年劳力三个起卖，一共一万块；年轻女的贵了一点，单个就得五六千，但可以单个买；至于上了年纪的，不怎么值钱，一般都是搭头。如果是短期呢，也能租，这价格就低很多了，不过得交押金。你可别嫌贵！现在不是以前人满地乱跑的时候了，价钱当然得涨，以后没准儿更贵！”

陆辛听着这些话，不由得惊诧地看了牛子一眼。生在高墙城里的他不知道，外面竟然有这样的“劳务市场”！壁虎更了解城外的事情，但他也没预料到这一出。他皱起眉头道：“谁要买这个啊？丧良心！我是问那种……”

“那个啊，您可真矜持！”牛子一听，顿时泄了气，似乎看不上这样的小买卖，他随手往街上一指，道，“太多啦，随便挑！”

“啧啧！”壁虎晃了晃脑袋，虽然看起来很兴奋和期待，但还是转头用眼神询问陆辛的意见。

而陆辛正看着一个空无一人的地方，好像在确认什么。然后他抬头看向镇子里，慢慢道：“先逛逛吧！”

“好，先逛逛。”壁虎揽住牛子的肩膀，塞了几枚硬币给他，“待会儿再找你。”

“好嘞，我就在大门这儿！”牛子痛快地答应下来，目光里闪着狡诈。

壁虎与陆辛和他看不见的妈妈、妹妹来到镇子中间那条热闹的街道上。

乍一看，这里比卫星城里死气沉沉的街道热闹多了。街道两边都摆着摊儿，卖着各种各样的商品，有分辨不出属于什么动物的肉，也有各种关在笼子里或用绳子拴着的活物，甚至有几个摊位明目张胆地摆满了枪械，摊主身上缠着一圈子弹，怀里抱着把枪，大声吆喝道：“咱的枪好啊，咱的枪妙！咱的枪不卡壳，最适合劫道！”

泥泞的道路两边有许多巨大的篷子，挂着夸张的宣传画。一个穿着奇装异服的主持人在动感的音乐里跳着浮夸怪异的舞蹈。在他身边摆放着一个笼子，里面有一个瘦瘦小小的人形生物，身上长满了黑色的羽毛。它缩在笼子的一角，一动不动，只有当主持人踢到笼子时，它才会轻轻颤叫一声。那个主持人一边跳着舞，一边用话筒大声叫喊：“快来看啊，门票十块钱一张，缸里的小孩、长毛的鸡人、灾变后的异生种、人头蛇女……各种各样的怪物应有尽有！十块钱你买不了吃亏，买不了上当！只要十块钱，就能让你大开眼界啊……”

路上的行人神色各异，其中大部分人的衣服都显得老旧又结实。晚上气温比较低，但有很多人故意敞着怀，露出别在腰间的枪。

他们路过一扇环绕着一圈霓虹灯的拱门，门口有不少浓妆艳抹的女人在那里抽烟，烟熏妆下的眼睛审视着街上经过的人。每当与别人的眼睛对视上，她们便粗着嗓子喊一声：“试试？服务好！”还有一些看起来身材单薄的男子倚在另一边的柱子上，见人就喊：“试试？送果盘！”

陆辛被他们看得有些不舒服，问壁虎道：“这是干什么的？”

壁虎只瞄了一眼，便痛心疾首地摇了摇头，嘴上却道：“正经营生，卖报的……”

陆辛当然知道壁虎是在胡扯，他又不是没见过，这样的营生卫星城里也有。他之所以问，只是因为没想到黑水镇还有男的做这个行当。

他走在路上，看着周围热闹的场景，心里不禁感叹：这是一个与城内截然不同的世界。城内有类似的街道，不过更多的是卖菜、卖小玩意儿，做皮肉生意的也不会这么嚣张。整体来看，城内显得安稳，而这里则热烈得过火。红月之后的世界一直如此，秩序与混乱就像两条平行的线，在墙内、墙外同时向前发展。墙外的世界危险、残酷，却能带给人一种疯狂到接近无拘无束的感觉。所以，哪怕高墙内的物质生活已经算是不错的了，但还是有很多人愿意留在外面，追逐那种自由自在的感觉。

“兄弟，咱们要找的人在哪儿？”壁虎戴上自己那副硕大的太阳镜，问道。

这会儿是夜晚，哪怕街道上灯光明亮，戴着墨镜估计也什么都看不清楚，也不知道壁虎是怎么想的。

闻言，陆辛转头四顾。好不容易到了这么热闹的地方，妹妹早已经跑得没影了。妈妈也不在他身边，不过陆辛总是可以找到她的身影，她或是在小摊前欣赏小首饰，或是站在冷清的拐角处，等着他过去。陆辛跟随着妈妈的脚步，一点一点穿过拥挤的人群，慢慢向前走去。

“发现敌人之后，我们怎么行动？”陆辛边走边询问壁虎。

壁虎皱起了眉头，看向周围，微微有些紧张。他知道，他们追踪的那个骑士团可能有重火力，还有三个精神能力者，不是那么好对付的。“按理说，我们应该先见见这个镇子的老大——一个叫蛇爷的家伙。他手底下养着一支不小的武装力量，与青港城有不少生意往来，算是合作伙伴，按理说会配合我们的。但是，这里距离青港城毕竟很远，而且这些王八蛋都是一些见钱眼开的货色，我也不确定那些人躲在这里他们是否知情。如果我们先去表明身份，有可能会打草惊蛇，给那些人创造逃跑的机会。正常来说，在这个镇子里对付那些人应该比在外面容易些。毕竟，进了镇子，大家身上都只带着手枪。”

陆辛点点头道：“那就先找到他们再说。”

他觉得壁虎的分析很有道理。黑水镇这样的势力没少做对青港城阳奉阴违的事情，如果他们有意包庇那个骑士团，暗中搞鬼，那就棘手了。不过，如果他们俩提前找到那个骑士团，然后再知会黑水镇的话，他们应该就会老实配合了，因为到那时候再搞三搞四便是明着与青港城为敌了。

在说话时，他们已经穿过了一条热闹的街，来到两排三层小楼前。

陆辛看到，妈妈站在一家棋牌室门口，正笑着看向他。他心里有数了，便向壁虎道："进去看看吧！"

"你是想赌钱，还是……"壁虎看到那家棋牌室，脸上微微一怔，连忙跟了上去。

"干什么的？"当陆辛与壁虎走到棋牌室门口时，两个身材高大、一脸横肉的男人立刻站了起来。

陆辛径直往里走，壁虎则开口骂道："都他妈到这儿了，你说干什么？"说完拿出一沓钞票晃了晃，又塞回去。

见他一副豪横的样子，那两个壮汉没再说什么，摇摇头，又坐了回去。

陆辛走进棋牌室的大厅，顿时一股刺鼻的气味扑面而来，那是混合了烟味、酒气、狐臭与汗臭等味道的超重量级气味炸弹。迎面走过来一个穿着性感、脑袋上戴着白色兔耳发卡的年轻女孩，她的怀里抱着一个装满香烟与酒水的纸箱子。

陆辛的耳中被嘈杂的声音充斥，有人喊着"大"，有人喊着"小"，还有人喊着"我说开大""我说开小""去你妈的""啊呸！""啊啊呸！""你敢吐咸的！"……

来到这种平时最喜欢的地方，壁虎却没有嬉皮笑脸，他知道这趟出来是做什么的。他们要追踪的骑士团里可是有三位精神能力者，而且，他们不是在青港城，背后有特殊污染清理部为他们撑腰。虽然青港城在城外有着一定的威慑力，但从城里出来公干的各行业人员突然失踪或曝尸荒野也是常有的事。一不留神，下一个可能就是他。

壁虎神情紧绷，看了陆辛一眼，低声道："就是这里？"

陆辛点了一下头，目光穿过混乱的人群，看向里面一个大门紧闭的房间。

壁虎伸手按住腰间的枪，一脸谨慎："什么计划？"

陆辛打量四周，只见妹妹正蹲在不远处的牌桌上聚精会神地看别人打牌，似乎很想上手。而妈妈则站在里面的房间门口，手里拎着精致的小挎包，神色温柔地看着他笑。在二号卫星城害死了那么多人的那个骑士团可能就在这扇门后面。

他摇摇头，道："不用做计划了。"说着，他径直走到那个房间门口，一脚踹了过去。

嘭！房门被踹开，动静极大，房间里面的人齐刷刷地将目光投了过来。

陆辛静静地用目光扫过房间里的人——一共有七个人，五个人正围坐在长桌边打牌，两个兔女郎在服务。他没有找到秦燃，但视线在一名穿着红色西装的男人身上停下来，眼神笃定起来。

那个男人笑着高高扬起三张牌，正要甩下，看到陆辛闯进来，他的表情微微一僵。

陆辛看着他，慢慢露出笑容："你先打完牌，我不着急。"

望着这个忽然间踹门进来、表情却很和善的年轻人，赌客们的表情都起了变化。坐在西装男对面的男人模样极为粗犷，属于极其凶悍、不好招惹的那种类型。他看起来心情很不好，输得眼睛都发红了。看到陆辛，他先是微微一怔，然后忽然一掌拍在桌子上，起身去摸腰间的枪，大骂道："谁他妈让你进来的，不知道爷们儿正打牌呢？"

不等他将腰间的枪拔出来，一柄冰凉的匕首就横在了他的喉咙前。壁虎不知何时溜进了房间，直接将这个作势要掏枪的男人给制住了。他的另外一只手拔出枪来，指着其他人。

"啊！这……你……你们想干什么？"那个男人的脾气顿时变得好了很多，缓缓举起要拔枪的手，颤声问道。

壁虎看了陆辛一眼，手上的枪在赌客们的脸上一一扫过。他看看那两个兔女郎，脸上露出笑，轻轻地摇晃着枪，食指在扳机处画着圈圈。保险已经打开了，这把枪正处于随时都有可能击发的状态。壁虎看起来只是在耍帅，实际上却是随时都能取一屋人的性命。

"兄弟，是哪一个？"他笑着向陆辛发问，"还是说……这些都是？"

陆辛没有出声，只是轻轻一点头，目光看着西装男。

那男人留着一头长发，一身鲜艳的红西装非常亮眼。不知道他是怎么做到的，在荒野里仍能保持衣服的鲜艳和干净，这使得他像灰暗的人群里的一朵花。不需要妈妈的确认，陆辛就认出了他——袭击二号卫星城的骑士团中的木偶系精神能力者。原因很简单，陆辛看到他的笑容时，感到十分熟悉。之前那个想要接近他却被他打掉了脑袋的精神改造人有着同样的笑容，现在想来，当时其实就是这个西装男通过那个精神改造人向他露出了笑脸。

西装男迎着陆辛的目光，停顿两秒，突然轻轻地笑出了声。他将手里的牌放下，笑道："三张A，我赢了！"

那个想要掏枪的粗犷男人顿时不自在地动了动，似乎想骂人，但喉咙被锋利的匕首抵着，不敢开口说话。

西装男慢慢地向后一仰，靠在椅背上，狭长的眼睛中带着尖锐的寒意，目光在陆辛和壁虎身上扫了一遍，慢慢笑道："你们是谁？"

壁虎下意识看了陆辛一眼。

陆辛的表情没有变化，慢慢道："我觉得你应该认识我，所以我就不回答你这个问题了，只说我的目的。我到这儿来是带你回去的。你最好不要反抗，因为我打算把你活着带回去。只有让你接受审判并定罪，然后再杀掉你，才会显得比较有意义。但是，我没有与精神能力者交手的经验，一旦动起手来，我下手可能会没有轻重。这样的话，我担心当我抓住你的时候，你已经变成死人了！所以还是那句话，你最好不要反抗。"

壁虎听了这番话，表情变得十分古怪。

西装男脸上的笑意更浓了。他微微摇头，自言自语道："难怪老大那么小心！"然后他笑着向陆辛道，"你说得很有道理。"说这话时，他的两只手慢慢伸了出来，仿佛是要给陆辛一个给他戴手铐的机会。壁虎一直死死地盯着他的动作，如有半点异常，他会立即开枪。但是，西装男的举动没有半点要反抗的意思。

此时，坐在牌桌边的另外三个赌客表情都十分错愕。壁虎拿出枪时，他们显得非常害怕，整个过程中一句话也没有说过。但这时，其中两人好像害怕到了极点，忽然"哎呀"一声，同时向后一倒。电光石火间，他们一个从椅子下面拔出手枪，极为阴险地指向陆辛；另外一个用肩膀将牌桌顶起来，要掀向拿着枪的壁虎。

"不老实！"壁虎短促地喊了一声，同时响起的还有两声枪响——他手里的枪迅速射出两枚子弹。

那两个捣乱分子的身体停滞一秒，几乎同时颓倒在地——一个眉心挨了一枪，一个肩膀挨了一枪。壁虎稍稍松了一口气。

让人没想到的是，西装男忽然笑了笑，下一刻，那两个已经倒在地上的人猛地睁开了眼睛。无论是肩膀挨了子弹的，还是眉心挨了子弹的，都迅猛地动了起来——一个抬手瞄准陆辛，扣动扳机；一个飞快地掀起牌桌，桌子上的扑克牌与现金顿时漫天飞舞。

“精神改造人！”壁虎反应过来，立刻大叫了一声，提醒陆辛。

此时的陆辛望着那两个精神改造人，心里暗暗闪过自己看过的资料：

木偶系精神能力者研究报告

首要特征：通过精神丝线，控制木偶傀儡行动。精神量级越高，能力越纯熟，掌控力越强，可以让木偶模仿正常人的行动。

关键描述：木偶系精神能力者的木偶又称精神改造人，需要特别制造。正常人有可能被木偶系精神能力者捕获，但因个人意志较强及精神量级较高等原因，往往会出现一定的反抗。唯有经过大脑额叶切除手术及大脑精神洗礼制作出来的无精神力木偶，才可以被木偶系精神能力者自由控制。木偶系精神能力者和其制造的木偶均可以发射精神丝线固定于建筑、树木等物体表面来实现迅速移动。

对抗要点：破坏木偶的脊椎，可以使木偶失去行动力。接近本体，摧毁其意志，可以一举击溃木偶系精神能力者。

能力分型：第一阶段的木偶系精神能力者控制上限为十个木偶，不具备意志转移能力。

回想资料内容的同时，陆辛已经展开了行动。妹妹一直跟在他身边，因为她觉得接下来一定会很好玩。当木偶向陆辛开枪时，她主动拉住了他的手腕。陆辛迈出一步，动作瞬间变得极为迅疾，木偶手上的枪还没抬起来，他就飞跃两米距离，快速而精准地踩住了木偶的手腕。木偶的手抬不起来，只能下意识扣动扳机。

“砰！砰！砰！砰！”所有的子弹都打在了墙上。子弹打空后，木偶面无表情，机械地抬起另一只手去抱陆辛的腿。陆辛抬起另一只脚，踢在木偶的手肘位置，木偶的手臂顿时扭曲成了一个古怪的形状。但她完全没有常人的疼痛反应，只是顺势抬起两条腿，绞向陆辛的腰。陆辛身子一拧，躲过了她的攻击，然后将膝盖向下一压。“咔嚓”一声，木偶的脊椎彻底断裂。她保持着扭曲而古怪的姿势，双眼无神，只有手指还在微微地颤动着。

与此同时，壁虎一脚踹出，翻倒的牌桌向前撞去，将那个肩膀中枪的木偶撞到了墙上。牌桌飞出的撞击力极大，而这个木偶的身体很脆，半个身子

都塌陷变形了，卡在墙壁上。只是，他却并不觉得痛，还在努力地向壁虎伸着手，动作木讷且怪异。

这诡异的一幕把房间里的所有人都吓蒙了，两个兔女郎尖声大叫起来。西装男一脸错愕，他没有想到，自己的两个精神改造人这么轻易就被解决了。他无奈地笑着，瘫坐在椅子上，好像已经认命了。

壁虎看了陆辛一眼，然后从腰后扯出精神能力抑制器，准备给西装男戴上。

就在此时，陆辛看到，妈妈站在房间的角落里，温柔地看着他，笑道："还没结束哦！"

陆辛立刻警惕起来，旋即听到了细微的"嘀嘀"声。"还有问题！"他一把扯住正慢慢往前的壁虎。

陆辛的脚边趴着那个脊椎被破坏的木偶，她漠然地看着陆辛，嘀嘀声正是从她的腹腔中发出来的。陆辛眼睛一眯，似乎看到她的腹腔中有一枚小型炸弹，正在拼命闪烁红光，越来越急促。他的眉头皱了起来。

壁虎大吃一惊，骂了一声，立刻伸手拉陆辛，想快速退出房间。

陆辛没有配合，反而蹲下去，按住了那个木偶。

"咔——"被陆辛的手掌触摸到的瞬间，木偶的手臂、腰肢、颈椎、双腿瞬间以一种违背常理的姿态折叠起来，看起来就像一个纸人被人用蛮力揉成了一团，而腹腔中的炸弹则被她的身体裹在了最中间。陆辛起身后退，同时将这团肉球向前踢了出去。

"砰！"肉球忽然炸开，房间里顿时血肉翻飞。炸弹的体积不大，木偶被揉成一团包裹住炸弹，又减弱了火力，但房间里还是瞬间乱作一团，尖叫声不绝于耳。

"他的精神量级得有多高啊……"壁虎看着陆辛，心里异常惊讶。蜘蛛系精神能力者可以自如地控制和扭曲自己的身体，但像陆辛这样瞬间将别人折叠起来的，他还是第一次见。惊叹之余，他快速冲了过去，目标正是那个卡在墙壁上的木偶。既然一个木偶肚子里有炸弹，那另外一个应该也有。

壁虎飞跨到那个木偶身前，用匕首在他的腹部一划，露出一颗正在跳动的心脏，还有一枚闪烁着红光的炸弹。不过，这枚炸弹并没有爆炸的迹象。壁虎心想，这是因为这个木偶的脊椎没有被破坏吗？这个木偶系精神能力者在木偶身体里放炸弹，应该是特地为了解他的人准备的，只有了解他的人才知道破坏木偶的脊椎。而脊椎一被破坏，炸弹就会引爆。为了安全起见，壁虎先是快速地割断了炸弹的接线，然后才彻底捏碎了木偶的脊椎。

“这……这都是什么？”其中一个赌客茫然地叫喊着，似乎还没反应过来。

此时，整个房间里已经乱得像一幅抽象画了，到处都是喷溅的血迹和碎肉。

另外四个人都已经吓坏了——死人复活，四肢变形，腹腔炸弹……哪怕他们是习惯了荒野生活的人，也被这诡异的一幕幕吓得大脑一片空白。

“看起来是你们五个人在打牌，实际上是人家三个一条心，欺负你们俩！”陆辛看了剩下的两个赌客一眼，慢慢地说道。

他知道，这两个打牌的没有问题，是活人。这并不奇怪，一个牌桌上如果都是精神改造人，那么那家伙赢谁的钱去？陆辛心想，这两个人一定输得很惨。他一边想着，一边看向对面被撞碎的窗户，西装男已经趁乱逃走了。他坐的位置刚好靠窗，应该是他为了方便逃走特意选的。

与此同时，听到从房间里传出来的枪声和爆炸声，外面的大厅里已经乱作了一团，有人急忙躲在牌桌下面，也有人争先恐后地冲到大街上大叫着：“快，快，这里有人闹事，快来管管啊！”

远处的街道上，一群手持武器的人大步赶来，领头的正是那个叫牛子的年轻人。

“动静闹得太大了。”壁虎嘴上这么说，神情却一点都不慌张，笑着看了一眼陆辛道，“恐怕镇上的武装力量很快就要过来了，这些人是有胆量向我们开枪的，我们最好先跟他们说明情况再去抓人。”

陆辛转头看了一眼，妈妈已经不见了，她似乎在炸弹爆炸前就离开了房间。是担心被血溅到吗？她一直很爱干净！陆辛想着，向壁虎道：“你留下来跟他们说明白，我去把他们解决了！”

话音未落，他就像一只狸猫一样，“嗖”的一声从破碎的窗户里跳了出去。

“喂，对方可是有三个精神能力者啊！”壁虎被陆辛的话吓了一跳，急忙喊了一声。可惜他还没说完，陆辛就已经没影儿了，他只能连连摇头：“唉，这个小队长进入状态也太快啦！”

壁虎气呼呼地转身用手枪指了指房间里剩下的几个人，叫道：“别动，再动打死你们！”

“大哥，你觉得现在这个情况，我还有胆量动吗？”那个粗犷男都快吓尿了，两个兔女郎也是梨花带雨的。

“说得也对！哈哈！”壁虎反应过来，笑着收起了手枪。他扶起一张椅子坐下来，看向那个身材苗条的兔女郎，笑问：“你多大了？”然后又看向那个身材丰满的兔女郎，坏笑道：“你不小哦……”

“嗒嗒嗒——”外面响起急促的脚步声，一群人拿着枪冲了进来。

“哈哈，别激动，别激动，我可不想杀了你们！”壁虎急忙举起手，让他们看清楚自己手里的枪和匕首，一脸和气地笑了起来。

陆辛冲出窗户后，一转眼就看到西装男正飞快地转过一个路口。他立刻转头寻找妈妈，只见她挎着一个小包，正站在一座小院子前温柔地笑着。她看向的并不是那个路口，而是相反方向的一条巷子。

于是陆辛牵着妹妹的手，身体像摆脱了地心引力一般，手脚并用地爬上了巷子的墙壁，快速地追了过去。这条狭窄的巷子尽头是一间开着门的车库，陆辛只用了一两秒钟的时间便冲到了车库外。

妈妈站在车库门口对陆辛微笑：“小心哦！”

陆辛点了点头，飞快地冲进车库里。

“嗒嗒……”就在那一瞬间，他忽然听到了铁管转动的声音。旋即，车库里面亮起了三束红光，无数的子弹同时向他喷射而来。

借着闪烁的红光，可以看到车库里面有三个身材魁梧的男子蹲在不同的位置，面无表情地扣动着扳机。而在他们身后则是那个西装男，他戴着头盔，骑在一辆高大而沉重的摩托车上，正用力地踩着油门。虽然陆辛追过来的速度出乎他的意料，但他已经做足了准备。首先，他安排了一个木偶误导陆辛，把他引向错误的方向。当然，这只是缓兵之计，陆辛迟早会发现上当了。然后，他在车库里安排了三个机枪手，全力阻击陆辛，自己则趁机骑车从侧门逃走。

原本陆辛和壁虎猜测，西装男的精神改造人已经消耗得差不多了，但现在看来，他居然还是有至少六个精神改造人可以驱使，也不知道他是怎么在这么短的时间里制作出来的。

三挺多管转轮机枪分三个位置瞄准了陆辛，喷出的子弹交织成扇形，瞬间便将陆辛淹没，仿佛是二号卫星城九江路口那一幕的重现。

“嗒嗒嗒嗒……”怒吼的子弹带着刺鼻的火药味呼啸而来，陆辛站立的水泥地上瞬间出现了一个个大洞。

但是，早在对方开枪之前，陆辛便已轻轻地跳起，手脚并用地在天花板上攀爬起来。待到三个机枪手反应过来时，陆辛已经爬了一半。重新将枪口对准天花板上的陆辛起码需要一秒多的时间，而这个时间已经足够陆辛爬到他们身后了。

之前陆辛吃过一次亏，被六挺多管转轮机枪扫射，幸好有妈妈的保护，他才幸免于难。这一次，有妈妈的提醒，他自然会加倍小心。蜘蛛系精神能力者只要提前做好了准备，被人逼入死角的可能性并不大。

“蜘蛛系！”当陆辛顺着天花板爬过来时，坐在摩托车上的西装男眼睛一眯，惊呼了一声。他瞬间估算出了陆辛来到自己身前需要的时间，知道自己已经无法从容地逃走了。于是他忽然盯住在天花板上爬行的陆辛，同时抬起双手掐住了自己的咽喉。

陆辛本来正手脚并用地向前爬行着，却忽然也抬起双手掐住了自己的咽喉。

“木偶系能力之二：强制模仿！”在不由自主地掐住自己的咽喉时，陆辛心里迅速闪过看过的资料。

木偶系精神能力者不能做到自如地操控正常人，但是他们集中精力时，可以强迫对方模仿自己的某个动作。影响范围在五到十米之内，影响人数最多能达到三个人。资料上还记载了一个案例：曾经有一个木偶系精神能力者手持一把空枪，指向自己的太阳穴并开枪，结果是三个对手同时开枪自杀了，他自己安然无恙。

控制时间只有短暂的一瞬间，陆辛自然不能把自己掐死。可是他正在天花板上攀爬，做出这个动作之后，身体便向下跌去。而他的下方则是那交织成了激流的多管转轮机枪射出的子弹。

若是壁虎遇到这种情况，可能真的没有办法应对，但陆辛还有一个妹妹。当他的身体向下沉去时，他低声喊了一句：“妹……妹！”

在子弹的呼啸声里，他的声音几不可闻，但妹妹自然可以听到。她开心地把身子倒翻过来，伸出一只小手拉住正在向下跌落的陆辛，同时向前一荡，便把处于半空中的陆辛向车库的另一端甩了过去，看起来就像陆辛在飞一样。“嗒嗒嗒——”火光明灭间，陆辛已落在其中一个精神改造人身后。

陆辛的身形古怪而凌厉，瞬间抓住那个精神改造人的肩膀，只见他的身体立刻像烧焦的塑料一样蜷缩起来。身体的歪斜影响到了他的动作，他以一种扭曲的姿势把机关枪指向同伴。“嗒嗒嗒……”一阵枪响后，另外两个精神改造人被打得血肉模糊。

陆辛转头看向车库的侧门口。西装男骑在摩托车上，正一脸惊恐地看着他。陆辛缓缓直起身来，向他露出一个灿烂的笑脸。

“你不是每次都可以用枪瞄准我的！”

“突突——”摩托车发出的声音无力而颓唐。陆辛中了“强制模仿”时，西装男立即骑着车冲出车库的侧门，但是摩托车却突然熄火了。他再怎么用力地蹬踏板，摩托车也只能发出一声声呻吟，无论如何都无法成功发动。

“该死！”西装男咒骂了一句，随即舍弃摩托车，双手向上伸去。他空空地一握，就像抓住了什么无形的东西，身体一下子就飞了起来。只可惜，他的身体才刚刚飞出去一米多高，陆辛便诡异地出现在他的身边，一把抓住他的小腿将他从空中扯了下来，让他再次老老实实地骑坐在了摩托车上。

陆辛把一只手搭在西装男的肩膀上，表情终于放松下来。

这是木偶系精神能力者的第三种能力，名叫精神丝线，用精神力变化出来的丝线，可以操控一定距离内的物体，缠住目标物体后甚至可以凌空移动。这种能力在精神改造人身上使用得更多，因为木偶系精神能力者本人的身体较重，反应力与平衡能力不够。另外，精神丝线作用于木偶系精神能力者自身时，他控制的精神改造人会进入沉眠状态。

西装男的脸色唰的一下变得无比苍白。他临时准备的六个精神改造人已经全军覆没。“强制模仿”的能力，对方也有对付的方法。摩托车不知出了什么问题，死活无法发动。而在距离这么近的情况下，即使他使用精神丝线，仍然无法逃脱。坐回摩托车上的一瞬间，他感觉到了绝望，而陆辛搭在他肩上的手更是让他浑身一抖。

唰！他突然拔出腰间的枪，对着陆辛的脑袋果断地扣下了扳机。

“砰！砰！”刺耳的枪声在夜空里震荡。

枪口的火光照亮了陆辛的笑脸，他的脖颈以极快的速度拧了两下，发出清脆的“咔嚓”声。

两发子弹全部落空。

西装男的手里还握着枪，子弹还未打空，但他的手却颤抖起来。

“咔嚓！咔嚓！”他手里的枪突然散架，零部件一一弹开。接着弹开的是他拿枪的五根手指、他的手腕、他的胳膊，它们一块一块地飞到空中，然后落在地上，像一瓣瓣凋零的玫瑰花。

从始至终，陆辛只是把手搭在他的肩膀上，什么都没做。

“啊啊！”西装男发出一声惨叫，从摩托车上滚落下来。他蜷缩在地上，喉咙里发出凄厉的呻吟声。不过，他挣扎了一下，很快便停止了呻吟，不知道他是怎么做到的。他在地上哆嗦了一会儿，然后喘着粗气，强撑着爬了起来。

西装男毫无血色的脸上浮现出苦笑，望着陆辛，像是完全放弃了抵抗。“你不像是蜘蛛系的啊！我记得蜘蛛系没有这么可怕……”

“不止你一个人这样说过。”陆辛没有正面回答，只是笑了笑，拔出摩托车的钥匙，揣进自己的兜里。

他记得资料上说过，木偶系精神能力者的弱点是其本体，只要找到本体，就可以很轻松地将其控制住。没想到他还是花费了一番功夫。无论是伪装成正常人躲在他身边的精神改造人，还是精神改造人肚子里的炸弹，都不是很好对付。

他想起资料上有三行标红的大字，那是特清部给他的警告，也是他还没有学到的精神能力者战斗培训课程的第一课，称为精神能力者作战三大原则：

第一，精神能力者从来不主动挑起无准备的战斗。

第二，战斗从来不是决定胜负的关键一环，对战斗的准备才是。

第三，保证自己不会失控比分出胜负更重要。

周边环境对精神能力者实力发挥的影响大到足以改变一场对决的结果，所以，每一个精神能力者都会在战斗开始前努力营造对自己有利的环境。这位木偶系精神能力者在这方面其实做得相当不错，虽然对对手的伤害性不大，却能造成一定的混乱，增加逃走的机会。陆辛心想，还好西装男没有对付他这种人的经验。

“其他人呢？”陆辛双手插进裤兜里，轻声问道。

“他们不在这里。”西装男无奈地笑了笑，“当我们记录精神污染炸弹实验数据失败时，老大就觉得哪儿不对，虽然并没有什么实质的依据，但是为了稳妥起见，他们还是与我分开行动了。我本来也没有太当回事，只想着来这里休整一下，再买几个人补充我的木偶，没想到你们来得这么快！看样子，能当老大的人果然有两把刷子，青港城不好对付。”

陆辛没有理会他后面说的那番话，只是皱了皱眉头，问道：“那他们逃向哪里了？”

西装男看了陆辛一眼，笑容带着讥讽。

陆辛认真地道：“如果你不肯说，我也可以用别的问法。”

“哈哈哈！”西装男大笑起来，随即声音渐渐低下去，轻声道，“你太小看我了！朋友，在荒野上混的都知道，规矩和诺言最重要了！我落到你的手里，当然只能认栽，但是你不会真觉得我一下子就会把所有的事情都交代了吧？失去了信誉和名声，我会落个比死还惨的下场的！”他一边说着，一边放松下来，又笑道，“对了！我还要提醒你一句，我是木偶系精神能力者，可以像控制木偶一样控制自己，所以，就算你把我大卸八块，我也不会感觉到痛苦的。”

陆辛淡然地看了他一眼，然后道：“没关系，我们肯定可以找到解决办法。”

西装男怔了一下，摸不透他看似友善的回答里藏着几分险恶。

陆辛漫不经心地看向站在不远处的妈妈，她就像在看孩子参加运动会一样。察觉到陆辛的目光，她微笑着轻声道：“还没有结束哦！”

陆辛微微皱眉，心想：“还有什么呢？”

妈妈和妹妹不一样，她不会将能力借给陆辛，似乎也不需要借给他。遇到问题的时候，她会主动帮助他，就像当初在二号卫星城九江路，她帮他挡子弹；就像平时保护他免受父亲的责难；就像刚才在战斗中提醒他一些需要注意的细节。她是个很细心的人，总是可以观察到一些细微的地方。她的提醒总是很关键，很有用处。既然她说还没有结束，那一定是他还有没考虑到的地方。但是，这个木偶系精神能力者确确实实没有反抗的力量了，在这样的距离下，他随时都可以将他杀死。那么，如果还有什么问题的话，这个问题会出在哪里？

陆辛正想着，远处传来一阵嘈杂声。

“喂！兄弟，有话好好说！我跟你讲，我在青港城很有身份的！”在一片晃动的灯光里，一群人推搡着壁虎往这里走来。壁虎两只手抱头，不停地喊着，看起来十分可怜。

这些人手里都端着枪，枪的样式各有不同，有手枪，有突击步枪，还有微型冲锋枪。他们的照明设备也各有不同，有的戴着矿工帽，有的拿着手电筒，甚至有几个人举着火把。唯一相同的是他们的胳膊上都戴着一个蛇纹臂章。看来，这就是黑水镇的治安队了。

“唰！唰！唰！”无数道光芒同时照到陆辛的脸上。人群里走出来一个身高将近一米九的壮汉，他身材魁梧得就像一头熊一样，两条粗壮的胳膊上满是刺青。他手里拎着一把枪，骂道：“你们他妈是来闹事的吧？不知道黑水镇里严禁开枪吗？我不管你们是从哪里来的，在黑水镇闹事是没有好下场的！”

陆辛被强光晃得有些眼花，眯起眼睛向前看去，只见壁虎朝他摊着手，一脸无奈地使了个眼色，似乎是在说自己已经尽力了。刚才他们分了工，陆辛出来追人，壁虎留下说服黑水镇的武装力量。按理说壁虎的事更容易解决，但不知为何，他竟然被扣下了。

“请不要误会！”陆辛连忙跟壮汉解释，“我们是青港城来的，有青港城的证件，来这儿是为了捉这个被通缉的人。而且，我们开的是手枪，他开的是机关枪！”

“我知道你们是青港城过来的，那又怎么样？”壮汉往地上啐了一口，冷冷地瞥了一眼西装男。看到西装男狼狈的模样，他的神色变得更为凶狠。他提起枪往陆辛脸上杵，骂道：“这里可不是青港城！在黑水镇是蛇爷说了算！蛇爷不说话的时候，就是老子说了算！你们想抓人，不知道跟我说一声？”

陆辛皱了皱眉头，没有说话。西装男得意地笑了笑。

壁虎隐隐觉得不对头，顿时有些慌，大叫道：“兄弟，你可别乱来！我跟你说了十遍了，我们真是青港城来的！”

“乱来？”壮汉冷冷地看了壁虎一眼，然后向身边的人使了个眼色。立刻有两个人走上前，一个要扭住陆辛，另一个向西装男走去。壮汉继续骂骂咧咧道：“黑水镇有黑水镇的规矩，他究竟是不是犯了事，得等我们先审一遍！再说了，你们说自己是青港城的，我怎么知道是不是真的？信不信就算我毙了你们，把尸体扔出去喂狗，也没人能拿我怎么着？”

“我的天，这么硬气的吗？”壁虎心中颇为惊讶，完全没料到这个治安官会如此强势。陆辛也有些意外。黑水镇这种地方的管理者是无法完全相信的，所以他们才没有事先打招呼，而是直接抓人。一般来说，就算黑水镇和骑士团有什么勾结，在陆辛已经抓到人的情况下，他们应该也不敢乱来了。没想到，这个治安官一出现，便明显地表现出对他们的不满，明知道他们是青港城来的，态度还如此强硬。

“原来是这样啊。”陆辛突然笑了一下，一副恍然大悟的样子。他转过头，看到妈妈正站在不远处，饶有兴趣地看着这些人。他立即确定了自己的想法。这时，治安官的手下已经走到他面前了，他不慌不忙，直视治安官，微笑着开口道：“你不正常！”

这突如其来的一句话使得在场的人都微微一怔。治安官看向陆辛，眯了一下眼：“你说什么？”

“我说你现在有些不正常。”陆辛迎着强光，从容地微笑道，“这个人在青港城犯了事，潜逃到黑水镇，现在被我们抓住了，你却想将他带走，甚至不惜对我们动武。你是真的不把青港城放在眼里呢，还是你其实已经不正常了？”

治安官愣了一下，大叫道：“什么鬼话！你敢骂老——”

不等他说完，陆辛忽然向他走去。“哗啦”一声，周围好几把枪都对准了他。

陆辛只向前走了一步，治安官却大吃一惊，如临大敌地用枪指着他的额头。

如果平时有人这样用枪指着陆辛，他定会紧张，但此时他发现了真相，心里只觉得十分好玩。何况，妹妹就在他身边，妈妈也在不远处站着，他不会有事的。他脸上带笑，目不转睛地注视着治安官的脸。其实他不想笑，这样显得不严肃、不专业，但他实在忍不住。

“你在看什么？”治安官不安地问道。他手里明明拿着枪，枪口几乎要碰到陆辛的额头了，但不知为什么，他感到十分紧张。他看着一脸淡定的陆辛，心里很纳闷儿：“这人难道不怕枪？到底谁不正常？”

迎着治安官又凶又狠的眼神，陆辛抬手指向西装男，慢慢道：“你是不是收过他什么东西？”

这句话一出，在场所有人又愣住了——这是唱的哪一出？

治安官舔了一下嘴角，故作凶狠道："你什么意思？"

"我不是在说你索贿，虽然他有可能是以贿赂的形式给你的！"陆辛看了西装男一眼，然后正视治安官，脸上的笑意更浓了，"可能是一朵玫瑰花，也可能是别的东西，总之是他亲手送给你的！你仔细想想，是不是收了那东西后，你就对他特别有好感，甚至非常非常……爱他？"

听完他的话，西装男顿时变了脸色，被扭住的壁虎也猛然一惊。

陆辛说完，只是静静地笑着，观察治安官的反应。他心想，难怪妈妈说还没有结束，这个治安官表现得太异常了。特清部已经确定血色玫瑰事件是骑士团策划的，作为骑士团的一员，西装男拥有类似那种玫瑰花的精神物品十分正常。若是他事先通过某种方法把这种精神物品送给了治安官，治安官就会对他产生好感，在这种好感冲破极限之前，治安官会拼命保护他。这才是西装男最后的底牌。如果陆辛没有及时发现他的这张底牌，他们很可能会遭遇不小的麻烦。

"你……你胡说八道什么？"治安官的脸色明显红得异常，不像是愤怒，而像是……恼羞成怒？

治安官察觉到了很多道诧异的目光，神色越发难看。但实际上，这些诧异的目光不少都是冲着陆辛的。他们都觉得不可思议，怎么会有人这么一本正经地对这个出了名凶横的黑水镇治安官说出这样的话，听起来既像挑衅，又像羞辱，可他的表情又显得很认真。这种强烈的反差让人生出一种滑稽的感觉。

"这人疯了吧？"

"要不直接打死算了！"

"竟敢侮辱治安官！"

慢慢地，人们叫嚣起来。当然，也有人感觉一阵恶寒。

"快他妈闭嘴！"治安官一边骂着，一边向手下人使眼色，同时把枪握得更紧了。他眼中露出凶光，动了杀意。

"说脏话不好！"陆辛的笑容慢慢消失，认真道，"你再说我就生气了。"

按理说，治安官是被人影响了，罪不至死，但如果他真想挑起战斗，那陆辛只能在暴乱之前将他杀掉。从治安官的反应来看，他受到影响的时间不长，还没有达到那种扭曲狰狞的程度，所以他才会对他们说这么多，才会想先将西装男带走，私下再放了他。他对青港城的敬畏还没有被“爱情”的念头压倒。

但是，陆辛不确定，待会儿治安官会不会因为“爱情”而一时冲动，做出不理智的事情。这样一来，很有可能引发他们与黑水镇之间不必要的冲突。毕竟黑水镇的武装力量不容小觑，如果真闹起来，就算他和壁虎能够全身而退，过程也不会有多轻松。陆辛知道其中的利害，所以，如有必要，他真的会先出手解决治安官。

就在这一两秒内，壁虎已经想明白陆辛的话是什么意思了。他忽然哈哈一笑，吸引了所有人的注意力。

“看你五大三粗的，爱好还挺别致嘛！”说这话时，他的两只手自然放下，轻轻向两边一伸，就将身边两人手里的枪夺了过来。然后他上前一步，伸开双臂，一把手枪指向治安官，另一把土制喷子指向其他人。土制喷子喷铁砂，辐射面广，容易造成群伤。

“好了，不开玩笑了。”壁虎笑着道，“兄弟，不管你是被控制了，还是真的爱他，都赶紧收手吧！请开启配合模式！”

这突如其来的一幕让周围人都吓了一跳。被抢了枪的两人还没反应过来，完全不知道自己的枪是怎么到对方手里的。

迎着黑洞洞的枪口，治安官心里发虚，但他毕竟是在荒野里摸爬滚打的人，不甘示弱地吼道：“吓唬谁呢？王八蛋！这可是我们的地盘！就你这两把破枪，能干掉我们所有人？”

他的手下闻言，慌忙退后一步，纷纷掉转枪头指着壁虎，关注陆辛的人一下子少了很多。

被这么多枪指着，壁虎的表情显得有点兴奋：“你们真觉得我就两把枪？”

其他人都紧绷着一张脸，没人愿意在这种时候配合他说笑。

“呜——”就在这时，不远处传来沉重的轰鸣声。众人都有些诧异，不知道这是什么动静。下一秒，“轰隆”一声，旁边的墙被撞破，耀眼的灯光一下子打在众人身上，一头“钢铁巨兽”沉重地碾过被撞碎的墙壁，冲到众人面前。车顶之上，金属板向内收缩，一架黑色的多管转轮机枪自动弹出，黑洞洞的枪口指向众人。在它身后是两堵破墙与一排坍塌的木质房屋。

沉重的车身，耀眼的车头灯，充满危险气息的机枪。这头愤怒的“钢铁巨兽”死死地盯住了在场的所有人，让他们不由自主地屏住了呼吸。

陆辛这才明白，为什么壁虎不反抗这些人的抓捕。实际上，以壁虎的能力，就算无法说服这些人，也不可能任由他们像对待人质一样把他押过来。原来他早就在打这辆车的主意了！这辆车上装有青港城最新研发的自动驾驶与防御系统，虽然陆辛没有想到这个功能可以这样用，但壁虎明显想到了。有了这辆车，便能威慑面前的所有敌人。如果真的遇到棘手的状况，他们可以立刻带着西装男上车，硬冲出镇子。陆辛不得不承认，壁虎这个副队长做得还是不错的！

“你……”此时的治安官既惊慌又愤怒，他手里的枪都快端不动了，只能硬撑着大叫道，“你们……想干什么？”

若是只有壁虎和陆辛两个人，就算他们二人均拿着枪，治安官也不怕。但是，那辆车的出现，一下子就体现出了黑水镇与青港城的差距。同样是枪，被一个人抱着的，和从一辆车上弹出来的，威力根本不在一个等级。

“兄弟，男人只会影响你拔枪的速度！”壁虎笑着拿枪拍了拍治安官脸上的肥肉，“我知道你觉得自己遇到了真爱，但你仔细想想，这是我们青港城想要的人，你敢动私心，就真不怕跟他在一起的时候，一枚导弹忽然从天上掉下来？”

治安官的脸色顿时变得很难看。他看了一眼一言不发的西装男，脸上的肌肉颤动了一下，眼神凄楚——三百集大型虐恋爱情剧里的那种凄楚！

周围的人早就被那头“钢铁巨兽”吓呆了。手里拿着枪的人往往会产生一种自己很强大的感觉，而且他们还人多势众，但是此时，他们竟然觉得被彻底压制了——就好像他们只是光着屁股在荒野上乱跑的猴子，人家才是有底气有实力的大人物。

治安官喉咙干涩，微闭了一下眼睛，然后睁开。他的表情变得平静了一些，放下枪道：“好，我认栽了！你们还不赶紧带人走？”

壁虎笑着看了他一眼，只见他口中说着认栽，但眼睛还在偷瞄西装男，眼神决绝。

“爱情入脑，没救了！”壁虎无奈地笑了笑，“还是走程序吧。”他看了陆辛一眼，向这位队长发出请求。

陆辛不知道壁虎这个眼神代表什么，但他相信他，于是点了一下头。其实他感觉这事有些棘手。如果他们执意要阻拦他俩，那该怎么办？全部杀光？虽然也不是不行……还是不行，人太多了！

就在他胡思乱想的时候，壁虎已经伸手从治安官身上拿下了一个东西。那是一个蓝白两色的电子扩音器。他打开开关，扩音器发出一阵刺耳的噪声。

壁虎举起扩音器，脸色变得认真起来。他向周围的人，或者说是向这个镇子被阴影笼罩的地方大喊道："我们是青港城特别行动小队的成员，他是队长，我是副队长，奉命出城抓捕被通缉的要犯。我们有应急处理的最高权限，可以自主判断是否遇到威胁。我们的特遣作战小队就在镇子外面，十万精神量级的超远距电浆导弹已经瞄准了你们这个小镇。如果你们不想看一场临死前的烟花秀……"他微吸了一口气，旋即提高音量，"就他妈的赶紧让你们能做主的人出来说话！"

在场所有人都被壁虎这几句话给镇住了，他话里的那份底气是黑水镇的人从来没有过的。这些亡命之徒的心莫名地颤抖起来，人人脸色大变，甚至有人把枪掉在了地上。躲在人群里的牛子被壁虎看了一眼，更是猛地后退一步，裤裆里已经湿了一片。

"呜呜呜——"这时，有汽车加足马力的行驶声响起，旋即四面八方都亮起了耀眼的车灯，七八辆经过改造的汽车同时靠近，照得四下里一片明亮。车上是一群群怀里抱着枪的武装人员，他们的枪都指着被围在中间的所有人。他们来得很快。看得出来，黑水镇看似混乱，实际上主事者一直在暗中观察着镇子里的所有动向。这并不奇怪，知道在镇外散布"兔子"获取情报的人，不可能做什么"甩手掌柜"。

其中一辆车的车门打开，一个身材显得很丰腴的人影走了下来。她穿着黑色的旗袍，脚上踩着一双白色的高跟鞋，怀里抱着一只慵懒的橘猫，身后跟着两个人，一个人拿着枪，另一个人则为她撑着一把透明的伞。

"蛇爷！是蛇爷来了！"见到这个女人，治安官的手下都急忙低下了头。

蛇爷居然是一个身材窈窕的女人，真是出人意料。

"都放下枪，青港城的人不是我们的敌人。当然，我们也不是青港城的敌人。"女人慢慢走了过来，声音懒懒的，却很有威严。直到她走到灯光下，陆辛才能看清楚她的模样。她生得极美，只是看起来上年纪了，眼神显得无精打采，但微挑起眼皮看人时，那目光又十分锐利。

“哗啦啦！”治安队的人听了她的话，立刻都放下了枪。但是壁虎还举枪对着治安官，笑着转头道：“蛇爷，你好。”他的目光快速而隐秘地在蛇爷身上扫了一遍，笑容顿时更加灿烂。

“两位，这是怎么回事？”蛇爷看向壁虎，又转头看向陆辛，慢慢道，“你们进黑水镇抓人，好歹知会我一声呀。其实你们只需要告诉我一声，想抓谁我手底下的人就帮你们抓了呀！哪需要搞这么大的阵仗呢？”

“哈哈哈……”壁虎尴尬地笑着，似乎在琢磨该如何解释。他没想到，名声如此凶悍的蛇爷居然是个女人。不知道是青港城准备的情报把这一点给遗漏了，还是他们也不知道这个情况。更有可能的是，青港城根本没想到他们会来黑水镇抓人。

“真的对不起，蛇爷。”陆辛知道，面对一个地方的领导，他也应该表现出一定程度的尊重，就像对待陈菁那样。然后，他认真解释道：“我们是担心打草惊蛇，所以才没有事先和你打招呼，这确实是我们不对。黑水镇的规矩我们懂，刚才我朋友开了两枪，一枪罚款一千，我们会如数交的。”

“嗯？”蛇爷似乎有些意外，微微歪头看了陆辛一眼。打了个哈欠，嘴还没有闭上的壁虎也诧异地看向陆辛。

“不过，事实证明，我们小心行事是对的。”陆辛认真地看着蛇爷，继续解释道，“我刚才发现，你手底下的人的确出了一些问题。他受到一种特别的影响，会不惜一切保护我们要抓的人，所以罚款——”

“蛇爷！蛇爷不要信他！”还不等陆辛说出真正的目的，治安官已经慌乱地叫了起来。他脸上的肌肉不自然地抖动着，急忙向蛇爷大喊：“他胡说——”

“受到影响？”蛇爷摆了摆手，治安官立刻闭上了嘴，而蛇爷的表情有些许好奇，“受到什么影响？”

陆辛想了想，决定直说：“他爱他！”

“哟……”蛇爷有些惊讶，目光在治安官与西装男身上各扫了一遍，眼神有些古怪，“他喜欢这个调调？我怎么不知道？”

陆辛诚恳道：“你可以验证一下！”

蛇爷饶有兴趣地点了点头，向身旁的人使了个眼色。那人会意，立刻举起枪对准西装男的脑袋。

“不要！”治安官忽然扯着嗓子大叫一声，像是吓坏了，不停求饶，“蛇爷，你别伤害他！我求你了，看在我为你效力这么多年的分儿上，放过他吧！”

西装男微微叹了一口气，脸色有些尴尬，小声解释道：“其实我喜欢女人。”

陆辛转头看了他一眼，道：“你这样说，对得起他吗？”

西装男不说话了。

看到治安官的反应，蛇爷明显更感兴趣了。

“原来还有这么好玩的事！”她慢慢抚摸着怀里的橘猫，轻声笑道，“不过，这件事太玄乎了，我得好好调查一下。等我问清楚了，再将他送给青港城，好不好？”

“这样不好。”陆辛还是对黑水镇的领导表现出了足够的尊重，“这个人我们肯定是要带回去的。而且，为了安全起见，在确定一些事情之前，我们不会再让他接触到任何人。”

“嗯？”蛇爷的脸色似乎有些不悦，她揉了揉怀里的猫，看了陆辛一眼，声音懒洋洋的，“那他究竟犯了什么事，你们总可以跟我说说吧？”

陆辛想了想，有些为难，最后解释道：“我们有保密协议的，在总部对外公开这件事情之前，我们不能随便透露。如果你想知道，我可以向总部发个申请，如果上面同意，我就会告诉你！希望蛇爷可以体谅我们的难处，大家都讲道理，事情就会好处理很多！”

蛇爷的眉头已经皱起来了，她转头看了一眼壁虎。壁虎正在一边呆呆地站着，见蛇爷看过来，他忙挺胸道：“我听队长的。”

“呵呵……”蛇爷不说话了，表情不悦。

被她抱在怀里的橘猫身材肥硕，毛发油光顺滑。它舒服地在她胸口歪着，眼睛半闭半睁，看起来有些好奇地打量着陆辛。而陆辛看向蛇爷的目光正好扫过它，一人一猫的视线在空中不经意地触碰到了。如果视线的碰撞有声音，那这时候就会响起“吱吱”的电流声。

“这猫好胖啊……”陆辛心想。

“喵！”不知是不是被蛇爷揉得不舒服了，橘猫忽然叫了一声，颈毛直竖，不停挣扎起来。它的动作太激烈了，爪子抓到了蛇爷的胳膊，鲜血流了出来。

事发突然，周围那些拿着枪的人都感觉到了一种紧张的气息。一排排刺眼的灯光后面传出咔嚓咔嚓的枪械声，很多人打开了枪的保险，随时准备在蛇爷一声令下后向陆辛和壁虎开枪。没有人敢放松，甚至还有人扛起火箭筒，对准了壁虎身后那头高大威猛的“钢铁巨兽”。

陆辛只是微微皱了一下眉头，回想起橘猫刚才的眼神有些奇怪。他若有所思地看了橘猫一眼，又打量了一下蛇爷。

“没事。”蛇爷看了一眼自己胳膊上的抓痕，表情毫无变化。她轻轻抬起胳膊，然后伸出柔软的舌尖，慢慢舔起伤口来。

壁虎察觉到了蛇爷有点不对劲，但还不清楚哪里出了问题。他斟酌道：“蛇爷，真不是我们不通情达理，而是上面有规定。”他一边笑着，一边从兜里取出一份证件，在蛇爷面前打开，“认识吗？”

蛇爷望着证件上的徽章，神色微微一怔。她的脸上重新浮现笑容，有些温柔地看向陆辛，柔声道：“值得你们跑这么远来抓人，他犯的事肯定不小吧？”

陆辛一想，觉得这个问题可以回答，便点头道：“不小。”

“难怪要抓他呢……”蛇爷点了点头，居然就这样被打发了。她的神态又变得从容，向身边人轻轻摆了摆手。

那人有点蒙，不知道要做什么。

蛇爷不满地抬手抽了他一巴掌，又在他耳边说了一句话。那人这才反应过来，大步向壁虎走去。在壁虎灿烂的笑容里，他径直越过壁虎，将高大的治安官给摁在了地上。

治安官又惊又怒，拼了命挣扎，还没喊出一个字来，便被抽了一巴掌。蛇爷的另一个手下随手抓了一把石子塞进他嘴里，然后两人把他架起来带走了。

“不要抓我……蛇爷，求你看在我为你卖命的分儿上，饶了他吧……求你了，一定要帮他……呜呜……”虽然嘴里被塞了石子，但治安官还是边走边拼命大叫。那副可怜兮兮的样子，让周围的人都感觉自己在“棒打鸳鸯”。

蛇爷微笑着向前走了两步，示意所有人放下枪。壁虎也笑着将枪放下。同时，他比画了一个手势，车顶上的多管转轮机枪收了起来。

“说起来，我们黑水镇与青港城是一家啊！全靠青港城的粮食，大家才能熬过冬天；全靠青港城的酒，我们才能活得潇洒自在！所以，青港城的事就是我们的事！我代我这个不争气的手下向小兄弟赔个不是！”蛇爷抚摸着怀里的橘猫，轻柔地向陆辛笑道，“希望你能理解，手底下的人多了，不懂事的也就多了！你瞧，这个王八蛋平时总是偷看我的屁股，谁知道他其实喜欢这个调调呢？说起来还挺气人的……但这种事真让人没办法呀！”

望着蛇爷妩媚的模样，周围的人都有点愣神。壁虎在一边瞧着，眼神也有点直了。

陆辛则是开心地笑了起来，道：“没关系的，我也能理解，谢谢你。”

“哎呀！客气什么嘛……”蛇爷温柔地笑着道，“应该说是我给你们添了麻烦呢！”

他们两人客客气气的样子，让周围的人感觉颇为奇怪——蛇爷什么时候变得如此好说话了？她为啥这么讲理？

在众人诧异的注视下，蛇爷笑着继续道：“对于两位的工作，我们会尽全力支持和配合！要人有人，要枪有枪，要汽油打八五折！两位放心好了，不管是什么人，只要他们胆敢跟青港城作对，我们黑水镇就容不下他们！现在，不知道我们还有什么能帮上忙的？”

壁虎笑着道：“蛇爷太客气了……”他一边说，一边看向陆辛。

“有的。”陆辛也对这位蛇爷多了些好感，点头道，“这间车库我需要借用一下。”说着，他转头看向西装男，“我得问他点事。”

“随便用！”蛇爷一口答应下来，“要不要我搬一把电锯过来？钉子也有！辣椒水有很多！带刺的鞭子也有的……”

陆辛忙摇了摇头，笑道：“不用！不用这么麻烦！蛇爷能免了我们的罚款，我们就已经很感激了！”

蛇爷微微一怔，心想：“我什么时候说免罚款了？”

陆辛在众目睽睽之下转身走进后面的车库。

在他的眼神逼迫下，西装男没有反抗，老老实实地跟着他。

“都说了没用的！”西装男有些无奈，笑道，“我可以让自己感受不到疼痛，任何形式的刑罚对我来说都没用。而且看你的样子，也不像是造梦系或催眠系的吧！当然，就算是他们来了也没用！”

陆辛转过身，慢慢拉下卷帘门。卷帘门外的矩形灯光一点点缩小，黑暗开始像帘幕一样笼罩着他们两人。

“我说过，没关系的。”他转过身来，背对着卷帘门。门上几个小小的孔洞透进的光芒打在他的身上，使得他的脸隐藏在黑暗里。他的声音非常平静，甚至说是温柔也不过分：“我不打算对你用刑。”

望着黑暗之中只能隐约分辨出轮廓的陆辛，西装男忽然心跳加速。不知为什么，他莫名有些紧张。他喉咙发涩，声音紧张得变了调：“那么，你打算如何……审问我？”

“我只是一个普普通通的上班族，哪里学过审问？”陆辛站在卷帘门边，完全没有动，只是轻声回答，“所以，我希望你主动说出来。你自己说的才够完整。”

西装男被这种古怪的对话方式搞得心里发慌，陆辛的回答明明挺正常的，却给他一种异样的毛骨悚然的感觉。

不等他再说话，陆辛忽然轻轻唤了一声：“妹妹。”

西装男皱紧眉头，不知道这两个字是什么意思。车库里太暗了，他的压抑感逐渐膨胀。这种压抑感到了极致就会让人产生一种错觉，好像这里不仅仅只有他们两人。

西装男越来越紧张，死死地盯着卷帘门边的陆辛。这时，他忽然感觉有一只冰凉的小手正在摸自己的脸，耳边传来一阵若有似无的“嘻嘻”声。刹那间，他感到毛骨悚然，一颗心好像要从胸膛里跳出来了，头皮像通了电，一根根头发在麻嗖嗖的感觉中竖立起来。他能够感觉到，自己全身上下都起了一层鸡皮疙瘩，无法形容的恐慌与怪异感瞬间充斥脑海。

他的目光锁定卷帘门边的陆辛，心想：“他明明站在那里，一直都没有动过啊！那摸我的人是谁？！”

车库外面，蛇爷的手下递给她一盒雪茄。丰满而慵懒的蛇爷抽出一根雪茄，在手下递过来的火上点燃，慢慢吸了一口，然后吐出一大口烟气。她的模样很是陶醉，而她怀里的橘猫被笼罩在烟气里，也一副飘飘欲仙的样子。

“小兄弟，怎么称呼？”蛇爷又抽出一根雪茄点燃递给壁虎，笑着问道。

“我叫张三，他叫李四。”壁虎接过雪茄抽了一口，被呛得直咳嗽，“大姐，你这烟发霉了吧？”

蛇爷又陶醉地抽了一口雪茄，道：“灾变前的东西，重新烤过的。我听过你们这个部门的一点传闻……”她没有拆穿壁虎的谎话，只是笑道，“以前还觉得太夸张了，今天亲眼见了，才知道那些传闻不假。别的就不说了，被这么多枪指着，你们连眼睛都不眨一下……这说明你们很有自信呢！”她一边说，一边靠近壁虎，“小兄弟，你们这样的人，青港城里多不多？”

壁虎抽了一小口烟，无聊地吐了几个烟圈，然后笑道：“那得看你指的是哪一方面了……”说着，他瞟了一眼蛇爷丰腴的身材，“长得像我这么帅的，青港城里没几个。”

连旁边的手下都忍不住对壁虎侧目了，蛇爷却好像一点也不介意被壁虎调戏了，反而柔柔地剜了他一眼，笑道：“确实，像你这么帅的，连我也没见过几个呢！不过，我问的是另一方面。看你们两个年龄不大，也不像是受过训练，我却有种感觉——就算我的人同时开枪，你们也不怕。你们是不是有把握在这么多人同时开枪的情况下，照样收拾了我这个弱女子？”她笑眯眯的，似乎很好奇。

壁虎老实回答道：“是我的话，最多只有一半把握，还得是在离你比较近的情况下。”他看了一眼车库，认真道，“但如果是我们那位小队长的话，应该不只是收拾你，还有可能收拾掉其他所有人。”

“嗯？”蛇爷眨了一下眼睛，眼神有些闪烁。

“蛇爷应该也看出来了，”壁虎压低声音，笑道，“他这人特别讲道理。所以，你不能不讲道理啊！”

蛇爷若有所思地点了一下头。她怀里的橘猫眯起眼睛，看起来好像睡着了。

这时，旁边一个人走上前来，道：“蛇爷，问出来了！黑三收了那个穿红裤子的家伙一块金砖，然后就跟发了疯似的，先是帮他用最低价买了几个人，再帮着他给那些人开膛破肚，还帮他盯着周围的动静。直到现在，他仍然说自己遇到了真爱，不觉得自己有什么异常。”

蛇爷摆了摆手，道：“原来是私底下收好处了，那中了招也是活该。关起来吧！”说着，她又看向壁虎，温柔地笑道：“这些人的手段还挺吓人的。不过，你们两个明显更厉害，轻轻松松就把他给抓住了。像你们这样的人，在青港城一定特别受重视吧？”

壁虎缓缓吐出一大口烟气，似笑非笑地看着蛇爷道：“可不是嘛！我们在青港城也是有特权的。”

蛇爷的表情就像发现了值得玩味的东西一样，她装作不经意地道："哎哟，什么特权？我想听听！"

壁虎上下审视了蛇爷一眼，笑容开始变味："比如，照顾小姐姐的生意不违法……"

蛇爷反应了一秒，才明白他说的是什么意思。她整个人都有些蒙了，无法理解地看着壁虎道："就这？"

"这只是其中一个方面。"壁虎知道蛇爷是在打听什么，脸色一变，认真道，"更重要的是，我们能够享受待在城里的生活。城里能上学，能工作，下班回家还能买个菜。想干活儿的时候我就接个刺激的活儿，不想干活儿的时候我就在家里躺上一天，不用天天跟斗鸡似的紧绷着神经。最重要的是，大街上的姑娘不会因为害怕而不穿短裙……"

他的目光扫过面前那些在凉风里敞着怀、鼻涕流到嘴边仍毫无察觉的人，慢慢道："你们这里挺热闹的，但就是有一点不好——太疯了！"

听完壁虎的话，蛇爷微微皱起眉头，刚想说些什么，就见一个身上裹着黑色塑料布的小个子男人急匆匆地跑过来。他明显有急事要说，但又不敢靠近。蛇爷微微点了一下头，他才急忙走上前来，低声说了几句话。蛇爷听完，猛地一个激灵，露出难以置信的表情，眼神有些惊恐地看向壁虎。

"刚才你用大喇叭喊的……"她的脸色极为不自然，声音有些颤抖，"是真的？"

"大喇叭？"壁虎愣了一下才反应过来，笑道，"想啥呢，那是骗你们的。"

蛇爷看了他一眼，道："你刚才说我们太疯了，难道你们高墙城里的人……"她下意识抬头看了一眼黑沉沉的夜空，冷哼道，"就不疯了？"

壁虎不明白蛇爷为什么忽然变得有些冷淡，他诧异地想，难道她不喜欢爱吹牛的人？他刚想开口解释，忽然听见一声惨叫。

那声惨叫是从车库里传出来的，听上去是西装男发出的，几乎震得车库外面的人一阵心惊肉跳。那惨叫声里蕴含的震惊、恐惧与痛苦，甚至让人产生了一种无法形容的战栗感。

蛇爷的一帮手下身上瞬间起了一层鸡皮疙瘩，都有些惊恐地看向车库。荒野上的人都是用私刑的行家，蛇爷的刑具藏品算得上是荒野一绝，但无论怎么想象，他们都想不出什么样的刑具能让一个人发出这样的惨叫声来。

惨叫声持续不停，并且不断地拔高。就连蛇爷怀里的橘猫都被惊醒了，转头向车库看了过去，样子十分诡异。

蛇爷的第一反应是看向镇子外面，然后才转过头来看着壁虎，表情有些严肃，也有掩饰不住的紧张。

壁虎咽了咽口水，看向蛇爷道："当然了，我们也有几个不太正常的！"

惨叫声持续了大约几十秒便骤然停下来，然后车库里外均没有人出声。这样的安静持续了好大一会儿后，车库的卷帘门忽然打开，陆辛从里面走出来。他一副若有所思的样子，还有点后怕。

"他是在怕啥？"壁虎不由得想，"西装男的惨叫声吓到了他？可是，不就是他搞得人家惨叫连连的吗？他在害怕他自己？"

"该问的事情我都已经问出来了。"陆辛向壁虎走了过来。蛇爷在陆辛靠近时，微不可察地后退了一步。

看到蛇爷的手下捧着雪茄，陆辛顺势接过雪茄递给壁虎，然后道："我们需要快点出发，没时间押送这人回青港城了。"说着，他看向蛇爷道："可不可以先把他关在这里？青港城会有人过来带他回去。"

蛇爷愣了一下才惊讶道："李四小兄弟相信我？"

陆辛想了一下"李四是谁"，然后点点头，道："相信。"

在抓到人之前，他们担心黑水镇会包庇骑士团，如今人已经抓住，也已经审过了，陆辛很放心。这些人不可能再搞出什么意外来，也不可能私自放走西装男。何况，就算把他放了，他也跑不了！

"小兄弟，相信我是好事！"蛇爷舔了一下嘴唇，轻声笑道，"不过，这个人不太正常吧，我能关得住他？"

陆辛转头看去，借着车库外面的灯光，可以看到西装男正好好地蹲在地上。他身上看不出一点伤痕，但是整个人哆哆嗦嗦的，脸上的肌肉不停地颤动着。他的眼睛里有种深深的恐惧感，眼泪、鼻涕在脸上糊成了一团。

一感觉到他人的视线，他便歇斯底里地大叫起来："怪物，怪物啊！全都是……全都是怪物啊！"

气氛一下子变得有些压抑，所有人都看向陆辛。

陆辛只是平静地摇了摇头，道："不用担心，他现在很正常。"

第四章

开心小镇与女王

“蛇爷人真的不错，很大方。”陆辛坐在越野车的副驾驶位上，有些感慨地说道。

壁虎在认认真真地驾车，双眼直视前方，没有吭声。

过了一会儿，陆辛又道：“我以前老听说荒野上的人很豪爽，现在总算见识了。”

壁虎的脖子就像被固定住了，一动不动。他的双手机械地转着方向盘，就像一个没有知觉的木头人。从黑水镇出来之后，他就一直是这样。耀武扬威的西装男单独和陆辛在车库里待了不到半个小时，就变成了那种疯魔的样子，任何人看到了，都忍不住要生出在荒野上相当罕见的怜悯之心。可是他这段时间一直和“罪魁祸首”陆辛在同一辆车上——不对，是陆辛和他的家人们!

又过了一会儿，陆辛道：“如果荒野上的人都和蛇爷一样讲道理，以后办什么事都挺方便的！”

壁虎终于忍不住了，慢慢开口道：“你这么夸蛇爷，就是因为她把那辆摩托车送给你了？”

“不止啊！”见壁虎终于肯开口说话了，陆辛微微松了一口气。从黑水镇出来之后，壁虎就一副心事重重的样子，显得很不正常，他有点担心他。他笑着继续道：“蛇爷不仅把那人身上所有值钱的东西都给了我们，而且好心地答应帮我们把人送到青港城去。我们在黑水镇开枪的罚款她也给免了，还免费给我们加满了油，补充了饮用水和食物，甚至送了土特产……另外，她还说，以后去青港城做生意的时候，要找我合作呢！只可惜，碍于规定，我不能给她留电话号码。”

“对，这事我也有点惋惜。”壁虎附和道，忽然又警醒过来，心想：“我怎么又跟他聊一块儿去了？”

不过，既然已经开了口，壁虎也不好再僵着了。他偷偷看了陆辛一眼，只见陆辛正对着他笑，牙齿又白又整齐。

“你终于能聊天了！看你从黑水镇出来后一直不说话，我还以为你受了什么影响呢！挺担心你的。”

壁虎愣了一下，道：“你担心我？”

“对啊。”陆辛道，“上面不是规定了吗？队友失控之后，要清理掉！”

壁虎的头发瞬间竖了起来，身体再次变得僵硬。对擅长扭曲身体的蜘蛛系来说，这算是一次能力压制。

“我开玩笑的！”陆辛忙解释道，“其实我是看你心情不大好，也不知道是不是因为在黑水镇的时候我以队长的身份命令了你，让你不太开心，所以想开个玩笑让你放松一下。如果我做得不好，”他微微一顿，认真道，“我愿意向你道个歉！”

“不，你误会了！我这人从来不喜欢跟别人开玩笑！”壁虎先是严肃地申明，然后才露出惊讶的表情。他又偷偷看了陆辛一眼，小心翼翼道：“你这么在意我呢？居然愿意为这样的小事向我道歉？”

“对啊。”陆辛很坦然地道，“你是我在特清部认识的第一个同事，也是一起出外勤最多的队友。你教了我不少东西，对我也挺好，我是把你当朋友的，当然很在意你了。”他微微顿了一下，笑道，“老实说，我以前在公司里朋友不是很多。”

“这我倒没想到。”壁虎有些动容，转头看了陆辛一眼。看着陆辛平静而认真的表情，壁虎的心情渐渐好转，忽然像打了鸡血一样兴奋起来，大声笑着道：“不过兄弟，你这人还真是啰唆，这些话还用你说？咱们哪是朋友，那是兄弟啊！”他拍了两下方向盘，豪爽地道，“一起出外勤，一起搞清理，还得一起商量回去怎么报账，这种感情是要把后背留给彼此的好吗？”

壁虎这话说得很有道理，而且他终于活跃了点，陆辛渐渐放了心。他暗自想着：“不过，我的后背是我的家人帮忙看着的，我倒可以帮壁虎看着点他的后背！”

这时，壁虎突然神色一敛，低沉道："咱俩做朋友这件事，叔叔阿姨还有妹妹不介意吧？"

陆辛看了一眼后视镜，只见妈妈端庄优雅地坐在后座上，正对着梳妆盒补妆。妹妹嘴里叼着一块巧克力，小脚丫伸到了车窗外面，正躺在妈妈的膝盖上睡觉。家人刚出现的时候，陆辛曾怀疑妹妹是鬼，但现在可以确定不是了，因为鬼不能晒太阳，而妹妹是可以晒太阳的。虽然在晒太阳的时候，她会变得懒洋洋的，一点精神也没有；而一到比较黑暗或气氛比较压抑的地方，她就变得异常兴奋。

"交朋友的时候，不能掏心掏肺哦！"察觉到陆辛的目光，妈妈善意地提醒道，"否则会受伤的！"

"其实那是我跟你开的玩笑。"陆辛轻轻点了一下头，笑着向壁虎道，"我只是能力有些奇怪而已。"

"咦？"壁虎的表情很好奇，但他没有追问，只是哈哈一笑道，"这还用你说，其实我早就听说啦！研究院有位教授说你的精神能力不是蜘蛛系的，而是'合家欢'。既然是'合家欢'，那能力奇怪一点也很正常嘛！对不对？再说……"他偷偷看了一眼陆辛，"要真有这么多家人，你怎么可能表现得这么正常？"

陆辛认可地点点头道："谢谢你理解我。其实我很清楚，有很多人不理解我，觉得我不太正常，甚至有点怕我……"

"不会，我肯定不是那种人。"壁虎严肃道，"我觉得你很正常，最多只是有几个不太正常的家人！"

后座上，妈妈从精致的小梳妆盒后面抬眼看着壁虎。妹妹醒了过来，眯着眼睛盯着壁虎的后脑勺。

陆辛赶紧道："呃……这个话题以后还是不要聊了！"

"好的，好的！"壁虎反应过来，身子微僵，总感觉后脑勺凉飕飕的，然后他岔开话题道，"行了行了，马上就要上大路了，你在黑水镇问出了什么？告诉我吧！"

陆辛拿出自己的笔记本，翻了几页，沉声道："那个木偶系精神能力者叫陈重，写作重力的'重'，读'虫'音。他今年三十四岁，未婚，有过三个女人，但没有孩子。他原本是某个高墙城里的居民，觉醒了精神能力之后，觉得自己很了不起，于是到荒野上寻找发财的机会，渐渐地在西边干了不少大事。”

壁虎有些惊讶：“这么细？”

陆辛抬头看了他一眼，道：“他主动跟我说的啊！”

壁虎沉默了一下，似乎想起了不好的回忆，他急忙甩甩头：“好，你继续说。”

“嗯。”陆辛低头看着笔记本上记录的内容，继续讲述，“三年前，他被秦燃看上了。对了……他称秦燃为老大，说他的真名叫张四火。据他说，一开始他们谁也不服谁。然后，在一次交手中，他败在了秦燃手里。秦燃非但没有杀他，反而邀请他加入了骑士团。他们的骑士团不是在荒野上劫掠的那种，更像是临时组建的专业行动小队，由秦燃任队长，并负责接委托。每次接到活儿后，秦燃都会发电报给他们，约定一个集合地。委托主要来自高墙城内的一些大型势力，内容包括但不限于暗杀、护送、搜寻特定物品等。”

“这……这……”壁虎开着车，脸上一阵青一阵白，声音哆哆嗦嗦的，“你到底咋问出来的？我怎么听说，荒野上的人嘴可硬了，天天喊什么一诺千金……别说是精神能力者，就算是其中的普通人，被抓到之后也很难张口的……这人居然这么配合？”

陆辛微微抬头，特别认真地看向壁虎道：“真是他主动告诉我的。”

壁虎隐隐打了一个激灵，他努力控制住自己的哆嗦，笑道：“对嘛，这很正常！你都不用专门解释，我跟你讲，我这人可容易被说服了！”

看壁虎相信了“是陈重主动说的”这件事，陆辛继续讲述：“这次他们来青港城，就是为了抢那幅画。只是，具体是谁委托的，又该将那幅画交给谁，他也不知道。这是他们骑士团的规矩，对秦燃抱有完全的信任，不该问的不问。除了抢画，他们还有两个次要任务。为了掩护主要任务，他们从一个组织手里购买了一枚万量级精神污染炸弹。据说这种炸弹尚在实验阶段，所以他们需要将炸弹引爆时的具体数据记录下来，然后将数据交给低价卖给他们炸弹的那个组织。这就是第一个次要任务。那个组织是秦燃接头的，陈重并不了解。”

“精神污染炸弹？”壁虎微一沉吟，道，“就是咱们当时解决的那个吧？”

陆辛点了一下头，道：“就是它。因为炸弹提前被我们解除，所以他说这个任务算是失败了。依秦燃的说法，这枚炸弹只有在一万精神量级的时候二次扩爆，”说到这里，他顿了顿，“才算成功。”

壁虎知道为什么他的语气突然变得凝重，他们都想起了南墙下的那些尸体。

“该死的王八蛋！”壁虎骂了一句。

陆辛赞同道：“确实是王八蛋！”

“这群王八蛋比荒野上那些四处劫掠的骑士团还要可恶！”壁虎又骂了一句，然后问道，“第二个次要任务呢？”

陆辛沉默了。过了一会儿，他才摇了一下头，道：“没问出来。”

“嗯？”壁虎有些意外地看向陆辛。

陆辛道：“这件事是最后交代的，他那时候已经撑不住了。”说这句话时，他看了后视镜里的妈妈和妹妹一眼。

妈妈和妹妹并未关注他们的谈话，仿佛这件事无关紧要。而这正佐证了陆辛心里的猜测，妈妈和妹妹若是有异常反应才算正常，她们没有反应，便说明这件事反而不正常。难道是妹妹故意没有问？这是家庭内部的事情，陆辛不准备向壁虎多说。

陆辛继续道：“他当时崩溃得太快了，所以挺可惜的。但他透露，骑士团里有三个精神能力者、七个极富经验的雇佣兵，血色玫瑰事件就是他们中一个叫作大头鬼的成员制造的。他们之间有约定，互相不主动打探对方的精神能力。关于秦燃——或者说张四火——的精神能力，他只交代了一句话……”说到这里，他微微抬起头来，表情有些疑惑，“杀不死。”

“杀不死？”壁虎不由得怔了一下，“研究院推测过他的精神能力可能和重生有关，难道真有这么邪乎？”

陆辛没有回答。他想到了四方运输公司的秦燃，以及湖底的那棵人形果实树。

“你确定他说了实话？”壁虎皱起眉头，“他不是说与秦燃交过手吗？”

陆辛道：“他的原话是，正是因为与秦燃交过手，所以才不了解他的精神能力。他与秦燃交手的时候，根本没有撑到秦燃完全展露自己的精神能力，他就已经败了。”

壁虎点了一下头，没有多说，只是脸上有了些许阴影。

精神能力者之间的战斗是一件非常凶险的事情，尤其是与能力未知的精神能力者战斗，根本不知道会遇到什么局面。

“不过好在我问出了别的！”这时，陆辛轻叹了一口气，表情变得轻松了些。

壁虎一听，急忙有些紧张地转头看向他。

陆辛露出了笑容：“我问到了秦燃的下落。”

壁虎顿时更紧张了，神色变得前所未有地认真。

“据陈重交代，秦燃之所以临时和他分开，就是因为担心被盯上。秦燃没有告诉陈重自己会去哪里，也没说过和接收画的委托人在哪儿相见，只是约定，如果大家都没出什么事的话，那就等到三个月之后在南边的一座高墙城附近碰面。”

“啊这……”壁虎听了这话，下意识减缓了车速，表情有些纠结，“那线索岂不是又一次断了？”

虽然之前他就已经料到，这次追踪恐怕不会这么容易，但直到此时他才意识到，这些人当真比他想象的还要狡猾、有警惕性，追踪起来居然如此困难。

“还好。”陆辛摇了一下头，慢慢地说道，“决定老实交代之后，他就变得非常配合。虽然秦燃没有告诉他自己的去向，但是他努力回忆了一下，想起了秦燃的一个习惯。他说这位老大每次遇到有风险的事情时，都会去南方某个地方躲上几天，等风头过去了才会继续行动。而他们约定再次碰面的地方也在南方，所以他很有可能会先去那里躲几天。”

这也行？壁虎整个人都蒙了一下，然后紧张地问道：“是哪里？”

“85号公路尽头，距离香烟市场不远，他说那里叫作……”陆辛想了一会儿才道，“开心小镇？”

“吱——”越野车猛地发出刺耳的刹车声，陆辛的身体剧烈摇晃了一下，还好他系了安全带。他看了一眼后座的妈妈，发现她仍然坐得极稳，一点也没受到影响。但是不知何时爬到车顶上的妹妹却“嗖”的一声被甩了出去，这时候正凶狠地趴在车前盖上，向壁虎龇着牙。

陆辛有些奇怪地看向壁虎，不知道他在紧张什么。

“兄……兄弟……”壁虎的声音微微发颤，“你确定是那个地方？”

陆辛点了一下头，问道："怎么啦？"

壁虎想说什么，却没有说出来，只是飞快地俯身，从手套箱里翻出地图，然后在方向盘上展开。他的手指慢慢地在地图上移动着，很快停在其中一个位置上。他问道："这里？"

陆辛看到他指的地方，缓缓点了一下头。他不明白壁虎为什么反应这么大。

这张地图不仅标明了哪些路好走，哪些路难走，哪些路不通，哪些路有着某些危险，同时也标注了一些人类聚集点，而且分别以骷髅头符号标注了其危险性。比如黑水镇，地图上标注着"市场""石油"两个符号和一个骷髅头，这代表着黑水镇有一定的危险性，需要小心。地图上还有其他几个地方标注着骷髅头。比如有着两颗骷髅头的某个地方驻扎了一个凶恶的骑士团，恶名昭著。另有一个地方标注了三颗骷髅头，那里的人抢劫过青港城的运输车队，然后城防军杀了他们当时的首领。如今，新的首领掌握了大权，誓与青港城作对，不死不休，每当遇到青港城的人，都会疯狂地报复。可是，壁虎指的地方却一连标注了五个骷髅头，后面还有一个醒目的问号。那一整片区域都涂得黑黑的，在地图上有指甲盖那么大，放到现实中便是接近两个卫星城的大小。

"这代表了什么？"陆辛皱起眉头询问道。

"代表着这里不可靠近，否则有进无出。"

"嗯？"陆辛有些疑惑地看向壁虎，没太明白这是什么意思。

壁虎放低声音，仿佛怕被别人听到似的："兄弟，咱们青港城如今挺厉害的，周围的各大势力与废旧城池都探索得差不多了，就算没有探索完毕，也多少了解一些。但仍有一些非常神秘的地方，青港城至今对其一无所知。"他顿了顿，又道，"这样的地方被称为神秘禁区！"

"禁区？"陆辛道，"没有人探索过吗？"

"探索过，而且探索过很多次！"壁虎道，"但无论是开荒队，还是城里派出去的武装人员和研究员，他们不是一去不返，就是从禁区出来后都疯了。牺牲的人无数，却没得到任何有用的信息。要说唯一有用的信息，那便是'此地不可探索'！因为对其一无所知，所以才称之为神秘禁区！"说到这里，壁虎轻轻敲了一下地图，加重了自己的语气，"你所说的这个地方就是其中一个神秘禁区，也是最危险的一个。我听人讲，这地方曾经吞噬了一支全副武装的百人开荒队。这支开荒队背后有大方的投资者，给他们配备了最先进的仪器与最强大的武器，另有信息小组即时传递消息。但是，他们进去后忽然失联，之后再没人见过他们！”

陆辛的眼睛向后视镜看去。妈妈正饶有兴趣地听着壁虎的话，注意到陆辛的目光，她微笑起来。

“真是个旅游的好地方呢！”她一边说，一边摸着妹妹倒挂进车里的小脑袋，“你说对不对？”

“嗯嗯！”妹妹用力点头，眼神有些兴奋。

陆辛轻轻吸了一口气，微微点头，然后向壁虎道：“那出发吧！”

壁虎闻言，瞪大了眼睛看着陆辛，还以为自己听错了。

陆辛认真地解释道：“无论那里是不是禁区，人总得抓回来。”

“汇报最新行动路线：经调查得知，青港城二号卫星城8 · 18袭击事件主犯秦燃（真名张四火）极有可能藏身于开心小镇中，青港城特别行动小队队长单兵提议，进入开心小镇继续调查……对，我作为副队长已经表达过不同意见，甚至严厉批评了他……没用，他是队长，而且他坚持——喂！你这句‘那就小心’什么意思？你不该继续劝我们吗……哦，哦……好的。”

见陆辛云淡风轻地说要去开心小镇把秦燃抓回来，壁虎整个人都毛了，但又不敢表现出拒绝的态度。好不容易驶到了一片空旷区域，他满怀期待地架起信号接收器，然后拨通了总部的卫星电话，想借着向总部汇报工作进程的机会阻止陆辛去开心小镇。

壁虎具体是怎么聊的，陆辛没太关注，只是断断续续地听到了几句音量忽然拔高的话，然后就见壁虎捣鼓起了一些电子仪器。在荒野上进行远程沟通也是非常麻烦的，陆辛不由得怀念起城内的生活。

过了好一会儿，壁虎终于耷拉着脑袋回来了，脚步有些无力。

“他们怎么说的？”陆辛关心道。

壁虎有气无力地将一台镶着铁框的平板电脑递给陆辛，声音里透着绝望：“他们直接把资料传过来了……还说顺便探索一下神秘禁区也好，把探索记录带回去也可以算作一次任务……”

“咦？”陆辛听完觉得很惊喜，笑着接过平板电脑，“那就快些赶路吧，我在车上看。”

壁虎实在不想上车，因为他不想去那个未知又恐怖的地方。但他也不敢不开车，因为在这个拥挤的车厢里，他的话语权还是挺小的。

陆辛慢慢翻看起了平板电脑上的资料，内容少得可怜，也不知是因为信息不好传递到荒野，还是本身信息就很少。第一份文件是扫描件，只有一页，上面写着：

S级神秘禁区——开心小镇

地点：85号公路尽头

介绍：此地区为极度危险区域，覆盖面积约为50平方千米。靠近此区域，可以检测到强烈的精神力场。身处精神力场边缘部分，会产生头晕、烦躁、昏迷、幻听、手脚痉挛等各种不同反应；深入精神力场50米，将在所有目击者的视野之中消失。在精神力场中，电子仪器会出现电路系统故障及通信信号紊乱等现象。

成因：未知

污染等级：未知

有效探索记录：无

“居然还有这样的资料，看起来好不专业啊！”

陆辛不由得摇了摇头。他点开第二份文件，发现是一张照片，照片上是一片看起来极为空旷的区域，中间有一条废弃的马路。照片上的天空阴沉沉的，空气中好像有雾，什么东西都看不清。似乎是为了证明并非是镜头出了问题，拍摄者特意在照片的左下角摆放了一个小鱼缸。鱼缸拍摄得很清晰，里面的水藻和小金鱼都能看得清清楚楚。但往旁边看去，只能看到扭曲的波纹。照片上显示的拍摄时间是两年前，其他有指向性的线索一概没有。

第三份文件也是一张照片，照片上的男人穿着淡蓝色连体工装，年纪有二十多岁，看起来很像化工厂的工人。他眼神木讷地看着镜头，脸上带着开心的笑容。照片下面有一行字：开心小镇居民。

然后是一份手写笔记，记录的是开心小镇的由来：

开心小镇具体形成时间已不可考，最早被发现异常是在十年前。

开心小镇与世隔绝，居民少与人交际。偶尔会有居民拿着粮食外出，与外面的人交换食盐、布料、锄具等用品。小镇居民脸上总是带着一成不变的笑容，因而人们称此地为“开心小镇”。

最后是一段红字：

每次对开心小镇展开调查，都会带来不可估量的损失。所有进入开心小镇精神力场的研究人员，无一生还。无人机、机械狗等探索装置也无不在进入精神力场后立刻失去信号。

曾经有人在开心小镇居民外出换取食盐时将其扣押，对其进行审讯。审讯的结果是，开心小镇居民无法回答复杂问题。当天夜里，那名居民及审讯人员、研究报告全部神秘消失，再无踪迹！

看完了所有资料，陆辛放下平板电脑，然后拿起一边的精神能力者分析资料看着。

壁虎等了好一会儿都不见陆辛有反应，忍不住问道：“怎么样？”

陆辛有些诧异地抬起头看向他：“什么怎么样？”

“我是说……”壁虎一只手握着方向盘，另一只手比画了一下，“你看了资料，感觉怎么样？”

“不怎么样，没太多有用的信息。”陆辛摇摇头，很平静地说，“看样子，我们还是得亲自过去看一下。”

在他看来，这些资料确实没有什么价值。另外，向总部汇报行程以及工作进展是规定，也是为了万一他们遇险的话，方便青港城安排人来救援。但到了如今这种境地，总部早已鞭长莫及了。汇报还有一个目的，那就是方便事后核查，这是总部对陆辛有所提防的体现。但是这次总部既然同意他出城，自然默认了他可以主导在城外的一切行动。陆辛觉得，总部更担心的应该是他就此脱离特清部，而不是他用什么方式完成这次任务。尤其是对于开心小镇这个地方来说，无论是救援，还是事后核查，都是不必去指望的事情。

越野车一路急驶，速度还是那个速度，却莫名少了点之前的嚣张劲儿。

因为壁虎心里实在没底，酷都要不起来了。

陆辛了解壁虎的忧虑，善解人意地没有去刺激他。

“兄弟，你很有信心啊！”过了一会儿，壁虎自己倒忍不住开口了。他看起来很自然，表情和语气都恰到好处，但就是能让人感觉到他心里很虚。“去85号公路尽头，你一点也不怕？”

陆辛抬头看了他一眼，笑了笑，道：“怕也没用。”

“嗯——”壁虎忽然转变了语气，“咱俩这关系不错吧，你能不能给我交个实底？”

陆辛好奇地等着壁虎继续往下说。

壁虎的表情显得挺严肃，就是语气听起来鬼鬼祟祟的：“兄弟，你的精神能力到底是什么级别的？”

“级别？”陆辛没听懂他说的话。

壁虎忙解释道：“不知你的培训课程讲到这一块了没有……咱们的精神能力啊，根据精神量级、影响范围以及防御能力等因素，是有着级别划分的。一般来说，像咱们这种蜘蛛系，初始都是C级，如果可以将精神能力开发到极致，熟练掌控各种接近极限的能力，便可达到B级。你看我就是B级。”

陆辛下意识道：“你居然是B级？”

“喂！”壁虎感觉自己被小看了，不服道，“你为什么表现得这么惊讶？我很厉害的好不好？”

“哦哦，抱歉，抱歉，我不是那个意思！”陆辛急忙解释道，心想：“他居然是B级？我的档案上好像暂定的C+……”

“你看起来是蜘蛛系，其实还有别的精神能力，对吧？”壁虎小心翼翼地看着陆辛道，“这件事大家都看出来了，你也不用瞒着我。既然你想去那个鬼地方抓人，我当然要陪着你，可你好歹要给我交个实底——你的精神能力究竟是哪个级别的？”

陆辛沉吟道：“B级以上，比如A级，是什么样子的？”

壁虎想了想，认真道：“B级以上是A级，以及S级。其中，B级的有我和酒鬼，我的精神能力开发得相当不错，而且比较稳定；酒鬼的精神能力天生就影响范围比较大。A级的精神能力强大到几乎可以以一个人的力量对抗一支由几百个普通人组成的小型军队，当然也有一不小心死掉的可能……而

S级……”他顿了一下，道，“只能说无解！无解的精神能力就是S级的。”

“无解？”陆辛很好奇。

壁虎认真地点了一下头，道：“我们的精神能力其实与污染源类似，都有自己的特性以及核心。在正常的情况下，稳定的精神能力者可以开发出三种能力。比如说，我们蜘蛛系看起来花里胡哨的，其实基础的能力就三种：一是对身体的自由控制，二是强过普通人的自愈能力，三是擅长精密操作。你应该听得懂，这三种能力其实有着同一个核心。”

陆辛微微点了点头。壁虎的精神能力确实是这样，但是妹妹的话……他从后视镜里看了妹妹一眼，感觉他们有些相似，但又不尽相同。

“所以说，”壁虎继续解释，“只要敌人了解了我们精神能力的特性，便可以对付我们；而知道了我们精神能力的核心，就可以做到有针对性地消灭我们！但是，S级精神能力者的精神能力是如何产生的，根本没人知道。或者说，即便知道了其是如何产生的，也无法抵挡或是中断他们的精神能力，任何力量在他们面前都是被动的！这就叫无解！”

陆辛静静地听着壁虎的话，同时想着自己的情况。他可以被消灭吗？当然可以。妹妹的能力可以帮他快点恢复，但他肯定也是会死的。他施展能力有迹可循吗？似乎……也是有的吧……

他决定谦虚一点，道：“我肯定不是无解的，最多也就是个A级！”

“嗯——‘最多也就是个A级’……”壁虎重复着这句话，都快流泪了，“这就是你谦虚的极致了吗？”

陆辛有些不好意思，不知道该说什么了。

壁虎讲的这些概念，妈妈似乎也在认真地听着。突然，她有些开心地笑了。

“可是，就算你的精神能力在A级，和S级的神秘禁区相比，也有很大差距吧！”壁虎兜了一大圈，终于把话题兜了回来，哭丧着脸道，“你就一点也不害怕？”

这次，陆辛承认道：“怕啊……那么奇怪的地方，谁能不怕？”

壁虎瞪大了眼睛：“怕你还去？”

陆辛皱起眉头，似乎有点不理解：“害怕与去不去之间有什么必然的联系吗？那些人就在里面，把他们抓回来是我们的工作啊！”

通往开心小镇的85号公路居然意外地平整，只用了一天多的时间，陆辛与壁虎距离开心小镇就只有十千米远了。天色已晚，又赶了一天的路，他们决定扎营休整。

壁虎在篝火旁坐下后不停地忙活着，反复检查他带的枪支与子弹，一遍遍地把各种零件拆卸下来，又一遍遍地组装起来，根本没心思看那几本杂志。

陆辛能感觉到他的压力很大，便笑着道："你不用怕，到时候我自己进去就好。"

"自己进去？"壁虎愣了一下，向开心小镇的方向看了一眼。

陆辛点了一下头，道："对，你只需要在外面等我。等办完了事，我会给你发信号。"

"这……"壁虎轻声苦笑道，"兄弟，你也看出来我㞞啦？说真的，我就是挺㞞的！妈的，觉醒精神能力之前，兄弟我就是个街头混混，而且是天天挨揍的那种！别看我现在这么帅，这么潇洒，其实都是我装出来的！"

陆辛道："我看出来了。"

壁虎幽怨地看了他一眼："你回答得这么不假思索，把我酝酿的情绪都破坏了！"

陆辛忙歉疚地笑了笑："是我不好，你继续。"

壁虎干咳一声，清了清嗓子："但是呢，既然咱现在是精神能力者了，那胆子该大也得大点！咱们都一起出外勤了，我怎么能连一点责任都不背着呢？你放心，甭管那里面有什么妖魔鬼怪，我都会陪着你进去闯一闯。反正我带了不少特殊子弹，怕他个鸟！"

陆辛有些感动："你真不怕？"

壁虎黯然道："你又把我的情绪破坏了……"

"抱歉。"陆辛无奈地笑了一下，"真的不用了，你在外面警戒就好。如果我在里面遇到了什么麻烦，我会发信号弹告诉你。你还是别进去了，太危险……"

"哈哈哈！"壁虎豪爽地笑了起来，"这一路上我都在提醒你很危险啊，可我不还是来了？"

陆辛慢慢摇了摇头，转头看向远方，那是青港城的方向。他仿佛可以看到，青港城二号卫星城一栋破旧的公寓之中，父亲正坐在桌旁喝酒，他一口一口地往嘴里灌着辛辣的老白干，不知道已经喝了多久。他沉默着，前所未见地沉默着。这沉默里有某种力量在积攒着、膨胀着，躁动不安。他猩红的眼睛里满是期待。陆辛已经答应他了，会给他一个出门的机会。

“我说的危险不是来自开心小镇，”陆辛慢慢地开口道，“而是来自我。”

“这……”壁虎吃惊地看着陆辛。

篝火在静静地燃烧着，偶尔发出毕毕剥剥的声音。

“如果开心小镇很危险，那我可能会变得更危险。”看见壁虎愕然的神色，陆辛笑着解释道，“每个人都有奇怪的地方，我当然也有。我曾经试着搞明白自己，后来却发现挺困难的。”

陆辛向车里看了一眼，妈妈正在车后座上休息。妹妹蹲在车顶，抬头看着头顶上那轮红色的月亮。他叹了一口气，接着道：“所以我觉得，与其搞清楚自己的奇怪之处，不如想明白该利用这种奇怪做些什么。那些人在青港城做了那样的坏事，我觉得应该把他们揪回来。不过这是我的想法，不能连累到你。不然你真出了事，我会很愧疚的。”

壁虎愣了一下，勉强笑道：“哈哈，看你说的，不是为了让我帮忙，你带我出来干啥？”

陆辛坦然道：“开车啊！”

“……”壁虎一下子不知道该说什么了。他的表情变得有些古怪，不知是尴尬，是无语，还是感动。认真思索了一会儿，他点了一下头：“那我就听你的。不过你进去之前，得先听我的。我不知道你到底有啥秘密，但污染源与精神能力不外乎那几种。现在，你得先吃饱喝足，养足精神。你进去了之后，最好什么也不要吃，什么也不要喝。如果不是因为咱们带的设备不足，我甚至会建议你穿上防护服，因为你极有可能受到精神污染。所以你进去之后，一定要小心行事。哦哦，对了！拉屎撒尿什么的最好也先在外面解决了！”

陆辛哭笑不得地点了点头。

陆辛按壁虎讲的，饱饱地吃了一顿，然后痛快地睡了一觉。原本他和壁虎准备一人守前半夜一人守后半夜，但壁虎为了让他好好休息，把守夜的任务全包了。陆辛第二天早上起来时，壁虎还坐在车顶警戒着——虽然他手里一直拿着一本“正经”的杂志。

陆辛就地生火，煮了一盆牛肉罐头和泡面的混合物。解决了早餐，两人扑灭火，收拾东西，上车出发。

“我已经把可能会用到的物资放进你的背包里了，枪、特殊子弹、急性解毒血清、信号弹等。”壁虎一边开着车，一边说道，“到时候我就在外面守着，出了事，你立刻给我发信号。”

陆辛点点头，将背包放在腿上，清点了一遍里面的物品。

很快，车子驶到了85号公路尽头。前面没有路了，但是旁边有一条小小的土路。天色有些阴沉，能见度较低，小路曲曲折折地通向灰蒙蒙的雾气深处，远处是起伏的山丘。

“好，我现在进去，你在外面也小心些。”陆辛跟壁虎打过招呼，便提着背包下了车，顺着小路走了下去。

“唉，胆子真大啊！”壁虎见陆辛一副在郊游的悠闲样子，不由得感慨了一声。他正欲收回目光，忽然“咦”了一声，下意识擦了擦眼睛，又看向已经走到百米之外的陆辛。不知是不是花了眼，他隐约看到陆辛身边有一高一矮两道影子。

“不会吧？”壁虎越想越心惊，下意识回头看向空空荡荡的车后座。过了好一会儿，他才小心翼翼地试探道：“叔叔，他们都已经进去了，你不去吗？”

前往神秘禁区的路比陆辛想的还要远一些。

他背着自己最喜欢用的粗布背包，它虽然不那么好看，但是又厚又结实，刀子都不一定割得破，里面装着食物、枪、子弹、饮用水、药品，以及精神能力抑制器、一些钱、一块黄金。这些都是他可能会用到的东西，而且必要的时候，他还能直接用背包砸人。但有个缺点，那就是太沉了。他把背包从肩上换到手上，又从左手倒到右手，两条胳膊都酸了，可是眼前这条小路还是没有尽头。

天色阴沉，入眼的一切都灰蒙蒙的。陆辛抬头看去，可以看到不远处似乎有一片建筑物。它被郁郁葱葱的绿色包裹着，仿佛被那些生命力异常旺盛的植物给吃掉了。陆辛想，那应该就是开心小镇了。他可以确定，脚下这条小路是直通开心小镇的。可是他已经走了很久，小镇还是可望而不可即。

小路上杂草比较少，散布着一些淡得几乎分辨不出来的车轮印。无论是向前看，还是向后看，陆辛都看不见半个人影。不过，他总觉得小路两边荒凉的野地里好像有很多双眼睛在偷偷地监视他。然而，当他停下来仔细观察周围时，却又感觉不到任何异常。

“这地方好不正常啊……”陆辛嘀咕着，看向坐在自己肩膀上的妹妹，“你说是不是？”

“不是。”妹妹吃着糖果，在陆辛的肩膀上一晃一晃的，“我喜欢这里。”

陆辛这才反应过来，妹妹的喜好跟一般人不太一样。他无奈地转过头，想询问妈妈的意见，却发现她已经不在自己身边了，刚才还跟着他呢。大概是因为她穿着高跟鞋，在这样的小路上走太久会觉得脚痛吧！不过陆辛并不担心，无论妈妈在不在身边，关键时候她肯定会出来帮他的。

“陈重被收拾了，他们还有两个精神能力者，以及七个全副武装的雇佣兵，仍然不好对付。而且开心小镇这个地方本身也有些危险，说不定会遇到其他麻烦……”陆辛和妹妹聊着天，用说话的声音打破这安静得有些诡异的氛围，“另外，出来之前，我们答应了父亲，要让他帮忙。所以，到时候可能真的要放他出来了。妹妹，你怕不怕他？”

“当然不怕啦，我为什么要怕他？”妹妹挥舞了一下小拳头，“将来我长大了，一定要把他做成玩具，天天打他！”

“咦？”陆辛有些奇怪，“你不是一直害怕他吗？”

妹妹不说话了，一双眼睛安静地盯着陆辛，好一会儿才嘻嘻地笑了。

“我怕的不是他呀……”

“不是怕他？”陆辛表示不理解，“那你怕的是谁？”

妹妹没有回答他，她坐直身体，伸出手指向远处：“哥哥快看！”

顺着妹妹指的方向，陆辛抬头看去，突然感觉到一阵轻微的头痛，脑袋里响起了很多人的呐喊声，眼睛看到的画面则像老旧电视机一样，不时闪烁着雪花与虚影。

定了定神，他才重新站稳，眼前的景象重新变得清晰。他看到远处有一大片农田，被分割成一块一块的，整齐得像魔方一样。农田里种着庄稼，也长得非常整齐。整片农田一眼看不到边，迎面而来的风里夹杂着禾苗的清香，还有一丝奇怪的香甜味道。

“到了吗？”陆辛心想。毫无疑问，这附近肯定是有人居住的。这样大面积的农田，除了青港城的农场，他没在别的地方看到过。而且，生活在这里的人一定很多。

他打起精神，继续顺着小路向前走去。不知不觉中，天色更暗了。陆辛抬起头，看到一轮鲜红的月亮从山尖升了起来。他记得自己与壁虎分开时是上午，感觉才过了不大一会儿，便已是夜晚了。

“难道我真的已经走了一天了？”陆辛下意识想着，觉得有些奇怪。为什么他已经走了整整一天，却一点都不觉得饿？他在路边停下，拿出笔记本将见闻记了下来：

> 刚进来时有种头疼发晕的感觉，但症状很轻，撑一下就过去了。再走十几分钟，遇到了整齐的农田，不知用的什么肥料，禾苗长得很好。这里夜晚来得比较快，红月似乎更鲜艳一些……

总部说了，探索神秘禁区也算一次任务，所以他要尽量记清楚一些。只是不知道报酬是多少，当时壁虎忘了问，陆辛也不好提，否则显得他太迫切了……

又走了十几分钟，陆辛看到周围的农田种的不再是庄稼，而是一种开着粉红色小花的药材，之前闻到的奇异香气应该就是这种药材散发出来的。种植药材的花田同样被分割成了整整齐齐、细细密密的一块块，强迫症患者看了肯定会觉得非常舒服。

在经过一块花田的时候，陆辛看到了一个人。那是一个身材强壮的男人，穿着淡蓝色的粗布连体衣，正在田里除草。一簇粉红色小花挡住了他的身体，直到走得近了，陆辛才发现他。从打扮上看，他与陆辛在照片上见过的开心小镇居民很像。

“你好！”陆辛停下脚步，向他问好。

那人停下动作，慢慢抬起头看着陆辛。他的脸上带着和善的微笑。

于是陆辛也露出了和善的微笑：“这里是开心小镇吗？”

田里的男人没有回答，只是微笑着看着陆辛。陆辛等了一会儿，他还是没有回答，笑容显得有些僵硬，就像凝固在脸上了一样。

“谢谢！”陆辛向他道谢，继续向前走去。

淡淡的红色月光洒在花田上，有种神秘的美。这时候，他看到了花田的尽头。在薄雾的笼罩下，白色的墙壁在前方若隐若现。终于到小镇了。

随着陆辛向小镇走去，周围的花田里出现了越来越多的人。已经晚上了，他们还在田里劳作，而且没有一句交谈。因为他们太安静了，所以陆辛经常是走到跟前才会发现他们。无论陆辛跟不跟他们打招呼，他们都会抬起头，静静地看着陆辛微笑。他们的微笑就像是一个模子里刻出来的，连嘴角弧度都一模一样。

走到白墙边上后，陆辛停了下来。他转头看去，只见花田中一个又一个看着他的人安静而整齐地站着，就像稻草人一样。

“这么晚了还在工作，真是一群勤劳的人啊！”陆辛静静地看了他们一会儿，感叹道。

他转身面对小镇，这才发现整个小镇里似乎都没有灯光。秦燃等人可能就在里面，但是在这样的情况下，陆辛并不知道该去哪里找他们。

于是他思索了一下，向离得最近的一个人走了过去。那是一个二十来岁的姑娘，她的五官很漂亮，但似乎是因为长年经受风吹日晒，她的皮肤显得有些粗糙，脸颊上有两团深深的红晕。她穿着一套淡蓝色的连体衣，陆辛走近后，可以闻到她身上有一股刺鼻的酸臭味。这个姑娘应该是干活儿的时候出了不少汗，而且很久没洗澡了。

“我想向你打听一个人……”陆辛看着她，轻声道。

姑娘脸上带着幸福的微笑，一动不动地看着他。

“这个人长这样……”陆辛拿出一张照片，这是调查小组拍摄的死去的秦燃，样子不太好看。

姑娘还是脸上带着幸福的微笑，一动不动地看着他。

“好吧……”陆辛想起出发前壁虎告诉他，在荒野上跟人打交道，有两样东西是必备的，一是武器，二是钱，于是他拿出一张五十元的钞票递给姑娘，“可以告诉我吗？”

姑娘脸上带着幸福的微笑看着他，并且接过了钞票。

五十块钱就这么花出去了啊……陆辛有些心疼。在他看来，给点硬币就可以了……但是这次出来，一应物资都是警卫厅与特清部准备的，包括钞票，面额全都是五十的。这是陆辛能给出的最小面额了。毕竟，他没有带罐头，而给黄金的话更让他心疼。但是，他转念一想，只花五十块钱就能打听到消息，还是很值得的。

陆辛直视姑娘，静静地等着她回答。但姑娘把钱攥在手里，仍然只是带着幸福的微笑看着他。

“不想说就算了……”陆辛不想勉强这个勤劳又乐观的姑娘，摇了摇头，准备拿回自己的钱。但是，当他捏住钞票的一角向外拉时，却发现姑娘攥得令人意外地紧。

“如果你不回答，就应该把钱还给我。”陆辛看向姑娘，跟她讲道理，手上继续使力。但姑娘攥得很紧，丝毫没有松手的意思。陆辛坚持要把钱拿回来，姑娘坚持不给。陆辛有些生气了，又不敢太用力，生怕把钱扯破了……

这时，妹妹从陆辛肩上跳下来，把姑娘的手指一根根掰开了。终于，五十元纸币回到了陆辛手中，除了有点皱之外，毫发无损。

姑娘脸上仍然挂着幸福的微笑，只是这微笑变得有些僵硬。

“既然你不肯说，那我自己找吧！”陆辛收起纸币，背着背包，慢慢走进了小镇。当他进入小镇的时候，包括那位姑娘在内的所有田野劳作者仍然在静静地看着他。

小镇看起来规模还挺大，起码住得下几万人。镇上没有路灯，只能借着红月的光芒视物。这镇上的建筑风格有些古怪，房屋修建得很整齐，却显得很拥挤。每一栋房屋都是四四方方的小盒子模样，有一扇门和两扇窗，看起来像童话世界里的，但又比童话中的简单。这样的房屋一栋栋一排排地连在一起，延伸向很远的地方。陆辛用手指摸了一下墙壁，发现墙上刷的白灰有些湿润，不知是不是近期刷的。小镇的后面是一座不高的小山，山上隐隐有几栋别墅，掩映在树木之间，远远看去给人一种破败的感觉，也不知是不是灾变之前的产物。小镇上的所有房屋都建在山脚，不确定是不是环绕山脚建了一圈。陆辛远眺了一会儿就下意识收回了目光。整齐的事物会给人一种舒服的秩序感，但它们堆积得太密集，就会渐渐让人生出一种压抑的感觉。

整个镇子里没有一点声音。

陆辛慢慢走向其中一栋房屋的窗户。通过窗户，他只能模糊地看到房屋里面的东西很少，布置得很简单。他思索了一下，打算推开门进去看看。不过，在握住门把手的前一刻，他把手缩了回来。他心里忽然生出了一种感觉——如果他打开这扇门走进去，可能会立刻发生一些不好的事情。但如果他不进去看看，又怎么能找到他想找的人呢？秦燃等人是不是就在其中某栋房屋里？

“咔嚓！”就在陆辛慢慢地思考着时，背后突然传来轻微的动静。在如此安静的氛围里，这动静显得异常清晰。

陆辛猛地转过身，却看见了站在红色月光下的妈妈，她正面带微笑地将一把剪刀放回挎包里。

“刚才你身上差点沾了脏东西。”妈妈笑着解释了一句，然后看看周围的建筑，笑道，“很不错的小镇呢！房屋建得很好看，花田也打理得不错，最主要是清静。跟那个混乱的黑水镇相比，这里简直是天堂呢！”

陆辛点了一下头，道：“是的，人也很好，都很友善！”

“对呢，特别友善！”妈妈看向陆辛的身后，认同道。

陆辛转过头去，听见不远处的阴影里有窸窸窣窣的声音，似乎有什么东西在那里蠕动着。他眨了眨眼，才发现那里居然有好些人，他们有男有女，正死死地盯着他。这些人手里都拿着“武器”——有铁锹，有锄头，还有擀面杖、菜刀……他们全都躲在月光照不到的地方，眼睛微微发亮。

“怎么忽然就这样了？”陆辛有些诧异，看了一眼妈妈，“刚才他们还很客气的……”

“不关我的事哦！”妈妈转过头，不看那些人，也不看陆辛。

陆辛心想，妈妈否认了，那就说明这个变化确实跟她有关。刚才他先是听到了剪刀的声响，然后才回头看到了妈妈。妈妈说他差点沾上了脏东西，这么说，那个脏东西应该是被她给剪断了……也许正是因为那东西被剪断了，所以他们才对他有了敌意……

“看样子，他们好像不会立刻就冲上来！”陆辛不是个主动挑事的人，虽然他感觉那些居民似乎不太友善，但既然他们没有立刻冲上来，那就不必去管他们。他认真思索了一下，道：“对我们来说，还是先找到秦燃比较要紧！”他很明确自己的目的，那就是找秦燃。不管这个地方有什么古怪，都和他无关，他们不惹他，他就不会去打扰他们的幸福生活。

“那你打算怎么找呢？”妈妈的微笑在红月下显得有些神秘。

“我现在还没有头绪……”陆辛转头看了一眼小镇上那些密密麻麻的房

屋，皱起了眉头，“如果秦燃真的来到了这里，那么他肯定就躲在其中某栋房屋里。可是这里的房屋都一样，里面也看不见……这里的人又不说话，都给他们钱了，还是不肯说……这样的话，那就只能一栋一栋地找……”

他沉默了。刚才他试图打开其中一扇房门时，下意识觉得很危险。而且，这里的房屋那么多，一栋一栋地找，那得找到什么时候？

看着陆辛苦恼的样子，妈妈慈爱地笑了：“我来得比你们早哦！在你们兄妹俩抢那个姑娘的钱时，我就已经来到镇子里了。刚才好像不是所有的房屋里都没有光亮……”

“我们不是抢人家的钱，是把我的钱拿回来！”陆辛的脸微微一红，急忙解释了一句，然后才意识到妈妈的意思，“什么？有房屋里亮着灯？”

这个小镇上的所有房屋里都没有灯光，那是不是说明，这个镇子的居民都习惯了在黑暗中生活？而秦燃等人是外来的，他们很可能会在房屋里使用照明设备。

“哪一栋？”陆辛觉得自己的推理八九不离十，急忙问道。

“我没有看清楚哦，光顾着欣赏那些好看的花了。”妈妈优雅地皱起了眉头，抬起手指向某个地方，“好像是在那里？”

陆辛顺着她指的方向看去，那里是镇子的东南角，位置比较靠后。

“过去看看吧！”

陆辛调整了一下肩膀上的背包，向那几栋房屋走去。在他身后，越来越多的人在黑影里聚集，手里拿着各种武器，贴着墙壁跟着他。

陆辛有些奇怪地看了妹妹一眼，心想，这次遇到了这么多不怀好意的人，妹妹居然没有吵着要玩具。

妹妹似乎知道陆辛在想什么，她撇了撇嘴，很不稀罕地道：“他们已经是玩具了！被别人玩过的东西，我不要！”

陆辛与妈妈、妹妹一起，沿着镇子修得很漂亮的水泥小路向前走去。他们穿过一排排拥挤的房屋，走向小镇的东南角。跟在后面的人越来越多了，每当陆辛转过身，那些人就猛地停下，眼睛微微发亮地看着他。水泥路两旁的房屋里也响起了窸窸窣窣的声音，一道道警惕的目光透过黑色的窗户盯着陆辛。妹妹有时候会转过身，向着窗户凶狠地龇牙。妈妈却若无其事，慢慢地向前走着。她似乎很享受这种被盯着的“待遇”，这让她有种走秀的感觉——虽然这个小镇上的居民似乎只能看见陆辛。

“幸亏有妈妈和妹妹陪着……”陆辛忍不住想。如果是他孤身一人来到这样一个安静得诡异的小镇，那种感觉肯定会异常恐怖，就好像是面对着一群不正常的人，他自己反而成了唯一的异类。但有家人陪着，感觉就完全不一样了……

在这些眼睛的注视下，陆辛一路安然无恙地来到了小镇的东南角。妈妈说这附近亮过灯，只是陆辛进入镇子后就关掉了。这里的房屋看起来与其他的差不多，只是因为处于边缘位置，显得有些突兀。

“我只记得大体位置，具体是哪一栋房屋，我真不记得了！”妈妈有些自责地说着，又从挎包里取出剪刀，在陆辛的身后轻轻剪了一下。

“咔嚓！”剪刀的声音很清脆。陆辛能感觉到妈妈剪断了什么东西，但实在看不清楚。他相信妈妈做什么都有她的道理，就不再关心这个问题。

他仔细地打量了一下眼前这几栋房屋，想着秦燃会不会就在其中某栋房屋里。过了一会儿，他用鼻子嗅了嗅，忽然道：“你们有没有闻到什么香气？”

妈妈与妹妹都有些好奇地看着他。

陆辛道：“是肉香。”一路走来，这个小镇都只有从花田吹过来的花香，走到这几栋房屋旁边时，陆辛才闻到了一股隐约的肉香味。他的心里确定了。

“那现在该怎么办呢？”妈妈微笑着问陆辛，不知是在考验他，还是想看他发愁的样子。

“他们在不在里面，推开门看看就知道了。”陆辛冷静道。比起扫荡整个小镇，只搜索这几栋房屋明显轻松多了。

妈妈脸上的笑意更浓了。

陆辛又道：“但推开房门，立刻会有不好的事情发生，如果能找到他们还好，如果没找到的话，不知道躲在哪里的他们就可以趁乱逃走了。”

妈妈轻轻点了一下头，看向他身后道：“不光如此哦……”

陆辛转身看见那些小镇居民聚集成了黑压压的一片，他们手里拿着各种各样的武器，有些焦躁又有些急迫地看着他。虽然他们现在还没有冲过来，但谁也不知道他们什么时候就按捺不住了。

“哥哥，我发现了一个秘密！”妹妹有些神秘地在陆辛耳边说道。

陆辛微微转头，看向妹妹，只见妹妹的眼神很兴奋。“这个地方有个很好玩的东西！”她用小手比画了一下，又在“很”字上加了重音，“很——好玩！”

陆辛与妈妈听了，都用看傻瓜一样的眼神看着妹妹：“我们早就发现了……”

直接去推房门不好，一直等待也不是个事，陆辛陷入了沉思。

“叔叔！”就在这时，一个清脆的声音打断了陆辛的思索。黑压压的人群里忽然钻出来一个八九岁的小男孩，他跌跌撞撞地跑到陆辛面前，努力伸出自己的小手：“叔叔，吃枣枣！”

陆辛低头看到，小男孩的小手上摊着几颗红色的酸枣。这个小男孩样子很可爱，只是小脸黑黑的，像没洗过一样。他的脸上带着浅浅的微笑，比其他居民多了些生气。

陆辛看着小男孩，慢慢地笑了。他蹲下身，压低声音道：“你很没礼貌，叫谁叔叔呢？”

小男孩的表情微微一僵。

不仅是陆辛，妈妈与妹妹也有些不悦地看着小男孩。

小男孩的声音变得怯怯的：“哥……哥哥？”

陆辛立刻灿烂一笑，接过小男孩手里的酸枣，然后摸了摸他的脑袋：“挺乖的嘛……”

小男孩身子一哆嗦，哧溜一下跑回人群里，消失不见了。

“他们确实在这里，而且我想到该怎么办了。”陆辛站起来，笑着看向妈妈和妹妹。

他绕着这几栋房屋转了一圈，然后望着房屋后的山坡，那里长着一大片松柏。陆辛道：“我去捡点枯枝，把房屋点燃，到时候，里面的人会自己出来的。”

妹妹一听，顿时两眼放光，拍着小手道：“哥哥好棒！”

妈妈脸上也露出了温柔的微笑。

陆辛将酸枣递给妹妹，转身向山坡走去。

“你不会真要这么做吧？”这时，一个无奈的声音响了起来。

一扇房门被打开，从房屋里走出一个穿着迷彩服的男人。这个男人看起来三十多岁，腰间挂着枪套，头上戴着一顶红色贝雷帽。他的皮肤有些粗黑，那种肤色是长时间在荒野上奔波的人所特有的。他的左眼旁边有一道疤痕，身材很是健壮。他左手拿着一根吃了一半的烤玉米，倚在门框上，不怀好意地笑看着陆辛。

秦燃！陆辛仔细盯着他的脸看，他很确定，此人就是抢走了那幅画的秦燃。他心想："找到你了！"

陆辛慢慢放下手里的背包，神色认真起来。他看向妈妈，只见妈妈的模样突然变得模糊起来，就像有无数个她重叠在一起一样。然后，周围的每一个路口，每一个死角处，都出现了妈妈优雅的身影。

他看向妹妹。妹妹兴奋地跑了过来，伸出小手拉住他的手掌。她还在吃酸枣，嘴里嚼得咔咔响，小小的身体微微弓了起来，被黑发遮住的眼睛隐隐发亮。

陆辛放下心来，望着秦燃，微笑道："我找你好几天了。"

"我料到了青港城会有反应，但没料到反应会这么大。"秦燃平静道。哪怕明知眼前这个人是来自青港城的精神能力者，也知道对方找到了自己意味着什么，他的神色仍然很从容。他啃了一口玉米，笑道："你能找到这里来，说明陈重已经落到你手里了吧？"

陆辛过了一会儿才有了点反应，把目光聚焦到秦燃身上。

秦燃看着陆辛，笑着解释道："他是个很不错的人，不怕疼，所以一般人很难让他开口。我们之前有过约定，如果他落到敌人手里，只要撑过三天，就可以什么都交代了。可你这么快就找了过来……"他停了一下才道，"我很好奇，你对他做了什么？"

"严格来说，我本人并没有对他做什么，是他主动交代的。"陆辛老老实实地回答，"而且你也不用觉得意外！你在青港城犯的事太大了，杀了那么多人，肯定要考虑到我们不会放过你的。"

听着陆辛的话，秦燃有些惊讶："你是为了青港城那些人才找过来的？"

陆辛奇怪道："你杀了那么多人，我过来抓你，不是很正常吗？"

秦燃怔了一下，然后微微摇了摇头。他的表情显得很奇怪，好像觉得整件事有些可笑，有些荒谬。过了好一会儿，他才笑了笑，道："我还以为你是因为发现了那幅画的价值，才追得这么紧。"

“那幅画？”如果不是秦燃主动提起，陆辛都快忘了那幅画的事，他怔了一下，轻声道，“如果那幅画还在你手里，那我待会儿要一起拿回去交差。如果不在了也不要紧，重要的是你！”说着，他向秦燃身后看了一眼，“不过，我记得你们一共有十个人。除了你和陈重，还有八个，一个也不能少！”

秦燃的眼睛一直盯着陆辛，似乎想从他脸上找到点调侃或是别的神色。但结果让他很失望，陆辛的脸上只有认真及诚恳。这说明陆辛说的是实话。秦燃的脸色变得有些不自然：“小兄弟，不至于吧？你一口气追了我一千多里，还直接追进了这个地方，就是为了那几条人命？”

他的话里充满了不理解，陆辛被他搞得有些纳闷儿，眉头紧紧皱了起来：“那可都是活生生的人！你怎么能这么不当回事？”

“哈哈哈！”秦燃大笑起来。他抬手指向陆辛，似乎想说什么，但又忍不住接着笑，笑了半天才说道：“小兄弟，你也是精神能力者吧？听说是蜘蛛系的？难道你真的没有发现，咱们和普通人已经不一样了？咱们能够做到的事情，那些人别说做到了，甚至理解起来都很困难！曾经有个人对我说过，对于普通人而言，我们这些人就像神一样！这个红月下的世界是我们的世界，我们想做什么就能做什么。你若是为了那幅画来找我，或是为了报我的埋伏之仇，我都可以理解。但你居然是为了那些人的死来找我……哈哈！”

望着秦燃笑得十分开心的样子，陆辛不由得反思了一下：“是我说错话了？我做得不对？”然后他发现，自己做的事情没有问题。于是他大声道：“你该多读点书的！书上说过，这世界上没有神。”

秦燃怔了一下，有些怀疑地看着陆辛，摸不清他是在调侃自己还是认真的。

“退一步讲……”陆辛则看着秦燃，慢慢地继续道，“就算有，也不会是你这个样子。当然，更不会是我这个样子。所以，你最多只是个疯子！”说着，他抬脚向前走去，心想，这个人是神经病，笑得让人心烦，还是先捉住他再说。

秦燃忽然直起身，冷冷地看着陆辛。

不远处，妈妈轻柔地开口道：“要小心哦！”

秦燃背后的房屋里忽然有耀眼的光芒闪现，那是子弹喷射出来的火光。火光明灭之间，几张脸若隐若现。他们长相彪悍，穿着与秦燃一样的雇佣军服装。火光闪动起来之后是震耳欲聋的射击声，然后才是子弹一枚枚地飞出来，在空中交织成一张严密的网。

有妹妹跟自己在一起，陆辛的反应与行动速度不是普通人可比的。他可以感觉到所有的子弹都飞到了自己面前，而且每一枚都带着可怕的力量。如果不想被这些子弹打中，那么他只有向后退。可是，一旦他向后退，秦燃就会跑掉。这是自青港城遭受袭击以来，他第一次距离秦燃这么近，所以他不想退。

"去吧……"当陆辛心里生出不想退的念头时，他的耳边立刻响起了妈妈温柔的声音。她不知什么时候出现在他旁边，替他挡下了所有的子弹。一枚枚子弹毫不留情地打在了她的身上，但她看起来还是那么温柔而优雅，甚至隐隐露出了兴奋的神情。

于是，陆辛不再多想，飞快地向前扑去，冲破漫天的硝烟，一把抓向秦燃的脊椎。对付木偶系精神能力者的精神改造人，要直接破坏他的脊椎。而在青港城给的资料里，秦燃的精神能力一栏标的是未知，所以陆辛也不知道怎样才能摧毁他，但是先破坏掉他的脊椎肯定没坏处。

秦燃在枪声响起时就转身向房屋里冲去。感觉到陆辛的进攻，他有些吃惊，没想到他来得这么快，就像是瞬间移动过来的一样。在距离这么近的情况下，没有人敢直接跟蜘蛛系精神能力者过招，于是急切间，他扑到地上，瞬间翻过身开始射击。"叭！叭！叭！"数枚子弹从下往上飞向陆辛。

陆辛的身体诡异地扭曲起来，飞快地抖动着，避开了所有的子弹。与此同时，他探出右手，狠狠地向下抓去。他本来想破坏秦燃的脊椎，但既然秦燃转过来了，那他就掏心脏。

扑哧一声，他的手掌直接插进了秦燃的胸膛，掏出一颗红色的心脏，它正扑通扑通地跳着。

房屋里的枪声忽然停止，里面的人都吃了一惊。在心脏被掏出的一瞬间，倒在地上的秦燃嘴角向上弯起，露出了一个笑容。陆辛仿佛听到了他的嘲笑声："呵呵……"

不远处的妈妈微微摇头，轻轻叹息了一声。陆辛想到了什么，急忙把秦燃的心脏塞了回去——反正他还没捏爆，应该能继续用吧！

向秦燃下杀手是陆辛下意识的动作。迄今为止，他与精神能力者交手的经验仅限于陈重，而当时他手里还有详细的资料，非常了解木偶系的优势与弱点。可是秦燃的情况不同，所以，与他交手的时候，陆辛神经紧绷，完全没有手下留情。他只顾着担心秦燃太难对付，根本没想到秦燃居然这么容易对付，他一出手便“杀”了他。在这关键时刻，他忽然想到了一件事——041号特殊污染源事件。

到目前为止，这起污染事件青港城总部一直没能给出真正的解答。从事件的表面来看，崔旺杀了秦燃，然后变成了秦燃，之后就出现了好几波找他报仇的人。最终，陆辛在一个湖底发现了一具长着秦燃面孔的尸体，当时这个污染源已经污染了八个人。

一切都是从杀死秦燃开始的。

意识到这个问题的陆辛立刻把秦燃的心脏塞了回去，只可惜已经太迟了。连接心脏主动脉的血管已经被扯断，胸口上出现了一个拳头大小的洞，鲜血正从里面涌出来。秦燃的脸色正飞快地变白，生机消散，只有那个临死前的微笑还挂在脸上，渐渐变得僵硬。他的眼睛微微睁着，直勾勾地看着陆辛。

被他看着的感觉极不舒服，陆辛皱了皱眉。秦燃已经死了，接下来会发生什么？他俯视着死掉的秦燃，心里想着这件事。下一刻，他忽然意识到了什么，绷紧身体，瞬间向后退开了三四米。

在他的视野之中，已经死掉的秦燃开始发生变化，一棵树从他身上生长了出来。它看起来就像一棵普通的树，根扎在秦燃体内，延伸出树干，树干继续向上生长，最终生出了一根藤蔓。那根藤蔓是活着的，像一条蛇一样扭动着。

“嗖——”那根藤蔓忽然向陆辛飞了过来。它的尾端裂开，里面生满了尖牙。藤蔓的移动速度极快，几乎像子弹一样，但在妹妹的帮助下，陆辛微一转头便躲了过去。藤蔓没有丝毫犹豫，继续向前延伸着。而在陆辛身后大约二十米外正是那群小镇居民，藤蔓直接缠到了其中一个居民身上。陆辛急忙抬手去抓，一下将藤蔓撕成了两段。

但是，那个小镇居民并没有得救。被藤蔓缠住后，他本来挂着木然微笑的脸出现了变化：眼球向上翻去，露出大片眼白，瞳孔在眼眶里翻滚了一圈后重新露了出来。那瞳孔已经死死地盯住了陆辛。

“秦燃，你敢害我！”他咕哝着，眼睛里满是恨意。他喊着秦燃的真名，但看向的却是陆辛。他挥舞着手里的镰刀，向陆辛冲了过来。

在他眼里，陆辛变成了秦燃。

看着他跌跌撞撞的身形，陆辛没有杀他，而是身子微偏，后退了两步。在这时，他脑海里正飞快地闪过关于041号特殊污染源的一切调查细节：当时，变成了秦燃的崔旺就遇到了这样的事情，有人找他复仇，杀掉一个会再来两个，杀了两个会再来四个，一直递增。他知道，这时候不能杀掉那个"复仇者"。

可是，还不等陆辛想到解决方法，那个"复仇者"便停了下来，看起来好像被陆辛给吓到了。但他的眼睛里仍然满是恨意，死死地盯着陆辛。然后他举起镰刀，割破了自己的喉咙。"秦燃，我一定要杀了……你……"因为喉咙出现了一个口子，他漏气似的声音听起来有些怪，充满了异样的恐怖，"哪怕我死……我……也一定……要杀了你……"

自毁！看着这个场景，陆辛瞬间又想起了一件事。当时，变成秦燃的崔旺说，在找他复仇的人达到四个之后，他就不敢再下杀手了，只是将他们关了起来。可是，那四个"复仇者"确定报仇无望后，立刻就彼此攻击，甚至互相吞噬，强制完成了"复仇"以及"被杀"的环节，开启了下一步。如果当时陆辛没有介入，等待崔旺的将是八个疯狂的"复仇者"。

"这个人是因为感觉杀不了我，所以才自杀了，好进行下一步？"这样想着的时候，陆辛看到，从秦燃身上长出来的那棵树已经生出了第二根藤蔓。然后，两根藤蔓飞快地探了过来，好像两条平行摇摆的蛇一样，再次冲向那些居民。这一次，陆辛直接伸手截断了它们。但是，被截断的两根藤蔓还是继续飞过去，缠住了其中两个居民。很快，那两人便狠狠地看着陆辛，大叫着报仇之类的话，然后互殴起来，直到双双殒命。

陆辛的心脏微微一沉。这些藤蔓即便是被截断，仍然有着一定的生命力。在环境如此开阔且人这么多的情况下，这点生命力已经足够它们去污染到人了。这种污染方式根本没办法通过物理手段截断，唯一的办法便是像上次那样先清空周围区域，让藤蔓没有可以污染的目标。

问题是周围聚集了大量的开心小镇居民，哪怕是看到他们中间已经有三个人死掉了，他们居然还是傻傻地站着，甚至在慢慢聚拢……

这些居民太傻了，陆辛想。他想起了精神能力者作战的三大原则之二：

战斗从来不是决定胜负的关键一环，对战斗的准备才是。秦燃选择躲在这个小镇里，是不是也是因为这个小镇的居民有这种易于控制的特性？

在陆辛思考这些问题时，藤蔓已经变成了四根。从秦燃身体里生长出来的那棵树也在长大，从一开始的一米左右高度长到了四米高。树干的表面像被扯下了皮肤之后的血肉，挥舞着的藤蔓表面则覆盖着鲜红色的鳞片。藤蔓上还有无数触须在飞舞。

一股浓重的血腥味充斥着陆辛的鼻腔，同时，他仿佛听见了无数道呐喊、哭泣、怒吼、尖笑声，这些人声在密密麻麻的房屋中间回荡着，散乱的精神辐射已经笼罩了周围几十米的范围。红月的光芒从头顶上垂落，空气泛起涟漪，正在细密地颤抖着。

“哗啦！”就在秦燃身上那棵古怪的树以疯狂的速度生长着，笼罩范围越来越广时，树后面的房屋里传来了窗玻璃被砸碎的声音。紧接着，刺眼的灯光亮起，四辆摩托车飞快地向山坡上驶去。那应该是秦燃的同伙，他们见势不妙，想骑车逃跑。

陆辛身形扭曲，冲向那群小镇居民，将他们一一提起来扔进其他房屋里。这些居民不知道躲避，他只好帮他们躲了。他顾不上去追赶那些摩托车，身体快速移动着的同时，他从背包里掏出一把信号枪，向着他们逃走的方向扣动扳机。闪亮的信号弹在空中照亮了小镇，过了几秒便熄灭了。陆辛知道，壁虎看到信号弹后会去截下那几个人。

对他来说，更重要的是解决掉秦燃。该如何打断这个循环过程？打出信号弹的同时，陆辛猛地转头，看向秦燃的尸首。他的身形微微绷紧，准备扑过去，直接将那具尸首撕碎。

看出他的意图，站在不远处的妈妈轻轻摇了摇头：“现在撕碎他，会帮助他扩散哦！”

陆辛眯了一下眼睛，拉住了想要冲过去的妹妹。他明白了妈妈的意思。精神怪物虽然有活着的特性，但毕竟不是鲜活的生物，它的本质是一种污染源。所以，当它的精神量级比较低时，他可以很容易地撕碎它。被撕碎之后，它就会失去活性，直接消散。但是，当它的精神量级达到一定程度时，即使是撕碎它也并不意味着能消灭它，反而可能使其变成多个污染源。到时候，秦燃尸首的污染速度说不定会加快。

“但如果不撕碎它的话……”陆辛皱起眉头，再次转头看过去，只见怪树正在飞快地生长着，其精神辐射的笼罩范围已经超过了三十米。不知何时，这棵八九米高的血肉怪树上结出了“人形果实”，数量有十五颗之多。它疯狂地挣扎着、舞动着，而周围已经有十六个小镇居民在互殴了。

事情的发展与当时的041号特殊污染源事件很像，但这次的污染速度却比那时候快得多，中间几乎没有停顿。怎样才能阻止秦燃尸体对周围居民的污染？这次的污染为什么比上次快了那么多？如果直接毁掉秦燃的尸体即污染源，接下来会发生什么？真的会加速污染吗？怎样才能彻底解决掉这个污染源？陆辛飞快地想着这些问题，一时却没有想到答案。他看向妈妈，只见她微微皱着眉头，好像也一筹莫展。

难道直接让父亲过来解决？陆辛想到这里，很快地摇了一下头。现在时机不对。他了解父亲的脾气，父亲不会忍受这些“复仇者”给他带来的困扰，一定会杀掉他们。这样一来，父亲简直会成为秦燃的好帮手。他会帮秦燃以最快的速度消灭掉所有的“复仇者”，疯狂地加剧秦燃的污染能力，让他在极短的时间内污染整个小镇的人。

或许可以让妹妹加个餐，毕竟她上次吃过那棵人形果实树的一部分。但这次的人形果实树威力比上次大，妹妹吃了不一定好消化。而且，上次妹妹只是吓到了那棵树，而不是通过吃消灭了它。陆辛要的是消灭，保证秦燃无法逃脱的那种消灭！工作完成度要达到百分之百！

那就只有他自己来处理了……

面对那个正在不停变化的污染源，陆辛并没有紧张的情绪……即使有，也没那么强烈。他的脑海里闪过认识陈菁之后学到的有关污染源的一切知识，有一句话莫名地变得非常清晰：“面对这些疯狂的事情，理智是人类唯一的优势！”

陆辛觉得这句话很有道理。在躲避那些数量越来越多的“复仇者”时，他快速地梳理着这次污染事件发生的逻辑。他试图从之前经历过的041号特殊污染源事件里找到发生变化的关键：崔旺杀掉秦燃，然后变成了秦燃——应该说是他被秦燃污染了，然后变成了秦燃。所以，在陆辛进入四方运输公司调查时，有两个秦燃。一个是崔旺变成的秦燃，在四方运输公司工作。从他临死前的反应来看，他并不知道一切到底是怎么回事，他甚至一直觉得自己是个普通人，虽出生荒野，但最终进入了卫星城，靠跑运输生活。那时候，他认为自己确凿无疑就是秦燃。

这是虚假的记忆，还是属于真正的秦燃的真实记忆？

与此同时，另外一个秦燃，或者说是真正的秦燃留下的污染源，正在二号卫星城的一个湖底，并且依照着一定的规律，污染着不巧靠近湖边的人，使得这些被污染的人对秦燃产生了极大的恨意。他们恨的具体对象是四方运输公司那个自以为正常的秦燃。

“所以……”陆辛细细地想着，感觉无数的信息碎片在搅动着自己的大脑，脑袋都快炸开了。他忽然非常想念韩冰，如果她在的话，可能就不需要他一边战斗，一边思索这么复杂的事情了。

如果说，秦燃的精神能力是被人杀死就会变成污染源，可以污染周围的人，并且使得他们变成自己的一部分，那么，这些被污染者为什么会去找秦燃复仇？这次的污染速度究竟为什么变快了？为什么中间几乎没有间隔？

越来越多的信息与疑问充斥着陆辛的大脑，使得他感觉大脑变成了一团糨糊，几乎快要到极限了。在这个过程中，他几乎没有去考虑战斗的事情，是妹妹在帮他躲避那些“复仇者”。她知道利害和轻重，所以没有对那些居民下杀手。

就在陆辛行将放弃思考时，妈妈忽然微笑着开口道：“为什么非要将被污染者的复仇行为理解为他的精神能力呢？”她的眼睛微微发亮，温柔地看着陆辛，“为什么不可以是他付出的代价？”

妈妈的话使得陆辛脑海里瞬间亮了一下，这个复杂的疑团就像找到了一根线头，开始变得清晰。

对啊，每个污染事件都有它的逻辑链与关键。041号特殊污染源事件复杂的地方便在于它的逻辑链——如果这起事件并不只是一件事，而是两件呢？

秦燃变成污染源去污染周围人的逻辑链很明显、很简单，他可以借此吞噬周围人的精神力，使其为自己所用。然后，那些被污染的人理所当然地会对秦燃产生极大的恨意，想要杀掉秦燃——这就是秦燃去污染别人时需要付出的代价！

陆辛忽然向秦燃的尸体看了过去，他的思路变得特别清晰……所以，对开始污染别人的秦燃来说，如何消除掉受污染者对自己的恨意，并且成功地吞噬他们，才是整个过程的关键。因此，他将受污染者对自己的恨意转移到了其他目标身上，又借助这些目标的手来加快自己的成长速度！

妈妈慢条斯理道："这是一个诅咒……"

陆辛的心情变得轻松起来，点头道："这确实是一个诅咒。"

在041号特殊污染源事件中，秦燃把恨意转移给了崔旺，所以那些受污染者才会去找崔旺复仇，又在被杀后变成秦燃的一部分，继续去污染更多的人。而这一次，秦燃把恨意转移给了他，所以那些人才会认为他是秦燃，并且向他复仇。

所以，关键其实不在这时候的秦燃身上，而在他身上！

找到了关键后，陆辛一下子放松了不少。还有一些问题尚待解答，比如，秦燃这次的污染速度为什么加快了？为什么当时的崔旺变成了秦燃的模样，他却没有变样？但找到了关键，解答这些就只是时间问题。简而言之，污染速度变快，可能是因为他的特殊性。一切异状其实都和他有关。

眼下最要紧的是，秦燃是如何转移恨意的？陆辛想起了秦燃临死前的表情，想起了那个奸计得逞似的微笑。

"唰！"陆辛踩着刚刚粉刷过的墙壁奔跑了几步，甩开了那些冲向自己的人，然后落在妈妈身边，看着她笑了一下。

妈妈也在看他。她欣慰地笑了，同时把手伸进挎包里，摸出那把剪刀。陆辛展开双臂，方便妈妈在自己身上寻找。在他们面前，无数面露疯狂的人正挥舞着武器冲过来。就在这些人快要碰到陆辛时，他背后传来了妈妈温柔的声音："找到了哦！"然后是轻轻的"咔嚓"声。

陆辛感到后背传来一阵剧烈的疼痛，但很快就有一只冰凉的小手按在伤口位置，使得伤口快速愈合起来，疼痛消除了大半。

他低头看去，就见脚边坠下了一物。那是他后背上的一块皮肤，外面是正常的，里面却有两个孔洞、一个凸起以及一道横的裂痕。那孔洞与裂痕还在不停地蠕动……那是一张还没有完全成形的脸！

根据孔洞一样的眼睛、凸起的鼻子和裂痕般的嘴巴的比例，陆辛发现这张脸与秦燃很像。秦燃的脸！不知不觉之中，这张脸在陆辛的皮肤下面生长着。正是这张脸的存在，使得这些人把陆辛当成了秦燃，对他充满了恨意。而且，陆辛隐隐觉得，如果他没有"精神能力"的话，可能已经变成秦燃的样子了。

在这张脸被剪下来的瞬间，所有疯狂冲过来的人同时扑倒在了地上。他们争先恐后地抢食着地上那块皮肤，你挤我，我挤你，就像一群饿鬼一样。陆辛彻底被他们遗忘了。

他慢慢转头看向秦燃，或者说是看向那棵人形果实树。他心想：“该我了！”

过了一会儿，那棵血肉一般的怪树仍然保持着向上生长的姿态，但方才还在用力伸展的藤蔓则好像被按了暂停键，一动不动的。更奇怪的是，那些小镇居民也停止了动作。他们保持着扑倒在地的姿势，神色变得茫然，仿佛吃掉了那块皮肤就等于完成了复仇，再也没有怨念了。

这时，陆辛可以确定秦燃精神能力的逻辑链了。要想阻止他的污染，只有一个办法，那就是使复仇完成。但是秦燃还有一个能力，那就是转移仇恨的对象。他把仇恨转移给了谁，那个人就等于是中了诅咒，一直到死才能解开。因为陆辛是精神能力者，或是他有家人的保护，所以诅咒只污染了他的一块皮肤。若是换了其他人，恐怕整个人都会被污染，而且只有死路一条。另外，在死之前，他为了反击或是保命而杀掉的所有“复仇者”，都会助长秦燃的污染。

但如今，污染已经被中止了，接下来会怎样呢？

陆辛看向妈妈，想听听她的建议。但此时的妈妈秀眉紧锁，正认真地盯着那棵树，仿佛被某种变化深深吸引了。陆辛转头看过去，只见那棵血肉之树并不是完全静止的，它的树干表面正在慢慢地蠕动，凸痕渐起，渐渐勾勒出一张人脸，仔细看去，竟是秦燃的模样。

“好得很啊……”那张古怪的树皮脸动了动嘴，声音有些模糊，但确实是秦燃的声音，“我第一次感受到这么快的生长速度！”

那张脸的眼窝位置，皮肉绷紧到了极点，随即上下裂开，露出两只空洞的眼睛，死死地盯着陆辛。然后，整张脸扭曲蠕动着，表情狰狞，但说话的声音却显得异常冷静：“真是令人羡慕的力量。我生长的速度与被诅咒目标的精神量级是成正比的，你得有多强大，才能让我这么快就完成了第五组污染呢？”

陆辛沉默着，看着秦燃。此时，人形果实树上挂了三十一颗人形果实，周围还有三十二个扑倒在地的小镇居民。

他隐隐明白，又有一个疑团被解开了。从之前的041号特殊污染源事件可以看出，秦燃污染的人数是一组一组递增的，后一组是前一组的两倍。相应地，所需时间也是两倍。所以，041号特殊污染源的危险等级并不高，因为这种污染方式决定了它的污染速度是受到限制的，而污染速度往往是特殊污染源危险等级判定的重要指标。但这次，他与秦燃正面交手，发现他的污染速度与上次完全不同。这次的速度简直达到了疯狂的程度！而秦燃的话证实了陆辛之前的猜想，污染速度加快果然和他有关……

“你很特殊，而且我已经猜到你为什么这么特殊了。没想到，‘逃走的实验室’任务终究还是意外地完成了！”在陆辛思索着时，树干上的那张脸慢慢地说。然后，那张脸上浮现出一个诡异的微笑，开始慢慢融入树干之中。

“逃走的实验室？”陆辛身躯一震，心里生出一种古怪又熟悉的感觉。

这时，妈妈的脸色忽然变得阴冷起来。在月光的照耀下，她精致的五官显得明暗不定。

“必须要结束了！”妈妈轻声开口，语气冷淡。

“好！”陆辛低声答应，绷紧身子。他也想快些收拾了秦燃。因为他与精神能力者交手的经验不多，所以他不敢有半点拖延，以免另生枝节。哪怕他心里生出了一些疑惑，但这并没有影响到他的决断——就算要审问秦燃，也得等彻底瓦解他的战斗力之后再说！

“嗖！”在脑海里起了这个念头时，他的身体已经向前冲了过去。他微微弓着腰，身体自然而然地采取了一种最适合冲刺的姿势。秦燃的那张脸尚未完全融入树身。通过对这棵人形果实树的观察，陆辛的直觉告诉他，此时正是秦燃最虚弱的时候。

陆辛冲过去时，秦燃的脸已经有一小半融入了树干之中，所有的藤蔓与触须都开始轻轻颤抖。那些人形果实正在快速地张开。因为每颗果实都是由一个人形精神体构成的，所以，它们就像在用力敞开怀抱，想要拥抱什么似的。

每种精神能力体系基本上都有三种能力，如果秦燃的诅咒与用人形果实树的方式来污染其他人是他的其中两种能力，那么，他应该还有第三种能力。陆辛抢在这时候出手，就是为了阻止秦燃的第三种能力。虽然陆辛不知道秦燃的第三种能力是什么，但从其行为可以推出，在自己的脸完全融入树干之前，秦燃应该无法发动那种能力。

“你……不许伤害他！”就在这时，树后面那黑洞洞的房屋里忽然响起了一声大叫。那叫声嘶哑而紧张，就像一只被掐紧了脖子的鸭子，显得异常古怪。在这叫声响起的一瞬间，陆辛的心脏便重重地跳动了一下。他下意识朝那个方向看了一眼，瞳孔微缩——房门后伸出一颗大大的脑袋，看起来有些怪，脑袋的主人正偷偷看着自己。虽然他看起来很紧张，但他还是直视着陆辛，并且大声发出了那个荒诞的命令。最关键的是，陆辛居然不忍拒绝他，想听从他的话，放弃进攻秦燃。那个大大的脑袋上的丑陋五官，看起来居然还挺可爱的！

“你似乎收下了一份不该收的礼物……”那张即将完全融入树干的脸注意到陆辛的走神，嘲笑道。与此同时，树上那些人形果实的怀抱即将彻底敞开。

陆辛微微顿住的身形忽然再次加速，他就像一道模糊的影子一样，瞬间跨过了十几米的距离，冲到人形果实树面前。然后，他把手掌直直地插进了树干之中，抓住了秦燃藏在树干里的脖子。他的眼睛里没有半点情感，冷静而漠然地看着秦燃的脸。

“这……是怎么……回事？”秦燃露出了惊讶的表情。他明明看到陆辛在走神，怎么下一秒就跑过来掐住了他的脖子？本来他马上就要成功了！

“他就是血色玫瑰事件的策划者吧？”陆辛看着秦燃，平静道，“只要收了他的东西，就会对他产生好感，是吗？这能力还挺好用的。可惜的是，我妹妹已经过去找他了。你们可能不知道，我妹妹对自己喜欢的东西会做些什么……”

“妹……妹……”被掐住了脖子的秦燃神情痛苦，声音断断续续的，“你的精神能力……应该是蜘蛛系……”

“看样子你也并不是什么都知道。”陆辛皱着眉头，猛地将秦燃向外扯。他一用力，融在树干里的秦燃立刻露出了无比痛苦的表情。陆辛扯了几下，秦燃和树干粘在一起的血肉瞬间像丝线一样绷直了，看起来就像从面团里扯出一个面人。就这样用蛮力将他扯出来的话，他一定会死的，但陆辛并不打算停手。

就在这时，秦燃忽然闭上了眼睛。紧接着，陆辛抓着的地方就变成了一块干枯的木头——被他抓着的秦燃突然失去了生命力，鲜活的皮肤变得黯淡。

让陆辛没有想到的是，在他抓住的这个“秦燃”死亡的一刹那，他的头顶之上，其中一颗人形果实一下子睁开了眼睛。它露出惊恐的表情，大口喘着气，就像是刚刚从被掐着脖子的状态里逃脱一样。

它只是第一颗，接着是第二颗、第三颗……这棵人形果实树上的所有人形果实接二连三地睁开了眼睛，大口喘着粗气。原本的它们只是这棵怪树的衍生物，木然地受怪树驱使，张开怀抱，捕捉猎物。但在这时，它们很明显变得不同了，一颗接着一颗，全都活了过来！一个秦燃死去，三十一个秦燃活了过来！“哗啦啦！”它们都在树上挣扎、颤抖，然后借助藤蔓同时向陆辛俯冲而来。

陆辛感觉到危险的气息，瞬间向后连退了七八步。妹妹不在他的身边，所以他用的是自己的力量，但是在某种程度上，他强行借用了妹妹的一些力量。即便如此，他的动作依然生硬且笨拙，完全不像妹妹在身边时那么灵活。虽然他退得够快，没有受伤，但他还是被那些果实碰到了。

“哈哈哈……”

“哈哈哈……”

退开之后，他立刻听到怪树上的所有人形果实都在发笑。在混乱嘈杂的笑声里，他生出了一种奇怪的感觉。他下意识低头，看到一张脸正在自己的手背上挣扎，同时阴森森地盯着自己。感觉到异样的不只是手背，他拉起袖子，发现胳膊上也生出了一张脸。脖子后面微微发凉，他伸手一摸，摸到了一片凸起，那也是一张脸。他身上所有被人形果实接触过的地方都生出了一张脸，每出现一张脸，他都觉得身体古怪了一点，就好像有些意志被人夺走了。他的耳边充满了极为嘈杂的声音，就像有无数人在窃窃私语、低声发笑或是高声呐喊。这些不同的声音叠加在一起，显得无比混乱，一浪接着一浪，冲击着他的大脑。他仔细聆听，听到它们在说：“我就是你！你就是我！把你给我！把我给你！”

这声音应该是虚幻的，是一种精神层面的冲击，但陆辛能够清楚地听到。他感觉很烦躁，身上正一张一张生长出来的脸也让他觉得极为不舒服。但当他下意识转过身时，才发现问题不止这些。

“噗！噗！噗……”那三十二个被秦燃污染了，但因为“复仇”成功而没有被人形果实树吞噬的人，他们的皮肉同时裂开了。然后，一株株小型人形果实树从他们的身体里生长了出来。每株小树只有一根长长的藤蔓，藤蔓的尾端缓缓分裂，露出一张脸，是秦燃的样子。虽然这些树小一些，而且只有一根藤蔓，但它们数量多，周围一下子形成了一片诡异的“森林”。

它们摇摆着藤蔓，释放着精神辐射，越来越多的小镇居民受到了影响。他们变得暴戾起来，挥舞着武器向陆辛冲了过来。陆辛转头看去，黑压压一片，这个小镇一下子成了怪物的海洋。

陆辛笨拙地躲避着怪物们的攻击，身上长出来的那些脸影响了他的速度，甚至影响了他的战斗意志。这让他有些无所适从。他更喜欢对付木偶系精神能力者，因为他们的精神能力已经被摸得很清楚了，而且看起来并没有那么怪异。而秦燃就像一个谜，他的精神能力实在太疯狂了。

“是时候了！”这时，他身后响起了妈妈温柔的声音。妈妈心疼地看着被怪物包围的陆辛，替他挡下了大部分攻击，然后轻声说道：“是时候让他出来透透气，放松一下了。毕竟，我们已经说好了，不是吗？不然，憋得太久，他会惹出大乱子的……”

妈妈的话很有道理，陆辛没有反对的理由。在搞明白秦燃精神能力的逻辑链之前，他不敢随便让父亲出来，但如今，秦燃利用人形果实树污染别人的过程他已经搞明白了。秦燃正在施展的应该是他的第三种能力，在这种情况下，父亲应该不会越帮越忙。话说回来，通常只有两种情况最适合让父亲出来解决问题，一种是完全搞明白了敌人的逻辑，另一种是完全搞不明白敌人的逻辑。

陆辛点了一下头，然后慢慢抬起头，看向青港城的方向。

青港城二号卫星城月亮台站附近一栋老式公寓里，401室那扇上了锁的门忽然“嘭”的一声自动打开了。房间里什么都没有，但整栋楼却忽然震颤了一下。

“已经使用了这种能力，不知又要诞生多少个我……”此时，其中一颗人形果实看着快要被怪物淹没的陆辛，并没有露出兴奋的神色，下一秒，它居然有些警惕地瞟向树上的其他人形果实，眼底有掩盖不住的恨意。更奇怪的是，其他的人形果实也用同样的目光互相打量着。它们生长在一棵树上，却彼此仇视，暗藏杀机。

“好在我的意识最强，最有希望成为真正的我。而且从现在的局势来看，我最有希望在她醒来之前离开……”如此想着，它转头看向树后面的那栋房屋，那里面还有秦燃的一位同伴。它还记得陆辛刚刚说过的话：“我妹妹已经过去找他了。”它并不理解这句话究竟是什么意思，但它有些为同伴担忧。

这种担忧只存在了一瞬间，因为不远处被怪物淹没的陆辛忽然动了。

顿时，所有的人形果实都吃了一惊，同时转头看向陆辛。

“刚刚是怎么回事？”当所有人形果实陆续苏醒时，一个脑袋很大、小男孩模样的人惊恐地退回房屋里，他大口喘着气，脸上满是难以置信，“为什么没有用？”

根据陈重的交代，这人的代号叫作大头鬼。陆辛掌握的关于大头鬼的信息也很少，但是可以确定他就是青港城二号卫星城血色玫瑰事件的源头，精神能力大概是通过赠予物品的方式，在受赠者体内植入某种异样情感，使其为自己所用。

这时候，这位称得上身经百战的精神能力者正在发愣。当那个愣头愣脑地闯进开心小镇的青港城精神能力者发现他们时，他们也及时发现了他。他立即动用精神能力，借助小镇上一个还没有彻底异化的小男孩给那个家伙送了一把酸枣。看到那家伙接过了酸枣，他立刻觉得万无一失了。当那家伙与老大交手时，他适时出声，想要控制他。他很了解自己的精神能力，尺度拿捏得很好，觉得那个家伙应该很难拒绝他的请求。他心想，那家伙一听到自己的声音，一定会变得十分激动。虽然在这么短的时间内，他还不能让那家伙失去理智，对他言听计从，但他造成的影响已经够用了。在这个骑士团里，这就是他的作用。他不适合与其他精神能力者正面交手，但只要他们中了他的精神能力，那就几乎是无解的。刚刚那一刻，他知道老大需要一点点时间，便把握住了机会。作为一个助手，他能够帮老大争取到哪怕一秒钟时间也是好的。可是，在他开口之后，他看到的却是，那个家伙虽然迟疑了片刻，但最后还是冲了过去，一把抓住了老大的脖子。

“又要换老大了吗？”那家伙如同鬼魅一样的反应速度让大头鬼有些不解，更有些恐慌，他不由得苦笑一声。而且，他的能力怎么不起作用了？他

百思不得其解。

“嘻嘻，小哥哥……”

听到这声若有似无的呼唤，大头鬼猛然惊醒，转头向周围看去。他没有看到任何东西，只隐隐感觉有阴风吹过。除了窗户旁边有淡淡的月光，整个房间大部分都隐藏在黑暗里。他莫名觉得黑暗里似乎有双眼睛正看着他，那双眼睛里充满了噬人的调皮、兴奋以及狡诈！

大头鬼站在原地，一动也不敢动，神经紧绷到了极点。他仔细留意着腰间的一个装置，呼吸都快忘记了，但那个装置居然一点动静也没有。不知过了多久，房间里隐隐有一阵凉风吹过，好像一个小小的气团飘过去了。

“我好喜欢你哦！”那种似乎只有不经意地去听才能听到，仔细去分辨反而什么也没有的声音又响了起来。

“嘀嘀嘀——”霎时，大头鬼腰间的装置发出了刺耳的警报声，红光闪烁，稍微驱散了房间里的黑暗。突如其来的变化使得大头鬼的冷汗瞬间流满全身，有种所有血液直冲入脑的感觉。微型精神检测器从完全没有反应瞬间跳到了极限警报，他究竟碰到了什么？！

脑海一片空白的时候，下意识的警惕起了作用，他这辈子的反应从来没有这么快过，眨眼间便摘下装置扔了出去。那装置飞在半空中时就已经散成了几部分，彼此之间连着几根手指粗的蓝色电弧，它们交织着、闪烁着，顷刻之间，一张电弧之网就布满了整个房间。

大头鬼一步蹿到房间的后窗边，准备冲出去。他并不擅长体能，但这时大概是因为特别紧张，他的身手矫健了许多。他把手搭在窗台上，想用力跳出去，但就在发力的时候，他忽然一头栽倒在地上。这一下特别突然，他没有反应过来，大脑袋重重地磕在了窗台上，火辣辣地疼，有温热的液体流了出来。

“怎么回事？”他不理解，明明是这么简单的动作，自己为什么会栽倒？他一边想，一边抬头看。行将消失的蓝色弧光照亮了天花板上的某个东西，那是一片脏兮兮的白色布料，一闪而过。

大头鬼被惊得头皮发麻，他来不及细想，赶忙伸出左手去攀窗沿。他心想，还是赶紧离开这个诡异的房间吧！但他攀住窗沿，想要起身时，却发现自己的身体被绊住了，居然爬不起来。直到这时，他才意识到，自己伸出去的居然是右手。

明明他想伸的是左手，感觉伸出去的也是左手，为何却成了右手？

他想的是左手去攀窗沿，身体跟着左转并就势站起，但因为伸出去的手变成了右手，所以身体实际上向右转了，两股相拧的劲绊住了他。他喉咙里发出一声惊慌的呜咽，想要借着右手的支点站起来，却发现自己仍然站不起来。

他再次颤抖着伸出左手，攀住了窗沿。他慌乱地蹭着地面，想借双腿的力气撑起身体，却不受控地歪倒在地。当他想左腿用力时，实际上却是右腿在用力。

他终于明白自己身上发生了什么。他不理解这是为什么，但他发现自己的四肢发生了扭曲，左手的感知换到了右手，右手的感知换到了左手，双腿也是如此。若非要形容，就像是拆下一个布娃娃的四肢又重新缝上，只是无论是双臂，还是双腿，都缝反了。

是那个青港城精神能力者干的吗？可是他现在正在外面与老大交手啊！

“嘻嘻，你好可爱……现在你是我的玩具了……”

大头鬼想不明白这是怎么回事，但他身上的扭曲正在加重。与此同时，那个虚无缥缈的声音终于变得清晰起来。甚至，在眼前这个大半被黑暗笼罩的空空荡荡的房间里，他捕捉到了一个影子，一个倒吊在天花板上的影子。那是一个身材矮小、穿着脏兮兮的白裙子的小女孩，她的眼睛大大的，黑色的长发很凌乱，表情好像在笑，露出了锋利的牙齿。

这时候的大头鬼视线已经有些扭曲了，就像在通过万花筒看这个世界。在这个充满了各种奇诡折射的场景里，他看到了那个长得特别漂亮的小女孩。她轻盈地落在地上，歪着脑袋打量着他。慢慢地，她的笑容越来越浓，然后兴奋地伸出了两只小手，好像想要将他抱起来……

“不要啊……”大头鬼使出自己剩下的所有力气，拼命叫了起来。只是，他的舌头仿佛也已经扭曲了，喉咙里只发出了断断续续的“咯咯”声。大概只有上帝才能听懂现在的他说的话了……

上帝好像真的听到了！就在小女孩即将抱住他的时候，她忽然警惕地向窗外看去。然后，她收起两只手，小脸上露出了有些厌恶与恐惧的表情。

不过片刻，她又伸出一只小手，轻轻抚摸着大头鬼的脑袋。她的声音柔柔的，好像在轻声歌唱一样：“小娃娃，别害怕！爸爸就要出来啦。虽然他很凶，但我会保护小娃娃的！所以……”她有些心疼地抱住了大头鬼的脑袋，“所以，我先杀了你吧！别害怕，别害怕，伤口多了就不疼啦……”

“啊——”临死前的大头鬼终于发出了一声完整的惨叫——只是他自以为完整，实际上还是不明所以的“咯咯”声。

与此同时，被无数怪物包围着、身上长出一张张怪脸的陆辛脑袋微微垂了下去，一动不动的，好像要任由这些怪物将自己淹没。头顶之上，红月悬空，将他的身体照出了一道单薄的黑影。然后，黑影的颜色逐渐加深，慢慢变得扭曲，范围不停扩大。

下一刻，那道黑影忽然站了起来。它比陆辛单薄的身体大了起码一倍。黑影的深处猛然睁开一双眼睛——血红色的眼睛。

“咚咚——咚咚——”沉闷而有力的心跳声在小镇街道上响起。周围的所有人形果实树都在发出各种各样嘈杂的声音，让人心情烦闷，大脑剧痛，但这个心跳声一出现便压过了其他所有声音。

“唰——”从秦燃的尸体上长出来的人形果实树上，刚刚苏醒过来的三十一颗人形果实同时转过头，惊恐地看着陆辛身后的黑影。它们察觉到，那道黑影出现的刹那，陆辛的心跳声便压过了一切声音，就好像周围所有声音都已消失，只剩那个心跳声。

当黑影睁开血红色的眼睛时，陆辛也猛地抬头，睁开了眼睛。他的眼睛里同样是血红一片。

“啊——”当黑影睁眼的时候，陆辛身上那些脸同时张嘴发出了痛苦的叫喊声，然后忽然爆开，喷溅出了鲜红的血液。

“怎么回事？它为什么可以将我们驱逐出来？”所有人形果实都害怕、惊恐、疑惑地看着眼前这个满身伤痕的青年，大叫着，“那是我们的意志！如影随形，如疽附骨！他是怎么做到的？这是怎么回事？我刚才还在荒野上拉货……”

“废物！”陆辛冷笑着，一双血红的眼睛就像贪婪的野兽发现了猎物一样。他的嘴角咧成一个诡异的弧度，猩红的舌头舔了一下嘴唇，目光死死地盯着前方。

“没有经过主人同意就闯进别人家里的都是小偷，都该死！”

他粗声粗气地骂着，脸上露出了兴奋的光芒，眼睛里的红光变得十分鲜艳。一团团污血从他血肉模糊的身体上流下来，淅淅沥沥地滴在地上。这些污血是那些人脸的残留，那些人脸代表的是秦燃的意志，它们附着在敌人身上，可以影响到敌人，甚至让敌人变成秦燃自己。可如今，这些人脸都爆炸了，污血全被挤了出来，就好像一个对私人领域极度在意的人将所有不请自来的客人赶了出去。

先杀死，再赶出去！

陆辛开始缓慢地挪动着自己的身躯，单薄的身体摇摇晃晃地前进着。血液浸染了他的双脚，鲜红的脚印一个一个地印在地面上。他仿佛随时会倒下，但是他不会倒下，因为他身后站着那道巨大的黑影。那黑影好像是真实存在的，又好像是虚幻的，但仔细看便可以发现它其实是精神力量折射出来的虚影，只是那种精神力量强度极高，所以那虚影显得很真实。

在黑影的震慑下，那些由小镇居民变成的怪物全都不敢动了，僵硬地站在原地。

“啊——”随着陆辛的移动，那些小型人形果实树同时发出了愤怒的吼叫声。一根根藤蔓尾端的人形果实收缩着自己的四肢，带着迷茫而又狂热的表情，同时向陆辛扑了过来，就像一张大网一样，直接将陆辛捕捉了。在那棵最大的人形果实树上，所有已经觉醒的人形果实都露出了激动而期待的表情。

与这三十二株两米多高的小型人形果实树相比，陆辛不到一米八的单薄身躯显得有些矮小。他瞬间被淹没，一颗颗人形果实缠住他，用力收紧四肢，同时努力张大嘴巴，狠狠地咬住他的血肉。它们已经变成了人形捕捉器。

因为愤怒，陆辛眼中的血红色显得更为浓郁，身后的黑影像沸水一样剧烈地颤抖与晃动着。

然后，陆辛伸出两只手，直接抓住两个人形捕捉器，用力将它们从自己身上扯了下来。身后的黑影像流水一样流过陆辛的手掌，流到那两个人形捕捉器上。黑影刚接触到它们，它们就开始剧烈地挣扎，发出痛苦的嘶吼。不一会儿，影响就像电流一样蔓延到了其他人形捕捉器上，越来越多的人形捕捉器开始痛苦地尖叫起来。

“呵呵呵呵……”陆辛口中发出空洞而干巴巴的笑声，似乎在享受这些人形捕捉器的痛苦。然后，他把一个人形捕捉器凑到嘴边，兴奋地张开嘴巴，狠狠咬了下去！嘎嘣！那种清脆的声音带着一种另类的恐怖。

“呸！”下一秒，陆辛便将自己咬下的东西吐了出来，表情变得极为愤怒，“弱小，可怜，你们甚至都不好吃！”他越说越怒，仿佛被那糟糕的口感极大地破坏了心情，高高举起双手，把手里的玩意儿狠狠向下砸。

轰隆一声，开心小镇坚硬的水泥地面被他砸出了一个深深的大坑。

随着陆辛向下砸的动作，他身后的黑影向上跃起，然后狠狠下落。一股混乱而嘈杂的力量以这个大坑为中心，向四面八方扩散出去。那些人形捕捉器瞬间碎成了齑粉。而离他最近的一株小型人形果实树先是发出一阵痛苦的尖叫声，然后颓然倒地，被蛛网状的冲击波一寸寸地击碎。那是真正的破碎——失去了一切成形的基础，以及作为人或精神体的活性。

“呵呵呵呵……”陆辛再次发出了那种空洞而干巴巴的笑声。这笑声似乎有着某种奇异的共振能力，周围的墙壁、地上的小石子都在轻轻振动。陆辛完全不压抑自己的怒吼声，整个人显得异常疯狂与兴奋。他看向周围剩下的小型人形果实树，然后和身后的黑影同时扑了过去。

“你们这些废物，唯一的价值就是被消灭的时候，惨叫声很好听！”

沉闷而巨大的破坏声响彻整个小镇。那些正在红月之下的田地里辛勤劳作的人仿佛受到了某种影响，他们忘记了自己要做的事情，以一种僵硬又诡异的姿势慢慢地转头，向小镇的东南角看了过去。在红色月光的笼罩下，小镇里正有一团阴影在不停地蔓延。那是恐惧，实质化的恐惧。

“怪物！”不远处，妈妈看着陆辛发疯般砸着小型人形果实树的样子，脸上没有笑容。月光之下，她的神色显得异常冷漠。

随着越来越多的小型人形果实树被摧毁，陆辛身后的黑影越来越庞大，除了红色的眼睛，甚至隐隐显露出五官。陆辛认真地撕扯、破坏着那些小型人形果实树，并一脸享受地聆听着它们“悦耳”的惨叫声！

“真正的怪物！”妈妈又低低地开口道。然后她缓缓转身，脚步有些急促地走到墙角边。妹妹正躲在那里，怀里抱着一个圆圆的、有拼凑痕迹的东西。她紧张地抬起小脸，看向妈妈。

“你抱的是什么东西？”妈妈微微皱起了眉头。

妹妹认真说道："我喜欢他，不想爸爸伤害他。"

"哎哟，你可不能早恋，那是坏孩子干的事！"妈妈轻轻掩口笑了笑，然后拿出剪刀，在妹妹身体上方剪了一下。

妹妹扔下怀里的东西，看着妈妈道："哥哥会变吗？"

"哥哥永远是哥哥。"妈妈低头看着妹妹，轻声道，"但是，现在我们要离他远一点。"她拉着妹妹的手，慢慢地向小镇深处走去。

"这究竟是什么能力？"看到陆辛像对待一堆脆弱的玩具一样破坏着小型人形果实树，已经觉醒的所有人形果实同时发出了惊恐的叫喊声，表情都变成了恐惧。然后它们七嘴八舌地喊着：

"我们应该团结起来，先将他杀死！"

"这是毁灭组的吗？"

"不，我们应该逃走！"

"哈哈哈，我恨你们，我希望看到你们死……"

"我……我只是一个在荒野上拉货的啊……"

突然，其中一个比较强大的"秦燃"压制住了其他所有人形果实。然后，这棵庞大的人形果实树剧烈颤抖起来，一根根长长的藤蔓同时在空中摇摆，幅度逐渐变得统一。下一秒，所有的人形果实都面向陆辛，开始咒骂。虽然根本听不清楚它们在骂些什么，但这些声音合在一起，凝聚成一股无形而细密的力量，像镜面折射一样扭曲着空气，使其出现了细微的肉眼难以看清的变形。

这股庞大的力量以极快的速度涌向陆辛，正在解决最后一株小型人形果实树的陆辛被冲击得脚步有些许后移，在坚硬的水泥路面上蹭出一道划痕。

陆辛抬头看向那棵最大的人形果实树，露出一个森然的笑容，然后一步一步向它走去。他是迎着那股咒骂的力量走的，就像逆着潮水向前游，脚步显得沉重而艰难，但没有丝毫迟疑。他身后的黑影在冲击之下非但没有变得弱小，反而越来越躁动，越来越强大。

陆辛走到人形果实树三米之外的位置，终于停下了脚步。他抬头看着这棵人形果实树，露出了兴奋的笑容："你的能力是不死？我喜欢不死的东西，因为这样你才可以一直恐惧！"

“啊——”人形果实树上的某个“秦燃”忍不住惊叫了一声。它露出又恐惧又愤怒的表情，扯动长长的藤蔓，从空中扑了下来，似乎要与陆辛拼命。

陆辛一抬手就抓住了它。与那些小型人形果实树上的相比，这棵树上的“秦燃”显得要真实许多。它并没有在被陆辛抓住的一瞬间就受到黑影的影响，完全被扭曲，但它还是痛苦得大叫起来。它的叫声更为凄惨，同样地，也更为“悦耳”。

惨叫声惊得其他“秦燃”同时停止了咒骂，它们纷纷惊恐地从树上飞下来，用藤蔓抽打陆辛。

啪！啪！啪！一根根藤蔓疯狂抽打着陆辛和他身后的黑影。这时候的黑影已经很清晰了，就像活了一样。

“呵呵呵呵……”面对那些藤蔓的攻击，陆辛又咧着嘴发出了古怪的笑声。他将手里那个“秦燃”连同它的一根藤蔓一起狠狠地扯了下来。他身后的黑影顺着他的手臂不断蔓延，一路蔓延到那根藤蔓上，把它变成了一根黑色长鞭。然后陆辛用力甩动手臂，向前抽去。

“啪！”长鞭甩在人形果实树上，所有的“秦燃”都发出了痛苦的尖叫声。树干上出现了一道明显的疤痕，渗出鲜艳的血水，不知有多少血肉被这一鞭子给抽了下来。

人形果实树挥舞着几十根藤蔓，疯狂抽打着陆辛，而陆辛也挥舞着手里的长鞭，脸上带着愤怒的狂笑，抽打着人形果实树。他每被抽中一下，身后的黑影都会出现些许颤抖，然而他的表情越来越兴奋。而他每抽打人形果实树一下，都会抽下来好大一块血肉，惹得所有的“秦燃”都拼命地大叫……

陆辛选择用这种方法消灭这棵人形果实树，效率并不高，但他似乎很享受这个过程。

“我不管你们了，我先走……”在这混乱的局面里，有一个“秦燃”悄无声息地脱离了战斗。那是在陆辛杀死树干里的秦燃之后，第一颗苏醒过来的人形果实。似乎正因为如此，它比别的“秦燃”聪明一点。它用自己的意志压制住其他“秦燃”，让它们向陆辛发出咒骂声，然后悄悄切断了自己与人形果实树之间的联系，就此变成了真正的秦燃。

秦燃躲到一栋房屋里，半晌之后，从房屋里走出一个穿着连体工装、看起来与小镇居民没有任何区别的人。他脸上挂着伪装出来的僵硬的微笑，手里提着一个银色的箱子，快步向小镇外面走去。背后传来的无数个“秦燃”的惨叫声，让他浑身战栗。

该死，那才是真正的怪物！他暗暗发誓，以后绝对不会再回来了！

“嘻嘻……”

走到小镇边缘时，他忽然听到前方有笑声。他抬头看去，只见一个穿着精致套装、头戴遮阳帽的女人站在花田里，手里还牵着一个黑发遮着大半张脸的小女孩。她们看着他，露出了开心的微笑。

这对看起来有些奇怪的母女是从哪里来的？秦燃下意识警惕起来。他瞄了她们一眼，脚步没有丝毫迟疑，顺势拐进一条小巷，准备通过另一个出口离开小镇。

“打扰一下，请问是谁拜托你来调查‘逃走的实验室’的？”一句礼貌的问语在他的身后响起。

秦燃一怔，只觉得浑身上下都起了鸡皮疙瘩，冷汗瞬间布满了额头。他来不及多想，闪电般掏出一把枪，转身扣下扳机。与此同时，他身形一滚，灵巧地钻进了齐腰高的花田里。纵使没有精神能力，他也是一个身手很不错的人，下意识做出的选择也总是最正确的。

钻进花田后，秦燃向后方看了一眼，顿时惊出了一身冷汗。

他射出的是一枚特殊子弹，即便是精神能力者，也应该受到一点影响，给他创造出逃走的机会。但这枚子弹停在了距离女人那张美丽的脸庞仅仅只有几厘米的空中。黑色的弹丸已经微微裂开了，缝隙里闪烁着蓝色的电弧。按理说，这枚子弹应该会爆开，碎片之间扯出一团蓝色电弧，摧毁周围的一切。但此时此刻，它好像被某种无形的力量裹住了，居然没能爆开来。

那女人轻轻抬起手，将子弹推开一点，然后放手。

子弹顺势飞远，然后在空中爆开，闪出一团巨大的蓝色电弧。花田里瞬间出现一片直径接近三米的焦黑区域。

女人没有转头去看，她惋惜地看着秦燃，微微摇头道：“你为什么就是不肯死得痛快些呢？”

秦燃身躯颤抖，整个人好像掉进了冰窖之中，一股无力的绝望感自心头涌出。

当那枚特殊子弹爆开的时候，正疯狂抽打着人形果实树的陆辛忽然转头看向爆炸的方向，眼中红光绽放。他面前的人形果实树已经不成样子了，树干只剩下半截，而上面的几十根藤蔓更是碎的碎、断的断。周围的地上到处都是碎裂的“秦燃”，有的正缓缓消失，有的还微微抽搐着。在这种混乱的局面下，陆辛根本就没发现少了一个“秦燃”。但在那枚子弹爆开时，他忽然意识到什么，愤怒的情绪明显高涨起来。

“逃兵最惹人讨厌！”他低声吼叫着，再次用力抽了出去。这一下不再是戏耍的力度了。

“砰！”他手里的鞭子与那半截树干相撞，同时碎成了渣。人形果实树彻底湮灭了。最后，只在距离较远的地方还剩下一张无依无靠的脸。它的嘴唇还在翕动：“荒野……拉货……”

“啪！”陆辛走过去，将那张脸踩碎，然后转过身盯着爆炸的方向。他的眼睛里忽然露出了凶残而兴奋的光芒，迈开大步向爆炸的地方冲去。

开心小镇的房屋挡在了他的面前，它们又多又密地挤在一起。之前陆辛想过开门进去看看，但是，因为他预感到打开这些房门会发生非常不好的事，所以他终究没有打开任何一扇房门。这次他也没有打开，他直接撞了进去。

挡住他的墙壁瞬间变得扭曲，然后破碎，轰然倒塌。但没有一点灰沾到他身上，因为他身后的黑影为他建立了一道看不见的屏障。

在冲进去的一瞬间，陆辛就隐隐感觉到房屋里有什么东西。它眨眼间便释放出了强大的敌意，而且有诡异的精神力量在涌动，似乎马上就要向陆辛扑过来了。

但它没能扑过来。陆辛根本没有停留，他直直地冲过去，将那东西撞得粉碎，然后冲向下一栋房屋。一栋栋房屋一一被撞碎，一时间，小镇里仿佛发生了一场地震。

从陆辛原本所在的位置，到小镇边缘发生爆炸的地方，中间隔着不知多少房屋，每一栋房屋里都有着诡异而可怕的存在。这时却有一条直直的线贯通了这个小镇，在这条线上不存在完整的事物，也不存在任何具备活性的生物。整个小镇都被惊动了，所有没被污染的居民都猛地抬起了头。这一次，他们的表情不再是微笑，而是愤怒以及恐惧。

"我有些明白了！"

秦燃听到身后的小镇上房屋不断倒塌的声音，脸色瞬间变得苍白。他忽然抬头看向面前牵着手的母女俩，脑海里一瞬间想到了很多事，包括他看到的有关"逃走的实验室"的任务资料，包括陆辛这个青港城精神能力者的古怪与不可捉摸，也包括陆辛所说的那句"妹妹已经过去找他了"，以及这个女人的叹惜"你为什么就是不肯死得痛快些呢？"……

想通了什么后，秦燃觉得既荒谬又可笑，心里有无数的话想说，但最终说出口的却只有极为无奈的一句："是他妈谁给你们取了个代号叫单兵？！"

那女人听了这话，无声地笑了。那个古怪的小女孩也露出了有些得意的笑容。

但是她们都没有回答秦燃的问题。秦燃知道原因，他已经听到从背后传来的像电流一样的嘶嘶声了。

冲破无数房屋横穿整个小镇的陆辛正站在秦燃的身后。在陆辛的头顶上是颜色不知何时变得更为鲜艳的红月。而陆辛单薄的身体后面，那道黑色的影子变得更为明显，蕴含着强大到令人恐惧的精神力量。花田里的粉红色小花随着陆辛的到来瞬间枯萎，被母女俩和陆辛夹在中间的秦燃感觉到了一种难以形容的绝望。

"这就是代号为'暴君'的力量吗？原来实验已经……"秦燃露出自嘲的表情，缓缓说道。

听到秦燃这句话，妈妈皱了一下眉头。与此同时，秦燃身后的喘息声忽然变得异常粗重，危险的感觉迅速逼近。

"你不能杀我！"秦燃忽然转身，尖叫道。

就在秦燃转身的前一刻，陆辛的手臂与身后那道黑影的手臂同时抬起，重叠在了一起。若是仔细看，就会发现黑影是想出手攻击秦燃的，而陆辛在用手臂阻止黑影的动作。

"你知道我为什么选择藏在这里吗？"秦燃继续自顾自地大叫着，一张脸在红月之下显得有些扭曲，叫声尖厉得有些失真，"因为这里是开心小镇，女王就沉睡在这里，这个小镇上的人都是她的子民，包括现在的我在内！"他重重地喘了一口气，看向陆辛背后。

被陆辛摧毁的房屋废墟仿佛一道贯穿小镇的伤疤。

“而你……已经把她唤醒了。”秦燃说这句话的语调很奇怪，既有些疯狂，又有着无法掩饰的恐惧。

听到他的话，妈妈与妹妹都好奇地抬头看去。她们看到，小镇后山上的别墅里，好像有什么东西睁开了眼睛。紧接着，一种细微的声音从那里远远地传了过来，既像蜂群嗡嗡地震颤翅膀，又像不停地搓动小石子。下一刻，笼罩着整片区域的薄雾突然像玻璃一样破碎了，所有没被污染的小镇居民同时转头看向别墅，露出了敬畏、欢喜的目光。

在小镇后面那生满了松柏的山坡上，一个又一个人形物体坐了起来。它们木然地拿起身边的武器——多是生了锈的枪械——集结成群，从山坡上向小镇进发。“嗒嗒嗒——”那是它们机械地前进的声音。

虽然这些人形物体腐烂严重，但还是可以看出，它们有的穿着军装，有的穿着白大褂。它们本来是一具具死尸，如今不知怎的突然“活”了过来。

小镇那些黑洞洞的房屋也忽然亮了起来，每一栋房屋里都有两束红光。紧接着，所有紧闭的房门同时弹开，从房屋里走出来一个又一个的“人”——只是看着像人。它们走到红月的光芒下，张大了嘴巴。一根根尖锐的黑刺从它们的嘴巴里生长出来，在红月下闪着寒芒。

“嗡嗡嗡……”那种细微的声音轻微地扭曲了空气。

“好玩！”妹妹微微直起身体，眼睛发亮。

妈妈先是有些惊讶，然后是一脸了然：“原来是这样……”

话音刚落，空气出现了更严重的扭曲，那种细微的声音变大了。妈妈和妹妹都非常好奇地盯着别墅。

一道巨大的身影缓缓出现在别墅上空。那看起来是一个年轻女孩，身上穿着一件普通的T恤衫，留着黑色的长头发。花田距离别墅比较远，但似乎离得再远，也可以看清她的模样。她的脸长得非常好看，只是一双大眼睛黑洞洞的，显得有些木讷。

这个女孩慢慢向上飘浮着，一直飘到十几米高的半空中，她的整个身体才完全显露出来。她没有双腿，腰下面是一个巨大的椭圆形结构，就像蚁后或蜂后的腹部一样。它足有七八米长，整体呈现出一种浸泡了很久一样的白色，上面满是褶皱，散布着一些黑点。

在红月之下，她用漆黑的眼睛慢慢看向陆辛。

“她是迄今为止最强大的支配组神秘生物之一。”看着那道巨大的身影，秦燃的脸上满是抑制不住的狂热与敬仰，“我的这副身体是在这里产生的，所以我现在是她的子民……”他转头直视陆辛，“你确定要当着她的面杀了我吗？”

陆辛沉默着，他身后的黑影也沉默了，只是血红的眼睛里充满了暴戾。

秦燃留意着陆辛的反应，提着银色的箱子开始慢慢往后退。

他在往女王那里退，一边退一边想，幸亏他比较谨慎，选择在开心小镇这个特殊地方暂避。别人对这地方避之唯恐不及，但他因为自己特殊的能力，反而能够在这里得到庇护。就算有什么厉害的势力追来，他也可以借助女王的力量来逃脱。还好他没有落在这个怪物手里——

“嗡——”秦燃还在沾沾自喜，忽然觉得耳朵里嗡嗡作响，大脑一片空白。

过了数秒钟，他才反应过来，那是陆辛忽然发出了一声咆哮。准确地说，是陆辛身后的黑影发出了一声咆哮。与此同时，黑影逐渐膨胀、扭曲，像蘑菇云一样升腾起来。

黑影的这声咆哮威力之大，已经影响到小镇上空一直保持着稳定的能量场了。

这一刻，秦燃浑身颤抖，心脏几乎骤停。他知道，这是陆辛身后的黑影在宣示对他这只猎物的所有权。他如同坠入噩梦里，完全不知道接下来会发生什么……

咆哮声立刻引发了无数的连锁反应。嘴里长着黑刺的小镇“居民”同时向花田冲了过来，而那些身体腐烂的死尸也同时端起了武器。别墅上空，女王黑洞洞的眼睛里没有半点情感，缓缓向前移动着。空气里那种让人难受的精神辐射瞬间加剧。

就在这时，陆辛眼睛里的血色光芒稍稍消退，他清醒了过来。事实上，他在秦燃提到“代号暴君”时就清醒过来了，只是意志一直被压制着。直到此时，父亲被女王吸引了注意力，他才重新掌控了自己的身体。他先是轻轻喘息了两声，然后抬头看向别墅，目光有些惊讶。女王的模样让他感觉头皮发麻。

看着那些嘴巴里长着黑刺的“居民”，以及那些身体腐烂、端着生锈枪械的死尸，陆辛终于明白为什么这里有进无出了，因为进来的人都变成了小镇的一员。而且，他们是以死人的方式加入小镇的。

开心小镇的秘密其实很简单——这里有一位女王！

蚂蚁有蚁后，蜜蜂有蜂后，开心小镇也有一位女王。陆辛无法确定需要多高的精神量级，才可以造成这种程度的影响，但他能够明白这里面的逻辑：那位女王影响了整个小镇，改变了小镇的生存环境，所有的小镇居民都变成了她的子民。从此，他们的生活以这位女王为中心，她代表了唯一的意志。开心小镇居民的脸上一直挂着开心的笑，这种笑容是真实的，因为他们只要可以为女王效力，就会感到幸福。

最强大的神秘生物之一开心小镇女王已经盯上了陆辛，他该怎么办？

他的视野很清晰，但他的头脑里却有一点混乱。从那位女王身上，他感觉到了前所未有的压力。周围扭曲的空气冲击着他，像电流一样刺激着他，让他的脑海里不停地浮现出一些虚幻的画面，这让他清晰地体会到了这位女王的恐怖。所以，哪怕是他，此时也生出了一种不知该如何是好的感觉。

于是他下意识看向自己的家人。妈妈将手伸进了小挎包里。妹妹弓起身子，向女王龇了龇牙。同时，他听到身后的父亲又一次发出了那种空洞而干巴巴的笑声。

陆辛反应过来了，他是要与家人站在一起的。无论他愿不愿意，关键时候都要和家人的态度保持一致。于是他也做出了选择。他微微站直身体，抬起头来，直视那位不断散发着精神辐射的女王。

“嗡嗡嗡——”空气的扭曲感达到了极致。陆辛的加入似乎并没有影响到两边的力量对抗，但是整个小镇的氛围出现了一点变化。那位正在缓缓向前移动的女王忽然停了下来，陆辛从她那漆黑的眼睛里看出了些许诧异。

空气受到了巨大的挤压，出现了一层一层肉眼可见的褶皱。天上的红月变得越来越清晰、越来越大，让人产生一种错觉，好像月亮距离大地越来越近了。月光像血液一样鲜艳，直直流下来。

陆辛一家四口与开心小镇女王之间夹着秦燃，作为精神能力者，秦燃能够感受到周围混乱的精神力量。他的头疼得像要裂开了，这让他几乎想要疯狂地大叫。

他没想到，这个与“逃走的实验室”有关、看起来有些普通的人居然有能力与那么强的神秘生物对抗。这使得他产生了一种荒诞的感觉。

“不可能啊！难道我拿到的资料是错的？他现在不应该有和女王对抗的实力啊！难道说……他已经进入了第二阶段？”

“那怪物真是可怕啊，要和她战斗吗？”此时，头痛欲裂的不止秦燃一个，陆辛也在承受着巨大的压力与痛苦。一看到那个神秘的小镇女王，他就感受到了一种无法形容的巨大压力。这种压力无形无质，却真实存在，使得他的脑海里出现了一块块镜子碎片，每一块碎片上都有一幅破碎的场景。有好几回，他差一点就陷入那些场景之中了。他努力保持着清醒，因为他有种直觉——陷进去了可能就无法醒来了。这时候，陆辛的心里产生了退出对抗的想法。这并不是他害怕了，而是面对强大而神秘的生物时产生的本能。但是，他知道他不能退，因为妈妈和妹妹都在专注地盯着女王。虽然他看不见父亲，但他可以听到父亲沉重的呼吸声，他知道父亲也在盯着女王。这让他联想到，面对一只虎视眈眈的恶犬时，一定要盯着它的眼睛，不然它随时会扑上来。

他明白，这是一场战斗，他应该站在家人身边，陪着他们。正是这个念头支撑着他，让他一直死死站在那里。他的大脑越来越混乱了，破碎的场景与疯狂的呓语一直折磨着他的神经。但他顽强地抵抗着，目光坚定地盯着女王，甚至稍稍站到了妹妹的身前。他的鼻血流了出来，但他的身影没有丝毫动摇。

注意到陆辛流鼻血了，妈妈的脸色似乎变冷了一些。然后，她忽然露出了淡淡的笑容。那笑容很和气，让人感觉不到一点敌意。

“你好！”她轻轻柔柔地开口，向女王打招呼。

女王漆黑的眼睛微微闪烁了一下，好像怔住了。

妈妈的笑容瞬间变得十分灿烂，她轻轻点了一下头，道：“你的小镇很漂亮呢！”

女王的表情微微放松了，周围压抑的氛围好像有所缓和。

“你不要紧张。”妈妈温柔地笑道，“我们一家人是出来旅游的，顺便帮孩子完成一点任务。我们无意中闯进了你的小镇，真的很不好意思！不过，你这里真的好美呀，尤其是这些花！”

陆辛有些吃惊，暗道：“妈妈居然在跟女王闲聊？”

更吃惊的自然是秦燃，他的人生信念似乎瞬间崩塌了！他僵硬地转过身，难以置信地看向正在说话的精致女人。

突然，空气里响起一个细细的声音：“谢……谢！”

女王居然回应了！无论是秦燃，还是陆辛，都错愕到了极点。

妈妈的笑容更灿烂了："只是，这些花全都是粉红色的，未免显得单调。我觉得，如果在花田里种些蓝紫色的鸢尾，会更好看呢！"

"我也觉得只种粉红色的花有些单调，可是我找不到更好的种子！"女王再次用细细的声音回道。

她们居然真的聊起来了！亲眼见到这一幕的秦燃已经"石化"了。

陆辛感觉大脑里的混乱感在减弱，应该是女王收敛了一些精神力量。

"种子很好找的，高墙城……"妈妈笑着道，仿佛真的只是在和好朋友闲聊。

当妈妈说到"高墙城"时，陆辛有些担忧地看了她一眼。

妈妈似乎了解陆辛的想法，话锋一转，笑道："你可以把农田与花田交叉一下，组成各种好看的图案！而且随着季节变化，图案的颜色也会改变呢！"

"嗯，谢谢你！"女王细声细气地回道。周围的压力感越来越小了。所有死尸都把端起来的武器收了起来，而嘴巴里长着黑刺的小镇"居民"正慢慢地往身后的房屋里退去。

"不客气！不过，我们弄坏了你的东西，真抱歉……"妈妈温柔道，"弄坏了的地方，看样子也只能辛苦你自己来修了……以后如果有机会的话，我再来找你玩呀！"

"好的，我会好好欢迎你的……"女王纤细的声音慢慢低了下去，她那庞大的身躯开始退回别墅里。

女王没有了敌意，周围的空气瞬间恢复正常。陆辛察觉到，妈妈微微松了一口气，妹妹露出了懵懂的表情，而父亲则有点不甘心。尽管如此，但父亲并没有唱反调。这件事就算解决了，那么，接下来要解决的自然是秦燃了！

秦燃跌坐在枯萎的花田里，正处于完全蒙掉的状态，站都站不起来了。他呆呆地看着女王悄然退回山上的别墅里，又看着陆辛和他的家人同时转头盯着他瞧，一种无法形容的恐慌感从他心底升了起来。

"呵呵呵呵……"随着父亲那空洞而干巴巴的笑声，陆辛看到自己的一只手臂不由自主地抬了起来，上面缠着一团黑影。他能够感觉到父亲的愤怒，也知道他想对秦燃做什么，急忙用力压制着自己的手臂，不让父亲碰到秦燃。

"我还有话要问他。"陆辛低声解释道。

“呵呵呵呵……”父亲不屑道，“这样的废物有什么可问的？杀了他，杀了他世界才清静！”

陆辛感觉自己手臂上的压力更大了，他几乎压制不住。

“我说了……还有话要问他……”他咬牙道。

“废物，废物，你也是废物！胆小、怯懦的废物！”父亲忽然变得无比暴躁，高声大喝着。

刹那间，陆辛感觉自己好像要被挤进一个奇怪的地方了。他的鼻血又从鼻腔里涌了出来，心脏好像在被一只看不见的大手拼命挤压着。不仅是一只手臂，就连他的整个身体都快要失去控制了。

“你该回去了！”妈妈忽然面无表情地看着父亲道。

“回去？”父亲说话的腔调很奇怪，显得空洞而深沉，“呵呵呵！”

看来，父亲这次不想回去了！陆辛心里瞬间绷紧了一根弦。他能够感受到父亲的不甘与贪婪，也能够感觉到自己的心脏和大脑都在承受着巨大的压力。他的意识正在下沉，他不知道沉下去后还能不能醒来……所以他只能强撑着，坚决不让父亲得逞。

妹妹弓起身子，愤怒地大叫道：“不许你欺负哥哥！”但是她再愤怒，也只敢在原地大喊大叫，不敢冲过来。

“你越是这样，以后越不能让你出来！”妈妈冷漠道，“你是在害怕吗？你想要逃到哪里去？我们是一家人，如果你连家人都不能相信，那这个世界上你还能相信谁？你真的想让我们这个家分崩离析吗？”说着，她抬起手来，伸出两根手指。

陆辛能够感觉到，父亲在颤抖，也不知道他是在恐惧，还是在愤怒。但父亲没有退缩。他似乎下定了某种决心，想要破釜沉舟，拼上一次。此时，陆辛感觉父亲的力量更强大了，他的身体慢慢变得僵硬、冰凉。

“我要把你做成玩具，不会动的那种！”妹妹眼睛通红，稚嫩的声音已经变了调。妈妈将手伸进挎包里，包里的剪刀露了出来。

“这究竟是怎么回事？”此时此刻，最崩溃的人是秦燃。感觉到陆辛身上异常剧烈的精神波动，他大脑一片空白，脖子僵住，一动也不敢动。他向来是个非常擅于把握机会的人，可是这时候，他不敢动。因为他意识到，只要他稍稍一动，就可能会引发可怕的后果。

“你们……”就在这时，一个细细的声音略带埋怨道，“可以不在我这里吵架吗？”

一家四口同时转头看向开心小镇后山上的别墅，刚才已经退回别墅的女王又钻出了半个身子。她看上去有些不好意思，明明很不开心，又不想明说。

女王的声音打断了一家人的争执，陆辛身上的压力一下子减轻了很多。

“哎哟哟，不好意思！”妈妈对女王抱歉道，然后看向父亲，脸上带着冷冷的笑，“看到了吗？别人已经在看我们一家人的笑话了，你究竟想闹到什么时候呢？”

父亲沉默着，用冰冷的眼神看看陆辛，又看看山上。

妈妈继续道：“惹出了麻烦，没有人会帮你。”

陆辛感觉自己身上的压力更小了，父亲有些空洞的声音在他耳边响起：“呵呵呵呵，我只是在跟他开玩笑！”

父亲用凶狠而阴森的目光扫视着陆辛，又沉声道：“但是我不会改变我的看法——他就是个废物！你们现在保护他，他早晚会杀死你们！你们等着吧！早晚有一天，他会杀死我们所有人！到时候，到时候，你们后悔都来不及！”

突然，陆辛身上的压力消失得干干净净。他看到父亲站在阴影里，狠狠地瞪了他一眼，然后转身走进了他们位于青港城的家。“嘭！”家门被重重地关上，表达着父亲的极度不满。

“呼——”陆辛终于能松一口气了。

他看了看红月之下的花田，又看了看冷汗直流的秦燃，然后是微微松了口气的妈妈以及歪头打量着他的妹妹。开心小镇后山上的别墅里，女王再次缩回了身子。

“结束了吗？”他轻轻开口问道。

“结束了。”妈妈温柔地看着他，“你打算怎么做呢？”

陆辛看向秦燃，沉默了一会儿，道：“他在青港城做了很坏的事情，我应该把他带回去，连带着他抢走的东西一起交给总部处理！另外……”他顿了顿，继续道，“刚才他说了一些我感兴趣的事，我想问问他那究竟是怎么回事——”

“对，我确实知道你一些事！”秦燃飞快地转了转眼珠子，忽然响亮地开口道，“我不知道在你看来，你自己是什么样的状态，但这一切都是虚假的，其实你……”

“咔嚓！”妈妈不知什么时候拿出剪刀，轻轻剪了一下。然后，陆辛就看到秦燃的嘴巴不停地开合着，却没有任何声音。

秦燃死死地盯着陆辛，似乎是想告诉他什么。但他并不知道，他根本没有发出任何声音。

“我知道你很想通过他搞明白一些事……”妈妈温柔地看着陆辛，“他抢走的那幅画就在他手上的箱子里，箱子里还有一些资料，有关于‘哭泣的小男孩’的，也有关于你的。其实你不用听他讲，因为他可能会骗你。直接看资料更加可靠，但是……”说到这里，妈妈忽然挡在了陆辛面前。

与此同时，妹妹盯着秦燃，嘴里的两排尖牙在用力地磨动。

陆辛有些吃惊地看向妈妈，不明白她是什么意思。

“我不是想阻止你知道那些事……”妈妈的眼神有些黯淡，“但你答应我一件事好吗？等你进入第二阶段后，再看那个箱子里的东西！”她的声音里带着请求，“不然的话，你会受不了的！”

陆辛愣怔良久。他不知道妈妈说的“受不了”是什么意思，但在他的印象中，这是妈妈第一次请求他。于是他慢慢点了一下头。

“哇！”就在他点头的那一瞬间，妹妹兴奋地向秦燃扑了过去。陆辛看到，秦燃的身子一下子抽搐起来，他大张着嘴巴，似乎在惨叫，然而没人听得到。

“我们没有办法只带他的精神体回去，他这个身体又是人家的，直接带走不礼貌……”妈妈笑着解释道，“所以，还是给妹妹玩吧！”

陆辛提着银色的箱子，背着包，走出了开心小镇。

走了一会儿，他随便找了个地方坐下，从背包里拿出一盒雪茄——这是在黑水镇的时候，蛇爷送给他的。他笨拙地张嘴叼住一根雪茄，然后拿打火机在雪茄尾端燎了半天，使劲地嘬，终于把这根雪茄点着了。

“咳咳——”陆辛咳了几声，嘴里一股子霉味。但他舍不得扔掉这么高级的东西，于是他准备慢慢习惯这种霉味。也许这就是有钱人喜欢的味道呢？抽了一会儿雪茄，他才拿出信号弹，发射了出去。然后他一边抽着雪茄，一边等壁虎过来接他。

他抬头看向天空，发现月亮在偏东方向，好像刚刚才升起来。他再看向自己手腕上的电子手表，发现上面的数字变成了乱码，有的成了“8”，有的成了“A”，已经无法用来判断时间了。陆辛不由得陷入沉思。当初他进入开心小镇的时候，就已经天黑了。他在里面战斗了这么久，又来回走了很远的路，为什么现在还是刚刚天黑的样子？

陆辛想了一会儿，觉得凭自己的高中学历，肯定想不明白这个问题，于是决定不想了，反正肯定与那位神秘的女王有关系。想到那位女王，陆辛不禁有些咋舌。知道了开心小镇的秘密之后，他简直无法想象，究竟得有多么高的精神量级，才能对方圆五十千米内持续施加影响？要有多么可怕的精神能力，才能把一个小镇变成自己的“蜂巢”？

陆辛微微摇了一下头。开心小镇的居民已经不是正常意义上的人了，一想到那么多的人早就受到了污染，他心里其实有些不舒服。但他也帮不上他们，因为以他目前的能力，还惹不起那位女王。毕竟就连妈妈，在离开的时候都要客客气气地跟人家挥手道别呢！

其实他有一些问题想问妈妈，但是她现在不在。不仅她不在，就连妹妹也不在他身边。离开小镇时，妈妈说父亲受了闷气，一个人在家里，她不放心，所以要带妹妹先回去陪他。陆辛没有表示反对，因为他看得出来，原因不仅仅是这个。被逼着回去的父亲情绪非常不好，他们之间似乎出现了分歧，妈妈和妹妹回去可能要跟父亲商量什么。

“唉，有个人说说话也行啊！”陆辛看着空荡荡的荒野，过了很久才轻轻吐出一团烟雾。

忽然，一束雪亮的灯光远远地扫了过来，旋即是发动机疯狂的轰鸣声。月光之下，远处的废弃公路上，一头“钢铁巨兽”加足马力狂奔而来。陆辛的心情一下子就变好了。

“唰！”“钢铁巨兽”在陆辛面前来了一个漂亮的甩尾，车身微微摇晃了一下，然后猛地停住。陆辛注意到车身上有几个新鲜的弹孔。

壁虎从驾驶座的车窗里探出脑袋，鬼鬼祟祟地四处看。陆辛不知道他为什么这么小心，眼神古怪地看着他。壁虎摘下墨镜，认真地看了陆辛一会儿，忽然道：“姓名、年龄、家庭住址？”

陆辛有些无奈地看了他一眼，道：“别闹了！”

壁虎顿时松了一口气，推开车门，嘟囔道："不小心点不行呀，话说……"他拉长声音，上下打量着陆辛，"解决了？"

陆辛点点头，轻轻拍了一下手边的银色手提箱："那两个精神能力者我已经解决了，他们从青港城抢走的东西就在这里。另外，开心小镇的探索工作也完成了。"

听着陆辛云淡风轻的描述，壁虎的嘴巴张成了"O"形。过了好一会儿他才道："是……是我理解的那种解决吗？"

陆辛点了一下头："嗯。"

壁虎瞬间露出了"想要表达的情绪太多因而陷入混乱"的那种表情。过了一会儿，他忽然跳下车，小跑到陆辛面前，唰的一下立正，大声说道："队长，副队长壁虎向您汇报。接到您的信号弹指示后，我前去追击，发现有七个袭击过青港城的雇佣兵正向南逃离。我立刻进行狙击，最终打死六人，活捉一人，就在后座上绑着！"

陆辛有些被壁虎的认真劲儿吓到了，好一会儿才慢慢道："那……行吧！"

壁虎立刻让开身子，道："您请上车。"

陆辛慢慢站起来，喃喃道："其实不用这么客气的……"

"不，这不叫客气。"壁虎严肃地说，"我只是在表达对队长的尊敬，您辛苦了。"

陆辛一边往车上走，一边下意识道："不辛苦。"

"不，您就是辛苦了！"壁虎坚持道，然后小跑过去给陆辛开了副驾驶的车门。

坐上车后，陆辛转头看向后面，只见一个穿着雇佣军迷彩服的男人被五花大绑着扔在了后座上，他戴着精神能力抑制器，整个人显得神志不清、迷迷糊糊的。

壁虎嘿嘿笑着解释道："为了避免麻烦，我让他先好好睡一觉。对了……"他忽然想起一件事，严肃道，"要不要我把他扔后备厢里，好给叔叔阿姨和妹妹让地方？"

陆辛有些惊讶于壁虎考虑事情的周全，不过他摇摇头，道："不用了。"

壁虎再三确认后才启动了车子。

当这头高大的"钢铁巨兽"开始向着远离开心小镇的方向驶去时，陆辛和壁虎心照不宣地没有提在开心小镇里发生了什么。

车子平稳地驶上大路后，陆辛才想起一件事：“有缴获什么东西吗？”

“放心吧！”壁虎一边开车，一边得意扬扬道，“七把冲锋枪，还有手枪、子弹、几个小苹果。”

“小苹果？”陆辛有些不解地看向壁虎。

“对啊！”壁虎从脚边摸出一个带拉环的、圆圆的东西，抛接了一下，“就这个。”

陆辛瞬间感觉头皮发麻：“快放回去。”

“不是吧队长，数千精神量级的精神污染炸弹你都不怵，还害怕这个？”壁虎嘀咕着，将手雷扔回脚边的袋子，里面隐约还有好几个。

这个动作又看得陆辛心里一阵发毛。

看样子事情是真的解决了，陆辛缓缓松了一口气，倚在靠背上。他心想，壁虎这个副队长确实挺靠谱的，不仅搞定了那几个雇佣兵，还缴获了不少东西，比他强多了。

刚才结束战斗之后，陆辛明明知道秦燃肯定有不少物资，甚至可能有一辆越野车停在小镇的某个地方，但是妈妈急着回去，而他实在没胆量在没有家人陪伴的情况下去找女王要那些东西……真是可惜了……

陆辛心里感慨着，忽然想起一件事，于是看向壁虎道：“车呢？”

壁虎蒙了：“啥？”

“摩托车啊！”陆辛严肃道，“他们逃走的时候，不是骑了四辆摩托车吗？”

“那个……”壁虎结巴了，“扔……扔那儿了啊！”

陆辛的眉头皱了起来：“四辆呢！”

“我知道啊！”壁虎有些搞不清楚状况，“队长——不，陆哥，你觉得咱们两人带得回去吗？”

陆辛想了想，觉得这话确实有道理。他犹豫道：“要不……呼叫支援小组吧？”

壁虎惊了：“陆哥，我们是在荒野上啊，荒野上哪儿来的支援小组？”

陆辛想起妈妈临走前说的话，点头道：“有的。”

在陆辛的坚持下，壁虎将信将疑地停了车，架起信号接收器，拿出卫星电话给总部拨了过去。他的声音有些紧张："对，单兵已经从小镇里出来了……人没事，非常正常，胳膊、腿都是齐全的……精神状态正常，我已经检测过了……对，他已经清理了那个骑士团的精神能力者，拿回了他们抢走的东西……现在打电话是为了叫支援小组过来……别问我他是怎么解决的，也别问我为什么要请支援小组入场！他是队长，我是副队长，一个合格的副队长是不会质疑队长的命令的！……好，好，我等着。"

他困惑地向陆辛道："他们答应了……但我还是不明白，这个支援小组是从哪儿冒出来的？"

陆辛没有回答，只是若有所思地看向黑漆漆的荒野。

过了一会儿，荒野深处忽然有雪亮的灯光打过来，旋即响起了震耳欲聋的发动机轰鸣声，一辆辆满载着精悍战士的越野车出现在他们的视野里。紧接着，空中传来螺旋桨的转动声，两架直升机的灯光在荒野上交错着。

壁虎整个人都蒙了，手里的卫星电话掉到了地上。

"唰唰唰！"三位身穿黑色作战服、头戴特制玻璃头盔的特遣队人员整齐地向他们跑来。他们在三米之外站定，对他们行了个礼，然后高声道："青港城城防部第二、四、七特遣队队长报到。已经得到城防部最高长官的命令，可以执行一切救援及歼灭任务。请指示！"

望着这三位级别明显不低的队长，壁虎说不出话来，只是呆呆地看向陆辛。

陆辛其实也是蒙的，他心想，这看起来不太像是支援小组啊！不过他们似乎比支援小组更能给人带来安全感……他定了定神，慢慢开口道："那里，那个方向……"

三位队长立刻警惕地看了过去，其中一位队长的喉结还紧张地滚动了一下。不远处那些持枪的战士立刻唰唰地把枪口掉转了过去。

然后，他们听见陆辛说："那里有四辆摩托车，麻烦你们找到它们，帮我们弄回去。"

第五章

第二阶段与禁忌实验

红月亮事件发生之后，荒野上出现了很多神秘的变化。

一度导致人类文明与秩序崩溃的荒野疯子只是其中占比很小的一部分，因为当人们从被疯子吓坏了的状态中反应过来，开始了解这些疯子后，就发现这些疯子只是疯子而已。倒是只存在于荒野上的鬼故事里的“红月异生种”，以及一些暂时无法解释的神秘禁区，成为荒野上最大的危险。总之，在荒野中行进需要时时保持警惕，这是荒野生存第一守则。

当然，那是在一般情况下。像陆辛与壁虎这种有三支特遣队、一支后备军队以及两架直升机护送的，别说不用保持警惕了，就算在车上睡一觉也没问题！

陆辛就在车上美美地睡了一觉。骑士团的事情已经解决了，被他们抢走的东西也拿了回来，父亲已经发泄过一次怒火，此时的陆辛有种前所未有的放松感。

可能是因为十分想家，壁虎开车开得非常快，第五日的傍晚时分，他们就来到了二号卫星城的城门前。

高墙上的巡城军提前收到了通知，当“钢铁巨兽”的身影出现在高射灯的范围内时，钢铁吊桥缓缓地放了下来。陆辛看到吊桥对面有人在等他们。

陈菁穿着合身的军装，显得英气十足。她的身材好得简直让人不敢直视，无论是壁虎还是陆辛，都只敢偷偷地瞧她。

“从你们出发到现在，只过去了四天多时间！”望着从车上走下来的陆辛，陈菁的脸上露出一点笑意，“我看，当这个消息传到那几位教授耳中时，他们又要因为究竟该给你定什么级别而吵到互相揪头发了。”

想到那几位教授的发量，陆辛觉得他们争吵的代价太大了，结果近乎残酷。

“好了，汇报任务进度！”陈菁突然把脸一板，严肃道。

陆辛本来想回个笑话，没想到陈菁领导范儿摆得这么足，忙下意识道：“入城袭击的那个骑士团共有十人，其中精神能力者三人，雇佣兵七人。如今三个精神能力者有两个已被消灭，剩下的一个应该押送回来了吧？七个雇佣兵死了六个。被他们抢走的画我已经夺了回来，还缴获了五辆摩托车。”

陈菁眉头一凝，道：“你确定那两个精神能力者都死了？”

“确定。”陆辛点了点头，“死得一点也不剩了。”

陈菁的眉梢微微上挑了一下。

陆辛知道，陈菁以及她身后的特清部一定很关心他是怎么解决他们的，而在回来的路上，他已经想好了该怎么说。他慢慢开口道：“那三个精神能力者，其中一个是木偶系的，我在黑水镇追上——”

陈菁打断道：“你先回去休息。”

陆辛怔了一下：“啊？”

陈菁看着陆辛诧异的表情，笑道：“任务过程先不着急汇报，你能平安回来就已经很好了。你先休息两天，之后会让你详细汇报的。”

陆辛讶然，似乎没想到陈菁对他这么放心。这虽然只是一件小事，但让他心里很舒服。

“哎呀呀！这还是我们那位把工作看得比命还重要的陈大校吗？”壁虎拖着被他活捉的那个雇佣兵走下车，“活捉的那人在这里！我跟你讲，这个骑士团一共有十个人，队长，我陆哥，解决了三个，而我一个人解决了六个，还活捉了一个，所以我的功劳可不小。陈组长，你说的琳达那件事……”

“我会通知她的，你耐心等两天。”陈菁转头看向壁虎，脸上带着淡淡的笑意。

“等两天？”壁虎愣了一下，“你们还没跟她说吗？”

“之前不确定有没有跟她说的必要。”陈菁道，“你能活着回来，对我们来说挺意外的。”

壁虎：“……”他先是哭笑不得，然后忽然打了个寒战。

“好了。”陈菁接过陆辛递过来的银色手提箱，向陆辛与壁虎道，“送你们回去的车辆已经安排好了，你们拿回来的东西将由我护送至研究院，物资的清点工作也有专人进行。你们两个人都有三天假期，可以想想怎么写这次的任务报告。电话保持畅通，有事会通知你们。”

见她已经一如既往地安排好了一切，陆辛与壁虎只能同时回答：“是！”

“好。”陈菁拿出一副手铐，将银色手提箱与自己的手腕铐在了一起，然后坐进了一辆车里，在两个小队的护送下离开了。

另有人过来给那个雇佣兵换了一副手铐与脚镣，然后开走了“钢铁巨兽”。

陆辛与壁虎感觉一下子卸掉了所有的压力。坐在回城的吉普车上，他们对视一眼，不约而同地松了一口气。

“单兵先生，壁虎先生，你们要去哪里？”开车的还是那个寡言少语的司机，这次他似乎比以前话多了一些，态度也更尊重。

“蓝色海洋！”壁虎立刻高喊了一句，“这一路吓死我了，我得去放松一下。”

陆辛顿时诧异地看了壁虎一眼。

壁虎被看得有些尴尬，旋即满脸堆笑，怂恿道：“陆哥，你不去吗？这一路上压力这么大，不放松一下，将来失控了怎么办？你放心，这次多亏了你照顾我，今天晚上的消费我来……”

陆辛听了，大为心动，不过，认真考虑了一会儿之后，他笑着摇了摇头，向司机道：“先送他。”

四十分钟后，吉普车在一栋老楼前停了下来。陆辛下了车，向司机说了一声：“谢谢！”

陆辛看着车子飞奔而去，回想着壁虎冲进蓝色海洋时的速度，不禁露出笑容。在执行了紧张又危险的任务之后，有个爱好放松一下确实挺好的。

想起这几天的各种遭遇……陆辛不由得微微一哆嗦，心想：“好危险啊！”只可惜，他毕竟和壁虎不一样。壁虎可以那样排遣压力，他就不太行了。这不是谁请客的问题，无论谁请客，陆辛都有点心疼。

他心道，先上楼和家人吃饭吧！在最近几年里，这是他与家人分别最久的一次。父亲临走时的举动使得家里的气氛有些紧张，也使得陆辛意识到，这次回到家中看到的场景可能不会像以前一样温馨。

陆辛发出一声几不可闻的叹息，抬步向漆黑的老公寓楼走去。还没进楼，他的卫星电话忽然响了起来。

“单兵先生，听说你回来啦……”打电话的是韩冰，她的声音还是轻轻柔柔的，非常好听。

“是的，你知道啦？”陆辛停下脚步，笑着说道。

“你一回来我就知道啦！感觉你快忙完了，所以给你打个电话。”韩冰笑着道，“恭喜你，这次任务完成得特别好呢。”

“没有，没有！”陆辛在台阶上坐了下来，“我只是尽自己的一份力罢了。”

“若是人人都愿意尽自己的一份力，我们的城市建设一定会好很多！”韩冰道，“对了，在你出城的这段时间里，我已经帮你把你应得的报酬算好了，一共有——”

“等等！”陆辛急忙阻止道，然后掏出半根雪茄慢慢点燃，“一个个说吧！”

“好的！”韩冰领会了陆辛的意思，开心地笑了一声，随即正经道，“单兵先生举报了许家父女，对于我们特清部来说，这是值得鼓励的行为，奖励你一万元！在血色玫瑰事件中，单兵先生阻止了万众商场的污染扩散，报酬是十万。精神污染炸弹被评定为二级危害，解决的报酬是三十万。另外，你在警卫厅接受培训，一天的补助是两百……”

陆辛拿着电话坐在台阶上，渐渐露出了傻笑。

一架直升机落在了青港城主城区一栋三十三层高的大楼楼顶。

螺旋桨还没有停止转动，陈菁就提着银色保险箱从机舱里走了出来。她弓着腰走到与楼顶连接的一个平台之上，那里早就有身穿防护服的武装人员在等她了。

一行人顺着楼梯来到三十三楼。陈菁经过一台复杂的扫描仪器，走进走廊尽头的会议室。

除了几个身穿白色防护服的技术人员，这间会议室里只有三个人——白教授、沈部长以及苏先生。他们三人虽然穿着便服，但头部都戴着特制的防护面罩。看他们的神色，似乎他们已经等待陈菁很长时间了。

“这就是单兵从骑士团手里夺回来的东西。”陈菁将银色手提箱放在会议桌上，有技术人员过来为她解开了手铐。

陈菁看着面前的三个人，继续道：“在来的路上，我已经仔细检查过了，这是一种特制的密码箱，若是没有密码，就只能破坏密码锁来打开箱子。如今密码锁没有丝毫被破坏的痕迹，整个箱子也完好无损，由此可以判断，单兵没有打开过这个箱子。他很坦然地将箱子交给了我们，没想过隐瞒或窥探什么。”陈菁在最后一句话上加重了语气，接着道，“根据白教授的判断，这个箱子里应该有那幅来历神秘的画、有关精神污染炸弹的资料，以及那份——”

沈部长面无表情地打断了她的话：“与‘逃走的实验室’相关的资料？”

陈菁点了点头，将箱子推到四人面前。她的声音有些颤抖：“单兵的秘密可能就在这个箱子里！”

会议室里的气氛稍显沉重。沈部长叩了一下桌面，道：“打开它！”

早就等在一边的技术人员立刻围了上来，他们先是在箱子外面布置下了一层防爆装置，然后用各种精密仪器检测箱子里是否有隐藏的危险，最后尝试开锁。

陈菁在会议桌边坐了下来，脸色冷静而严肃。“我想知道，”她抬头看向白教授，忍不住问道，“如果他真的与‘逃走的实验室’有关，我们会怎么做？”

白教授笑了笑，道：“不必着急，我们还不知道这里面都有什么。”

陈菁皱了一下眉头：“‘如果’有关系呢？”

沈部长一脸冷漠地道：“该怎么做就怎么做！”

陈菁的眉头皱得更紧了。

“好多钱啊，这下赚大发了！”

此时的二号卫星城里，陆辛听完韩冰的话，心里的喜悦像喷泉一样涌现。虽然他没有笑出声来，但脸上的笑容怎么也控制不住。

“谢谢你，如果不是你，我都不知道能赚这么多。”陆辛衷心地向韩冰道起谢来。

“单兵先生，你真的不用这么客气。我以前就说过呀，我是站在你这边的。”韩冰的心情听起来非常好。

“还是要谢谢你的。”陆辛急忙说，“另外，我还有事情要麻烦你。”

“不客气，不客气。”韩冰道，“凡是你的事情，无论大小，我都会尽心尽力的。”

“嗯嗯，谢谢，谢谢。”陆辛的心情越发好，也就不客气了，“你的账算得真好，把每一笔该申请的报酬都申请下来了。不过，除了出城之前的这些，出城之后的可能也要麻烦你算一下。这次出城，我解决了那个骑士团的三个精神能力者，带回了他们夺走的画，同时还探索了开心小镇。”

“哎呀，真的好厉害！”韩冰惊讶地感叹，“单兵先生，你太了不起了！”

陆辛被她夸得有些脸红，不好意思道：“没什么，顺手而已。这几个任务……”

“单兵先生放心好啦！”韩冰笑着保证，“这样的任务需要经过核查才会发放报酬，所以你要先递交工作报告，好让上级尽快核查……我会帮你盯着各个环节的。”

“好的，好的……”陆辛又道，“对了，我还带回来五辆摩托车呢！”

韩冰笑道：“这算是任务的缴获物资，也会有相应的补贴的。”

“是的，是的，这个很重要。”陆辛笑道，“还有，摩托车最好给我留一辆，以后出门就不用坐地铁了。”虽然五辆摩托车有一辆蛇爷做主送给他了，但是他也不好明目张胆地收下，该走的过场还是要走的。

“没问题，我会汇报上去的。”

“另外呢，还有这次任务的损耗，以及相应的补贴……”

韩冰道：“我都记下来了，帮你申请报销。”

“太好了！”陆辛大为感激，“真的很感谢你！”

“不谢不谢，是你辛苦了！”

“没有没有，谢你是应该的！”

“我帮你处理这些小事才是应该的！”

“那也应该谢谢你……”

一番加长版的日常客套之后，陆辛心情极好地挂断了电话。然后，他步履轻松地向家里走去，心里想着，就算马上要面对脾气不好的父亲，也不是什么大不了的事，家人之间有什么事情过不去呢？只要有钱……

而且，有些事情，他是应该跟家人好好谈一谈了。

“咔嗒！”

与此同时，主城三十三楼的会议室里，随着一声清脆的声响，银色手提箱的密码锁被打开了。那群穿着白色防护服的技术人员稍作观察，发现箱子里没什么异样，这才将箱盖慢慢地抬起来。稍作检查之后，他们将箱子敞开了放在会议桌上，然后抬着仪器退出了会议室。偌大的会议室里瞬间就只剩下陈菁、沈部长、白教授和苏先生四个人。箱子里的东西不多，只有一个被黑布裹起来的画筒，以及三个密封的文件袋。

“这应该就是那幅画，他们收起来了。”陈菁在另外三个人的注视下，将那个画筒拿起来。从长度来看，很容易辨认出这个画筒里装的就是被许家父女带进卫星城，后来又在九江路被骑士团抢走的那幅画。

这幅画的重要性不言而喻，很多事情都是由它引发的，但众人的注意力却没有放在它上面。陈菁让他们看过一眼卷起来的画之后，便将它放在了一个事先准备好的特制玻璃柜中。稍后，她要把这幅画带去研究，确定它的性质。

然后，陈菁拿起那三个文件袋，只见袋子上分别有印刷的“001”“002”“003”字样。陈菁先打开了001号文件袋，发现里面只有一份文件，大体描述了一幅名为《红月的凝视》的画。文件里有关于画的一些线索：这幅画一开始是在哪里被发现的，后来落入谁的手里，等等。陈菁向白教授等人展示后，把这份文件与画放在了一起。

002号文件袋里是一些照片和一份“哭泣的小男孩”精神污染炸弹数据资料，陈菁微微皱眉，向众人展示过后，另放一处。

这时候，箱子里只剩下第三个文件袋。陈菁轻轻呼了一口气，有些紧张。沈部长的神色变得凝重了一些。白教授则若有所思。

苏先生笑了笑，轻敲一下桌面，道：“不用这么如临大敌，打开吧！”

老楼里还是一如既往的安静且黑暗，只有一丝温暖的灯光从四楼401室的门缝里透出来。

陆辛推门进去时已经准备好了迎接父亲愤怒的目光，但是，出乎他的意料，他看到的是一幅其乐融融的画面。

妹妹歪歪斜斜地坐在沙发上看电视，电视里播放的正是一成不变的《海绵宝宝》。她的手里拿着一块黑色的巧克力，她好像担心一下子就吃光了，所以用尖利的牙齿去刮，每次只能刮下来一点点，但她看起来很开心，眼睛都是弯起来的。

妈妈在窗边打电话，脸上满满都是笑意："哎哟，陈小姐！你可不知道，一家人出去走走呀，真的挺好的，有益身体健康，心情也好了！另外，这次我交了一个好朋友呢！她种的花特别好看，下次和你一起去拜访她呀……"

父亲安静地坐在餐桌旁，拿着一个玻璃酒瓶慢慢地喝着酒。他的脸上没有多少醉意，看到陆辛进来了，他只是哼了一声。

"哥哥，你回来得好慢！"妹妹看到陆辛，立刻开心地扑到他身上，然后伸出小手去掏他的口袋。陆辛任由她搜走自己口袋里的最后一块巧克力，然后笑着抱起她，将她放到了沙发上。他心想，幸亏她没有搜自己的背包，里面还有十几颗糖呢。

妈妈笑着放下电话，道："回来得确实晚了，一直等你吃饭呢！"

陆辛点了点头，走到餐桌旁边。之前弄坏的椅子已经修好了，整整齐齐地摆在桌边。餐桌上摆着美味的饭菜，虽然看起来仍然是素菜居多，但是陆辛的位置旁边多了一盘炒鸡蛋。

陆辛喜欢这种感觉，意外地觉得很安心。他乖顺地坐下，道："你们饿了就先吃，不用等我的。"

"哼！"父亲突然重重地放下了酒瓶。

屋里的气氛顿时变了，妈妈和妹妹同时看向父亲。

父亲好像想起了什么，不自然地撇了撇嘴，道："知道在等你，下次就早点回来！"

陆辛笑道："知道了。"

原来这次父亲并没有生气，或者说，他一直在生气，但这次心情比以前好多了。

"如果我们推测得不错，这里面应该就是关于'逃走的实验室'的资料！"陈菁拿起003号文件袋，慢慢说道，"这份资料有多机密，我们都知道，就连'青港六怪'都没有足够的权限知道这里面的内容。"

沈部长道："在座的都是心里有数的，你只管打开就好！"

“其实小陈的担心是有必要的！”苏先生微笑着道，“我们都知道月食研究院，或者说联盟对这个‘逃走的实验室’有多么看重。这个实验室居然逃到了青港城，我们怎么也没想到……所以，在确定要揭开这个秘密之前，我们先统一一下自己人的看法，这其实是一件非常合理的事。”

陈菁听了这话，立刻点了一下头。

一旁的白教授摇摇头道：“我想你们都会错了意，如今我们并不是在讨论该如何对待单兵。单兵是我们特清部的人，如何对待他不需要讨论。我们要做的只是了解他，所以……”他笑着看向陈菁，“打开吧，现在我们不是在赌，只是在做了解工作而已！”

“这……”陈菁微张了一下嘴巴，又闭上了。

“这次旅行真不错，不仅心情变好了，还交了新朋友。”餐桌上，妈妈笑着道，“以后这样的旅行可以多来几次呢……”

“好！”蹲在椅子上的妹妹第一个举起了手。

父亲轻轻哼了一声，算是附和这个建议。

陆辛也点了一下头，他很喜欢看到家人开心的样子。

“不过呢，有些不好的事情，也要批评一下！”妈妈话锋一转，看向父亲，“你的脾气太过暴躁，让家人很紧张。”

父亲一脸怒气，用微微泛红的眼睛看着妈妈。

妈妈迎着他凶狠的目光，严厉地道：“一家人应该互相信任、互相帮助，如果你每次都这样做，只会让我们不再相信彼此，这个家也就散了。所以，我郑重地警告你，如果你还不改掉这样的毛病，那么以后出去旅行，你就别想再跟着了！”

“你……”父亲微微咬牙，身子前倾。他眼睛里的血丝在变多，屋子开始微微摇晃，给人一种极大的压迫感。但妈妈并没有动摇，依然冷冷地看着他。最终，父亲居然只是冷笑了一下，不再说话。

陆辛忽然觉得，他们这些话或许是说给自己听的。父亲没这么好说话，更不会因为妈妈的眼神，忽然压下怒火。那么，可能是他们事先达成了某种共识。

“好了，该说你了……”就在这时，妈妈看向陆辛，温柔道，“妈妈知道你心里有很多疑问，有很多事想搞明白。其实妈妈并不想阻止你，真的，就跟在开心小镇的时候告诉你的一样，妈妈反而是支持你搞明白的。毕竟你已经长大了，不能一直糊涂着……”

陆辛默然，抬起头来，看到父亲与妹妹都在看他。父亲的眼睛里满是血丝，眼神里带着仇恨，又隐隐带着一丝害怕。而在妹妹大大的眼睛里，陆辛能看出来的只有担心。

青港城主城大楼里，陈菁有些紧张地拆着003号文件袋。

会议桌旁边，另外三个人也有些紧张，同时将身子微微前倾。他们并不知道会看到什么秘密，但他们知道这件事对于整个联盟的重要性。

尤其是沈部长，他知道窥探单兵的秘密可能会付出的代价，毕竟上次……随着陈菁的动作，他感觉自己的心脏似乎已经缩成一团了。

在三人紧张而期待的注视下，陈菁微微一怔。看见她的表情，三人同时心跳加速。然后，陈菁无奈一笑，将文件袋倒过来，倒出了一堆纸屑……

“好的，我答应你！”老公寓楼里，陆辛轻轻点头，向妈妈露出了一个笑容。

餐桌上的气氛顿时变得松快了一些。父亲继续喝酒，妹妹则一边吃饭，一边瞅着电视机。

妈妈脸上露出了微笑：“这样的话，那就该把这个礼物送给你了呢！”她拿出一个文件袋，上面有着印刷的“003”字样。她笑着给陆辛展示了一下，又道：“这可是我们商量过后决定送给你的礼物哦，里面有你想知道的事……”她一边说，一边款款起身，当着陆辛的面将它放在了电视柜的抽屉里，并将抽屉锁上。然后她将钥匙放进陆辛手里，握着他的手，温柔地看着他。“但是你记住，一定要在进入第二阶段后才能看哦！”

在全家人意味不明的注视下，陆辛攥紧了钥匙。然后，他认真地点了点头。

第二天上午八点左右，陆辛来到了公司。不是警卫厅，而是他已经请了一个多星期假的商务公司。

虽然陈菁给陆辛放了三天假，让他好好休息一下，但他仔细想了想，觉得自己也没什么好休息的。虽然他有三天自由时间，但他反而不知道这三天究竟该去哪里。所以干脆回公司吧，起码上一天班有一天的薪水，不是吗？

当初刘主任给他批了一个星期的假，可他却已经八九天没上班了，这样不好。而且他没记错的话，评模范员工的时候快到了！

陆辛顺着狭窄的楼梯往上走，老远就听到楼道里传来一阵嘻嘻哈哈的声音，有几位男同事正在谈论“谁谁又被老婆把脸给挠花了”“哪个女同事今天打扮得很漂亮，下班了一定会去酒吧，只要晚上去喝酒说不定能遇到她”之类的。心情本来很不错的陆辛瞬间想起了以前上班的种种见闻，他长叹一声，快步走了上去。

当他出现在楼梯口的时候，嬉闹声戛然而止。那几位男同事还保持着打闹的姿势，但那种快活的气氛一下子降到了冰点。他们瞪大眼睛看着陆辛，其中一人脸上的肌肉明显抽搐了一下。

“赵哥，刘哥，孟哥，早上好！”陆辛本来想加入他们抽一根烟的，但见他们这么紧张，只好微笑着打了声招呼。

“好……好……”几位男同事愣愣地看着陆辛，半晌才反应过来，僵硬地挤出笑脸。

陆辛紧了紧身上的背包，转身向公司里走去。

还没到上班时间，公司里已热闹得很。同事们有的正拿着煎饼果子大嚼特嚼；有的趴在隔断上，跟已婚女同事笑嘻嘻地聊着天；有的在茶水间里压低声音，分享着和自己老公有关的私密事。

当陆辛走进去时，公司里瞬间一片沉寂。所有人都停下动作，目光直直地跟随着陆辛的身影，吃煎饼果子的同事掉了一块鸡蛋在桌子上。

陆辛走到自己的隔断前，放下背包，抬头看了一圈同事们。

同事们立马各自忙碌起来，或是拿文件或是开电脑，或是捡起鸡蛋塞到嘴里。

“是不是有人说我坏话了……”陆辛有些奇怪地想着，“怎么感觉大家的反应怪怪的……”

“呵呵，你们今天倒是勤快啊，工作态度值得鼓励！都加把劲，争取这个月的业绩能达标，这样就可以少开除两个人了！那谁，小王，把模范员工的名单给我送来……”刘主任夹着个包走进公司，发现公司里的气氛比往常紧张了许多，以为自己平时的严令起效果了，顿时心情大好，一边走路一边发号施令。

说着说着，他忽然发现小王的脸色不太对，而且正偷偷看着一个地方。他下意识转头看了过去，笑容一下子凝固在了脸上。

陆辛从隔断后面抬起头，向刘主任露出了一个笑脸。

刘主任的表情立刻变得十分惊恐，然后又努力将惊恐变成了微笑，声音微颤道："这个……这个……小陆……回……回来了呀？"

"是的，主任。"陆辛道，"你不欢迎我回来？"

"没有！"这两个字刘主任简直是喊出来的，他迅速恢复正常，呵呵笑道，"怎么可能呢？公司需要你嘛！只是没想到……没想到你这么快就回来了……呵呵，那个……你妹妹身体怎么样了？照顾家人要尽心，你看我要不要再给你……批几天假？"

"不用了。"陆辛急忙道，"我妹妹很好，这几天她挺开心的。"他一边感激地笑着，一边有些不解地看了周围一眼，"大家……怎么有些奇怪？"

周围的同事们闻言，头发都竖起来了。

"怎么会……怎么会……"刘主任冷汗流了一身，脸上堆着笑，忽然用力鼓起了掌，"欢迎欢迎，欢迎小陆回来！"

"啪啪！"

"啪啪啪！"

"啪啪啪啪！"

整个公司里，所有人都跟着鼓起掌来，气氛逐渐变得热烈。

"欢迎小陆哥回到工作岗位……"

"恭喜小陆的家人恢复健康……"

同事们一边跟着刘主任鼓掌，一边向陆辛投以善意的微笑。

"小陆总，你可算回来了！那个项目没有你盯着，我简直都不会做了！"帮陆辛跑腿做采购项目的张哥激动地跑了过来，将一摞厚厚的文件放到陆辛的办公桌上。陆辛眼尖，一眼就发现这些文件里面夹着一个信封，挺厚的。

"谢谢，谢谢大家！"陆辛很开心，也向大家回以善意的微笑，心想：这才是工作该有的氛围嘛！

“好了好了，大家继续工作。”刘主任鼓掌鼓得手都红了，这才伸手示意大家停下来。他本来想转身回自己的办公室，但看到陆辛还在笑看着自己，又莫名有些心虚，便顺势说道：“小陆是咱们公司的干将，回到工作岗位是好事。正好今天是周五，这样吧，今天大家都早点处理完工作，下班了我请吃饭，好不好呀？”

“好！”一群同事兴奋地回应道，这是真的开心。

“好好好，你们先处理工作，小陆想请假再找我。”刘主任放心了些，一边笑着，一边回到了自己的办公室。

这时，手底下的小王送来了这个月的模范员工名单。刘主任一边抹着冷汗，一边唰唰地在名单上添了一个名字。

“咋搞的？”刘主任透过玻璃墙看向陆辛的位置，长吁短叹道，“我听人说，这个人看起来老老实实的，实际上是一个敢趁着城里大乱，拿棍子到处打断别人腿的狠人啊！整个公司的人都在传，说他是城里某个大佬的私生子，杀人不眨眼，断腿又抢钱！完了完了，该怎么办？那个带枪上班的男人又回来了……”

陆辛很快进入工作状态，把张哥交上来的账单核对了一遍。看他核对得那么认真，张哥与孙姐都有些心虚，一商量，又临时凑了个信封给他送过来。

“处理得很好。”陆辛对他们的工作给予了很高的评价。同时，他心里有些不是滋味。虽然这些日子他不在公司，但他们也把这个采购项目完成得不错，那他这个项目负责人是负责干啥的呢？他一边想着，一边看向那两个看起来挺厚的信封——就负责这个？

刘主任请吃饭一向很大方，因为公司会报销。同事们都很喜欢刘主任请客，因为这样才可以放开了大吃一顿。而这次聚餐沾了陆辛的光，刘主任尤其大方，多添了俩菜，酒随便喝。

同事们都热情满满，尤其是喝过几杯酒之后，更是彻底放开了，纷纷端着酒杯来找陆辛说话，有的说模范员工非他莫属，有的说公司没有他简直要完蛋了，对待他的态度居然一下子从白天的畏惧变成了酒后的热情！

几杯酒下肚后，刘主任竟然用力一拍桌子，指着陆辛道：“小陆，我得批评你！”

“嗯？”陆辛有些意外，抬头看向刘主任。气氛一时间变得有些紧张，所有同事都安静下来，偷偷看着两人。

刘主任脸上的肥肉哆嗦了一下，但他还是摆出了十足的领导架势：“你说你这个小兄弟，明明工作尽心又尽责，明明业绩做得这么好，为什么我没有看到你的主管申请？我们公司讲究什么？讲究个积极主动，敢于争先！这个主管的位置，你不主动申请，我能怎么办？”他一边说一边瞪起了眼睛，“当然是替你申请啊！你放心，话我撂这儿了，主管就是你的！谁敢不同意，看我不在背后骂他祖宗十八代！”

陆辛肃然起敬，忙向刘主任敬酒。他是真没想到，刘主任不仅爱护下属，还挺幽默。

气氛瞬间变得更为融洽了，大家都是好同事、好朋友，敬酒的敬酒，说知心话的说知心语，陆辛一下子多了好几个生死之交……

其实陆辛不太喜欢这种场合，只是觉得不能拒绝别人的善意，因此努力融入其中。他一直等到同事们都醉醺醺地散去，刘主任也握着他的手再三保证就算他不拿着枪上班，模范员工以及主管位置也非他莫属之后，才最后一个离开饭店。

陆辛慢慢溜达着，不知不觉来到了警卫厅附近的红月亮小学。他在楼下看了看楼上亮着的灯，本来想上去，又觉得时间太晚了，加之自己喝了酒不太清醒，于是他站了一会儿，揭下贴在门口的水电费单子，默默地走了。

虽然回到公司上班了，但陆辛发现需要自己做的事情并不多。他负责的那个项目，张哥与孙姐已经处理得很好了。而且他落下的进度不少，虽然可以尽快“补课”赶上，但在他们做得四平八稳的时候插手，反而容易打乱他们的节奏。身为领导，对下属员工的工作胡乱指手画脚，这是工作中的大忌，他很明白这个道理。

他心想，既然不能干预手下人的工作，那就着力与同事们处好关系吧！但他们的热情又让他有些不适应。现在无论他到哪里去，同事们都对他很友善，接水时让他先接，拿盒饭的时候让他先拿，聊女同事的时候先问他喜欢哪个，就连散烟的时候都先给他，还夸他的复古打火机好看。

可是，这种热情里带着一点畏惧的感觉，陆辛并不喜欢。他不喜欢同事们都躲着自己的样子，于是干脆尽量躲着他们。

闲来无事，他便开始考虑出城做任务的工作报告该怎么写。陈菁给他放了三天假，也就是说，一收假他就得交工作报告了。这倒是个值得烦恼的事情，做任务的时候很爽快，但最后咬着笔杆写报告又让人很头疼。

认真想了一下，陆辛觉得什么能说、什么不能说还是要分清楚的。工作报告是写给领导看的，一定要真实，但又不能什么都交代清楚。他开始按着这个思路写，先是他和壁虎追踪骑士团到了黑水镇，在黑水镇抓住了骑士团的木偶系精神能力者陈重；然后通过对陈重的审问，找到了秦燃藏身地的线索；又为了追踪秦燃，进入了开心小镇；因为秦燃的极力反抗，他只能将他清理掉，同时惊动了小镇女王；那位女王很可怕，但又很讲道理，于是最后，他带着手提箱全身而退。

搞定！陆辛对这份工作报告很满意，它侧重于结果，主要是交代了他都干了什么。至于具体的过程，陆辛感觉不那么重要，就一笔带过了。毕竟，这又不是写小说！他以前写每个月的工作总结时，也不会把自己怎么在客户面前装孙子的细节写出来呀！刘主任开会的时候说过很多次，他要的是结果！

花了一天多的时间，陆辛写好工作报告，用内网发给了韩冰。韩冰说过，工作报告可以先给她看看，她会给他一些指点。

邮件发给韩冰之后，她的电话很快就打了过来："你的报告我已经看过啦，没想到你这么快就写好了，还很详细。"

陆辛其实有点忐忑不安，忙问道："写得怎么样？"

"写得很好！"韩冰很诚恳，"我会帮你润色一下，再递交上去。"

"那就好，那就好，麻烦了。"陆辛松了一口气，抢在韩冰说出"不麻烦"三个字之前道，"不过，我还有一件事。"

韩冰道："你讲呀，我在听。"

虽然楼梯口没有别人，但陆辛还是小声道："你知不知道'第二阶段'？"

"第二阶段？"韩冰微微怔了一下，"是精神能力者的第二阶段吗？"

陆辛点头道："应该是的。"

韩冰沉默了一会儿，好像在查阅资料。她的声音再次响起时显得很平静："我只知道这个概念是精神能力开发研究的一部分，它的具体内容我没有直接查阅的权限。不过，如果单兵先生想了解的话，我会尽快申请一下查阅权限。”

“这个小姑娘简直太好了！”陆辛在心里感慨着，同时道：“谢谢！不过，不用着急，我等你电话。”

“不必客气，都是我应该做的……”

“还是要谢谢……”

挂断电话后，陆辛松了一口气，觉得这下可以放心了。工作报告交上去了，接下来就是等待报酬到账，以及等韩冰告诉他有关第二阶段的事。这个词语其实他在之前的培训资料里看到过一次，但没有看到详细的解释。本来他也并不怎么关心，但现在却需要搞明白了。弄明白自己身上究竟发生了什么，这一直是他的心愿。他对“003”号文件袋里的文件十分好奇，但是，既然妈妈要他进入“第二阶段”后再去看，那他一定会照做。不过，能力允许的话，他还是希望尽快进入那个所谓的“第二阶段”。

陆辛并不知道，当他开始放松下来时，另外一些人紧张成了什么样。

“他问到了第二阶段的概念？”

青港城主城研究院，白教授的办公室里，陈菁作为助手，在帮白教授做研究。他们身旁的电子屏幕上是沈部长那张充满威严的脸，从画面的背景看，他好像正在城外。

一部开了免提的电话摆放在实验桌上，电话另一头是苏先生，他也很关心这件事。

“对。”陈菁点头道，“有关第二阶段的具体资料保密等级很高，但这个概念本身并不是秘密，特清部里很多人都知道，所以他知道也很正常。”

“重点不是他怎么知道这个概念的，而是他打听这个概念的真实目的。”沈部长严肃道，“他的工作报告我已经看过了，真是圆滑啊。他把自己经历的每一件事都交代得清清楚楚，甚至包括花钱向人问路这样的小事，但他是怎么解决那三个精神能力者的，却几乎没有透露一点。还有，他说开心小镇代号为‘女王’的神秘生物苏醒了，然后他就出来了。怎么？他是想告诉我们，那个女王很友好，跟她寒暄一下就能全身而退？”沈部长越说越生气，甚至怒极反笑，“他一定隐瞒了很多事情！”

“这件事我们都看得出来。”白教授看着电子屏幕道，“壁虎提交的报告你看过了吗？”

“看过了。”沈部长点头道，“报账报得比单兵还狠，一问就是什么都不知道。”

白教授笑道：“这说明了什么？”

沈部长皱起了眉头：“说明他不老实？”

“不！”白教授摇了一下头，道，“说明他们其实都有戒心。”不待沈部长回应，他又道，“这个世界是灾变后的世界，他们又拥有一些不同于常人的能力，有戒心也是正常的。这种戒心同时也是一种证明他们和我们一样的表现，毕竟，我们急于了解他们的心思，和他们不想被我们了解的心思，本质是一样的。”

沈部长闻言没有说什么，倒是电话里的苏先生笑道：“白老说得好啊！”然后他疑惑地问，“你觉得我们可以信任他？”

“信不信任不重要！”白教授笑着看了陈菁一眼，“我没有那么强烈的赌徒心理，不会动不动就选择押注。我们需要明白的是，这世上没有谁真正值得信任，但我们又需要合作才能生存下去，所以，规则就诞生了。规则就是为了让我们有一个可以彼此相信的基础。”

沈部长再次皱起了眉头。苏先生试探道：“那白老的意思是……”

“按规则来！”白教授道，“通过这份报告，以及单兵之前的一些表现，我对他的看法有了一定的改变。他是一个愿意遵守规则的人。实话实说，在这个灾变后的世界，愿意遵守规则的精神能力者是普通人的幸运，值得我们开香槟庆祝的。而对一个愿意遵守规则的人来说……”白教授顿了一下，又道，“最好的利器就是特权！单兵拥有向我们索要特权的资本，但是他没有那么做。而我们最不可取的……”他严肃地看向电子屏幕，“便是对他行使特权！”

苏先生问道：“所以，一切按规则来？”

白教授点点头：“按规则来。”

沈部长道：“那么，关于第二阶段的事情……”

“也按规则来！”白教授笑道，“我的提议是不拒绝他，也不跳过规定，直接答应他。毕竟，无论是拒绝他，还是直接给他开绿灯，都是行使特权，是破坏规则的表现。”

陈菁、沈部长和苏先生都对白教授的这种观点有些困惑。沈部长过了一会儿才低声问：“你是说，如果他达到了要求，就同意他进入第二阶段？”

“如果规则允许，当然要同意。”白教授道，“不然我们制定规则干什么？”

这天，刘主任的心情很好，因为陆辛又请假了！

当他一大早就看到陆辛在自己的办公室里等着时，他还以为陆辛是不满意模范员工的奖励，心里琢磨着要不要自掏腰包再给他点，结果却发现陆辛很不好意思地说要请一天假。

他立马就批了！陆辛想请一天假，但他坚持给他批了两天。

“不处理好自己的私事，哪有精力来工作呢？我们公司讲究的是效率，同时也讲究人性化管理。所以，处理不好私事你千万别回来！”

陆辛一脸感激地离开公司，坐地铁前往警卫厅。本来他刚刚销假，再请假不太好，但是韩冰打电话说，这次任务的报酬可以发放了，因为数额太大，所以需要他去警卫厅签个字。

来到警卫厅，一切如常，似乎前几日的混乱已经成了久远的记忆。无论是报案的，还是办案的，都有条不紊地忙碌着。大厅里的小女警问陆辛中午在不在这里吃饭，陆辛答应了，然后径直上四楼会议室等着。

不一会儿，那位小女警便抱了一摞厚厚的文件过来。纸张还有些许余温，看样子是刚刚打印出来的。

陆辛拿起一份文件，一页一页地看着，心里有种按捺不住的激动。

开心小镇探索：鉴于第一手资料的重要性，给予二级事件报酬三十万元。

任务缴获：摩托车五辆，枪械、子弹……折合联盟币八千元。

情报收集：十万元。备注：其间与名为秦燃（张四火）的精神能力者交手，所搜集的信息对于解开青港城二号卫星城041号特殊污染源的逻辑链极有用处，因此特批！

损耗补贴：弹药损耗核对表……

“咦？”陆辛发现有点不对劲，“三百万呢？”

“单兵先生。”就在这时，从会议室的音箱里传来了韩冰的声音。此前培训时，韩冰一直都是通过这种方式与陆辛对话的，他早就熟悉了。

陆辛疑惑道：“这次的报酬是不是少了一部分？”其实是少了一大部分。

韩冰笑道：“我正要跟单兵先生解释呢！单兵先生，骑士团抢走那幅画后，城防部原本的计划是悬赏通缉。问题是……悬赏通报还没发出来，你就已经出发了。”

陆辛有些茫然：“然后呢？”

“你是特清部的一员，又是以申请出差的方式出城的，所以，若是按照特清部的规定，这算是一次内部派遣的特别追捕行动……”韩冰说到这里，微微一顿，又道，“是没有悬赏金的！”

“什么？！”陆辛听到这句话，整个人都蒙了。

“别着急。”韩冰温柔道，“规定的确是这样的，但是我通过分析帮你发现了一个漏洞，所以悬赏金还是拿得到的。”

陆辛长长地松了一口气，忙问道：“什么漏洞？”

韩冰道：“你的资料上显示，你是特清部的编外人员，也就是说，你还不是特清部的正式员工，因此，内部派遣的规定不适用于这种情况。”

陆辛听得都惊了：还能这样？旋即，他感激道：“真的太谢谢你了！”

“不用客气，我是站在你这边的嘛！”韩冰开心地笑道，“我继续讲。我向上面提交了申请，帮你争取到了两种报酬支付方式，第一种是依照发放报酬的方式，将这次任务的全部悬赏金打入你的账户；第二种是借这次任务，提交你的转正申请，把悬赏金进行某种转换。”

陆辛下意识想选择第一种，但他微一沉吟，觉得不能这么迫切，便问道：“第二种……具体是什么意思？”

“是特清部的特殊人才引进体系。”韩冰道，“你是在二号卫星城长大的，想必也知道，荒野之外的人进入卫星城后，都需要经历一个过渡阶段。在卫星城内生活满三年之前，不给予正式居民身份，也没有进入学校读书的资格；住满十年之前，不允许注册公司，或是进入行政部门任职。还没有得到正式居民身份的，我们称他们为非正式居民；住满三年，得到了正式居民身份的，为一级市民；住满十年以上，没有任何犯罪记录，允许注册公司或进入行政部门任职的，为二级市民。这套市民等级划分体系是青港城维稳系统的重要凭依。”

韩冰顿了顿，继续道：“一级市民与二级市民算是普通的卫星城居民，在住满一定年限、在有资质的公司积累一定工龄，或是交够一定的税额之前，是不能享受全额退休金与医疗保险福利待遇的。能够享受这些待遇的是三级市民。四级市民则可以随意出入主城，甚至可以在主城定居。”

“单兵先生，”说到这里，韩冰似乎担心陆辛生出不好的联想，又轻声解释道，“这种划分看似有些不公平，但它的核心却是为了追求公平，也是为了保护青港城的每一个人，谁也不能凌驾其上。在青港城建城之初发生过很多事：背叛，出卖，攻击，抛弃。最早参与建城的那批人，与后来从荒野进入城里的人，他们的贡献与牺牲是不对等的，我们无法做到让他们享受完全一样的待遇。而事实证明，这套划分体系对于建城后的内部稳定是十分有帮助的。”

陆辛微微点了一下头，道：“我知道。”虽然一级市民、二级市民之类的称呼他是第一次听说，但类似的差别对待他以前听过很多次。卫星城里每个人都知道，出生在卫星城的人与从荒野进入卫星城的人待遇不同，在卫星城工作的人与在主城工作的人待遇也不同，由行政厅扶持的工厂工人与小作坊的工人更为不同……以前他不关心这些，觉得太遥远了，只是经常听同事们开玩笑说有一天要出人头地，去主城做大人物。当然了，他们努力的方向都是希望主城有个年轻漂亮又多金的姑娘忽然爱上自己。

“刚刚我讲的体系是针对普通人的，对于精神能力者有另外一套体系，那就是特殊人才引进体系。”韩冰停了一下，好像在让陆辛消化，“接受了招募的精神能力者会直接享受特殊人才待遇。从待遇上来讲，一级特殊人才直接对标二级市民。之后，根据其表现与任务的完成度，奖励贡献点，继续提升待遇。贡献点达到一定程度，将会提拔其为二级特殊人才，对标青港城三级市民。

“目前，单兵先生还没有正式入职，所以还处于特殊人才引进体系之外。作为在二号卫星城出生的人，你如今的待遇其实是二级市民水准的。”

陆辛明白韩冰想说什么了——转正问题！除了多赚一些报酬，转正一直是他非常在意的问题之一。

“所以……”他有一种不好的预感。

“转正标准你早就达到了，现在就可以批示的！”韩冰轻声道，“但转正后需要相应的贡献点，才能实现待遇上的提升，而贡献点的获取则与你完成的清理任务有关。每出一次外勤，除了获得报酬，也会累积相应的贡献点。我已经帮你算过了，你如今有九十五个贡献点。”

陆辛不知道九十五个贡献点算多还是少，所以只能干巴巴地回应道：“那挺好的……”

韩冰轻笑了一声，继续道：“这次城外追捕行动你完成得非常好，若是你选择直接领取悬赏金，那么你可以得到三百万。若是你选择走转正升级这条路，你可以一次性获得大量贡献点，成为二级特殊人才。但是，如果要换取贡献点，那么相应地，你只能得到内部奖励的报酬，而非悬赏金。内部奖励的报酬应该是……七十万左右。”

“还是要做选择吗？”陆辛头都要大了。他忽然意识到，他好像正面临着人生中最重要的一个选择题——拿悬赏金一夜暴富，还是转正升级？

“我有一个建议……”韩冰似乎早就料到了陆辛会陷入纠结，适时道，“或许，为了平衡，你可以选择领取一半悬赏金，另外一半则用来转正，累积贡献点，升为二级特殊人才。”

陆辛有些意外：“还能这样？”

“其实规定里没有这种方式，但也没有说不允许哦！”韩冰笑道，“这次任务你完成得太好了，如果全部转化为贡献点，你甚至可以直接升为三级特殊人才。虽然我知道，你更倾向于拿全部悬赏金，但我真心建议你至少升为二级特殊人才。至于原因，那就不得不提到你之前问我的关于第二阶段的事情了。我查过相关规定了，只有二级以上的特殊人才才可以接触这方面的机密。所以，你觉得呢？”

听到这里，陆辛觉得不必再犹豫了，就按韩冰的建议来。让他完全放弃悬赏金，那是不可能的。三百万不能就这么飞了，绝对不能。但有关第二阶段的事他又非常想了解，所以他非加入特殊人才引进体系不可。

“如果按照我的建议来处理，单兵先生可以拿到一百五十万悬赏金！我会根据《青港城特殊条例》的第十二条规定，帮单兵先生争取免税。剩下的用于转正之后，单兵先生将直接升为二级特殊人才，与其对标的是三级市民。也就是说，单兵先生将获得青港城二号卫星城相应的任务津贴、退休与医疗保险福利待遇，拥有在行政部门担任重要职位、购买某些特殊地域房产等权利。另外，单兵先生将得到一张特批的通行证，可以随意出入青港城其他四个卫星城，或在提前申请的情况下进入主城……最后，一百五十万将在三个工作日内分批次转入你的账户。对了，你申请的摩托车，我已经请研发部门的同事改装过了哦，很快就会送到你手上……”

此时此刻，陆辛觉得好喜欢听韩冰讲这些，一直听下去也不会腻。唯一的问题是，想到那少了的一百五十万，他心里还有点别扭。

“单兵先生，如果你同意的话，我现在就开始拟合同。我估计下午就可以拟完了，请你在警卫厅里等一会儿。等你签过字后，立刻就可以开始走流程了。”

“好。”陆辛爽快地答应下来。

韩冰的声音消失之后，陆辛一个人坐在会议室里，开始思索一个重要的问题：“我一共赚了多少？”经过好一番计算，他得出了一个惊人的数字——二百二十二万元！

陆辛嘴角微微上扬，发了一会儿呆，然后决定再算一遍……

时间不知不觉就到了中午，小女警敲了敲门，进入会议室。她本以为今天没有培训，不会打扰到陆辛，但她一进来就看到他写了满满一页纸的数字，吓得立刻躲开了目光。她悄悄给他倒了一杯茶，就慢慢退出去了，心想，要不下次还是直接给他打电话吧，不然总是撞到他在计算一些机密的数据。

到了下午，一份崭新的合同被一位行政人员送了过来。陆辛仔细阅读了合同，发现上面没有特殊人才不允许有个人秘密这样的条款，于是放心地签了字。

有点遗憾的是，当初接受招募时，是陈菁亲自过来找他签的文件，这次转正了，怎么倒没有这待遇了呢？难道领导已经彻底对他放心了？

“单兵先生，你已经成功升级为二级特殊人才，权限已变更。现在，我可以跟你解释‘第二阶段’这个概念了。”韩冰的电话适时打了过来。

陆辛定了定神，道：“好。”

“‘第二阶段’是属于精神能力开发范畴的一个概念。”电话里发出轻微的纸页翻动声，陆辛立刻想象出一个可爱又能干的小姑娘一边打电话一边翻阅资料的样子，“不知道单兵先生有没有听说过，一位精神能力者正常情况下可以开发出三种能力？”

陆辛忙止住自己的幻想，点头道：“有的。”

“嗯。”韩冰接着道，“受到红月影响，精神力出现异常的人，叫作精神异变者。如果精神异变者精神量级不够，就难以开发出自己的能力，成为精神能力者。而如果他们的精神力不够稳定以至于失控了，就会变成污染源。只有具备足够精神量级且能自控的精神异变者才能成为精神能力者。精神能力者一般可以开发出三种能力，这就是精神能力者的第一阶段。

“第二阶段是第一阶段的延伸。单兵先生也知道，精神异变的方向不同，所形成的体系也有很多。根据联盟的研究报告，目前已知的精神能力体系有九种：蜘蛛系、公主系、造梦系、木偶系、幽灵系、医生系、舞者系、鬼魅系、诅咒系等。此外，可以确定还有很多未被记录的体系。不同的精神能力体系存在着不同的上限，比如，正常情况下，蜘蛛系即便精神能力再强大，也只能达到B级；而有些体系的精神能力者在展现能力之初就能达到极为可怕的A级，甚至是无解的S级。这是因为精神能力者的不同体系之间天生就有高下吗，比如木偶系一定强于蜘蛛系，公主系一定强于木偶系？”

陆辛怔了一下，刚想回答，韩冰却继续道：“其实不是的。月食研究院曾经提出一个观点，那就是不同的精神能力体系之间其实是不存在高下之分的，只是有些能力比较常见，也比较稳定而已，如果给予加强，它们也会展露出恐怖的一面。

“帮助精神能力者加强能力，甚至开发出更多能力，这就是第二阶段。简单来说，第二阶段就是精神能力者的……进化！”

“精神能力者居然还可以进化？”

陆辛此时的感想有些复杂，他既觉得不可思议，又从大脑深处生出一种怪异的感觉。他一直觉得，精神能力者本身就已经非常离奇了，这些人相对于普通人来说，已经强大到离谱了。而如今他才知道，原来还有人嫌他们不够强大。他们居然想让精神能力者开发出更多能力！不知道为什么，陆辛下意识不是很喜欢这个概念。

“是的，但‘进化’这个说法还是略显夸张了，准确地说是一种能力的升级与加强。”隔着电话，韩冰并没有察觉到陆辛情绪上的波动，“通过各种方法来加强精神能力者的精神力量，使得他们突破自身的极限，这一直是各大研究院的重要研究课题，而且取得了不少成果。如果说第一阶段的核心是引导，那么第二阶段的核心就是突破。早就有研究者发现，截至目前的精神能力者，虽然他们的能力各不相同，但趋于稳定的精神能力者，其精神量级一般都在一千以下；而并不稳定甚至显得有些疯狂的精神能力者，其精神量级则往往会远远超过一千，有些……甚至无法测量。”

陆辛忽然想起了开心小镇女王，她的精神量级该有多高？她在沉睡的情况下，就可以稳定地影响整个小镇，将方圆五十千米扭曲成一个禁区。话说回来，他的家人又算怎么回事呢……

“单兵先生，下面我要跟你讲述的将会牵扯到一些有争议的话题，希望你可以保密，另外，也注意调整心情。”

陆辛意识到了她会说什么，沉默片刻后，他笑道：“我调整好了。”

韩冰对他坦率的回答有些意外，但她没有表现出来，只是继续道：“关于第二阶段的研究，最初的实验是提高一些稳定的精神能力者的精神量级，使其达到一千以上。在那个混乱年代，这类实验非常多，甚至……没有丝毫约束！”

陆辛有些木然地点点头，没有意识到韩冰看不见。

韩冰顿了一下，又道：“那些接受了禁忌实验的精神能力者，他们的命运各有不同。有些人在加强后，能力得到了平稳的提升；有些人失控了，成了污染源；也有一些人……”她加重了语气，“在突破极限之后，一下子进入了一个全新的层面，不仅原有的能力都得到了大幅度的增强，甚至掌握了全新的能力。而且，其中有人突破了所属体系的限制，比如即使精神能力再强大也只能达到B级的蜘蛛系，加强之后直接达到了S级……

“以上这些就是最早的关于‘第二阶段’研究实验的记载。”

听完韩冰的话，陆辛沉默了很长时间。此时正是午后，阳光从窗户外面洒了进来。他感觉到了微微的头痛。

过了好一会儿他才问道：“那现在呢？”

“通过对研究数据的整理与推想，再加上大量的实验，如今，这种加强方法已经成熟了。虽然联盟曾试图中断这种研究，但实际效果并不理想。后来，联盟的态度只好被动转为不禁止也不提倡。”韩冰道，“我可以告诉单兵先生，我们青港城就有十足的能力做到这种加强。”

洒在会议桌上的阳光并不十分明亮，却让人觉得有些刺眼。陆辛皱着眉头，慢慢道：“也是通过禁忌实验做到的吗？”

“不是。”韩冰比刚才多了一些底气，“青港城精神能力者与污染源方面的研究是白教授总体负责的，他是建城之初就来到青港城的人，一开始就明确了研究的底线。所以，青港城一直没有开展那种肆无忌惮的禁忌实验。”说到这里，她好像觉得自己太过笃定了，缓了一下，慢慢地补充道，“当然，我只是一个新人，或许有些机密我并不知道。但起码，青港城的法律是这样规定的。”

“也就是说，”陆辛道，“如果他们也做了那种禁忌实验，起码是违法的？”

“是的，违法，而且要付出代价。”韩冰道，“据我所知，青港城关于第二阶段研究的资料是从已经覆灭的禁忌实验室中搜集来的。那些禁忌实验为人痛恨，但不可否认，它们的成果很有用。青港城自然也进行过一些实验，但都遵循着自愿与保守原则。当然，我说的这些还是建立在我是一个新人，信息来源有限的前提下。”

听着韩冰认真的解释，陆辛的心情慢慢变好了一些。他背过身，不再去看窗外的景色，然后轻声问道：“那么，关于第二阶段，青港城具体是怎么规定的？”

“首先是要有足够的级别。”韩冰道，“只有三级特殊人才级别的精神能力者才有资格申请进入第二阶段，增强自身的能力。仅仅是申请还不够，研究院也会对申请人进行审查。实际上，精神能力的加强就像在搭积木。让精神量级变得更高并不是加强的主要方向，在精神量级提高的情况下保证精神能力者的稳定才是升级的要点，就像积木搭得再高，如果一碰就倒塌了，那就将毫无意义！所以，我们会评定精神能力者的失控风险，稳定性是最重要的筛选指标。”

“稳定？”陆辛不知想到了什么，又皱起了眉头。

韩冰笑道：“其实，虽然我们掌握能力加强技术已经有一段时间了，但在青港城做过加强的精神能力者一只手都数得过来。就目前来说，在单兵先生认识的人里，其实只有一个人具备进入第二阶段的条件，那就是壁虎先生。”

“壁虎？”陆辛很意外。

"是的。壁虎先生是整个研究部门公认的最稳定的精神能力者之一。这意味着他的上升空间极大。"

陆辛细想了一下，不由得点头道："他是挺稳定的……那他为什么没有接受加强？"

"因为壁虎先生很小心……"韩冰道，"他不止一次说过，他现在过得很好，有了他梦寐以求的特权，平时的工作也很轻松，加强什么的，他是绝对不会考虑的。他还说，如果教授逼他，他就要去联盟告状……"

"是他的风格……"陆辛不自觉地笑了一声。刚才那种莫名的烦躁与厌恶感，已经悄悄消退了。仔细想想，他其实也分不清楚，他厌恶的究竟是"第二阶段"，还是"禁忌实验"。

无论如何，他已经明白了"第二阶段"这个概念，以及青港城的态度。这让他想起了妈妈说过的话。她让他进入了第二阶段，再去看那份锁在抽屉里的文件。这是因为她知道他必然会进入第二阶段，还是她希望他永远不会进入第二阶段，永远看不到那份文件？而他是该像壁虎一样维持现状，还是坚持要搞明白那些事？

陆辛的手指无意识地在桌面上敲击着。考虑了很久，他终于做出了一个极为重要的决定："帮我申请一下第二阶段吧！"

有好一会儿，电话那头的韩冰都没有说话，而这头的陆辛也没有说话。

"这个……"韩冰的声音再次响起时带着明显的笑意，"很抱歉，单兵先生，不可以哦！"

"啥？"韩冰的拒绝出人意料，陆辛有些蒙了。

"因为单兵先生的级别还不够呢！"韩冰调皮道，"第二阶段是三级特殊人才才可以申请的，你现在只有二级哦！"

"那……"就这样被无情拒绝，陆辛终于体会到了壁虎的感受，有些紧张地问道，"那我得什么时候才能升三级？"

"我看看……"韩冰翻阅了一下资料，"倒是不远了。单兵先生，我上午跟你说过，你之前累积了九十五个贡献点，加上这次出城行动转化来的一百五十个贡献点，现在一共是二百四十五个贡献点。"

韩冰轻笑了一声，继续道："单兵先生，还差五十五个贡献点，你就可以升为三级特殊人才了哦……你需要我帮你拿一部分报酬换贡献点吗？"

“现在还能这样？”陆辛惊讶道。

韩冰道：“贡献点可以在上级同意的情况下兑换成金钱，但金钱绝对不可以用来买贡献点，这是青港城建立之初就定下的原则。不过，因为你才刚转正，而且这次行动的报酬还没有发放，所以，如果我立刻递交申请的话，上级是有可能同意的……”

“还是算了……”陆辛考虑了一下，拒绝道。三百万变成了一百五十万，他的心已经在滴血了，再让他拿得更少，那不是在要他的命吗？

“只差五十五点了……”陆辛又问道，“现在有没有可以就近处理的特殊污染事件？最好是贡献点多一些的。”

通过韩冰的讲述，他明白了，似乎贡献点多的任务相应的报酬也挺多的。这么一想，倒是一件两全其美的事呢！

“贡献点多一些的……”韩冰的声音低了下去，好像在翻动资料。过了一会儿，她大声道：“有的！”

陆辛忙问道：“有多少贡献点？”

韩冰道：“好几点呢！”

陆辛的心顿时往下一沉：“这是不是太少了？”

韩冰怔了一下才道：“单兵先生，你可能对贡献点的价值有误解，几点也是很多的！”

第六章

抓鬼

“就差这么点了，他为什么不直接升到三级？”

此时的青港城主城里，陈菁诧异地问道。

“因为他舍不得那些报酬。”白教授笑着将目光从面前的显示器上收了回来，“不过说实话，他的升级速度已经很罕见了。如果我们能够证实那东西的价值，他甚至可以直升四级！”

陈菁微微一怔便反应过来：“那幅画？”

白教授点点头，将衣架上的白大褂取下来披在身上，道：“对那幅画的鉴定工作将会在今天晚上八点进行，只有四级以上的专家才可以参与。我特别批准你加入，做好安保工作。如果不出意外，那幅画的重要性可能远远超过我们的想象。”

白教授的猜测陈菁并不意外。那幅名为《红月的凝视》的画作看起来只是一个高级污染寄生体，然而实际上，值得秦燃这样的精神能力者带领骑士团大费周章来抢夺的东西，绝不可能那么简单，其中肯定大有玄机。

“我们都被单兵的事情吸引了注意力，有些忽略那幅画了。”白教授收拾好文件，看了一眼怀表，“毕竟，在那个骑士团看来，单兵的事只值得‘003’的编号，那幅画才是最重要的。”

陈菁知道轻重，立刻道：“那我马上将手头上的抓捕任务延后。”

“不用。”白教授笑道，“移交给单兵好了，他现在不是想赚贡献点吗？”

“他？”陈菁皱眉道，“他不适合这个任务吧？”

“总要试试才知道。”白教授道，“反正那幅画的鉴定结果出来之前，相应的贡献点是不会给到他的。所以，他想赚贡献点，就得想别的办法……不仅是你手头上的抓捕任务，那几个一直在等待合适时机进行清理的污染源也可以考虑交给他去负责。”

“您是想……”陈菁看着白教授，有些不敢相信。

白教授笑了笑，直接道：“如果单兵处理这些事的完成度能够达到你平时的一半，我就有把握说服老沈，让单兵接触第二阶段！”

“好。”陈菁闻言立刻拿起电话。

“韩冰真是个好姑娘啊！”

在警卫厅吃过带鸡腿的午餐之后，陆辛脚步轻快地下了楼。他原本以为只能积少成多了，没想到韩冰在最后关头给他找了一个价值十个贡献点的抓捕任务。虽然他没做过抓捕任务，但很值得尝试一下。他换上了特清部的黑色制服，外面套了一件普通的外套，左耳朵里塞了一只隐藏式耳机。

陆辛走到警卫厅门口，看到有几位警员正围着一辆摩托车。这辆摩托车整体是银色的，车身略显低矮，轮胎厚重而结实，还显得有些狰狞，发动机好像怪兽的骨骼一样外露着。

“这就是你帮我申请的交通工具？”陆辛诧异地问耳机里的韩冰。他缴获的摩托车是这样的吗？

“这么快就送到了吗？”韩冰轻快道，“研发部门对它进行了一点改装，加固了车身，提高了机动性能，并装载了钢丝绳手动缩弹装置和语音报警求援定位系统。在摩托车后面的金属箱里还装载了一只语音控制的智能机械狗，可以做很多辅助任务。这是一种专门为蜘蛛系精神能力者设计的交通工具，壁虎先生一直想申请的——”

陆辛下意识问道：“那为什么没有给他？”

“因为他得罪了新型武器研发部门主管的女朋友……”韩冰回答得有些不好意思，“单兵先生先上去试试吧，不舒服的话还可以送回去调整。”

“好。”

陆辛深吸了一口气，在几位警员敬畏又羡慕的眼神里跨坐在摩托车上。车身微微一沉，有种特别结实的感觉。在韩冰的指导下，他通过指纹扫描启动了车子，然后就听到发动机发出了野兽嘶吼一般的轰鸣声。车身振动的频率让他觉得十分舒服。

“挺好的，就是……跟我想象的有点不一样啊！”陆辛喃喃道。

韩冰好奇地问道：“单兵先生本来想要什么样的？”

“就是那种……”陆辛老老实实地回答，“按一下按钮就能开，两边有踏板，中间有电瓶……”

韩冰沉默了一下，好心提醒道：“单兵先生，你说的那叫电驴……”

“好吧！”陆辛选择不跟韩冰争论，虽然这辆车跟他想的有点出入，但毕竟也能开……

“我出发了……”陆辛低声说了一句，然后……以一种龟速开始向前行进。他一边开一边告诉自己，他开得这么慢，绝对不是担心没有妹妹的帮助他会在这辆崭新的车子上留下印子什么的，他只是在分神想着马上要去处理的工作——“抓鬼”！

一开始，李梦梦只是约闺密去喝杯咖啡。闺密迟到了，她坐在商场下面的咖啡店里，百无聊赖地等着。

今年只有十八岁的她刚刚从青港城二号卫星城第三中学毕业，正是脸上的胶原蛋白最丰富的时候，颜值可以照亮一条街。今天的她简简单单地披散着又长又直的黑发，穿的衣服也很简单——印有蓝色卡通图案的短袖T恤衫。只有三十厘米长的牛仔短裤显得身高一米六八的她的两条长腿十分醒目。

她知道自己很漂亮，无论是走在街上，还是坐在咖啡店里，总是有太多人的目光告诉她这一点。正值青春期的她也比较愿意享受这样的目光。她边喝边到处看，一杯咖啡消失了一半，闺密还没有来。

这时，玻璃窗外有个男人引起了她的注意。那个男人坐在咖啡店外面的遮阳伞下，穿着一件淡灰色的风衣，里面是西装。他身材高大，面容俊朗，是难得一见的帅哥，不过引起她注意的却是他的目光。从坐下来开始，他就一直目不转睛地盯着她，那种目光直白而大胆，不带丝毫的掩饰，这让她心里有些不舒服。本来如果这个男人过来搭讪，她或许会与他攀谈两句，可是他一动不动地坐在那里，目光越来越过分，时间久了，她感到非常反感。

她准备收拾一下东西，换个地方等闺密过来，没想到，那个男人忽然起身，迅速来到店里，坐在了她的对面。

“等人？”他的目光扫过李梦梦的脸和胸口，瞳孔微微放大，咧着嘴笑道。

李梦梦并不打算回答，只是默默收拾好自己的小包，准备离开。

“干吗急着走？”男人拉住李梦梦的小包，眼睛直勾勾地看着她，“交个朋友嘛！”

“我有男朋友！”李梦梦挣脱男人的手，皱着眉头回绝。

男人皱了皱眉，但又很快舒展开来，笑道：“那也没关系，男朋友可以换。”他一边说一边向后仰，“毕竟红月亮都出现了，还有什么事不能发生？”

李梦梦心里不快，直接拒绝道：“我不喜欢这种搭讪方式，你找别人吧！”说这话时，她已经站了起来。

“等等！”男人忽然喊了一声，眼睛仍然直直地盯着她，带着点玩味，甚至是贪婪，“你们女人的心思我懂，不就是喜欢钱和帅气的男人吗？这两点我正好都有！”

他一边说，一边从自己的兜里掏出一卷钞票晃了一下，然后又揣了回去。

“怎么样？”他的笑容越发肆无忌惮，“和我吃个饭吧，你不会亏的。”

李梦梦脸上的厌恶已经无法掩饰：“钱和帅哥我都喜欢，但就是不喜欢你！警卫厅就在旁边，所以你最好不要缠着我了。”

说完，她直接转身离开。椅子被她一推，发出尖锐的摩擦声。

男人没有追上去，他只是坐在那里，脸上慢慢地露出了微笑。

“你想清楚哦！”他忽然在李梦梦身后大声叫道，“拒绝我，后果很严重的。”

“你！”李梦梦不喜欢他的威胁，猛地转过身看向他。

那男人深深地看了她一眼，然后慢慢起身，笑着向咖啡店外走去。走出门后，他又转过身，向她摆了摆手。

“神经病吧……”李梦梦很不喜欢他的笑容，不知为什么，那笑容让她心里有些发毛。

“喂！”

忽然有人拍了一下她的肩膀，她吓了一跳，转过头才发现是她的闺密。

“你怎么了？”闺密看出她脸色不对，关心道。

“没事，刚刚遇到了一个特别讨人厌的家伙，我都说了有男朋友，他还烦我。”

“哈哈！”闺密顿时笑了起来，“你啥时候有男朋友了，我怎么不知道？”

李梦梦笑着白了闺密一眼："不就是你吗？"

见到闺密之后，李梦梦很快忘记了刚才的不快。她和闺密手挽着手进入商场，一边叽叽咕咕地说着找工作的事情，一边在各个商店里开心地逛着。虽然逛了一整天，最后只买了一对塑料的小耳坠，但她内心非常满足。

逛完街后，她跟着闺密来到了闺密的出租屋里，脱下高跟鞋，一边趴在床上放松着脚趾，一边用一台制造于灾变之前的电脑看文明时代的电影。在这个时代，这是一种常见的大众消遣，有很多娱乐达人专门搜集灾变前的电影和歌曲互相交换，甚至贩卖。

电影并不好看，只看了一半，两个人就都没了心情。闺密无聊地在床上打着滚："这些老电影我都看过好多遍了，真没意思！现在根本没有人拍电影，就算拍了几部，也根本就没法儿看。"

李梦梦点头道："对啊！不过，听说青港城要搞娱乐产业，不知道能搞成什么样。"

闺密上下打量着李梦梦，渐渐露出了笑容。她的眼神慢慢地从李梦梦的脸蛋扫到她并不是很夸张的胸部，然后是腰，最后是那两条又长又直的腿。她摇了摇头，嘿嘿笑道："如果真的要搞的话，你肯定能当明星！"

李梦梦被闺密看得一阵羞涩，然后她反应过来，笑着一巴掌拍在她的肩膀上："你的眼神很变态，你知道吗？"

"哈哈！"闺密豪爽地笑了一声，翻身跳下床，从柜子里拿出一瓶红酒，"我们喝酒吧！"

李梦梦有些惊讶："这是你的宝贝啊，你舍得打开？"

闺密看着李梦梦，嘴角弯了起来："酒就是用来喝的嘛，我请你喝呀！"

李梦梦有些心动，但下意识觉得闺密跟平常好像不大一样。她想到了闺密一贯的德行，闺密现在很大方地拿出这瓶酒要跟她分享，万一一转头就开始心疼，要赖着她蹭她的饭吃呢？于是她笑着道："还是算啦，你先留着吧！"

被李梦梦拒绝，闺密的笑容消失了一瞬，然后嘴角又慢慢地勾了起来，低声笑道："拒绝我，后果很严重的哦！"

李梦梦闻言，心里忽然咯噔了一下，忙凝神看向闺密，却发现闺密跟没事人一样，正在到处找开瓶器。

刚刚是幻觉吗？李梦梦回想着，莫名觉得很不舒服。

最终闺密还是开了酒，只是两人只喝了一口就吐了。不是什么酒都可以保存很久的，闺密当宝贝一样的这瓶酒看着还行，一喝才知道已经彻底坏了。不过，开心的两人还是玩到了很晚。在闺密的强烈要求下，李梦梦留宿了。她也不是第一次在闺密家过夜了，卫生间里甚至有她的洗漱用品。

半夜，睡眠一向安稳的李梦梦忽然被一阵闷热给搞得清醒了过来，然后就看到闺密的头枕在自己的腹部。

“睡相太差了吧！”李梦梦轻轻将闺密推到一边，但闺密马上随意地将手搭在了她的腿上。李梦梦又把闺密的手推到一边，然后坐起身，打算去喝点水。

“你要去哪儿？”一个声音忽然响了起来，吓了李梦梦一跳。

李梦梦低头看去，只见闺密慢慢地抬起头，眼睛直直地看着她，脸上带着一种怪异的笑。然后，闺密用两根手指慢慢地在她的腿上移动着，像一个正在走路的小人一样，一步一步地往上走。与此同时，她阴沉又缓慢地道：“你真的好美啊，脸长得漂亮，身材也非常好……”

无论是闺密的动作，还是她的声音，都让李梦梦感觉异常不舒服。

她急忙用力推开闺密：“你干什么？疯啦？”

“哈哈，跟你开玩笑呢！”闺密忽然大笑起来，伸手脱掉睡衣，“好热，我们一起去洗澡吧！”

“大半夜洗什么澡？”李梦梦心里有种说不出来的别扭，下意识连连摇头，“我不去，要去你自己去。”

“不去？”听见李梦梦的回答，闺密的脸一下子就黑了。五彩斑斓的霓虹灯光从窗外照进来，洒在闺密的半张脸上，另外半张脸埋在阴影里，显得十分诡异。

“你知道吗？”闺密直直地看着李梦梦，眼睛里闪烁着一丝诡异的光芒，幽幽道，“拒绝我，后果很严重的哦！”

“医生，我真的没有撒谎，我已经快疯掉了！”在一个门上挂着“心理咨询”牌子的狭窄房间里，李梦梦脸色憔悴地看着办公桌对面穿着白大褂、戴着眼镜的心理医生，紧张得浑身发抖，“从那天起，我就再也不敢见我的闺密了……我感觉我好像被什么东西盯上了……那个人……他……太可怕了，真的，太可怕了！”

“呵呵，不要紧张，你这种情况是很常见的。”心理医生笑着推了一下眼镜，“你是不是刚毕业？”

李梦梦点点头：“对，但是——”

“这就对了……”心理医生笑道，“你刚毕业，要找工作，要成家，心理压力大也是很正常的。不过你不用担心，现在就业岗位还是挺多的，要注意调整自己的情绪——”

“不是的，真的不是！”李梦梦打断心理医生的话，然后用力咬着嘴唇。她不由得回想起这两天经历的各种诡异的事情。那天晚上，她从闺密的出租屋里跑出来之后，就再也没敢见她。第二天，闺密若无其事地打电话问她怎么了，还说要过来看她。她吓得立马挂断了电话，闺密又打给她的父母，还有些生气。

那噩梦一样的场景让她一整天都食欲不振。到了吃晚饭时，她还是一点食欲也没有。爸爸专门买了排骨炖给她吃，她也吃不下。

“哎哟，好姐妹之间吵架很正常，饭总是要吃的嘛！”爸爸给她盛了满满一碗炖排骨，坚持要递给她。

“我真不想吃，你们吃吧！”李梦梦说着站起身，打算回房间再躺一会儿。

“啪！”爸爸忽然重重把碗放在了餐桌上，排骨汤溅了她一身。

李梦梦吓了一大跳，惊恐地转过头。平时和善爱笑的爸爸一脸阴森地看着她，冷冷道：“拒绝我，后果很严重的哦！”

李梦梦顿时吓得直流冷汗，一下子滑倒在地上。她发了高烧，身体酸软无力，昏睡了一整天，惊醒了几回，每回醒来都生怕看见爸爸。

还好有妈妈照顾她。妈妈一边用湿毛巾给她降温，一边念叨着爸爸脾气变大了，还煮粥给她喝。

“怎么有股馊馊的味道？”喂粥的时候，妈妈忽然闻了一下，笑着说，“你是不是好几天都没有换衣服了？”

李梦梦这才想起来，她确实两天没换衣服了。她一脸通红，央求妈妈拿内衣给她。

妈妈在衣柜里找了一通，终于找到了李梦梦的内衣，然后用两只手撑着内衣走回来，笑着说要给她换上。

“妈妈，你先出去一下，我自己换就好了。”李梦梦央求着妈妈。

妈妈笑道：“在妈妈面前有什么不好意思的，快脱了！”

妈妈越这样说，李梦梦越不好意思，撒着娇催促妈妈赶紧出去。她没有注意到，妈妈的脸色不知何时沉了下来。

“啪！”妈妈忽然将内衣甩在李梦梦身上，然后用力抓住她的头发，贴近她的脸。李梦梦看到，妈妈的眼睛里布满了血丝，她无法形容那双眼睛里的贪婪与愤怒，以及猫玩弄耗子般的恶毒。

“你知不知道……”妈妈的声音里带着阴森的笑意，“拒绝我，后果很严重的哦。”

那一刻，李梦梦的大脑里一片空白，心脏几乎停止了跳动。终于，她控制不住地尖叫起来。

爸爸破门而入，看到的是被打翻的粥碗、崩溃的李梦梦，还有不知所措的妈妈。

“医生，您帮帮我，现在我的家人虽然嘴上没说什么，暗地里却都怀疑我是神经病！但是，但是我真的看到了啊！”李梦梦越想越紧张，下意识抓住了心理医生的衣袖。

“哎呀，不要紧张嘛！”心理医生低头看了看李梦梦的手，笑了笑，“我都告诉你了，你现在就是心理压力太大，神经衰弱，只是需要专业人士帮你做做心理辅导。这样吧……”他的目光透过镜片落到李梦梦的身上，慢慢地向下游移，“晚上，我先请你吃个饭，然后——”

“不要！”李梦梦吓得浑身一哆嗦，猛地收回了手。她惊疑地看着心理医生，心底生出一种不好的预感，但又不是很确定。

“不要？”心理医生好整以暇地整理了一下自己的白大褂，慢慢地看向李梦梦，“你确定？拒绝我，后果很严重的哦！”

“啊——”李梦梦发出一声充满了恐慌与绝望的尖叫。她两只手用力地捂着耳朵，飞快地冲出了心理咨询室，感觉整个世界都已经疯狂了。她冲到大街上人流最多的地方，眼泪控制不住地流了下来。她不敢回家，也不敢和闺密联系，内心一片迷茫和无助。在她被眼泪模糊了的视野里，一个个行人远远地绕过她，眼神就像在看疯子一样。

“你好……”一个和善的小女孩关切地看着她。她心里充满了感激，正要说话，小女孩忽然阴森地笑了：“现在，知道拒绝我的后果了吗？”

“啊——你不要过来！”李梦梦再次尖叫出声，不停地后退。

接着，那些行人的行动忽然变得有些诡异。他们大多数还是冷漠、快速地绕了过去，却突然有个人猛地靠近她，轻声说：“拒绝我，后果很严重的哦！”说完这句话，那人便立刻走远了。过了几秒钟，人群中又冷不防地跑过来一个人，靠近她道：“明白拒绝我的后果了吗？”

在接下来的一段时间里，一张张不同的脸做着同样的表情，用同样的语气对她说着：

“贱人，还没有明白吗？”

“你拒绝不了我，从我盯上你的那一刻开始，你就已经是我的了！”

“我要你臣服我！”

“我要你收起你那副讨厌的样子，跪在地上求我！”

“你是谁？求求你，放过我吧！”李梦梦的声音已经有些嘶哑了。她头发凌乱、身子发软地蹲在大街上，被一种密密麻麻的恐惧笼罩着。如果理智是一根线，那么这根线正不停地承受着冲击，已经到了异常脆弱的程度。她甚至已经不会说别的话了，只能不停地哭喊：“饶了我，求你饶了我……”

周围的行人都像看不见她一样，各走各的路，只是人群中偶尔会浮现一张阴沉的脸，然后又很快消失。

李梦梦的哭声渐渐变弱，或许下一秒理智就会断线。

就在这时，一只手搭在了她的肩膀上。她吓得又是一声尖叫，直接一屁股坐在了地上，一边向后爬，一边抬起头看向眼前的人。

那是一个坐在摩托车上的年轻人，他一条腿撑在地上，样子有些普通，就像这个卫星城里随处可见的上班族。他静静地看着她，手里拿着一张纸巾，向她递了过来。

李梦梦害怕每一个人，根本不敢靠近他。年轻人见状露出了笑容，俯身将纸巾递到了她的面前。

“别担心，我是过来帮你的！”他轻声安慰道，“从现在开始没事了。”

“你……”李梦梦的精神已经到了崩溃的边缘，但这个年轻人的笑容很温暖，让她稍稍镇定下来。第一眼看过去，他便给人一种安静的感觉，不同于那些行人的冷漠，也不同于那个男人的阴沉。他的笑脸很诚恳，给了李梦梦一种无法形容的安全感。慢慢地，李梦梦小心地伸出手接过他的纸巾，开始擦脸上的眼泪。

“你……你能帮我什么？”

听到李梦梦的询问，年轻人笑了笑，刚要开口说什么，一只手忽然向后抓去。他的动作很突然，一点征兆也没有。他的胳膊直接拧到了背后，让人感觉有些违背常理。

这个突如其来的动作把李梦梦吓了一跳，她的身子猛然抖了一下，几乎要惊慌地逃走。然后她才发现，年轻人的举动和她无关，他抓住了一个穿着西装的中年男子。中年男子看起来是正好经过，只是稍稍离得近了些。

突然被抓住手腕，中年男子有些迷茫，旋即警惕道：“你干什么？”

“没什么。”年轻人仔细看了他一眼，放开他的手腕笑道，“不好意思。”

中年男子一脸狐疑地走了。

年轻人转头看向李梦梦，道：“刚才他忽然靠过来，似乎想碰我。”

李梦梦有些不解，眼里的警惕在增加，然后就听见他又道：“我看到他变成了另外一个人。”他一边慢慢回忆着，一边认真地向李梦梦形容，“那个大叔的脸突然变成了另外一个样子，那是一张笑脸。变成笑脸后，他忽然向我靠过来，似乎想抓住我的胳膊。我看到了他的变化，知道他有些不对劲，所以也想趁机抓住他。不过他很警惕，当我反手抓住他时，他就已经消失了，重新变回了大叔的样子。”

这些话听起来很怪异，但李梦梦却紧张地问道：“那张脸……长什么样子？”

“说样子是没有意义的。”年轻人道，“非要形容的话，他的笑容很得意，很狂妄，好像自己非常了不起……”

李梦梦顿时感觉好像有一束光打在了自己的心上。她颤抖着从地上爬起来，用力抓住年轻人的胳膊，眼泪飞快地往下流：“是他，就是他，他是鬼！他快把我逼疯了，我求你，求你救我……”

年轻人被紧紧抓着手臂，表情有些不自然，但还是认真道：“没事，放心，我会的。”

李梦梦仍然紧紧抓着他，好像怕他跑了。

“不过……”年轻人见状，笑道，“你得先离我远一点。”

李梦梦愣了一下，有些惊慌地看着他。

年轻人低头看着李梦梦的腿，有些不好意思地道：“你蹭着我的车了。”

“想要解决问题，你现在得先听我的！”

陆辛转头看了一眼周围，发现在那些神色各异的人之中，似乎隐藏着一张阴鸷的脸。那张脸藏在人群里，他明明知道它的存在，却无法准确地将它找出来。于是，他转头看向那个哭得眼睛都肿了的漂亮女孩。

“现在，先跟我走吧！”他拍了拍摩托车的后座，尽量温柔地看着她。他知道这个女孩很紧张，怕自己态度不好，吓跑了她，毕竟她可是抓捕对象的目标。

“去……去哪儿？”女孩听了他的话，果然有些害怕，好像一只受惊的小白兔。

陆辛只好放低声音道：“去找一个合适的地方，好抓到他。你放心，可能我看起来——”

“好！”

陆辛刚想解释一下虽然他看起来挺凶，但其实是个好人，没想到女孩迅速答应了。

虽然李梦梦仍对陆辛有些警惕，但这几天受尽折磨的她好不容易遇到一个知情人，就像抓住了救命稻草一样。她一咬牙，坐在了摩托车后座上，伸手抱紧陆辛的腰，同时又惊恐又警惕地看了看四周，嗫嚅着问道：“不过……不过你究竟是谁？”

“我是专门处理这些事的。”陆辛低声回答，“但我现在不能给你看证件，我们要小心被他看到，让他逃了。”他又有些不自然地道，“你别抱这么紧，我都不自在了……”

李梦梦这才反应过来，连忙脸色微红地松开了手。摩托车缓缓启动，向远处驶去。

周围是忙碌的人群，每个人都有自己的事情要做，没有人关心刚才那个女孩为什么蹲在地上哭，以及那个骑着摩托车的年轻人要把她带到哪里去，他们两人又是什么关系。

但是，在这忙碌的人群里，一个提着公文包的男人忽然停下了脚步。他转头看向摩托车离开的方向，死死咬紧了牙关。那女孩紧紧搂住别人的样子刺痛了他的眼睛。

陆辛带着李梦梦赶向事先选好的地方，心里闪过这次任务的资料。准确地说，这次任务不是清理污染源，而是“抓鬼”行动，也就是捕捉精神能力者。

特殊污染事件——“幽灵”捕捉

事件编号：102

污染源头：疑似精神能力者在实施违法行为

精神能力体系：幽灵系

等级：B级

描述：幽灵系精神能力者可以使自己的意识——或者说精神体——脱离自身，寄生于他人身上，完全掌控他人的身体。寄生方式有接触式寄生、隔空寄生等，具体取决于其精神量级的高低。幽灵系精神能力者脱离被寄生者身体之后，被寄生者不会记得被寄生期间发生的事。长时间的寄生会对被寄生者造成严重且不可逆的精神损伤。

寄生时长：未知

弱点：未知

据韩冰介绍，这个幽灵系精神能力者来历不明，不知道已经游荡了多久。特清部是在他寄生到别人身上潜入主城时发现他的存在的，青港城不允许有这么一只看不见抓不着的“幽灵”四处游荡，所以调查小组一直在追踪他。看得出来，他很大胆，即便意识到自己引起了特清部的注意，仍然在二号卫星城里肆意游荡。调查小组用了两天时间，确定了他大体的活动范围。

陆辛刚来到这片区域的时候还不确定这只“幽灵”是什么样子的，直到他看到了那个女孩和她周围人群的变化。他看到了那只“幽灵”。他看到，不时有人靠近女孩，对她低声说着什么。他看到，那些人说话的时候，他们的脸忽然变了，都变成了同一张陌生的脸。

这样一只可以随意寄生到不同的人身上的“幽灵”，该怎么捕捉？

陆辛倒不太担心这只“幽灵”会伤到自己。幽灵系精神能力者的战斗力应该不强，只是来无影去无踪，想要捕捉的话有些困难。不过，经过一番研究，陆辛已经有了大致的想法。

“到了。”陆辛载着李梦梦来到城西一座高大的建筑前。

“啊……”李梦梦好像在后座上睡着了，被陆辛叫了一声才猛地惊醒。她有些迷茫地看了看周围：“这是哪里？”

“酒店。”陆辛仔细地锁上摩托车，然后低声道，“现在，你需要跟我进去。”

“什么？”李梦梦吃了一惊，警惕地看着陆辛，下意识抱住了自己。

“不要表现得这么抗拒，我不会对你做什么。”陆辛从自己的兜里掏出一张证件，用身体挡着给李梦梦看了一眼，“看到了吗？上面有青港城的章，我是正规的。现在我需要你跟我进入酒店，你可以表现得轻松自然一些，不要吓跑了他。你放心，我会帮你抓到他，解决你的问题！”

也许是陆辛的表情很认真，也许是证件上的印章与钢印看起来很靠谱，李梦梦终于慢慢放下了警惕。她微微咬了一下嘴唇，从摩托车上跳了下来。

陆辛笑了笑，转身向酒店走去。忽然，他胳膊上一热，居然是李梦梦挽住了他。

陆辛有些惊讶，心想，他好像小瞧了这个女孩的魄力啊。

“你是道士吗？”李梦梦几乎将脑袋靠在了陆辛的肩膀上，但她的整个身体都是紧绷的，“你会抓鬼，对不对？”

“不是。”陆辛笑了一下，低声回道，“书上说没有鬼，不是吗？”

“红月亮都出现了，还有什么事不能发生？”李梦梦下意识说完这句话才意识到它的来历，一下子沉默了。

“别担心，红月亮出现了也不会有鬼。”陆辛小声安慰道，“出现的可能是比鬼还要可怕的东西。”

李梦梦蒙了：他这是在安慰她吗？有这么安慰人的吗？

陆辛和李梦梦走进酒店，看起来就像一对真正的情侣。这家酒店算是比较大的，主打情侣套房，外面那充满了暧昧气息的招牌老远就能看到。

陆辛带着李梦梦径直走到前台登记，整个过程中他一直留心着周围。他在等那个幽灵系精神能力者现身，心里越等越焦急，毕竟，那家伙再不来，那他……岂不是……真得交钱?

结果陆辛真的交了钱！把两张五十元的纸币递给前台的小姑娘时，他的眉头紧紧地皱了起来。

他心疼地领完房卡，和紧紧贴着自己的李梦梦向电梯走去。电梯口一位正在拖地的阿姨忽然抬起头来，目光阴冷地看着陆辛道：“你究竟是谁？”

这位清洁工看起来五十来岁，一张脸显得既苍老又疲惫。刚才进入酒店的时候，陆辛就留意到了她。她在大厅里拖地，见到谁都会讨好地笑笑。虽然没人理她，但她还是努力带着笑容和人打招呼，然后低头继续默默地工作。

但这时的她却微微昂首，瞳孔紧缩，死死地盯着陆辛，目光让人感觉不寒而栗。若没有亲眼看到，恐怕很难理解，有时候换个表情，真的就像换了一个人一样。

不过，在陆辛眼里，她不仅换了表情，脸也换了。她的脸变成了一副男相，颧骨略高，眼间距也有点宽，表情阴沉，又有些掩饰不住的狂妄，正是陆辛之前见过的那张陌生面孔。

“啊——”一看到清洁工的表情，李梦梦立刻忍不住尖叫起来。她无法像陆辛一样看到那张陌生面孔，但是她认得这个表情，它曾无数次出现在她的朋友、家人脸上。这个表情一出现，她就感觉好像跌入了噩梦之中。她双腿发抖，下意识想要逃走。陆辛轻轻拉了一下她的手臂，她顿时反应过来，慌忙捂住自己的嘴，眼带祈求地看向陆辛。

陆辛一动不动地盯着清洁工，好一会儿才露出笑容：“怎么才来？”

“贱人！”李梦梦看向陆辛的眼神挑起了清洁工的不满，她压低嗓音，恶狠狠地道，“听着，我他妈不管你是谁，现在立刻给我滚！这个猎物我已经盯上了。”

李梦梦的身体止不住地颤抖起来，她下意识将陆辛的胳膊抱得更紧，好像抓着唯一的救命稻草。

陆辛脸色平静地转过头，示意李梦梦不要慌。然后他装作不经意地看了一眼四周，发现妹妹居然还没出现！他心想，妹妹是真的皮了，净到处乱跑……按理说，她还没到叛逆期吧？还好关键时刻他能强行借用她的力量。他以前并不熟练，但经过这次出城历练，他的能力比之前精进了不少。

陆辛压下心里的慌乱，尽量镇静地看着眼前的清洁工，低声说道：“没有人是你的猎物，我也不会走，还有啊……你知不知道你现在做的事是违法的？”

清洁工乍一听这话，整个人都蒙了。好一会儿，她才嘲讽道：“你跟我说违法？哈哈哈……”忽然，她把笑容一收，森然道，“你根本不知道我是谁，也不知道我能做到什么！我不管你是什么人，你最好不要惹我，快把我的猎物还给我！”

“其实我是知道的。”陆辛有些无奈地看着她，“你的资料我看过了，而且我的工作就是带你回去。趁着你还没有走到犯罪的道路上，跟我回去吧！”他轻轻叹了一口气，“如果你要反抗，那我就只能跟你动手了。但说实话，我和精神能力者交手的经验不多，一旦下手重了，你可能会死。”

“你！”

陆辛的话不仅让清洁工十分恼怒，就连李梦梦心里都出现了一种异样的感觉。她本来以为这个年轻人是过来抓鬼的，但听他的口吻，怎么好像在抓贼？

清洁工冷静下来后，冷笑道：“你是从主城跟着我过来的吧？呵呵，没用！我早就察觉到有人在盯着我了，但我根本不在乎。回去跟你们的人说，我这个人要求得不多，这算是你们走运！我不去惹你们，你们最好也不要来惹我。要好大家都好，不然的话……”她的表情一下子变得很狰狞，“就算是青港城最尊贵的那几位先生，我也可以杀给你们看！”

她的声音里带着刻意的狠毒，配上阴森森的表情，倒真有点吓人。李梦梦已经站不稳了，几乎全靠陆辛撑着。

陆辛皱了皱眉头，道：“你可以去。”

清洁工听了这话，越发恼羞成怒。

这时，妹妹叼着玩具熊从光滑的墙壁上慢慢爬了下来。不知道她刚才去哪里疯了，脸上还带着一点恶作剧过后的兴奋。

看到有个姑娘挽着自己的哥哥，妹妹顿时露出了惊讶的表情。她飞快地绕着这个姑娘转了一圈，又打量了一下她的胸口，然后她撇了撇嘴，一脸失望。

“你可以去对付那几位先生，那与我的工作无关。”陆辛认真地看着清洁工，笑道，“不过我感觉你去不了。”

清洁工不说话了，只是阴森地盯着陆辛。然后她忽然低声道：“你找死！”

话音刚落，她就从地上蹿了起来，速度居然极为敏捷。向陆辛扑过来的同时，她扬起一个像小铲子一样的银色的东西——那是一把刮地刀，边缘很尖锐。她将刮地刀向着陆辛的眼睛戳了过来，脸上带着狠辣。

“啊……”李梦梦被她的表情吓到，下意识又要尖叫。

陆辛忽然道：“轻点！”

李梦梦以为陆辛是在说自己，急忙捂住了嘴。

实际上，陆辛是在告诉妹妹，不要下手太重。在清洁工扑过来之前，妹妹就已经抓住了他的腿。阴冷的感觉顿时遍布全身，陆辛的手臂像弹簧一样延长，直接抓住了清洁工的脖子。他的速度快如闪电，相比之下，清洁工的动作简直缓慢到了极点。

陆辛伸手抓住清洁工的刹那，清洁工高举的双手突然落下，阴狠的表情瞬间消失，整个人一下子软了下来。若不是陆辛正掐着她的脖子，她可能已经倒在地上了。

清洁工的双眼出现了片刻的失神，然后慢慢恢复了神采。发现陆辛掐着自己的脖子，她顿时吓得大叫一声，一边下意识地挥舞手臂，一边惊慌地求饶：“对不起，客人……对不起……”她根本不知道陆辛为什么要掐着自己，还以为自己做错了什么事，惹怒了陆辛。

“没关系，不怪你。”陆辛双手顺势向下，扶住清洁工，让她慢慢倚着墙坐下。

然后他皱着眉头看向四周。这时候，酒店大厅里的人都听到动静，下意识向他们看了过来。不少人的目光都很惊讶，还有保安正往这边走来。

“呵呵，看到了吧？”刚才收了陆辛一百块钱的前台小姑娘似笑非笑地看着他，“我们现在根本就不是同一种类型的人！或者说，我和这个世界上的所有人都不一样！你们只是普通人，而我已经像神一样了！”

她说这话的时候没有顾忌其他人，吸引了好多诧异的目光——这小姑娘是谁啊？口气好“中二”！

“类似的话我好像听谁说过……”陆辛看向前台小姑娘，轻声道，“他是个神经病，我感觉你也差不多。”妹妹顿时明白了他的意思，开心地冲向前台。

就在妹妹快要扑到前台上时，前台小姑娘的神情忽然变得一片茫然。紧接着，已经快走到陆辛身边的保安忽然脸色一变，顺手抽出腰间的橡胶棍，用力挥向陆辛的后脑勺。

保安的动作非常突然，常人根本无法反应过来，陆辛却好像提前料到了一样。他姿势诡异地转过身，伸手去抓保安的手臂，刚抓住，保安的表情就变成了茫然。“幽灵”再度消失。

大厅里的灯光突然闪烁起来，每个人的脸忽明忽暗。突如其来的骚乱让大家有些没反应过来，一时间，所有人都呆呆地站在原地。

突然，那张陌生面孔开始在他们脸上跳跃。“和我……作对……你是……找死！”由不同的人说出来的几个词语连成了一个完整的句子，听起来分外诡异。

陆辛听得皱起了眉头。这种能力确实不强，但很难缠。

在这诡异的氛围里，李梦梦吓得又发起抖来。这个场景比她之前经历的还要可怕，但因为陆辛在旁边，她没有再尖叫。

那诡异的声音还在继续：

“没有人保护得了你！”

“如果不是因为我要你自愿跪在我面前，我早就得到你了！”

“我甚至可以用你爸爸的身体得到你……”

一张张脸不停地变幻出同样的表情，向李梦梦的神经施加着压力。恶毒与阴险从一个人的脸上跳到另一个人的脸上，看起来就像一个荒诞的噩梦。大厅里的人用不同的声音，诉说着同样让人不寒而栗的话：

“我可以成为你身边的任何人，也可以杀死你身边的任何人！”

“所以，你还要反抗我？”

“你还敢继续拒绝我？”

“保安、警察，包括他，任何人都保护不了你！”

李梦梦忽然闭紧双眼，不顾一切地大吼起来：“你是疯子，你就是疯子！滚开，你这个变态，给我滚开！”

“哎呀……”陆辛看向那个害怕得眼睛都不敢睁开，却在破口大骂的女孩，十分佩服她的勇气。一边的妹妹则歪着头分别打量了他们一眼，诡异地笑了一声。

“哈哈哈……”

“到了这时候，你还有胆量拒绝我……”

“你是在找死！”

李梦梦的话好像彻底激怒了“幽灵”，怒吼声在大厅里回荡着。忽然，一个强壮的年轻人一把甩开正抱着自己的女朋友，一个大跨步，恶狠狠地向陆辛冲了过来。他的手里不知何时多了一把匕首，急急地捅向陆辛的小腹。

“轻点。”陆辛再次出声提醒，同时伸手抓住年轻人的手，顺势向下一掰。年轻人发出一声惨叫，随着匕首落地的声音，他的神色变得茫然。

“王志，王志，你怎么啦？”他的女朋友大惊失色地跑了过来，似乎想要扶他。跑到陆辛面前后，她的手却忽然往下，一把抓住地上的匕首，向陆辛捅了过来。

陆辛伸手夺过她手里的匕首，然后拉着李梦梦后退。与此同时，那女子的表情已经变得茫然。

不停有人向陆辛冲过来，被陆辛躲过之后，他们的动作便忽然停下，先是一阵茫然，然后惊恐大叫。不一会儿，整个大厅里就充斥着惊恐的尖叫声，乱作了一团。

在这种情况下，陆辛只能不停后退，与所有人拉开距离。他渐渐退到了墙边，微一皱眉，干脆一只手抱着李梦梦，顺着墙壁爬了上去。这个无视地心引力的异常举动使得大厅里的所有人都更加害怕了。酒店外面有人听到骚乱声，好奇地凑过来，探头探脑地往里面看。聚集过来看热闹的人越多，自然就越危险。

“原来你也不是普通人。”一个提着公文包的大叔忽然抬起头来，目光阴森地看着陆辛，“既然这样，那我们应该算是同类……既然是同类，你为什么还要跟我作对？这个女人你让给我吧！你去选别的，我可以帮你。我们可以联手……只要我们愿意，这个城市里的一切都是我们的，不是吗？只要我们想，就没有我们得不到的！”

陆辛低头看着他道：“真的，你现在已经犯法了！”

“呵呵呵……”大叔低低地笑了一声，随即阴狠道，“既然你非要找死，那我就成全你……虽然这里人很多，但可惜他们没有枪……没关系，我可以去找个带枪的。”

话一说完，他的神色就变成了茫然。半晌之后，他猛然惊醒，指着陆辛惊恐道：“鬼……鬼啊！”

“怎么回事……怎么回事……”李梦梦嘴里不停地念叨着这几个字，理智经受着一次又一次的冲击，身体像筛糠一样不停地抖动着。她被陆辛带到了墙上，其实很害怕，但她没有尖叫，而是选择闭起眼睛，不敢看向下面，也不敢看陆辛。陆辛诡异的举动超出了她的想象，但是下面每个人的阴狠表情更让她感觉恐怖。

“没事，别害怕，这世界上是有些疯子，但同样有人会保护你。”陆辛轻声安慰着她，然后迅疾地从墙上滑了下去，将她放到一边。他已经透过玻璃窗看到一位警员飞快地往酒店里冲了过来。

“看好她，还有……不要玩她！”陆辛对妹妹说了一句，然后便只身加快脚步向外冲去。他借用了妹妹的力量，速度极快，在闪烁的灯光下有几分诡异的味道。只是，与妹妹帮助他的时候相比，他的动作还是笨拙与缓慢多了。好在这速度足够他及时赶到门边，阻止往酒店里冲的那位警员了。

“砰砰砰！”警员的表情阴森而疯狂，握着枪抬手便射。但陆辛冲到他跟前，猛地一抬他的手腕，子弹便都射向了天花板。陆辛正要掐住他的脖子，却发现他的神色已经变成了茫然。

“哈哈哈，这一个是不是还不够？”与此同时，陆辛身后的一个小女孩忽然扯着嗓子大笑起来，稚嫩的小脸上满是兴奋，“没关系，你想要多少就有多少，我甚至可以去巡城军那里拿杆冲锋枪过来！”她一边喊着，一边挥舞着手里的铅笔，狠狠地扎了几下陆辛的后背。

“够了吧？”陆辛后退一步，沉声说道。这次他没有出手，因为他知道对方一定会换寄生目标。

果然，小女孩先是一脸茫然，然后“哇”的一声哭了起来。与此同时，一个抱着头缩在角落里的老人一下子松开手抬起了头，眼中有着藏不住的讥诮：“你这就害怕了？”

陆辛皱起眉头看向老人，而老人也挑衅地看着他。忽然，陆辛做了一个出人意料的举动，他抬手按住自己的左耳，道：“时间应该够了吧？”然后他停顿了一下，点了点头，又道，“那就好。”

“你在跟谁说话？”老人警惕地盯着他。

“差不多行了。”陆辛再次皱着眉头看向老人，“巡城军已经将这里包围了，你可以不闹了吧？”

“包围？”老人怔了一下，旋即神色变得茫然。数秒钟后，一个穿着豹纹外套的女人冷笑道：“你在耍我？你以为我没有关注周围的环境吗？”

她一边说，一边不屑地向酒店外面看了过去。这时候，酒店外面正一片混乱。听到枪声后，所有人都像无头苍蝇一样四处乱跑着。对幽灵系来说，混乱的人群简直是一片可以自由游弋的海洋。

“我说的包围不是包围这里……”陆辛认真道，“而是指这片区域。为了防止打草惊蛇，我们直接封锁了周围的三个街区。

“一开始我选择来这里，就是因为这片区域的布局比较方便封锁。我不知道他们一共来了多少人，但从他们过往的行事风格来看……”陆辛摇摇头，“肯定是连只老鼠都逃不出去的。”

豹纹女士的表情先是惊愕，然后变得有些扭曲：“那又怎么样？你觉得，人多就可以困住我？人越多对我来说就越有利！哈哈哈——”

她发出狂妄而得意的笑声，准备再说两句狠话，但陆辛直接打断她道：“这就是你不愿意离开青港城的原因？也对，你这种能力在荒野上会被削弱。”

然后他很诚恳地解释道：“我们不光是封锁了这里，而且每个士兵都穿上了精神污染防护服。另外还有两千套防护服正在运过来的途中，封锁圈里的居民会一个接一个地穿上防护服。我不知道你进入别人的大脑需要多久时间和多远距离，但防护服就算挡不住你，也可以拖缓你的速度吧？你以别人的大脑为生存的土壤，这片土壤会越缩越小，直至你逃无可逃！所以……”在明灭不定的灯光里，他对着豹纹女士露出温和的笑容，“现在你已经完了。”

他笑得很自信，因为这个野生的精神能力者显然没有经受过正规的培训，不然，他一定知道，精神能力者作战三大原则里有一条是：战斗从来不是决定胜负的关键一环，对战斗的准备才是。

听完陆辛的话，豹纹女士的神色瞬间变得茫然。“幽灵”离开了，这一次，他过了好一会儿也没有现身。但陆辛知道他去做什么了，所以并不着急。

“大家不要慌！”他转过身，向酒店里惊慌的人群喊道，“你们正处于一场演习之中，事后会有丰厚的补贴发放到你们手上……真的给吗？哦……每个人尽可能与别人保持距离，以免受伤……千万不要乱跑，不然外面的巡城军可能会直接向你们开枪……”他面色平静地传达着耳机里的韩冰说的话。

不料这番话收效甚微，大厅里仍然惊叫声此起彼伏。

“别他妈吵了！”忽然响起一声暴喝，吓得众人立即收了声。陆辛也被吓了一跳，转头看去，发现大喝的是那位警员。

警员转头看向陆辛，立刻变了一种口吻："大哥……这……刚刚发生了什么？"

陆辛想了一下才慢慢道："刚才是——"

没想到，还没等他说完，警员已经恍然大悟："不用说了。"迎着陆辛疑惑的表情，他压低声音道，"我想起来了，我在警卫厅见过你，知道你是……专业人士。大哥，你就直接跟我说，现在……现在我得怎么做……才能够配合你的工作？"

陆辛怔了一下，道："别叫我大哥……帮我维持秩序就好。"

"是！"警员下意识立正，然后跑进人群，大叫道，"散开，都散开，保持距离……安静！"

他的服装与手里的枪，以及那一脸横肉，都很有威慑力，大厅里的秩序立刻好了许多。

"你……你……"李梦梦怯怯地走过来，目不转睛地看着陆辛，也不知是害怕还是好奇。

"不用害怕。"陆辛对她点了一下头，温和地笑了笑，"我们就是保护你们的人呀！"

然后，陆辛转头向酒店外面看去。李梦梦看着他的侧脸，居然有种异样的安全感。她心想，这个男人严肃起来真是无敌帅。

与此同时，陆辛微微松了一口气，心想，还好，刚才那么乱，他的摩托车都没有被人碰到……

陆辛没有说谎，三个街区外，全副武装的巡城军戴着特制的玻璃头盔、端着枪一点一点地逼近。

"所有人注意，现在你们正处于一场临时性军事演习之中，请大家配合我们的工作！请待在原地，双手举过头顶。如果有冲撞巡城军的行为，我们会选择开枪，但子弹是麻醉弹，大家不必恐慌……"

在大喇叭一遍遍的重复之下，越来越多的居民原地蹲了下来，双手抱着头，偶尔有几个不听话乱跑的也立刻被麻醉弹放倒。

"准备进行第二步。"见局势已经大体控制住了，指挥官立刻挥手。

"隆隆……"一辆辆高大的卡车驶入封锁圈。从卡车上跳下来一个个身穿白色防护服的支援小组成员，他们三人一组，两人冲在前面，一人背着大包跟在后面。冲进人群之后，他们打开大包，拿出头盔和防护服给居民们穿戴上，同时安慰一声："没事，马上就结束了，先在这里不要动！"

随后，封锁线保持不动，另有一队人手持检测仪，一寸一寸地扫描着周围，确定不会遗漏任何一个人。

"砰！"领队的程辉掏出枪将角落里的一只老鼠打得粉碎。虽然信息分析小组并没有说幽灵系可以附身动物，但为了安全起见，宁可错杀，不可放过。

他麻利地收好枪，严肃地下令："第一队保持警惕，控制局面；第二队开始向前推进！"

唰！唰！唰！第二队战士全副武装地冲了进去，将封锁线缩小了一圈。

他们循序渐进，每一步都走得非常小心谨慎。

与此同时，人群里一个还没有穿戴上防护装备的人正惊恐地看着这一切。他既感到绝望，又觉得愤怒，恨恨道："你们……你们是非要和我作对吗？"

酒店大厅里，趁着"幽灵"不在，大部分人都已经逃出去了。即使是那些害怕得腿脚发软走不了路的，也在那位警员的指挥下颤巍巍地靠墙壁蹲着，彼此之间保持着一定的距离。陆辛没有强制要求他们离开酒店，因为只要是在封锁圈里，不管待在哪里都有可能成为寄生目标。

局面稍稍稳定之后，一个保安忽然扬起头来，仇恨地看着陆辛，厉声大叫道："你以为这样就可以让我束手就擒了吗？"

他忽然变脸，说出让人无法理解的话，又引起了小小的骚乱。

"你别误会，我不是和你作对。"见他回来了，陆辛平静地看向他道，"咱们又没仇，是吧？我只是在做我的工作罢了，领导吩咐的，没办法……至于能不能抓住你……"陆辛思考了一下，接着道，"从现在这个局面来看，不管你怎么寄生，都突破不了封锁圈，而这个圈子正在逐步缩小，你能寄生的对象也越来越少。到时候，你除了束手就擒还能做什么？所以，你确实逃不掉了！你自己也很清楚这一点吧？不然你就不会回来了。"

保安紧紧咬着牙，脸上的肌肉都快扭曲了。他很想说些狠话，但他知道陆辛说的都是对的。这让他更加难以忍受。本来，他连主城的大人物都敢杀，又怎么会把眼前这个看起来很普通的年轻人放在眼里？但偏偏，这个家伙轻易就把他逼到了绝境。隐隐地，他的心里甚至生出了一丝恐惧。

这样想着，他忽然站了起来，咬牙切齿道："是你们逼我的！你们是想害死所有人吗？在我的能力范围之内，所有人都是我的人质！既然你们一定要跟我作对，那我就把他们全都杀了！"

话音刚落，他就转身用力向柱子撞了过去。他的动作很突然，刹那间，他就已经满头是血了。下一刻，墙边又有人站了起来，哈哈大笑，拿起钢笔戳自己的小腹。大厅里瞬间又变得一片混乱，所有人都惊得大声尖叫起来。连那位维持秩序的警员也吓得脸色大变，连退了好几步。

"找到了！"又有一个声音响起，是那个前台小姑娘。她从抽屉里摸出一把水果刀，架在自己白嫩的脖子上，然后死死地盯着陆辛："说，你是想让我把他们全都给杀了吗？"

陆辛的目光瞬间变得冰冷起来。他皱着眉头看着前台小姑娘，在他的眼中，小姑娘的脸是一个男人的。迎着那个男人狠戾的眼神，他过了很久才摇了摇头。

"你本来只是违了法，还有的救，要是搭上人命，那可就一点活路也没有了……你一定要如此执迷不悟吗？"陆辛一边说，一边活动着手脚，"虽然我与精神能力者交手的次数不多，但怎样让你们痛苦不堪，我还是有点经验的。"

"你——"陆辛的平静与从容让"幽灵"心里直发毛。他突然意识到，这个年轻人根本不把他的威胁放在眼里。他心一横，抓着水果刀用力刺向脖子……

电光石火之间，陆辛已经冲了过去。同时，他把手伸进背包里，掏出两个东西，并把其中一个远远扔了出去。

本来陆辛是往前台冲的，但在中途，他忽然转向了。他冲向左侧的一位大叔，将手里的东西一下子卡在了他的脖子上。与此同时，被他扔出去的东西精准地套在了右侧的豹纹女士的脖子上。

前台小姑娘的神色茫然了一下，旋即变得无比惊恐。她手里握着水果刀，颤抖个不停。

"其他人后退。"陆辛向警员使了个眼色后转头看向前台，确定前台小姑娘的状态。然后他低声向耳机里说："已经抓到了，支援小组可以直接进来。"

那两个东西是精神能力抑制器。无论是精神能力抑制器，还是防护面罩，都不是万能的。普通人戴上防护面具无法保证不会受到污染，而遇到精神量级高、污染性强的，防护面罩就算不说形同虚设，也基本没什么效果了。但它毕竟还是可以起到一定作用，尤其是对能力主要是影响别人的精神能力者，能够起到一定的减缓作用。

防护面罩的主要作用是护住脑袋，因为精神力往往是从脑袋开始起作用的。如果这只“幽灵”想要进入戴着防护面罩的人的大脑，那么防护面罩起码会把这个过程所花的时间延长三至五倍，也就能给他们身边的人足够的反应时间。无论进入还是离开大脑都变慢的话，这只“幽灵”就无法再随时随地神出鬼没。一旦速度减慢，他就很容易被锁死在某个目标体内。

精神能力抑制器的原理则与防护面罩有些不同，它主要由两部分构成，一部分是精神能力感应器，一部分是电击芯片。只要感受到精神力的异常波动，电击芯片就会立刻释放出强大的电流。无论是将精神能力者击晕，还是单纯让他感觉到痛苦，分散其注意力，都可以达到抑制其精神能力的目的。

而陆辛刚才做的就是通过精神能力抑制器来捕捉那只“幽灵”。由于大厅里剩下的人比较少，且都已经尽可能地分散开了，所以那只“幽灵”只能逃向左右两边离得最近的人。陆辛冲向左边的大叔，给他戴上了精神能力抑制器；妹妹则冲向右边，给豹纹女士戴上了精神能力抑制器。这样，无论这只“幽灵”选择哪边，都会受阻，只能逃回前台小姑娘的身体里。至此，他就再也无路可逃了。

陆辛慢慢向前台小姑娘走去。

前台小姑娘死死地攥着水果刀，在自己的脖子上比画着，声音尖厉，语调疯狂：“你疯了吗？你真的不管她的命了吗？你……别过来！”

陆辛的脚步没有停，一边平静地注视着她，一边慢慢道：“我当然在意她的命。我们领导说过，在现在这个世界上，每个正常人都值得尽最大的努力去保护。但是我仔细想了想，觉得你并不一定敢杀她。现在你无路可逃，而从你刚才的反应来看，你似乎在伤害了目标之后，立刻就会转移到另外一个人体内，这是不是说明，你无法生活在一个死人的身体里？所以，在没办法转移的情况下，你杀死她，会有什么后果？”

陆辛越说越觉得自己的分析很有道理，于是心情变得很好，笑道：“你这样的人，把自己当成神，当然觉得自己的命比别人的金贵了。那么，你又怎么舍得和她同归于尽呢？所以……”说话的过程中，他已经走到了前台旁边，直视着她的眼睛，“直接动手还是投降？”

“你你你！”陆辛的镇定自若逼得前台小姑娘，或者说她体内的“幽灵”发了狂，在发狂的表象下则是一种深入骨髓的恐惧。

远处，缩在墙边的李梦梦在前台小姑娘的脸上看到了熟悉的表情。不是吓了她好几天的那个恐怖表情，而是她之前快要被逼疯时的表情。看到这个表情出现在那个变态的脸上，她情不自禁想仰天大笑。

“是你逼我的，是你逼我的，我要跟你拼了！我这样的人……怎么会……怎么可能被你逼到这种境地？你根本不知道我生气的后果！”

前台小姑娘的表情越发扭曲，好像被困在笼子里的野兽，陆辛每靠近一点，都让她感觉压力更大了一层。终于，她的眼睛变得血红，好像准备跟陆辛拼命了。忽然，她的眼珠一下子翻了上去，一双布满血丝的眼睛瞬间变成了纯白色。与此同时，大厅里的白炽灯发出刺啦刺啦的声音，好几盏灯承受不住地爆开来，碎片夹杂着火星掉落在地。

而在陆辛的视野里，前台小姑娘的头顶上忽然钻出来一个巨大的身影。那身影足有两三米高，皮肤乌黑。最显眼的是那张脸，扭曲而狂妄，眼睛里满是仇恨，死死地盯着陆辛。

“你逼我，那我就带你一起死！”人影愤怒地大吼道。不仅是陆辛，就连大厅里的其他人也隐隐听到了这句话。不过，对他们来说，那更像是幻听。

下一秒，人影直接钻进了陆辛的身体。那一刻，陆辛隐隐感觉到，有一些不属于自己的情绪、记忆以及感知能力在自己的脑海里疯狂地滋生着。在无数的信息碎片里，他看到了一个失意的人。这个人一直在羡慕别人的人生，意外获得精神能力之后，他开始不停地进入别人的身体，体验自己得不到的人生。

他看到一位美丽的妇人，就进入她丈夫的身体，与她度过了一个愉快的晚上。临走的时候，他把妇人的丈夫挂在了房梁上。然后，他进入夫妻俩女儿的身体，阴险地看着原本的自己高不可攀的妇人哭得撕心裂肺。

他看到一个身家丰厚的总裁，就进入他的身体，享受挥金如土、对下属颐指气使的生活。在离开之前，他强暴了总裁知性的女秘书，把所有重要文件烧了个精光。当完全不知道发生了什么的总裁绝望地从楼顶跳下去时，他在女秘书的身体里笑得很开心。

一开始，他还试着借用别人的身体，给原本的自己谋些好处，或是送点钱，或是升个职。但渐渐地，他厌烦了，感觉那样太没意思了，而且他很不满意自己的外貌。再加上，他发现自己作为精神体也可以活得很好，于是他放弃了自己的身体。他开始作为一只“幽灵”，随心所欲地活在高墙城里。

“唰！”陆辛睁开了眼睛。那只“幽灵”似乎想控制他，但只一瞬间就宣告失败了。类似的事情以前也发生过。秦燃对陆辛下了诅咒，本来想将陆辛变成另一个秦燃，但陆辛很快就摆脱了。从这一点来看，这只“幽灵”甚至还不如秦燃。好歹秦燃让陆辛的皮肉下长出了一张脸，而这只“幽灵”不仅没能控制陆辛，还让陆辛窥探到了他的记忆，真是“偷鸡不成蚀把米”。

“原来你早就罪行累累了！”陆辛看向人影，对他有些厌恶。

人影露出了惊恐的表情。他不顾一切地想要进入陆辛的身体，却进不去，反而被看了记忆，这让他极度恐慌。他忽然张开大嘴，想要咬陆辛。这是他成为精神体之后发现的能力，似乎可以通过咬别人达到什么效果……他觉得这种能力没什么用处，所以没有仔细研究过。但是现在，他别无他法了，只能殊死一搏！

一个飘浮在半空中的两三米高的人影夸张地将嘴巴咧到耳根，露出参差的獠牙，这场景看起来还是有几分吓人的！

可陆辛懒得多看。他双腿微曲，跳到半空中，同时伸出手。他本以为妹妹会过来拉住他的手，然后他就可以借用她的能力，没想到妹妹只是蹲在李梦梦身边，歪着头好奇地打量着他，好像在看戏一样。而他跳起来之后，就直接把自己送到了人影的大嘴边……他没办法，只好顺势一巴掌抽了过去。

“啪！”

那是一种很奇怪的感觉。陆辛的手一下子穿过了人影的脸，手掌麻麻的，好像触电了一样。他看似没有打中，实际上，手穿过去之后，人影的脸迅速凹了下去。就好像他不是被陆辛的手打了，而是被陆辛要打他的意志给攻击了。

“扑通！”人影被陆辛打得躺倒在地，巨大的身躯在颤抖。

因为没有妹妹的帮助，陆辛自己控制身体没有那么灵活，所以他不敢来个“倒栽葱”之类的动作，免得一头栽在地上。于是他干脆借着身体的重力，顺势一脚狠狠地踩了下去。

人影疯狂大叫起来，被踩到的部位开始扭曲，并且一寸一寸地崩溃，仿佛白纸被烟头燎了一个洞。人影的身体缺了好大一块，他痛苦地颤抖着，号啕着缩进了前台小姑娘体内。接着，号啕的就变成了前台小姑娘。她用力地捂着小腹，眼泪与冷汗一齐涌了出来。

陆辛径直来到前台小姑娘面前，敲了敲桌子。在前台小姑娘惊恐的眼神里，他压低声音道：“老老实实待着吧！说真的，这次我不想手下留情的……只是你实在太弱了，我都没有这个机会……真不知道你为什么会有自己是神的错觉……现在，趁着他们还没到，你赶紧帮我办件事。”

这一刻，前台小姑娘看着陆辛的眼神就像在看一个魔鬼。陆辛十分认真地继续道：“我不是来住酒店的，只是为了引你过来，所以，刚才我交的房钱，你得退给我！”

前台小姑娘——或者说那只“幽灵”——简直要疯掉了，但是又不敢不听。她颤抖着从抽屉里拿出一把钞票，颤抖着递给陆辛。

陆辛顿了一下，抽出两张五十元的，道：“谢谢。”

“嗒嗒嗒——”酒店外面响起快速而富有节奏感的声音，一支全副武装的支援小组冲了进来。

“就是她。”陆辛指了一下前台小姑娘，支援小组立即围了过来。

“你们干什么？你们为什么要抓我？”前台小姑娘惊恐地大叫起来。看她的样子，似乎是真的在害怕，好像搞不清楚现在是什么状况。

韩冰通过陆辛胸前的摄像头看到了这一幕，轻声解释道：“那只‘幽灵’应该躲起来了。他既然能主动控制被寄生者，当然也能主动交还控制权，躲在被寄生者的意识深处，以免被人发现。但是，只要确定他在，我们就有办法将他从这个女孩体内逼出来。”

陆辛点了一下头，他很相信韩冰的分析和判断，这次对付这只“幽灵”如此顺利，就与韩冰的分析离不开。他想了一下，问道：“这只‘幽灵’会面临什么后果？”

韩冰在频道里说道：“按照青港城的法律，等待他的很可能是死刑。”

陆辛若有所思："死刑啊……"虽然"幽灵"的记忆只有他看到了，但青港城一定会查明"幽灵"犯下的所有罪行，论起来，死刑倒便宜他了。

这时，韩冰又轻声道："死刑就是剥夺他活着的权利，那么，在青港城，他就是个死人了。所以，无论是送到研究院去配合研究，还是送到城防部成为D级特别派遣小组的一员，对他来说都会是很好的归宿。"

这个回答陆辛并不觉得出乎意料，物尽其用嘛。他转头看了看，既然支援小组已经入场了，他心里也就放松了。

前台小姑娘在挣扎中被戴上了防护面罩和精神能力抑制器，又被套上了两件三层式玻璃纤维防护服，全身裹得跟个粽子一样。

然后，三位支援小组成员押着她向门外一辆装着特制玻璃柜的卡车走去。旁边还有位成员边走边说："请你安心配合我们，我们会保证你的安全，事后会给你起码一万元的补偿金！"重复了几遍之后，前台小姑娘的叫喊声明显变弱了很多，只是还有些害怕。

这一系列操作看得陆辛一阵头皮发麻。支援小组太强了！他们这一套流程下来，这个幽灵系精神能力者的精神力再强，也不可能突破抑制器、防护面罩、防护服、特制玻璃柜的层层阻碍，他是怎么也逃不了的了！唯一不确定的是受到牵连的前台小姑娘，也不知她接下来会经历什么。

酒店外面，一排排战士仍然对这个地方实行着封锁。陆辛知道，虽然他很确定抓住了那只"幽灵"，但他们的工作却不会就此停下。按照他们的规定，他们会进行检测，再三确定抓捕无误。另外，酒店内外的居民也需要接受检测，进行安抚。

"没我的事了吧？"陆辛看向率队走过来的程辉，问道。

"单兵先生辛苦了。"程辉向陆辛敬了个礼，笑着说道。

"都是为了工作。"陆辛向他笑了笑，然后转身向酒店外面走去。

"喂……"一个微微有些发颤的声音叫住了陆辛。他转头看去，是那个年轻女孩，他记得她好像叫李梦梦。

"你……你就这样走了吗？"

"对。"陆辛笑道，"我的工作已经完成了。"

"你……"李梦梦犹豫了一下，抬头看着陆辛，眼神似乎有些期待，"你叫什么名字？"

“嗯？”陆辛有些诧异地看了她一眼。不远处，趴在墙上的妹妹忽然发出一声冷笑。

李梦梦被陆辛看得有些脸红，急忙解释道：“你……你别误会，我就是……就是觉得……可能后面还会遇到什么问题……到时候……可以打电话问一下你什么的……对了，这样说来……”她的脸已经快红透了，“电话……也可以给我留一个吧？”

“留了没用。”陆辛摇了摇头。就算留电话给她，她也不会记得。依照青港城的特殊污染处理条例，她得接受检测，可能她刚从检测机构离开，就不会记得这些事了。他微微一顿，又笑道：“你不用害怕，他被抓起来了，不会再有问题了。”

看着陆辛的笑脸，李梦梦表情有些复杂。她微低着头，道：“如果再遇到这样的问题，你还会来保护我的吧？”

陆辛笑道：“那得看我们领导的安排，也可能是我的同事来保护你。”

李梦梦噎了一下，不过她还是抬起头灿烂一笑：“不管怎样，谢谢你！”

“不客气。”陆辛也微笑着，诚恳道，“我领着工资呢。”

“……”李梦梦一下子就不知道这个天该怎么聊下去了。过了一会儿，她鼓起勇气道：“我还是觉得——”

还不等她说完，“咔嗒”一声，一个玻璃头罩扣在了她的脑袋上。

陆辛的脸色变得有些古怪，向旁边的两位支援小组成员看了过去。那两位成员也有点蒙，你看看我，我看看你，旋即一起歉疚地看着陆辛：“要不……我们再给她摘下来？”

“不用了。”陆辛摆摆手，走出酒店。

酒店里面，李梦梦一直抬头看着陆辛的背影，直到一位支援小组人员给她裹上防护服，把她领到一边。

“我先回警卫厅。”陆辛跨坐在摩托车上，轻轻吁了一口气。回想起这个抓捕任务的整个过程，他总有一种荒诞的感觉。好在顺利解决了。

“好的，我来帮单兵先生整理报酬申请，回头和你的工作报告一起交上去！”频道里，韩冰愉快地说。

“谢谢，谢谢！对了，要是还有其他可以接的任务，也帮我看看！”陆辛开心地说着，见妹妹已经爬到车头上坐着了，就启动了摩托车。

凉风迎面袭来。驶出很远之后，陆辛忽然想到了什么：“妹妹……”

坐在车头上的妹妹立刻回头看着他。

与此同时，频道里的韩冰好像打翻了什么东西。过了一会儿，她小声答应道：“哎……”

陆辛脸有些红，硬着头皮继续道：“刚才的我是不是还挺帅的？”

妹妹向陆辛吐了吐舌头，扮了个鬼脸。她扮得可真像。

频道里，韩冰开心地笑了起来：“虽然我没太看清整个过程……但是，特别帅气呢！处理得不错，只用了不到两个小时……”

当陆辛骑着摩托车离开现场时，酒店附近一辆低调的商务车里，三个穿着便装的工作人员面对着电脑屏幕上不停更新着的数据，为陆辛的“抓鬼”任务做着总结。

“准确来说，从他接触目标，到实施抓捕，只用了一个小时零四分钟。”其中一个工作人员道，“当然，准备时间没有算在内。在本次抓捕任务中，他借调了巡城军二百人、支援小组五十人，动用精神能力抑制器十个、特殊防护服五百套、车辆若干。波及群众一百三十二人，有五人受伤，其中重伤两人。医疗队刚刚传来消息，那两名重伤人士没有性命危险，这是个加分项。”

他将所有数据统统计算了一遍之后，给出了自认为合理的评级：“B级。”

另一个面容看起来有些稚嫩的年轻人奇怪道：“只是B级吗？我觉得，那种精神能力者……生存在别人的大脑里，简直太可怕了……单兵独立自主地制定出这个方案，只用了一个小时就成功将他抓获，这很了不得吧？”

做数据分析的那个工作人员是个高个子，他看着年轻人，笑道：“我们以前是跟着陈组长做事的，你知道如果是她出手，她会怎么做吗？”

年轻人摇了摇头，一副虚心求教的样子。

剩下那个微胖的工作人员想了一下，道：“我估计，陈组长会在锁定‘幽灵’的目标李梦梦之后，通过隐秘的接触，催眠李梦梦，让她诱惑‘幽灵’，把‘幽灵’带到事先清过场的地方，直接实施抓捕。如果是城防部出手的话，则有可能从D级人员里挑选合适的诱饵，撒遍全城，这样无论‘幽灵’盯上哪个目标，都可以让诱饵在与其亲密接触的时候启动电击攻击制服

'幽灵'。当然，也可能会直接选择远程炮火覆盖，这样的话就根本不必动用巡城军，伤亡也最多只有两人。"

"啊这……"年轻人露出惊讶的表情，想点评一下，又发现不知道该说什么。

"当然啦……"高个子工作人员笑着道，"我并不会因为单兵请求了巡城军的配合而降低他的评级。事实上，这个主意不论是他还是他的信息分析专员想出来的，能够想到请求巡城军的配合，都是一件好事……我们不怕精神能力者请求配合，我们怕的是精神能力者拒绝配合。所以，给他这个评级已经很不错了，毕竟听说他还是个新人。"

"所以……"望着两位态度骄矜、言语傲慢的前辈，年轻人迟疑道，"我们失控风险评估小组要做的工作，就是在精神能力者完成任务后，马后炮般分析事情还有没有更好的处理方式，然后居高临下地给出评级？"

两位前辈一下子噎住，眼神幽幽地看向年轻人。年轻人哆嗦了一下，开始担心自己的实习期还能不能通过。

"你说错了。"微胖前辈想了一下才严肃道，"我们的任务不是判断有没有更好的处理方式，而是通过精神能力者执行任务时的表现，判断他们还留存有多少人性，人性越多，失控风险越低。"

"对呀！"高个子前辈语重心长地叹了一声，"你可能不知道，单兵一开始的失控风险系数被上面给定在了75%。他连做了几个任务，都表现得不错，上面就给他调低了点。但因为之前的骑士团袭城事件，他的失控风险系数一下子超过了90%！如今，不知道是不是有了什么新的进展，资料显示风险又降低了一点，现在是85%！"

年轻的实习生吃惊道："85%……这已经超出可以招募的范畴了吧？"

"对！"高个子前辈点头，"我们的工作就是偷——观察他，看能不能再给他降一点。从他这次任务的表现来看，我觉得降低5%是没有问题的。"

"只是5%，少了吧？"当有不同的意见时，年轻的实习生就觉得实习期能不能通过不重要了，怯怯地分辩道，"我看他做事很温柔，人也很善良，一直在尽可能地保护其他人……"

"你说得很对，但你遗漏了一个细节。"微胖前辈慢慢道，"当那个幽灵系精神能力者拿人质威胁他时，他先是用言语震慑他，然后趁其不备，忽然出手，将他锁在了那个女孩体内。具体他是怎么做到的，那不是我们的工作范畴，不予讨论。最让我在意的是，他对‘幽灵’拿人质威胁他这件事根本没有一点反应。你可以理解为，他是故作镇定，好瓦解对手的心理防线。但如果……他是真的并不在乎呢？”

“……”实习生顿时觉得无法反驳。一个看似善良的人，却对人质的安危表现得漠不关心，这似乎有些矛盾。

“这一点我有不同意见。”高个子前辈皱着眉头说道，“虽然有你说的这种可能，但可能性比较低。”

微胖前辈道：“低也是有可能嘛！”

高个子前辈道：“要按你这么说，这世上每个人都可能是变态！比如说，某个小孩抢了别的小朋友一颗糖，我是不是要怀疑他长大了肯定是抢劫犯，提前把他消灭了？”

微胖前辈道：“嗯……也有道理。那你的意思是……再调高点，调成A级？要不这次就算了，每改一次评级，我们就要多写一份报告。”

“那就下次给他调高点，中和一下？”

“我觉得可以。”

刚刚生出一点敬仰之意的实习生又蒙了：“这么草率真的没问题吗？”

两位前辈却不搭理他了，高个子前辈喊道：“开车，开车！他刚刚又接了一个任务，看样子，我们要去四号卫星城了！”

第七章

酒鬼的邀请

“四号卫星城的酒鬼申请调遣一个蜘蛛系精神能力者过去帮忙？”

摩托车停在警卫厅附近的路灯下，陆辛骑在车上，认真地看着戴在手臂上那面小巧的显示屏，上面是韩冰刚刚发过来的任务资料。

频道里，韩冰轻声补充道：“一个月前，四号卫星城发生了一起原因不明的暗杀事件，被调查小组认定有异常，然后由酒鬼负责调查。一个月下来，她发现了一些有用的线索，准备一举出手将目标清理掉，所以向总部发了求援。”

陆辛慢慢滑着屏幕，看到了一些相关资料：

> 四号卫星城银寰商务有限公司总经理在身边有保镖的情况下被杀害，脑袋丢失。案发现场门窗紧锁，没有被破坏的痕迹。
>
> 违法犯罪组织红背心兄弟会的成员集体被杀，残肢被摆成了盆栽状。
>
> 《红月故事会》第三刊：无头幽灵在四号卫星城游荡？
>
> …………

看着这些资料，陆辛不由得皱起了眉头。太杂乱了，有严禁泄露的内部资料，也有报纸报道的凶杀案，甚至还有发表在故事会里的都市奇谈！这些风马牛不相及的玩意儿是怎么凑到一块儿的？

“这些资料都是酒鬼提交的。”韩冰轻声解释道，“酒鬼是三级特殊人才，自主性很高，这件事由她全权负责，如今我们掌握的所有资料都是她提供的。所以，具体进行到了哪一步，我们信息分析小组也不知道，只知道这起事件非常严重，危险等级……”她微微一顿，“定在了高级。”

“高级？”陆辛有些心动，“那么……”

韩冰轻快道：“报酬有百万以上，贡献点也有一百个。在青港城，这算是一件大事了。按理说，酒鬼申请蜘蛛系精神能力者协助，首要人选是壁虎先生……”

陆辛心想，壁虎是三级特殊人才，优先级确实比自己高。他诧异道：“那为什么我可以接下来？”

“因为……”韩冰似乎在忍笑，“壁虎先生一直害怕酒鬼，对于和她合作表现得很抵触，所以总部没有难为他。”

“为什么？酒鬼长得不是挺好看的吗？”陆辛虽然有些奇怪，但很高兴这件好事落自己身上了，“没关系，我过去就好了！”

百万报酬什么的，真不重要，重要的是一百个贡献点。他只差四十五个贡献点就可以升三级了，酒鬼若是能分他一半……

韩冰笑道：“好的，我会通知酒鬼。”

“那个……”本来觉得报酬不重要的陆辛犹豫了一下，还是问道，“不光贡献点，报酬也会给我分点吧？”

“会的呢！”韩冰笑得很开心，“酒鬼一直是个很大方的人。”

陆辛决定早点过去跟酒鬼商量对策，于是请韩冰帮自己订了最早的前往四号卫星城的车票。

“轰隆隆！”当城际高速列车驶出二号卫星城的高墙时，陆辛感觉窗外的阳光一下子涌了进来。他向车窗外面看去，看到大片大片的绿色植被覆盖着残破的建筑废墟。青港城的布局是灾变后的世界里常见的形式，最有现代气息的主城位居中央，五个卫星城分散在主城周围。

卫星城与主城之间有大片农田、果园与牧场，还有湖泊与河流。再往外看去，则是看不见尽头的荒野。六座城市之间密布着高架铁路网，当初荒野上疯子还很多的时候，青港城就是靠这些离地将近百米的铁路来运输货物的。如今，疯子的数量越来越少，随着地面运输的兴盛，这种密布六城之间的高架铁路便成了一个特色，主要供六城居民城际通行。因为在城际高速列车上，即便是出了高墙，也不算出城；而在地面上，从一个卫星城到另一个卫星城，系统是会判定为出城的。

当城际高速列车在四号卫星城的站点停下来时，陆辛随着人流走出车厢，去末节车厢那里领取自己的摩托车。他认认真真地检查了一下，见摩托车没有被粗暴的工作人员搞出划痕，这才放了心。

陆辛骑着摩托车通过地下通道，来到地面上的出口位置。他在高速列车上和酒鬼通过电话，此时酒鬼应该在出口等着他。他四处扫了几眼，看到一个穿着校服的小姑娘在向他摆手。

“你好……”陆辛忙推着摩托车走过去，笑着打招呼。话到嘴边，他微微一顿，不知道该怎么称呼她：酒鬼先生？女士？小妹妹？

“呵呵，你就是小兵吧？”还不等陆辛想到一个合适的称呼，扎着马尾辫的酒鬼就一脸慈祥地看着他道，“之前咱们见过，不过那时候太乱了，没顾得上多聊。感谢你百忙之中抽出空来支援我的工作。本来我是想找那只‘歇了虎子’来的，但是他说肚子痛……”

歇了虎子？陆辛反应了一下才明白她指的是谁，忙笑道：“应该的，我会尽全力配合。”

眼前这个小姑娘长得清纯干净，正处于胶原蛋白满满、青春无敌的年龄，不过，这一脸的慈祥着实让陆辛感觉怪怪的。跟她说话的时候，他下意识就觉得自己矮了半截——主要是辈分上矮了半截。

“呵呵，好，小伙子精神头很不错嘛！”酒鬼竖了个大拇指，拧开保温杯喝了一口，“别愣着啦！走，我带你吃饭去。”

“哦，好。”陆辛闻着从保温杯里散发出来的酒味，顿时肃然起敬。

陆辛在原地等着，酒鬼很快就把她的车开了过来。看到酒鬼的车，陆辛眼睛都瞪圆了。那是一辆没有篷的农用三轮车，后面带了一个车斗，车身都掉漆、生锈了。酒鬼穿着校服、运动鞋，扎着马尾辫，突突突地开着这辆三轮车，顿时吸引了无数目光。她一拉刹车，笑着拍了拍后面的车斗，道：“上车吧，小伙子，还等啥呢？你那辆摩托车扔上来就行！”

“呃……我跟在后面也行……”陆辛没忍住问道，“这就是你的车呀？”

“对呀！”酒鬼又拧开保温杯喝了一口，“这车好啊，酒驾都不查。”

“啊？”陆辛念头一转，竟觉得她说得还挺有道理的。

于是，酒鬼撸起袖子，露出两条白嫩嫩的胳膊，握着车把，稳稳地在前面带路。陆辛骑着自己的摩托车，以蜗牛般的速度跟在后面。那辆三轮车的发动机似乎有点问题，汽油燃烧不充分的黑烟一个劲地往外冒。走到一半，陆辛停下来看了看，发现摩托车银色的保险杠都被熏黑了。他心想，没办法，和酒鬼拉开点距离吧，反正她那车开得那么“稳”，他就算步行感觉也跟得上。

酒鬼说去吃饭时陆辛还不饿，但是一路过来，他硬是拖到饿了。他本来以为酒鬼请吃饭，就算不去什么大饭店，应该也会去个小饭馆，毕竟他们现在算是在出任务，食宿费用都是可以报销的。而且韩冰之前跟他说过，酒鬼是个很大方的人。没想到，酒鬼一路开进了城中心的一个高档小区。

“这是……”陆辛看着周围一排排的居民楼，有些搞不明白。

“这就是我家嘛！”酒鬼把三轮车一停，背着手进了一栋楼，“走，上楼吃饭，然后再讨论任务的事。”

“居然来家里吃饭？”陆辛有些意外，但见酒鬼已经进楼了，便急忙锁好车，端详一下，快步跟上。

正是周末，又到了饭点，楼里来来往往的人很多。等电梯的时候，陆辛看到邻里之间亲切地打着招呼。

“吴格格回来啦？”一个提着菜篮的老奶奶笑眯眯地看着酒鬼，又偷偷瞅了陆辛一眼，“这小伙子是你朋友？”

“是我同事。王奶奶，你又买好吃的啦？”酒鬼一开口，声音清清脆脆的，显得可爱又俏皮。这回应多么符合她的身份啊，陆辛却有一种她在装嫩的感觉……

“哎哟，就你鼻子尖！我买了点小黄花鱼……”慈祥的王奶奶掀开篮盖给酒鬼瞅了一眼，笑道，“等我煎好了给你家送点过去！”

“我也要！”旁边有一对挽着手的情侣，男的举手道，“我女朋友就爱吃王奶奶做的香煎小黄花鱼。”

“你也知道我喜欢，怎么就不知道给我买呢？”挽着他的女孩嗔怪地看了他一眼，然后笑着从方便袋里拿出一盒樱珠塞给王奶奶，“吃过好多次王奶奶做的好吃的了，我都不好意思了，这点水果您带回去给孙子吃。”

“哎哟，这可不行呢，这个贵！”

“哪有什么贵不贵的，可比不上您做的小黄花鱼！”

推让中，电梯门打开，一个微胖的妇女推着一个坐在轮椅上的老人走了出来。微胖妇女脸上带着亲切而客气的笑："王阿姨、小孙，还有格格，你们都回来啦？"

一众邻居都往旁边让："刘姐又推公公去遛弯？"

等进了电梯，大家还在讨论："刘姐人真不错，老公在外面跑运输死了，公公又断了腿，她不仅没有把公公撵出去，还好吃好喝地照顾起来了。现在这世道，这样的好人不多了呀！"

陆辛站在他们中间静静听着，感觉酒鬼的这些邻居都挺不错的。生活中有这样的邻居互相照应着还挺好的，可惜他家所在的那栋老楼很少有人住。

"爸，妈，我回来了。"酒鬼一进门就喊道。

酒鬼家挺宽敞的，看起来得有一百四五十平，装修风格古典而厚重，客厅里摆满了精致的小盆栽和书籍，很有知识氛围。酒鬼的父母看起来都四十来岁，父亲戴着眼镜，母亲穿着一件居家款式的蓝色旗袍，看起来气质很好。客厅的墙上有很多他们与学生的合影，陆辛心想，他们都是老师？

"哎呀，快坐，快坐！"酒鬼的父母看到跟着酒鬼进门的陆辛，表情都有些惊喜，"格格终于交朋友啦？"

"这是我同事。你们先陪他坐坐，我去做饭。"酒鬼招呼着陆辛："小伙子，你也不要客气，喝喝茶，削个苹果吃。"她一边说着，一边拿了一条围裙，进厨房去了。

"好的，好的。"面对热情的一家人，陆辛拘谨地在沙发上坐了下来。酒鬼的父母一左一右地坐在他旁边。他们热情地打量着陆辛，显得特别开心，还偷偷交换着眼神。

"小伙子真不错！"酒鬼的妈妈关心地问道，"叫什么名字呀？多大啦？"

"我二十三了，叫……"陆辛犹豫着，不知道该不该说出真名。如果按照规定，他们是只能用代号交流的。虽然他刚刚在电梯里好像听到邻居们叫酒鬼的真名了，但那不是酒鬼亲口告诉他的。而且，按理说，他也不应该接触酒鬼的家人的。酒鬼带他回家吃饭，这有些不符合规定。

"二十三，挺好挺好。"酒鬼的爸爸倒没让陆辛为难，连连点头道，"我家格格呀，也满十八了。你别看她脾气有点怪，其实人还是挺好的。本来我们打算等她高中毕业，就让她考大学的，但是她自己不是很感兴趣，也就随她了！我们现在比较关心她的终身大事，你们两个……现在处到哪一步啦？”

“噗！”陆辛一口把茶喷了出来。他这才意识到不对劲，酒鬼的爸妈是不是误会了什么？

“你们想什么呢？”这时，酒鬼从厨房里探出头，紧皱着眉头道，“这是我的同事小兵，过来帮我处理工作的，我俩才第二次见……我说你们两个，年纪轻轻的，思想觉悟能不能高一点？不要天天胡思乱想，多把精力放在事业上，不好吗？”

“这……”酒鬼的父母顿时有些尴尬。过了好一会儿，酒鬼的妈妈把水果往陆辛面前推了推，尴尬道：“你吃，我去帮她做饭。”

陆辛与酒鬼的爸爸坐在客厅里，大眼瞪小眼。

厨房里很快传来了酒鬼无奈的声音：“小王啊！哦，不，妈……你这么大个人了，还是笨手笨脚的！鱼鳞能这样刮吗？你得横着用刀挑……怎么了？说你两句就不开心，你们这些年轻人啊，真不知道整天都在想什么！亏你还是大学教授，这个样子怎么教那些孩子？……”

虽然是在家里吃的，但晚餐居然出人意料地丰盛。只在厨房里丁零当啷了半个多小时，酒鬼就蒸好了一条鱼，炖了一锅红烧肉，炒了几个小菜，还焖了米饭，顺便把自己的母亲训了一顿。

菜都摆上桌后，酒鬼用牙咬开一瓶酒，慈祥地招呼着陆辛和自己的爸妈：“来来来，快吃饭。”

饭桌上，酒鬼爸妈都是一副绝望的样子，偶尔会向陆辛投来一个求救的眼神。

陆辛能怎么办？当然是装看不见，顺便吃了两碗米饭。因为是第一次来，他不好意思去盛第三碗米饭了。

“小兵啊，别光顾着吃，来来来，把酒满上！”酒鬼一边咂着小酒，一边热情地招呼陆辛。

陆辛急忙摇摇头：“不用了，我们得——”下面的话他没说出来，毕竟他也不知道酒鬼爸妈是否知道酒鬼被招募的事情。特清部有保密条例，他们不能在外人面前聊这个。

“嗐！没事！酒是粮食精，越喝越年轻嘛！”酒鬼坚持给陆辛倒了一点酒，然后笑呵呵地道，“想吃肉就吃，毕竟你是年轻人，正长身体……”

“呃……”陆辛无语地看着眼前这个高中生模样的小妹妹。她白嫩的脚丫上挂着一只老气横秋的拖鞋，身上穿着一件起皱的白色老头衫，又是劝他喝酒又是招呼他吃肉。看着看着，他总感觉产生幻觉了。

酒鬼的爸爸出来解围：“人家不想喝就别让喝了嘛，你……也少喝点，小姑娘家家的——”说到这里，他一下子停了下来，好像无法继续说下去了。

“唉，到了我这个年龄你们就明白啦！”酒鬼唉声叹气道，拿过一只酒杯放在她爸面前，抬手倒满，“现在屋里也没外人，我就不喊你爸了。小吴啊，不是我说你，你这人吧，就是太老实！酒也不喝，烟也不抽，小王当年看上你啥了？你看你平时在学校那人际关系，搞得一团糟！实在不行，退休吧！回家来，我养你，咱家不缺你一双筷子！”

酒鬼的爸爸“小吴”“感动”得都快哭出来了。酒鬼的妈妈“小王”本来想劝几句，但瞅了自家闺女一眼，硬是没敢开口，毕竟她才被训了十多分钟。

这一家子平时过的都是什么日子啊？陆辛暗暗想着，已经被这诡异的气氛折磨得话都不敢说了。

一顿饭好不容易吃完，小吴被灌了三杯酒，连小王也经不住自家女儿的热情，被劝着喝了一杯。倒是陆辛饭吃了不少，酒只喝了两口……

吃完饭，酒鬼与陆辛坐在沙发上抽烟，小吴和小王在厨房里洗碗。

“那个……晚上……”陆辛见酒鬼一直不说正事，只好试探着提了起来。也不知道酒鬼的具体计划是什么，晚上他们究竟是先谈事，还是先找地方让他住下呢？

没想到，刚一提起，酒鬼就摆了摆手，道：“晚上你就睡我房间吧！”

“啪！”厨房里忽然传来一声脆响，旋即洗碗的声音消失得一干二净，不用看就知道有四只耳朵已经竖起来了。

陆辛也吓了一跳：“啥？”

酒鬼诧异道：“什么啥啥啥的，你都到我家来了，晚上不得歇下？”

陆辛看着这个正拿着烟斗抽烟的十八岁小姑娘，整个人都是蒙的，好一会儿才憋出一句平时绝对不会主动说的话：“那……那什么，我还是住酒店吧……反正总部——公司给报销。”

“住啥酒店？”酒鬼不满地看了陆辛一眼，“公司的钱不是钱啊？”说着，她吐出一口烟，用烟斗一指对面的卧室，道，“我的床又大又软，咱们俩睡绰绰有余！再说了……”她把蹬在沙发上的一只脚放下来，换了另一只上去，一边抽烟，一边眯着眼睛看着陆辛，“喊你过来就是有事，住在家里，咱俩晚上也正好聊聊不是？”

“可是你……”陆辛一辈子也没这么窘迫过，看着酒鬼，脸都红了。

“都是大老爷们儿，你怎么这么磨叽？”酒鬼白了陆辛一眼。不过，顺着陆辛的目光，她低头看了一眼自己的胸口，顿时明白一脸通红的陆辛在纠结什么了，笑呵呵地道：“你别把我当女人。拿我当你大爷就好。”

陆辛顿时觉得自己的三观都要裂开了。这时，厨房里的小吴与小王紧张地走了出来。陆辛本以为救兵到了，没想到却看见他们一脸欣喜。

小王道：“说得对！都到家里来了，哪能让小兵出去住酒店呢？就住家里得了！”

小吴张了张口，似乎还有些犹豫，小王立刻扯了他一把，又向他使了个眼色。小吴一狠心，道：“我有新的睡衣，待会儿给小兵拿一套。”

盛情难却，陆辛都有些坐立不安了，只好无奈地妥协道：“实在不行，我睡沙发吧……”

“不用。”小王显露出不寻常的狠劲，一咬牙，道，“就住吴格格的房间，那里宽敞！”

陆辛看了一眼正瞅着自己嘿嘿笑的酒鬼，感觉有些绝望。

洗完碗，四个人坐在沙发上，在诡异的气氛里看了会儿电视，小吴与小王就忽然困了。在他们的催促下，酒鬼与陆辛赶紧洗漱，然后被撵进了酒鬼的卧室。

酒鬼的卧室确实挺大，而且出人意料的是，居然挺像是女高中生的房间。床上铺着带卡通图案的床单，墙上贴着一些老电影的海报。紧靠床头的那面墙上，一个披着披风的光头男人目光呆滞地看着前方。

“这卧室还真挺大的哈……”陆辛抱着自己的背包，坐都不敢坐，只能讷讷地说着。

“嘘——”酒鬼坐在床沿上，跷着二郎腿，向陆辛使了个眼色，“他们听着声呢！”

陆辛愣了一下才明白她在说什么，脸一下子又红了。酒鬼倒是非常坦然，端着大瓷缸子喝了口茶，摇了摇头，感慨道：“他们也不容易，为了我这个女儿，费尽了心思。医生看了不知道多少个，跳大神的也请过好多回。家里的一切都尽可能地给我布置成小姑娘喜欢的样子，甚至想过让我相亲结婚。他们盘算着，好歹让我改了性别，从大爷变成大娘也好啊！”

陆辛不知道该说什么，似乎哪里不对，又似乎没什么不对。

“但是……”酒鬼深深一叹，“没用啊……我这副样子，特清部那些老伙计都搞不明白，更别说跳大神的吴老二了！”

听她说到这里，陆辛的态度认真了一些。他刚刚捕捉了一只“幽灵”，那只“幽灵”是可以作为精神体寄居在别人身体里的，难道酒鬼的情况其实与那只“幽灵”施展能力的时候一样，小姑娘的身体里有个大叔的精神体？不过，幽灵系精神能力者似乎不能长时间住在一个人身体里，不然会被对方的大脑同化，真的变成那个人。而酒鬼这种状态似乎已经持续很久了，这不是“幽灵”事件解释得了的。

话说回来，如果酒鬼只是认知障碍的话，她又似乎不该有这么严谨的逻辑与清醒的认知。这个问题其实他很好奇，不过他没办法细问。这毕竟牵扯到了酒鬼的隐私，若是问得太深，未免有些不礼貌。

“差不多了！”就在陆辛胡思乱想着时，酒鬼看了一眼床头的闹钟，忽然站了起来，拉上窗帘。

“干……干什么？”陆辛这下是真的慌了，声音都有点颤抖。

第八章

真实家乡

“你说干什么？”酒鬼一边说着，一边脱下老头衫，回头瞪了陆辛一眼。

就在陆辛浑身发凉，窘得几乎要夺门而出时，酒鬼蹲下身去，从床底下拉出一个箱子，然后从箱子里取出一件特制的防护背心穿上，紧接着又穿上了整套防护服，系好了厚底军靴的鞋带，戴好了耳机。最后，她拿出一把枪，认真检查了一下后，插进了绑在腿上的枪袋里。

“这是……”这一系列动作看得陆辛都不会思考了。

酒鬼向他竖起食指，“嘘”了一声，然后关了灯。

黑暗里，酒鬼靠近陆辛的耳朵，吐气如酒：“小吴和小王被我灌了点酒，待会儿就能睡着。那两只怪物应该也快来了！”

陆辛吃了一惊：“有怪物？”

“当然了！”酒鬼沉声道，“它们已经找我好几天了。”说着，她斜乜了陆辛一眼，“不然你真以为大爷我跟你这小伙子住一屋是馋你身子了？”

黑暗中，陆辛闻着酒鬼身上的酒气，这才明白她为什么留他住她的房间，明白她为什么违反规定，邀请他来她家里吃饭，甚至不惜透露她自己的真实身份。恍然大悟后，他心里说不好是失落，还是松了一口气。

他定了定神，低声问道：“你说的怪物是指……”

“很古怪……”酒鬼低声说道，“起码也是两只二级精神怪物，每天晚上都会过来。”

“二级？”陆辛有些惊讶。他记得自己做过精神怪物这方面的培训。精神怪物是一种高级污染源，与普通的污染源相比，它们拥有主动攻击性，具备一定的自主意识，力量能够成长和变化。二级精神怪物可以在一定范围内造成极大的影响，这正是让陆辛有些不理解的地方——这种级别的精神怪物，一般在出现的瞬间就会被高墙城里的防御系统检测到，怎么可能随随便便出现在酒鬼家里，甚至还连着来了好几天？

“这事应该与我正在查的东西有关……”酒鬼坐在黑暗中的床沿上，拿过保温杯，慢慢喝了一口，然后咂咂嘴，摇摇头，显得很是舒坦，“来之前你应该看过那些资料吧？从当初那几个看起来很难解释的案件开始，我就怀疑是精神能力者在作案，开始跟踪调查。一开始我还当是哪个刚发现自己能力的愣头青在胡作非为，不过调查了一段时间之后，我发现这些事可能和一个叫‘老乡会’的神秘组织有关。”

“老乡会？神秘组织？”陆辛的脸色顿时有些古怪。这俩词他都听得明白，但是放在一块儿，他总觉得有点怪……

酒鬼却理所当然地点点头：“异变之后啊，什么牛鬼蛇神都出来了！这时势一乱，人就容易抱团。你别看咱们青港城似乎秩序不错，暗地里水深着呢！街头上没事干的小混混抱团，荒野里跑运输的也抱团，小区里的大妈都按街道分好几个阵营呢！更不用说那些钻各种空子捞偏门的黑道组织了。”

对此，陆辛深表认同。公司里就有人传他有这种背景，甚至有人说他是某个黑道大佬的私生子，杀人不眨眼，一言不合就打断人的腿。这种谣传简直让人气愤，不过妹妹告诉他的时候，却是一副幸灾乐祸的样子。

酒鬼“呵呵”笑了一声：“这些人凑一块儿过家家，那是警卫厅要头疼的事，跟咱们没啥关系。可是，如果有野生的精神能力者被他们吸纳，为他们效力的话，那就和我们有关了。普通小团伙与神秘组织的区别，就在于有没有精神能力者加入。”

陆辛点点头。拥有精神能力的人与普通人之间，简直有着天差地别。就如同他之前抓的那只“幽灵”，他的精神能力并不强大，但对普通人来说却异常可怕。若是任由精神能力者在普通人中间胡来，定会引发大乱。

酒鬼低声道：“大爷我啊，这段时间已经将那个老乡会查得差不多了！他们看起来好像只是搞点偷偷摸摸的聚会啥的，其实应该算是个传教组织，信奉什么‘真实家乡’……不过，他们里面的那个精神能力者我一直没能锁定，所以我也没有打草惊蛇，想先找到他再说。可能是我在调查的过程中被发现了，他倒是先对我动了手。”说到这里，她“嘿嘿”笑了一声，“从三天前开始，就有精神怪物出现在我们小区。我猜得不错的话，它们就是过来找我的。老乡会知道我发现了他们的痕迹，所以想将我灭口。”

“这么大胆？”陆辛皱了一下眉头。虽然他加入特清部的时间不长，但他知道自己这些同事的厉害。他们不仅每个人都有着自己的精神能力，而且可以通过特清部，调动大量的城防资源。心存不轨的精神能力者没被特清部特别行动组成员找，就该烧高香了，居然敢主动找上门来？

“呵呵，小伙子，我干这行的时间比你长，什么样的人没见过？”酒鬼一脸看穿年轻人心思的表情，“这世道啊，那么大个红月亮在天上挂着，照得人也不正常了。不是每个得到了精神能力的人都愿意被特清部招募的！有人更喜欢借精神能力让自己过上想过的好日子，也有人把自己当成了他大娘的活神仙。不过呢，这些都不可怕。只要他们别太过分，特清部就不会去为难他们。但这些人……”酒鬼指了指自己的脑袋，撇了一下嘴，“脑子都坏掉啦，啥事都敢做！”

陆辛知道，有关精神能力者的事情与污染源一样，都是由特清部来处理的。一般来说，野生的精神能力者一经发现，特清部就会对其进行跟踪监视，确定其稳定性后，再试着招募。如果对方不愿接受招募，特清部也不会勉强，只会给予教导以及短暂的考察。如果他们只是利用自己的精神能力获得一定的便利，特清部可能会选择睁一只眼闭一只眼；但如果他们越过红线，那特清部就会毫不留情地对他们进行驱逐甚至是清理。“特清部”这三个字，可不一定非得解释成“特殊污染清理部门”，也可以理解为“特别擅长清理某些人的部门”。

酒鬼这么一解释，陆辛明白了为什么对方敢对她下手，只是，既然对方都找上门来了，她怎么还这么老实地待在自己家里呢？照她的等级，起码可以申请调一支军队过来保护她吧？

“没搞明白对方的精神能力，让部队那些小伙子过来是没用的！”酒鬼摇了摇头，“而且，既然对方已经知道我家在哪儿了，那我是绝对不能躲起来的。毕竟我一走了之倒是容易，小吴和小王两口子怎么办？摊上我这么个大爷，他们俩已经很不容易了，我总不能再让他们担这样的风险吧？况且，周围还有那么多邻居……当然了，最重要的一点是……”酒鬼语调阴沉地说，“老乡会想找大爷我，但大爷我啊，难道就不想借这个机会找到他们？”

陆辛看着酒鬼，有些佩服她的魄力。他看到，酒鬼那张秀气的脸庞上有种朦胧的青春少女的忧伤。

不过，她一开口就是满满的沧桑感：“大爷我啊，在四号卫星城守了好几年了，亲戚朋友都在这儿，这地方就是我的老窝。管他是谁，只要敢跑到我的老窝来闹事，呵呵，我就得让他知道，他大爷还是他大爷！”

“当——当——当——”就在这时，客厅里的老式座钟响了起来，声音悠扬，一共响了十二声。

“差不多到时候了。”酒鬼来到窗边，拨开窗帘向窗外看去。

陆辛也好奇地凑到窗边，和酒鬼一起看向楼下。一盏盏路灯相隔十几米，将整个小区分成了一个个光圈。眼前的好几栋居民楼黑洞洞的，只零星亮着几盏灯。座钟的尾声消失了，整个房间里安静得厉害。

陆辛下意识屏息等了片刻。他看到，小区里的路灯开始闪烁，仿佛电压不稳似的。闪烁了几下后，路灯由远及近，从左右两边一盏一盏地悄然熄灭了。每有一盏路灯熄灭，都有一部分区域陷入黑暗，看起来就好像有两只无形的怪兽一路将浓郁的黑夜带到了酒鬼家所在的楼里。随着整个小区陷入黑暗，一丝新鲜的血腥气从楼下传了上来。

“果然来了，两只。”感受到楼下那团扭曲的精神力，酒鬼脸色凝重道，“我用精神能力笼罩了整栋楼，所以它们确定不了我家的位置。但它们很有耐心，每天都会检查几层楼。今天晚上，它们应该就会检查到我家这层。不过，它们的存在时间有限，每次都在三四分钟左右。据我观察，它们与普通的精神怪物不同，有很强的目的性，明显是有人操控的！我怀疑操控它们的人就躲在附近，这就靠你了！趁着这两只精神怪物寻找我的时候，你去外面看一下。据我估计，那个操控者离得应该不会太远，如果你能找到他，或是确定他是怎么操控的，咱们这活儿也就算结束了。”

陆辛这才明白酒鬼请蜘蛛系精神能力者过来支援的目的，轻轻点了点头道：“小心！”

然后，他提起自己的背包，悄悄推开门走到客厅里，低声叫道：“妹妹。”

周围静悄悄的，没有半点回应。

酒鬼爸妈的房间里，在酒精作用下睡过去的两口子下意识笑了一声，喃喃道：“终于有人叫吴格格妹妹了……”

妹妹又没跟来，这孩子真是皮了！陆辛见没有动静，顿时有些着急。上次抓捕“幽灵”的时候，妹妹就有点不乖了，这次更是到现在都没出现。这次他是过来支援的，当然要以酒鬼的意见为主，在这几分钟里找到那两只精神怪物的源头，便是这次任务的重中之重。无奈的是，那个死丫头关键时候却不在他身边。就她这种工作态度，将来怎么在社会上立足？

陆辛一边担忧着妹妹的未来，一边蹑手蹑脚地打开门，直奔走廊尽头。走廊尽头有侧窗，他从侧窗里钻了出去。酒鬼家在十二楼，他往下一看，黑漆漆的，让人头晕。

虽然妹妹不在，但陆辛也可以使用她的能力。他深呼一口气，身体的状态便发生了变化。他将背包衔在嘴里，两只手按在墙壁上，身体微微一荡，就悬空贴在了墙壁上。不得不说，看到自己的身体可以做到这一步，他心里还是有些惊悚的。只要稍微一撒手，他就会变成摔烂的西瓜。

“三四分钟……”他默念着提醒自己，然后像一只蜘蛛一样向下滑去。滑落到一楼的位置，他转过墙角向前看去。半轮红月之下，正有两只高大的怪物攀爬在楼面上。

其中一只怪物三四米高，身材臃肿，四肢纤细。它没有脑袋，只在肚子位置生着一个巨大的嘴巴。它的身体上缠了一串“项链”，仔细看去，项链上穿着的是一颗颗人头，血迹还很新鲜。那些人头居然是活的，它们眨着眼睛，舔着嘴唇，眼睛发亮地替这只怪物盯着周围。

另外一只怪物则是一只爬山虎一样的虫子，它贴在楼面上，身体长出了许多分枝一样的触手，一点一点地向上延伸着。每条触手的末端都有一只眼睛，透过窗户向楼里看去。

陆辛立刻肯定了酒鬼的判断，这两只精神怪物确实是来找她的，而且多半是被人操控的。野生的精神怪物只会被本能驱使，极力污染、袭击和吞噬遇见的所有目标。若是野生的精神怪物出现在这里，它们早就不顾一切地开始袭击这栋楼甚至是小区里的每一个人了，而不是像这两只精神怪物一样，居然小心地一层一层楼地寻找着什么。

既然它们是被人操控的，那操控它们的人躲在哪里？陆辛向远处看去。他记得，这两只怪物似乎是一左一右，从两个方向来的。那么，从这里反着推，两条路线交会的地方可能就是那人的所在地。

心里有了主意，陆辛拔出枪，身体微微弓起，趁着夜色，迅速冲了出去。

这个小区的两条主路呈弧形，绕着中间几栋楼转了一圈，路灯也主要分布在这两条主路上。其他交错的小路陆辛没有理会，只是沿着其中一条弧形主路一直向前跑去。在黑暗中也可以视物的他打算一看到可疑的人，就立刻开枪。

然而，他借用妹妹的能力，只花了几十秒时间便跑过了大半路径，却什么也没看到。小区里空空荡荡的，一片漆黑，半轮红月静静地俯视着一座座排列整齐的高楼。

陆辛皱起了眉头，极力向远处看去。同时，他的思绪在不停地翻涌着——从刚才路灯的熄灭情况来看，那两只精神怪物就是沿着两条主路过来的，那么两条主路的交会处应该就是那个控制者所在的位置。也就是说，小区的东南角小门处是嫌疑最大的地方。但是他定睛看去，那里还是什么异常都没有。

小门旁的保安亭里有两个保安在抽烟，他们根本就不知道有什么东西已经进入了小区。

“呼——”陆辛在阴影里停下，强迫自己冷静下来。妹妹仍然没有出现，他也没人可以商量。时间已经过去了一分钟左右，酒鬼说不定正在与那两只精神怪物正面交锋，而他的任务是在这段时间内找到操控者，并且制服他。但他一个可疑的人也没看到，难道就此作罢？

陆辛有些不甘心，他深深呼了一口气，平复心情。进入特清部后，前后经历了那么多事，他的心境在无形之中产生了一些变化，起码不会再一遇到事就变得紧张焦躁了。既然妹妹贪玩不在身边，这点事又不至于让妈妈和父亲专门过来一趟，那么只能由他自己解决了。

他心想，如果妈妈在这里，她会怎么办？他还记得，当初出城去寻找那个骑士团时，妈妈似乎能直接定位对方。他的脑海里闪过妈妈优雅的身姿，渐渐地，他变得越来越冷静。然后，他感觉自己看这个世界的视线一下子变得清晰了许多。那种清晰不是视野上的清晰，倒像是心灵上的清晰。当再次看向那两个保安时，他感觉他们一下子变得单薄且透明了。他可以读到他们两个人的想法，他们在想这几天小区总是电压不稳导致停电的事，有这种想法的人当然是没问题的。

然后，陆辛看向四周。旁边的居民楼里有很多人在沉睡，心境复杂而模糊。在此时的陆辛眼中，周围的一切都变了一个模样。他可以看到周围的精神体，这些精神体有着各种各样的色彩。用色彩来形容并不准确，这应该是他的大脑反馈给他的、便于他理解的画面。他看到的并不是色彩，而是精神体的一种“状态”，他可以轻易分辨出这些精神体此刻的情绪，不管是安宁，是暴躁，是兴奋，还是沮丧，抑或是焦虑，都清晰地呈现在他眼前。每个人都有自己的思想，也有自己的感情，不同的颜色交织在一起，形成了一片缤纷的海洋。

难道平时妈妈看到的世界就是这样的?

这是陆辛第一次强行使用妈妈的能力，一下子涌入视野的无数精神体让他有些难以消化，但他很快就调整过来了。此刻他的首要任务不是分析和探索能力，而是找到那个操控者。于是，他努力打起精神，用眼睛搜寻。

周围的大楼都变成了半透明的黑色物体，陆辛隔着墙壁也可以看到里面的精神体。他确信，只要他看到那个操控者，就一定可以将他和小区里的普通居民区分开来。普通人和精神能力者的精神体是不一样的，而正在施展能力的应该又不一样，只要那人在周围，一定会被他发现。

抱着这个念头，陆辛很快地搜索了一圈，心渐渐往下沉。他没有找到那个操控者。他终于确定了一点——不是自己还没有找到，而是根本没有这个人。酒鬼的判断失误了。想到这里，他立刻转头向酒鬼家冲去。既然那个操控者并不在这里，那么想找到他就只有一个办法了——妈妈的能力无法找到他的话，就用父亲的方法：直接抓住那两只精神怪物，逼问它们。

只是，父亲的能力他该怎么借?他可以模仿妹妹，这样就可以在妹妹不在身边的情况下借用她的能力了。刚刚他试了一下，发现也可以模仿妈妈平时的样子，借用她的能力。那么，他要怎么才能模仿父亲呢?他与父亲的性格差距太大了，就算要模仿他，也完全学不到精髓。

陆辛一边想着这个问题，一边大步向前冲去，速度越来越快。很快，他就到了酒鬼家楼下。他抬头看去，瞬间感觉一阵头痛加耳鸣，大脑里闪过电视失去信号的雪花画面。不过，这种感觉只是让他愣了一下神，他很快清醒过来，大步冲进了楼道。

虽然他可以爬墙上去，但妹妹毕竟不在身边，他自己使用她的能力，总觉得还不怎么熟练。刚才从上面爬下来的时候，他就吓得腿都有点软了，现在再爬上去，他实在有些抵触。

陆辛刚迈出一步就是一怔。楼梯平台上有道黑影，他定睛看去，黑影变得清晰起来。

陆辛试探道："王奶奶？"

他跟着酒鬼坐电梯的时候见过这位老奶奶，他记得她姓王，似乎是和她的孙子一起住在这栋楼里。她是个很和善的老人，平时做了好吃的，会送给邻居们品尝，与左邻右舍的关系好像都挺不错的。这大半夜的，又停电了，她怎么会一个人跑下楼？

"你是……格格带回来的那个小伙子吧？"王奶奶看见陆辛，露出了和善的表情。应急灯的绿光照亮了她的脸，她的笑容显得有些僵硬，眼睛里隐隐闪着一股子阴森的光。她往上提了提手里的篮子，慢慢道："我给邻居们送好吃的呢……"

"大半夜送好吃的？"陆辛微微皱眉，感觉她不太对劲。

"对呀……"王奶奶颤巍巍地往下走，声音在死寂的楼道里显得有些诡异，"我一个孤寡老太太，带着小孙子住在这里，谁知道啥时候就被人欺负了呢？这些邻居啊，没一个好东西，天天惦记老人家买的这点吃食……又拿几个破果子来搪塞我……我只是不愿跟他们计较罢了！毕竟，将来真有个什么事，还得找他们帮忙呀！吃了我的东西，不还我的人情，老婆子我是那么容易糊弄的吗？"她一边絮叨着，一边拿起篮子，"呸呸"往里面吐了几口口水，笑容诡异，"让他们吃！让他们吃！让他们吃……"

陆辛定定地看了王奶奶一眼，没有在她身上看到精神怪物的痕迹，便身形一跃，抓着楼梯扶手大步向楼上冲去。

这时候，他还处于借用妈妈能力的状态，所以他可以看到很多东西。随着他一层一层地冲上楼，他发现，这栋楼仿佛变成了一片鬼域。

四楼有一对情侣在吵架，女人对着卧室狠狠骂道："你以为我不知道你在想什么吗？你就是个浑蛋！浑蛋！把我骗到了手，就惦记我闺密！你在卫生间里对着她的照片做那种恶心的事，以为我没看见吗？你恶心得要死……"

卧室里的男人一边疯狂地摔东西，一边不甘示弱地骂道："我早就受够你了！你到底在矫情什么？以前天天玩夜店，被多少人睡过了，当我不知道？凭什么那些人请杯酒就能睡你，现在我却得给你买房子，给你买车，给你买贵得要死的水果？凭什么我要低三下四地伺候你？”

七楼，一个身材微胖的妇女在抽一个老人耳光：“老不死的，赶紧告诉我，钱藏在哪里？你儿子的钱是我的，你凭什么藏起来？你那双贼眼天天盯着我的屁股看，你当我不知道？你恶心！你不要脸！就该把你推下楼！”

老人伸手护着自己的脑袋，拼了命地喊：“那是我儿子的钱，你别想找着！你别想找着！我就算把钱烧了也不会给你，你做梦去吧！你这样的臭婊子，就该扔到荒野上去……”

这栋楼里的人都疯了！陆辛身形矫健，顺着楼梯直奔上楼，就像在穿过地狱。

他看到，一名戴着眼镜的高中生蹲在门口浇汽油，然后狞笑着划燃了火柴：“烧死你们！烧死你们！让你们不给我买电脑……”

他看到，一个小孩狠狠地把爷爷往门外推，大骂着：“你管我？你去死吧……”

他看到，一个西装革履的年轻人正在偷邻居家窗台上的腊肉。

他看到，一个家庭主妇将一瓶绿油油的液体倒进汤锅里，一边用力地搅拌，一边疯狂道：“去死吧，都去死吧！凭什么家里的活儿都是我来干，凭什么所有的气都是我来受？不如去死，不如所有人都去死！”

陆辛的心脏微微发沉。他见过身体里长出触手来的咖啡店店员，见过用一张张人脸缝合而成的怪物，见过一棵树上结出三十几颗一模一样的人形果实，见过有着蚁后一样的下半身的巨人女王……那些怪物有的诡异，有的疯狂，但它们都没有此刻这些画面更让他觉得心惊肉跳、头皮发麻。这一幕幕比任何怪物都恐怖，不仅恐怖，还让人觉得心里不舒服。

比怪物更可怕的是人心！

穿行于地狱之间，陆辛没有理会任何人。冲上十二楼的那一刻，他看到了一幅让他心脏微微一缩的画面。十二楼的人居然出奇地多。走廊里有一排排鬼鬼祟祟的人，他们蹑手蹑脚，目光阴森，又夹杂着得意。看身上的衣服，他们都像是酒鬼的邻居。每个人手里都拿着东西，或是菜刀，或是水果刀，或是电棒，甚至还有按摩棒……酒鬼家的门开着，他们挨个儿走了进去。

此时的陆辛不仅可以看到这些邻居的精神体都呈现出了一种诡异的暗色，还能看到他们进入酒鬼家后的举动。他们摸进酒鬼爸妈的房间，把手里的“武器”狠狠砸了下去。棉絮纷飞，鲜血淋漓，溅到了每个人的脸上。他们随手抹了把脸，心满意足地排着队走出来，将机会留给后面的人。

“难道说……”陆辛心里一惊，正要进去，突然听到楼上传来沉重的声响。他收住脚步，硬生生地转过身，向楼上冲去。

他刚刚就看出床上没有任何精神波动了，只是一时情急，这时才反应过来。没救了。想也知道，酒鬼的爸妈早就已经死透了，他再进去也没有什么意义。心里有了判断，他没有丝毫犹豫，迈开大步，仅仅花了两秒的时间就冲到了十三楼。

浓重的血腥味扑面而来。走廊里被什么血腥的东西挤满了，看起来就像扒了皮的肉。是那两只精神怪物，它们庞大的身躯不断蠕动着，几乎塞满了整条走廊，蛇一样的触手在狭小的空间里来回扭动。

虽然它们庞大得几乎挡住了陆辛的视野，但是陆辛又感觉目光可以穿透它们。下一秒，他的视线穿过怪物，看到了正被怪物追逐的酒鬼。

这个酒鬼不是他几分钟前见过的那个全副武装的酒鬼，而是那个穿着校服、扎着马尾的女高中生酒鬼。这个女高中生在狭小的空间里穿梭着，躲避着一条条触手的追逐与撕咬。

“嘶——”肚子上长着大嘴的怪物发出诡异的尖叫声，震得墙面一层层裂开来。那叫声仿佛凌乱的波涛，冲击着人的脑海。酒鬼的身体好像被这叫声影响了，稍微晃了一晃。然后，那爬山虎似的怪物贴着墙面，飞快地向她“流”了过去，身上所有的触手同时向前弹出，交织成一条黑色的瀑布，瀑布末端则是一个又一个狰狞开合着的口器，狠狠咬向酒鬼。

酒鬼连连后退，退到窗口位置，她“嗖”的一声跳了出去。爬山虎怪物紧跟着她冲了出去。

酒鬼悬在半空中，不慌不忙地转过身来，两只手收在左腰边，然后同时伸了出去，就像在施法一样。

“嘭！”酒鬼的双手之间蹦出一个白色气团，直接撞在那爬山虎怪物身上。顿时，爬山虎怪物的好几条触手同时崩断，触手上的口器也同时爆炸。但这点伤势明显对它造不成什么影响，它加快速度向酒鬼冲了过去。

酒鬼迅速往下落，并用单膝跪地的姿势稳住身体。下落的冲击力太大，地面被她砸出了一个坑。她没有片刻耽误，立刻跳了起来，转头就跑！在她身后，爬山虎怪物滑过楼面，不依不饶地追逐着她。它身后则是那只肚子上长着大嘴、戴着人头项链的精神怪物，它挪动着臃肿的身躯，追赶着同伴的脚步。

“还能这样？”陆辛远远地看到酒鬼夸张的动作，感觉好像在看动画片一样。不过，此时他也顾不得想这是怎么回事了。刚刚他想模仿父亲，用父亲的能力解决那两只怪物，但一直找不到感觉。然而，当那只肥胖的精神怪物张口大叫，释放出强烈的精神辐射时，他整个人很快就被无名的愤怒所淹没，冰冷的感觉笼罩全身。与此同时，在内心深处，他感到了一种异样的轻松。平时他很少愤怒，这也是他想强行借用父亲的能力，却一直不得其门而入的原因。

那种愤怒的感觉一出现，瞬间就像开闸泄洪一样，一发不可收。他的眼睛忽然变得一片血红。

“哥哥！”走廊的侧窗外，妹妹趴在楼面上，笑嘻嘻地跟陆辛打招呼。整整一个晚上不见踪影的妹妹终于舍得露面了。

“让开。”陆辛自喉咙深处发出声音，然后就自顾自地去追那两只怪物了，完全没有与妹妹沟通的意思。

妹妹的表情一下子变得有些错愕，呆呆地看着陆辛的背影。

陆辛感觉周围的一切都不一样了，尤其是跳起来去抓怪物时，他的注意力一下子高度集中起来，这让他隐隐有些兴奋。他感觉自己好像在水里，随便一挥手就可以划出一道水流来。

“杀了他，杀了他！”人头项链怪物身上有的人头是朝后的，它们看见陆辛，同时张开嘴大叫起来。但还不等这怪物反应过来，陆辛已经一把抓住了它。手感软绵绵的，有些不真实，但他确定自己抓住了。他从嗓子里发出一声闷闷的吼叫，用力一扯，刺啦一声，怪物被他扯下来一块肉。这块肉看上去不像假的，鲜红的血液从里面渗了出来。

“能杀死……”陆辛顿时一脸兴奋。

“哎呀，痛死啦！啊啊啊！”怪物身上那串人头一齐张着嘴大叫，叫声像尖刺一样，刺激得人耳膜生疼，“啊呜——”

被陆辛扯下来的那块肉忽然剧烈蠕动了几下，变成一张巨大的嘴巴，反过来将陆辛的整只手包在了嘴里。刹那间，陆辛感觉到自己的骨头正被锋利的牙齿摩擦着，就像有两把钢锯正在不停地锯自己的手腕一样，血腥又恐怖。

与此同时，那只怪物转过身来面对着陆辛，皮肉裂开，露出肚子上那张巨大的嘴巴，直接向着陆辛的脑袋咬了过来。若是被咬到，陆辛可以肯定，自己的脖子会瞬间像被锯断的树一样光秃秃的。

陆辛飞快地往后退，拉开了一点距离。那只怪物立刻蠕动着身躯，向他追了过来。下一刻，它身上的所有人头张大嘴巴，开始痛骂。它们的痛骂没有声音，却好像可以冲击人的意识，陆辛心里的坏念头都被勾了出来。他感觉气得不行，委屈得不行，甚至想要痛哭一场。

这只怪物似乎可以轻易调动别人的负面情绪，但它此时面对的可是陆辛。这时候的陆辛正在努力模仿父亲施展能力时的样子，所以，当负面情绪袭来时，他的眼睛立刻红得快滴血了。他咬着牙，感觉自己很没用，明明这么讨厌眼前这只恶心的怪物，却偏偏拿它没有一点办法。这种情绪一再叠加，就变成了不顾一切。

他停下后退的动作，转守为攻，迎着怪物大步向前奔去。怪物身上面向陆辛的人头同时死死地盯着他，对他发出了恶毒的诅咒与痛骂。这一声声痛骂转变成一种无形的力量，不停地影响着陆辛的思维。陆辛迎着这些痛骂，表情精彩纷呈，懊悔、痛苦、愤怒、兴奋……不断变化着。

“呵呵呵——”他忽然发出了空洞而干巴巴的笑声，加快速度向前冲去。这种笑声也像有某种魔力，怪物身上的人头露出了错愕的表情。

陆辛冲到怪物面前，直接将自己被小怪物咬住的那只手举了起来。他把小怪物嘴里的手攥成拳头，用力向面前这只恶心的怪物砸了过去。

咬住陆辛手腕的小怪物变成了他的拳套，篮球大小的一坨肉结实地砸在了怪物的嘴巴上。

“咔咔……”怪物的嘴巴扭曲成了一个古怪的形状，锋利的牙齿崩掉了几颗。咬着手的小怪物痛苦地蠕动着，努力张大嘴，似乎想将陆辛的手吐出来。但陆辛已经在它的嘴里攥住了它的舌头，让它无法松脱，只能老老实实地做他的拳套。他觉得这很好玩，忍不住笑了起来。

“呵呵呵——”他发出笑声，继续向前砸去。怪物身上的人头都面露惊恐，好像有些害怕他，臃肿的身躯拼命向后蠕动。他紧追不舍，狠狠将拳头砸下。

“噗——”那怪物忽然变成了一摊液体，然后迅速消失不见了。

“嗯？”陆辛有些不甘心，转头四下寻找。他看见，正在追逐酒鬼的那只爬山虎怪物也迅速变成了一摊水渍，然后迅速消失了。天空中的红月明亮得有些妖异，周围干干净净的，一点怪物的痕迹也没有。

“哎呀呀！”酒鬼跑了回来，步伐轻松矫健，仿佛一个夜跑的女学生，她惊讶地看着陆辛，“小伙子，你的腿还好吗？”

陆辛猛地抬头，看了她一眼。

下一秒，酒鬼连同影子一起消失不见了。

陆辛这才意识到，眼前这个酒鬼是假的。从刚才开始一直若有似无的耳鸣一般的声音瞬间消散。

夜色凉凉，安安静静。这种摆脱了精神辐射的影响，彻底回到现实世界的感觉很美好，就像一下子从水里浮出水面一样。因为这种感觉，陆辛心里的烦躁感忽然如流水一般消失了。

他微微吃了一惊：“我刚才在干什么？为什么我感觉……这么愤怒？”

深呼了两口气，他转头向旁边看了过去。

花丛里露出脏兮兮的裙边，枝叶深处，妹妹怯懦地看着陆辛：“哥哥，你气消了吗？”

听着妹妹示弱的声音，陆辛有些慌，忙摆手道：“没事了，没事了。”

妹妹这才从花丛里爬了出来。她不敢离陆辛太近，歪头打量了他一会儿，好像在确定什么，然后才老老实实地道：“哥哥，以后我再也不贪玩了，就一直保护你。”

“没事呀，这怎么能怪你？”陆辛努力露出笑容，向妹妹伸出手。其实刚才急于做事，却找不到妹妹，他确实有点生气。但是此时，看见妹妹这副小心翼翼的样子，他一下子心软了。

妹妹迟疑了一下才爬到他身边，抬起小手握住了他的手掌。熟悉的冰凉感回到了身上，陆辛顺势将妹妹提起来，然后抱住了她。他从口袋里摸出一块糖，递给妹妹。

“其实，你是故意不出来帮我的，对不对？妈妈教你的？”

妹妹眨了一下眼睛，没有回答。

陆辛也没有接着问，低声叹了一口气，转身向酒鬼家走去。

再次进入楼道后，他发现，刚才那些混乱而压抑的场景已经消失了，走廊里的居民像梦游一样慢慢往自己家走。他们看起来有些疲惫，又有些茫然。

在刚才那场混乱里，他们做的事情其实都是假的。王奶奶挎着篮子给邻居们送吃的，其实篮子里什么也没有。吵架的情侣一个是对着窗户里自己的影子吵的，一个是对着挂衣服的架子吵的。倒了汽油要点燃的高中生，其实倒的是水。往锅里倒绿色液体的家庭主妇，其实她面前根本没有锅。要推爷爷出门的小孩，也只是不停推着墙壁……

走到十一楼时，陆辛才意识到，刚才他以为自己冲上了十二楼，其实是十一楼。楼道的墙壁上还留着他的脚印，他可以凭这个回忆起自己刚才的路线。此时，与十二楼的酒鬼家位置相对应的屋子正门户大开着。

陆辛观察了一下，发现这个屋子的布局和酒鬼家一模一样，陈设也差不多，只是简单了点。房门口有被破坏的痕迹，屋里的东西一片凌乱。他走进去，看到穿着防护服的酒鬼正坐在卧室里的床上默默地抽着烟斗。整张床被弄得乱七八糟的，被子下面是两个已经被邻居们彻底“分尸”的枕头。

“这是怎么回事？”陆辛压低声音问道。

“是其中一只怪物的精神辐射。”酒鬼叹了一口气，“它貌似可以激发人们的负面情绪。看样子，前几天它们没能找到我，今天改变了策略，选择影响我的邻居们。所以……”她无奈地笑笑，“这些人就变成了疯子。”

“负面情绪吗？”陆辛皱了下眉头，问道，“刚才进入你家的邻居是怎么回事？”他已经明白这些邻居是受了精神怪物的影响，可是他不明白他们为什么要来伤害酒鬼的爸妈。

酒鬼跷起二郎腿，若无其事道：“大家都生活在同一栋楼里，难免有交集，自然也会有摩擦。虽然平时相处得不错，但当他们的阴暗面被勾起来时，对我家有意见的人自然就跑来闹事了。”

“对你家有意见的人……”陆辛想到一群人排着队往里面走的画面，忍不住道，“你家这人际关系……”

“我家可是这栋楼里人缘最好的！小吴和小王都是大学教授，你也知道，现在教授和医生之类的职业，在群众当中还是很受尊敬的。再加上他们两人的性格很好，平时无论谁家有事，只要找过来，他们没有不帮的！”酒鬼先是笑着解释了一番，然后黯然道，“不过，谁能想到呢？其实心里对他们不满的人这么多……当然了……”她又安慰似的笑了笑，“那两只精神怪物就是过来找我的，搞来这么多人，说不定是特意针对我家呢！即便这些邻居平时可能有意见，应该也不会……这么可怕吧！”

她故作轻松，但陆辛还是能够察觉到，她的心情其实有些低落。虽然是那只精神怪物影响了她的邻居们，使得他们的反应强烈了些，但有一点是无法改变的——只有本来就对酒鬼的爸妈心存怨念的人才会被影响。那么多邻居表面上和和气气的，其实心里藏着很多充满恶意的念头，这种事让人心里很不舒服。

当陆辛还想着这事时，酒鬼已经调整好了情绪，笑道：“还好我早有准备。这是我为了保护小吴和小王留的一手，以备不时之需。我可以扭曲周围人的感官，让他们看到、听到甚至触摸到虚假的东西。但有时，完全虚假的东西难以骗过对手。所以，到了必要的时候，我用这个和我家布局一样的屋子做场地，扭曲他们的认知，半真半假，就比较容易取信于人了。”

她看向门外，又道：“楼里的邻居们都没事，他们一直在我的能力范围中。刚才他们做的所有事都是假的，不会伤到自己。”她轻轻一笑，磕了一下烟斗，“等他们醒了，只会当那是一场噩梦！”

想着刚才看到的画面，陆辛意识到，酒鬼真的很强。她在误导那两只精神怪物的同时，还照顾到了所有的邻居。她既让他们发泄了心里的负面情绪，又没让他们伤到任何人，以免他们清醒后悔之不及。不过，有一说一，饶是如此，这栋楼里残存的痕迹还是让人觉得恐怖。

过了一会儿，陆辛微不可察地叹了一口气，道：“这怪物这么强吗？轻而易举把正常人变成了疯子？”

“呵呵。”酒鬼看了陆辛一眼，摇摇头，“小伙子，你浅了啊！那些负面情绪都是真的，只是平时藏得很深而已。那怪物只是个引子。”

陆辛皱了下眉头：“这楼里就没有好人？”

“你又浅了！”酒鬼一副看透世事的样子，“平时能把那些情绪好好藏起来的还能不算好人？”

陆辛不知道酒鬼说的是不是有道理，不过这也不重要。他深吸了一口气，道："你的猜测是错的，并不存在幕后的操控者。我刚才将整个小区都找遍了，确定没有！"

"没有？"酒鬼咂了咂嘴，"不应该啊，这两只精神怪物明显是被人引来的，甚至会改变策略……"她的脸上渐渐显露出老人式的忧虑与深邃，嘴巴吧嗒吧嗒地抽着烟斗。她脚上两只厚底军靴的鞋带已经松开了，裤腿也挽了上去，露出光洁的小腿。此时，随着她的深思，两条小腿下意识抖了起来。

"所以，你究竟是怎么被对方盯上的？"陆辛克制着自己，尽量不去看酒鬼那两条好看的腿。这样好看的腿长在她身上，居然有些辣眼睛。他随手拉过来一张椅子坐下，也点了根烟，开始思索。

"说实话，我不知道。"酒鬼深深地叹了一口气，"之前我查到了老乡会这个神秘组织头上，但因为找不到他们的精神能力者，所以一直没下手。"

对此，陆辛深有感触。在不确定对方实力的情况下，贸然动手，极有可能引发大乱。只要精神能力者愿意，随随便便就可以引起大乱。青港城防守得再严，秩序再分明，在处于被动的情况下，吃大亏也是平常事。说白了，在很多情况下，青港城唯一能做的就是"秋后算账"，但并不是所有精神能力者都怕这个。

"一开始，我打算通过调查那些神秘死亡事件，来分析对方的精神能力，试着锁定他。只不过，进展不算太顺利。我也是在见到这两只精神怪物之后才搞明白，那些人的死亡原因其实都很简单，他们不是被人杀死的，而是被这两只精神怪物杀死的。但是，这让我更难摸清那个精神能力者的底细了。他究竟是可以变身为精神怪物，还是能够扭曲精神力量，制造污染源？"酒鬼说着，露出自嘲的笑容，"调查了那么久，我却越来越糊涂了。"

陆辛将烟蒂丢到地上，慢慢踩熄，心里认真思索着对方是如何做到的——他是如何操控这两只精神怪物，来到酒鬼家楼下的？他又是如何让这两只精神怪物不留痕迹地消失的？难道和当初的精神污染炸弹一样，是人造的精神怪物？可陆辛细细分析后又觉得有所不同。精神污染炸弹虽然具备活性，但智力是极低的，它被创造出来，目的就是自毁。但这两只精神怪物却会主动寻人，甚至会针对不同的局面改变策略。这说明，它们的智力不低。

"和上面交换过意见吗？"过了一会儿，陆辛轻声问了一句。

“和我的信息分析专员交流过了。”酒鬼道，“那个小姑娘说，特清部的资料库里没有可以解释这种现象的案例。她曾经提议，直接调遣一些精神能力者或巡城军来，将这两只精神怪物捕捉或清理掉。但是我还没有同意。一是这两只怪物很古怪，恐怕有很大的来历，我不想断了线索；二是，你也看到了，它们消失的时候，谁也无法阻止，人再多都没用。我原本打算再撑一晚上，让你帮着看看，能不能将那个幕后操控者找出来，但现在，好像只能听她的了。”

“他确实不在附近。”陆辛的语气是少见的肯定。

酒鬼点点头：“那恐怕只能闹大了。”

就算找不到那个精神能力者，也不可能坐视这样一个组织在四号卫星城里捣乱。而在摸不清对方底细的情况下，出手解决那两只怪物就可能会打草惊蛇。如果对方有意报复，事情可能会往意料不到的方向发展。

“也不一定……”陆辛抬头看向酒鬼，慢慢说道，“如果不是有精神能力者藏在附近，操控这两只精神怪物的话，那也可能是对方在你身上留下了某种印记，只要他放出这两只精神怪物，它们就会来找你。如果是这样，那你之前肯定中了对方的招，只是没有发现。三天前开始有怪物来找你，连续找了三天。这是不是可以说明，你中招是在三天前？三天前，你去过哪里？”

望着陆辛认真的样子，酒鬼不由得苦笑一声：“小伙子，你说得倒是挺对的。我知道自己应该是三天前中的招，大概的地点也记得。那种感觉很明显，就是觉得有人在暗中看着自己。只是没辙啊，我尝试过，没办法借此将他找出来。”

对于她为何会被精神怪物盯上，又是哪里出了问题，信息分析小组早就给出了分析。他们甚至制定了几套寻找对方的方案，但都被酒鬼否决了。不到万不得已，她不想打无把握之仗。

“我不是要把他找出来。”陆辛慢慢摇了一下头，郑重地看着酒鬼道，“我只是想知道你究竟是何时在何地中的招，仅此而已。”

酒鬼有些疑惑：“小伙子，你问这个有啥用？”

陆辛笑了笑，很自然地说道：“我打算邀请他去我家做客。”

“啥？”酒鬼惊道，“小伙子，你可别冲动，这事可不能逞强！你看我现在这模样就知道，被他盯上太危险了！这家伙比城外的那些疯子还狠，为了对付我，他甚至不惜对我的邻居下手。我通过自己的精神能力，还能与他周旋一下，换了是你……”

她没有直接说出口，情商很高，但很明显，她认为蜘蛛系根本没办法对付这样的怪物。

“没关系，”陆辛轻声回答，“危险的可能不是我。从今天发生的事情来看，对方根本就不用到场，便可以操控这两只精神怪物。最关键的是，这两只精神怪物来无影去无踪的，难以清理。今天它们已经对你的邻居下手了，说不定明天会做得更过分，我们一直在这里被动防守也不是办法。所以，倒不如转移它们的注意力，没准儿它们盯上我之后，就不会再过来找你了呢！”

“你……你是认真的？”酒鬼惊得瞪大了眼睛。

“是的。虽然我没有你的精神能力，但我有一个优势……”陆辛笑道，“我没有邻居。”

在酒鬼一脸呆滞的表情里，陆辛抬头看向妹妹。妹妹正倒吊在天花板上，听到陆辛的话，她也有些惊讶，小嘴巴都张了开来。惊讶之后则是兴奋，她轻轻地拍起了小手：“好呀，好呀！”

陆辛也越想越觉得有意思，期待地笑道：“想必我的家人会很欢迎它们的。”

自从旅游回来，妈妈好像有了什么打算。她给了陆辛那个藏着秘密的文件夹，让他到了第二阶段再去打开。然后，她还叮嘱妹妹平时尽量不要帮他，想让他靠模仿家人来借用能力对付精神怪物。他不知道妈妈为什么要这么做，但这并不影响他将那两只精神怪物引到家里去……借这个机会缓和一下家里的气氛也是好的。毕竟，妈妈将那个秘密当成礼物送给了他，他可不能没有回礼呀！

黑色魔方咖啡厅坐落在四号卫星城一条热闹的街道上。

这家咖啡厅的装潢清雅、小资、浪漫，偏西方情调，似乎想用尽一切手段来传递一条信息——“我和这条街上其他妖艳贱货都不一样，我很高贵，而且昂贵。”

陆辛对咖啡并不抵触，但也谈不上有什么好感，因为咖啡真的很贵。但在酒鬼的指引之下，他还是单独一人来到了这里。

天亮之前，酒鬼与他讨论了很久，将她被盯上那天的经历事无巨细地复述了一遍。为了帮助陆辛加深记忆，她还用自己的能力让陆辛体验了一下她认为比较重要的几个场景，以便他找到线索。

这家咖啡厅是她那天最后深入调查的地方。它看起来只是一家除了有些奢华之外平平无奇的咖啡厅，实际上却是她正在调查的神秘组织的一个重要据点。她当时来到这里，是为了确认这个组织的骨干成员，方便向警卫厅递交名单，实施抓捕。她回去的当天晚上就被精神怪物盯上了，所以，在这里中招的可能性最大。

“丁零——”陆辛推门进去的时候，门上的风铃发出轻响，声音十分悦耳。他背着背包，选了一个靠窗的位置坐下。这是酒鬼当时坐的位置。

“先生，请问要喝点什么？”一个穿着黑色女仆装的服务员抱着咖啡单走过来，微笑着问道。她说话的腔调有点嗲，但又嗲得不纯粹，有一种廉价的塑料感。

“我先看看。”陆辛保持着稳重的气质，从她手里接过咖啡单。看到上面的价格，他的瞳孔缩了一下。然后，他微皱着眉头，指着上面最醒目也最贵的咖啡，道：“这个。”因为有酒鬼负责报销，所以陆辛并不心疼，况且酒鬼那天点的也是这种咖啡。在不需要自己花钱且有必要的时候，陆辛其实也不介意享受一下奢侈品。

“好的呢，您稍等哦！”女仆装服务员说完这句让人担心她会咬到舌头的话，蹦蹦跳跳地走了。

这哪里像神秘组织的据点啊？陆辛在心里吐槽。不过，他并没有放松警惕。在这样的地方，一句无意的话，一个不经意的眼神，都有可能带来危险。他必须集中精力，想尽办法，让危险找上自己。

陆辛慢慢回想着酒鬼当时说的话、做的事。记忆中，酒鬼好像很悠闲地点了一杯咖啡，然后在里面掺了半杯白酒……她还跟大舌头的女仆装服务员聊了一会儿文明时代的漫画，争论了一下“究竟是光头厉害，还是头发像火焰一样烧到天上的精神小伙更厉害”。后来，她对咖啡厅里的清洁工阿姨产生了浓厚的兴趣，详细问了她的年龄、家庭、月薪，以及和老公还有刚刚参加工作的孩子感情怎么样等问题。让酒鬼惹上杀身之祸的原因必然就在这些细节里，必然是她的某些举动引起了这个组织的怀疑，这个组织才决定向她下杀手。

“难道我要把她做过的事情全都重做一遍，包括聊漫画与调戏清洁工阿姨？”陆辛的脸不由得抽搐了一下，这对他来说有点难度。

“先生，您的咖啡来喽，请您慢用哦！”一道轻盈的黑色身影将一个托盘放到陆辛的面前。似乎是见陆辛面不改色心不跳地点了最昂贵的咖啡，女仆装服务员对他很热情。

“好的。”陆辛点了一下头，发现托盘里只有一杯黑咖啡。他有些好奇地看了看其他位置，问道：“糖和牛奶呢？”

“先生……”女仆装服务员笑得非常可爱，“这是纯正的黑咖啡，是我们店的特色哦！正规的喝法就是不放糖与牛奶的，直接饮用才可以感受到它的苦涩与醇香哦！”

“哦哦。”陆辛赶紧笑了一下，“我知道，不过还是给我拿点吧！太苦了我不喜欢。”

他知道有些人喜欢喝不放糖的纯咖啡，但是他实在不喜欢那种苦苦的味道。在他看来，喝咖啡不放糖和牛奶的都是“异端”。

女仆装服务员并没有动，她笑着解释道：“只有品尝到了苦，才能感受到它的芬芳哦！生活也是这样，有时候我们会感觉很痛苦，其实这种痛苦都是我们自己给自己的哦！不如试着放下自己的偏见，接受生活的真相，也许会轻松很多哦！”

陆辛抬头向她看去，只见她正笑得一脸开心：“先生，您可以先从这杯咖啡开始。我们的咖啡是从南方专门运过来的哦，名字就叫作黑色魔方，年产量很少的，所以才会卖得这么贵。加任何东西都是对它的侮辱哦！”

陆辛低头看了一眼咖啡，感觉这咖啡应该没有问题，除了苦。他想了想，道：“我——”

女仆装服务员立刻道：“您要是真想喝甜的，不如喝卡布奇诺哦！”

“这样啊……”陆辛没想到人家这么尊重咖啡，无奈道，“那你给我来杯卡布奇诺吧！”

“那我去给你拿一杯。”女仆装服务员愣了一下，忘了装嗲，说完转身就走。

“等等！”陆辛叫住她，指着面前的咖啡道，“这杯退了吧。”

女仆装服务员转头看着陆辛，脸上露出微笑："不好意思，先生，咖啡不退的哦！"

"你这……"这么贵的咖啡居然不能退，陆辛的心脏抽疼了一下。但他设身处地地一想，人家都已经煮好端出来了，再端回去也不能卖了，不退也正常。他只好无奈一叹，道："那算了，就喝它吧！给我拿点糖。"

女仆装服务员道："先生，这种咖啡不放糖的哦！"

"可我不喜欢喝苦的。"

"那您不如喝卡布奇诺哦！"

"那你把这杯给我退了。"

"咖啡不退的哦！"

"那你给我拿糖。"

"那您不如喝卡——"

"你总是这样说，会不会对卡布奇诺不太尊重？"

莫名其妙地，两人的对话一下子陷入了僵持。陆辛看着女仆装服务员，女仆装服务员也看着陆辛，两个人都微笑着，都很有礼貌，也都不甘示弱。毕竟，他们都是有信仰的人。

"先生，这种咖啡，是不、放、糖、的、哦！"女仆装服务员脸上的微笑已经有些僵硬了，但还是一字一顿地坚持着自己的意见。

"好吧！"陆辛最终还是妥协了，觉得自己毕竟是个大男人，不好和小姑娘吵架。

女仆装服务员露出了欣慰而赞赏的表情。

然后她就眼睁睁地看着陆辛从身边的背包里摸出一颗糖，慢慢剥去糖纸，将快融化的糖果丢进了黑咖啡里。

陆辛拿起旁边的银色小勺，轻轻搅拌着，好让糖果融化得快一些。

此时，咖啡厅外，妹妹的身影出现，她趴在玻璃窗上，死死地盯着陆辛的背包。陆辛突然反应过来，赶紧将背包按住。坏了，暴露了！

与此同时，女仆装服务员盯着陆辛面前那杯不再纯粹的黑咖啡，一脸阴沉。然后，她慢慢地咧开嘴，露出一口整齐的白牙与红得发暗的牙龈："先生，你好有……品位哦！"

可以回去了。

将那杯加了糖果的黑咖啡喝了一半之后，陆辛明显感觉到自己已经被人盯上了。

那是一种很难说清楚的感觉，就好像他确定暗处有什么人在窥探自己，但无论他怎么寻找，都找不到那个人。整个咖啡厅里安安静静的，女仆装服务员已经回到吧台后面了，一副看起来很忙又不知道在忙什么的样子。

陆辛把自己刚才的经历与酒鬼的相对比，忽然明白了他们为什么会中招。酒鬼以为她是调查那个神秘组织的事情露了马脚才被盯上的，但真相很可能大不相同。对方不是因为怀疑她发现了什么才盯上她的，单纯只是因为她在咖啡里掺了酒，破坏了人家对咖啡的尊重。

想明白这个问题之后，陆辛慢慢喝完了整杯咖啡，毕竟很贵。然后他站起身，提起一旁的背包。妹妹一直抓着他的背包，想从里面搜出糖果来，陆辛镇定自若地将背包连同妹妹一起背到了背上，镇定自若地付钱、找零、离开。

陆辛来到马路对面，回头看去，觉得那家咖啡厅有种说不出来的怪异感。明亮的阳光之下，它却隐隐发暗，好像能吸收光线一样。有目光盯着他的感觉更强烈了。

陆辛乘坐电车来到四号卫星城高速列车站旁的停车场，他提前把摩托车停在了这里。因为不知道被那个组织盯上后会发生什么，所以他一开始就与酒鬼约定，他进入那家咖啡厅之后，他们就暂时不要再见面了，以免对方发现什么，心生警惕。

安置好摩托车后，陆辛直接登上高速列车，准备返回二号卫星城。

酒鬼这时候应该正在某个地方观察他，看到他的举动，她就会明白，他已经成功被对方盯上了。接下来，酒鬼会做好抓捕那个组织成员的准备，只要他这边确定邀请对方“做客”成功，酒鬼就会展开行动。

陆辛本来担心他返回二号卫星城后，对方会因为距离太远而选择不跟了。不过，上了高速列车之后，他仔细地去感受，发现那种被盯着的感觉更强烈了。于是他放心了。

只要被盯上了，到了晚上，不管人在哪里，都会被精神怪物给找到，这还真是个杀人于无形的好法子啊！陆辛一边按着背包，不让妹妹打开它，一边闭着眼睛，默默地想着。

月亮变红了，这世上的很多事都变了。

到了二号卫星城，陆辛领回自己的摩托车，仔细检查了一下有没有刮痕，这才骑着它回家。这次前往四号卫星城，他本来以为会有一场激烈的战斗，所以才带上了摩托车，有备无患。没想到事情的发展一直很温和，摩托车居然没用上，算是白带了。

他没有急着回家，而是先骑车来到菜市场，买了几根黄瓜、茄子，割了半斤五花肉，见新打捞上来的蛤蜊比较新鲜，也狠心买了一斤挂在车把上，然后才晃晃悠悠地骑回家。

骑着这辆摩托车的弊端显露出来了，他买菜的时候都不好讲价。卖家只要看一眼他的摩托车，就会下意识把价格往上涨好几毛。

陆辛将摩托车推进楼道里，仔细锁好，然后提着菜上楼。推门进去时，他看见妈妈与父亲正一左一右地坐在餐桌旁边。不知道刚刚发生了什么，他们都沉默着，气氛压抑。听到动静，他们同时转过头来，一个脸上露出了笑容，一个脸色更为阴沉。

陆辛赶在他们说话前提了提手上的菜："我买了点东西，晚上加菜吧！"

父亲不知该做何表情，冷哼了一声。

妈妈则温柔地笑道："哎哟，前两天不是刚刚改善过生活吗？"

陆辛笑着回答："我刚出了趟差，又可以领些补助，拿出十分之一来买菜还是可以的。"

妈妈笑着打趣道："你最近很大方呢！"

陆辛有些不好意思："主要是给你们吃，以前过得太辛苦了。"

妈妈与父亲闻言，表情都发生了微妙的变化。妈妈款款起身，道："那我去做饭吧，天都快黑了。"

妹妹仍然死死地抓着陆辛的背包，坚持说着："我要吃糖，你快给我！"

陆辛死活不肯松手，诚恳地解释着："真没啦！"

"这么急着去工作，上赶着替人家做一些危险的事情……"当陆辛无奈地从口袋里摸出半颗糖打发了妹妹，在沙发上坐下来之后，一直阴冷地盯着他的父亲忽然开口，"是因为你急着升到那个见鬼的第二阶段，好去看那个秘密吗？是现在的生活让你感觉很难受吗？你究竟是有多不满，才会这么卖力？"

被父亲那仿佛凝成了实质的目光看了好一会儿，陆辛才慢慢转过头。他看着父亲，笑道：“家里还有酒吗？晚上我陪你喝一杯。”

父亲的血红色眼睛里闪过一丝阴冷，他身上的怒意在加重。过了好一会儿，他才冷笑着开口：“总是装作这么正常的样子，你不累吗？”

“喜欢的样子怎么能说是装出来的呢？”陆辛笑着向父亲道，“我是真的想陪你喝一杯。”

父亲沉默下来，就像一座沉睡的火山，内里充斥着无穷的力量，却无法爆发。

“对了！”陆辛好像刚想起来这事一样，轻松地笑了一下，向压迫感几乎要笼罩整个客厅的父亲，也向厨房里正在做饭的妈妈说道，“今天晚上不光有我们，我还邀请了两位朋友过来——可能是两位，也可能更多一点。所以我们得——”

“嘻嘻。”妈妈忽然笑了一声，她赶紧捂住嘴。透过厨房的玻璃门，可以看到她正忍着笑做饭。

“我要……我要分一个朋友！”拿牙齿一点一点刮着糖的妹妹开心地举起手。

“哼！”父亲重重地哼了一声。客厅里的灯光明显一黯，整栋楼都抖了一下。不过那好像只是幻觉，微微一定神就会发现，其实什么都没有发生过。

“既然你有朋友要来……”父亲竟然并没有发火，难得轻松道，“那我们当然要好好招待了。”

妹妹兴奋得眼睛发亮，开心得几乎把自己的身体扭成了麻花。厨房里，妈妈做菜的姿势很优雅，脚步轻盈得像在跳舞一样。父亲背对着窗户，脸上似乎能够看到一丝笑意。

看到这幅画面，陆辛的心情也渐渐明媚起来。多好啊，这样温馨的家庭!

因为有客人要来，所以陆辛一家今天吃饭吃得比较慢。他们静静地坐在餐桌旁边等着。父亲喝酒的速度比平时慢了很多，妈妈夹菜也夹得漫不经心，陆辛一粒一粒地吃着米饭，而妹妹的注意力明显不在电视机上——她蹲在椅子上，一边把米饭撒得四下里都是，一边不停地转头，留意着窗外的动静。

等着等着，陆辛突然感觉气氛又变得有些不对劲了，心里默默地叹了一声。客人太没礼貌，来得如此晚，他的家人有些不耐烦了。

“真的要去？”

四号卫星城某条热闹的街道上，一个卖馄饨与烤串的街边摊小桌旁坐了几个形容各异的食客，一个是年轻的女孩，一个是五十多岁的阿姨，一个是胡子拉碴、身上沾满灰尘的中年男人，一个是背着书包的男高中生。每人面前都摆了一碗馄饨，小桌中间的不锈钢盘子里则是烤得有些焦煳的烤串。听到阿姨的询问，另外三人都向她看了过去。

“你为什么要问这样的问题？”背着书包的男高中生有些激动，压抑着眼睛里的怒气道，“我们是看清了这个世界真相的人，你已经是我们的一员了，为什么还要问这样的问题？那些人……那些人是蠢的啊！”

他激动的脸上有种不正常的癫狂，两只手在空中用力地比画着：“你不见到这些人，都不知道他们为什么这么蠢……他们就喜欢这样，行尸走肉一样，遵守着那些虚伪的规则，心甘情愿成为被虚伪奴役的一员。哪怕你告诉他们该怎么做，他们也不听！他们蠢得让你恨不得掀开他们的头盖骨，给他们塞点聪明的东西进去……”

阿姨有点被吓到了，木讷而慌张地解释：“我只是……只是担心你。”

“你为什么要担心我？”男高中生幽幽地看着她，眼神让人不敢直视。

“她不是担心，她是在怕。”这时候，旁边那个一直在默默喝啤酒的中年男人冷冷地嘲讽道。

“对。”男高中生冷笑了一声，“她就是怕，却不敢承认自己的怕，反而伪装成担心的样子来劝我。这是什么？这就是世界上最恶心的东西！你甚至不愿承认自己在怕！就像你当初始终不肯承认，你女儿被逼着上吊，正是因为你的贪婪！”

“我……我没有——”阿姨慌乱起来，张大了嘴，双手无力地挥舞了一下。

“那就是事实！”男高中生打断她，眼睛直直地看着她，“因为你一次次贪婪地向你女儿的男朋友索要彩礼，所以你女儿才会被甩！因为你想将她嫁给另一个人，所以她才会自杀！”说到这里，他话锋一转，“但这又有什么不对呢？”

他的脸上露出一种看破一切的表情，淡淡地笑着道：“你老公没良心，那么早就抛下你和你女儿跑了。你独自一个人把女儿拉扯到这么大，比起那些舍儿撇女的人，你已经做得很好了。你对得起所有人！所以，邻居老张家可以嫁一个女儿便索要几万块钱的彩礼，你为什么不能？想娶你的女儿，给你几万块钱彩礼怎么了？你女儿不理解，是因为她没有良心，她根本就想扔下你不管！她完全可以劝男朋友借钱，他们两个慢慢还！反正她还年轻，有足够的时间，她为什么不这么做？她就是自私，她根本没想过管你，胳膊肘往外拐！所以……”他微微咬牙，“她死了也活该！别人嘲笑你，那是因为他们没有经历过你的生活！他们有什么资格笑你？而你又为什么要因为这些人的虚伪，惩罚自己？”

阿姨本来有些慌乱，也有些恐惧，听了这番话却渐渐冷静下来。她没有说话，却微微咬了一下牙，脸上尽是令人毛骨悚然的冷漠。

“其他人也一样！”男高中生的目光扫过另外两人，向其中的女孩道，“你的闺密不是对你挺好的吗？她跟你分享零食，吃饭、上厕所都和你一起，经常送礼物给你，比如好看的衣服。甚至你爸爸病重时，她还帮你交了住院费。那么，当时你为什么要将她推下楼？”

女孩不说话，只是绷着脸。

男高中生继续道：“就是因为她嘲笑你学电影里说话的样子，她当众笑你连咖啡都不会喝，她明知道你也暗恋班长，但还是跟他眉来眼去！她仗着自己有钱，又长得漂亮，一点都不把你放在眼里！她口口声声说把你当朋友，但实际上，她只是把你当成跟班，当成用人。这样的人，你恨她，又有什么错？”

女孩深深地低下了头，然后又缓缓抬了起来，脸上露出了阴森的笑容。

“还有你。”男高中生看向喝着啤酒的中年男人，“你为什么要给你的工友下毒？”

中年男人迎着男高中生的目光，嘴角忽然咧了一下，道：“我不用你说，我从来没觉得自己不对。那个王八蛋原来混得明明不如我，只是比我早几年入城，赶上了好时候而已！他居然不仅攒了一笔钱，还找了一个城里的寡妇！那寡妇还很漂亮！呵呵，我就是看不惯他！”

“很好！”男高中生看着他，表情很满意。然后，他的目光再次扫过所有人：“在别人眼里，我们都不是好人，甚至有时候，我们自己也会觉得不舒服，这是为什么？”

他阴冷地笑了一声，低声道：“那是因为，别人都是虚伪的，他们的虚伪甚至影响到了我们，这种虚伪让我们做不回真实的自己！呵呵，当初放那把火的时候，我心里也很慌，过了很久都不舒服。直到我发现，我的不舒服原来来自这些人。他们明明和我们一样，却偏偏给自己穿了很多伪装，还用这些伪装来嘲笑我们。大家都是一样的人，大家都会吃饭拉屎，为什么偏偏要显得他们高贵一些？大家明明都是自私的人，都是为了自己，凭什么他们要显得自己多正义似的？他们是虚伪的，我们才是真实的，我们卸下了面具！既然如此，我们为什么要怕？”

另外三人都抬头看着他，表情不知道是激动，还是敬畏。

“所以，如果你问我怕不怕，那我会告诉你……”男高中生的脸在馄饨摊暗黄色灯光的照耀下，好像一只稚嫩的恶魔，“我不怕，我们什么都不用怕。因为我们知道这个世界的真相，我们也可以让其他人露出真面目，看到我们看到的世界！等我们控制了这座城市，我们会让所有虚伪的人付出代价！”

另外三人也跟着激动起来，齐声喊道：“让所有虚伪的人付出代价！”

阿姨跟着喊完，又低声问道：“但如果引来警卫厅的人怎么办？”

“警卫厅有什么可怕的？”男高中生嗤笑了一声，“我知道现在有人在查我们，但这并不重要，他们只是被虚伪支配的人而已，不足为惧。而且，就算我们死了，也只是回到家乡而已。”他的声音低了下去，表情变得很向往，“回到那个……真实的家乡。”

听着他的话，另外三人默默对视了一眼。半晌之后，他们一齐低下头，低声祈祷：

“赞美家乡！”

“赞美家乡！”

“赞美真实的家乡！”

祈祷完，男高中生放下紧握在胸前的双手，拿起一根烤串大口大口地吃着，眼睛里闪烁着残忍而兴奋的光芒。

“这个世界上的人根本就不了解真相，那就让他们看到真实的世界吧！”

“来了！”二号卫星城一栋孤零零的老楼里，妹妹忽然开口，声音有些颤抖。她不是在害怕，而是太过兴奋了。

餐桌之上，妈妈优雅地放下筷子，脸上的笑意有些掩盖不住。

“呵呵呵——”父亲的笑声空洞而干巴巴的，他一口气喝完杯子里剩下的酒，头顶上的电灯微微闪烁了几下。

“不要吓到客人。”妈妈有些责备地看了父亲一眼。

父亲破天荒地没有动怒，而且立刻控制住了自己的情绪。

陆辛看了一眼自己的家人，放下心来，然后慢慢起身，来到窗边往外看。

陆辛家所在的这栋老楼只有六层，周围的楼宇大多较高，从四面八方将它团团围住。哪怕是白天，也很少有光线照进来，所以屋子里始终有些阴暗。

陆辛趴在窗边，看到通向老楼的几条小路上的路灯由远及近一盏盏熄灭了，仿佛有两只吞噬灯光的怪物从左右两侧慢慢向老楼爬了过来。没有了灯光，高悬于城市上空的红月便显得鲜艳了一些。

陆辛点了点头，回到客厅里，坐在沙发上，静静地看起了电视。

老楼下面，风突然变得凌乱。地上的报纸与塑料袋被风卷起来，在空中撕扯，然后无声无息地碎裂。

有两个能量体在这里碰面了。一般来说，普通人是看不见它们的，只是会下意识对这片区域产生恐惧心理。但在红月光芒的照耀下，老楼下这团扭曲的空气里出现了星星点点、明暗不定的模糊色块。若是发挥一下想象力，就可以用这些色块拼出图案。

那是两只怪物，一只是像爬山虎一样触手丛生的虫子，另一只身躯臃肿，身上缠了一圈人头项链。它们用触手或人头上的无数只眼睛观察着这栋老楼，发现它几乎所有的窗户都是黑的，只有四楼的一扇窗里亮着温暖的灯光。于是，两只怪物便通过不同的路线，同时向那扇窗爬去。形状如同爬山虎的怪物贴住楼面，开始一点一点地向上蔓延。戴着一串人头项链的怪物则拖着硕大的身体，一点一点地挤进楼道。

人头项链怪物路过停在楼道里的一辆摩托车时，摩托车的仪表盘位置立刻闪烁起刺眼的红光。这是安装在摩托车上的精神探测仪，诡异的红光将黑洞洞的楼道里照得忽明忽暗的。这只怪物好像觉得不太对，动作顿了一下。但是，它的智力似乎不足以支撑它分辨清楚，于是，它继续慢慢向上爬去。

两只怪物经过的地方，空气开始变得扭曲和压抑。无论是阴暗角落里的老鼠，还是空屋里的流浪猫，都受到了惊吓，不安地乱叫着。大猫叼着小猫，老鼠们则咬着尾巴连成一条线，惊慌不已，逃得飞快。整栋老楼里似乎

变得更加黑暗了，只有四楼的那扇窗里仍旧亮着温馨的灯光。

爬山虎怪物一点一点侵占着老楼的楼面，不一会儿，它就将整栋楼的表面给淹没了，除了那扇亮着灯光的窗户。月光下，一条条蛇一样的暗红色触手从四面八方接近那扇窗户。它们积蓄着力量，准备像流水一般，流进那扇窗里。

老楼里面，人头项链怪物已经爬进了四楼。它缓慢地挪动着身体，向着那扇从门缝里漏出几缕光线的房门爬了过去，一点一点，越来越近。它的所有人头都露出了幸灾乐祸的表情。就在这时，空气里忽然响起了“嘻嘻”的笑声，好像是个可爱的小女孩在笑。

“吱呀——”爬山虎怪物正准备进攻，忽然，窗户从里面打开了，一个衣着精致、化着淡妆的女人从窗户里探出头来。“等什么呢？”她矜持而又不失热情地笑道，“怎么还不进来？”

与此同时，还在琢磨笑声是怎么回事的人头项链怪物突然感觉眼前一亮，原来是面前的那扇房门从里面打开了。温暖的灯光关不住了，一下子涌进黑暗的走廊。但是，走廊里很快又变暗了，因为有一道高大的影子走到门口，挡住了灯光。

两只怪物的动作都凝固了。爬山虎怪物呆呆地举着无数条触手，进退两难。人头项链怪物身上的所有人头都露出了惊疑不定的表情。

此时的四号卫星城里，一脸阴冷的男高中生刚吃了两个馄饨，忽然抬起头来，眉头皱在了一起。

“怎么了？”坐在旁边的同伴们都下意识问道。

男高中生的脸上闪过一丝迷茫：“我……不知道啊……”

“嗡嗡嗡——”

整栋楼里唯一亮着的灯忽然闪烁个不停，下一刻，老楼附近被怪物吞噬了灯光的所有路灯都开始闪烁起来，然后啪的一声碎裂。

天空中的红月更明亮、鲜艳了。

爬山虎怪物开始向窗户里流去，但若是仔细看就会发现，它不是自愿的。它的身体呈现出一种紧绷的状态，它在拼命往回缩。但这种努力是徒劳的，它根本敌不过拉扯它的那股力量。

“嗞嗞嗞——”它不受控制地流进窗户里的速度越来越快，甚至发出了一种钢丝擦过玻璃的摩擦声。不管它愿不愿意，很快，它那几乎覆盖了整栋楼的身躯就全流进了那扇窗里。

这样优雅而热情的女主人，有谁能够拒绝呢？

另一边，人头项链怪物凭借着对危险本能的警惕，不顾一切地向后缩。它庞大的身躯在拥挤的走廊里蠕动着，尝试了几次都无法掉头，它只得将自己的正面变成背面，拼命往楼下逃去。

“小娃娃……”

没等它跑出四楼的走廊，它背后的那些人头便同时看到天花板上挂着一道小小的影子。是那个小女孩，她穿着脏兮兮的白裙子，凌乱的头发在空中飞舞。

“来了就别走啦！”她从天花板上跳到它的面前，挡住它逃跑的道路，伸出两只小手抱住了它胖胖的身躯。然后，她使出吃奶的劲，蹬着两条小腿把它往屋里推。

怪物被她推得向后退了一步——或者说是被忽然从天而降的她给吓退的。它庞大而臃肿的身体猛地一颤，下意识向后缩。只是这么一缩，它的一部分身体就沐浴在了温暖的灯光里。然后，屋子里忽然伸出一只大手，抓住了它。

唰的一声，它被一股蛮力扯进了屋里。小小的房门根本容纳不下它臃肿的身躯，它身上的人头全都被挤掉了，和大块大块的血肉一起散落一地。绝大部分人头直接化作一股精神力量，消散在寂静的走廊里。只剩下一颗完整的人头在地上滚动，它露出惊恐又绝望的表情，拼命想往外滚。

“嘻嘻！”小女孩嬉笑一声拦住它，蹲下身温柔地把它抱了起来。

“啊啊啊——”在这颗人头惊恐的叫声里，小女孩抱着它一蹦一跳地回到了家中。

“砰！”房门忽然关上，走廊里变得一片漆黑。窗户也啪地关上，窗帘自动合并。从外面看去，老楼里唯一的灯光也没有了，周围一下子变得异常黑暗。电压已经稳定了，但是路灯的灯泡早已碎裂，只剩下天空中的一轮红月，无比明亮而妖艳。

陆辛安静地坐着看了一会儿电视，转头一看，发现家里有客人是热闹了很多。妈妈拿着剪刀，和气而友善地微笑着，似乎正准备给客人修指甲。父亲很热情地进了厨房，似乎是准备加道菜。“砰！砰砰！”剁骨头的声音特别响亮，有一种让人心安的生活气息。妹妹倒吊在天花板上，愉快地玩耍着客人送的新玩具。

“我打个电话。”陆辛站起来道。时间已经过去五分钟了，这两只怪物看样子已经成功被家人留下，不会再消失了。

他走到窗边，拿出卫星电话打给四号卫星城的酒鬼：“你们可以动手了。我还没有找到那个精神能力者，不过一会儿他应该就会送上门来，所以你们不用管他。就算他不来，我也可以锁定他，不会被他逃掉……对，你们只管抓你们想抓的人……好的，回头有什么信息，我会分享给你们的。”

挂掉电话之后，四号卫星城某辆指挥车上，酒鬼的脸色有些严肃。她抬头看向身边正一脸紧张地盯着自己的武装队长，点头道：“可以了！”

这位已经与酒鬼合作过很多次的队长一句话也没问，立刻拿起对讲机沉声道：“行动！全部拿下！如遇反抗，允许击毙！”

“哗啦啦——”一队队全副武装的战士同时从全城多个隐蔽角落冲了出去。他们有的冲进一家坐落在热闹街道上的咖啡厅，迅速将里面每个人控制住；有的冲进一间民房，将里面正聚在一起吃吃喝喝的一群人全部抓住；有的冲进一家看起来很普通的公司，“砰砰”两声击倒了前台的持枪者……

“全部停下，不许有任何动作！”馄饨摊周围那些看似在正常吃饭、逛街和聊天的人突然拔出枪来，迅速将小桌上四人给团团围住。

“怎么啦？”那个五十多岁的阿姨惊慌地叫了起来，“这是怎么啦？”

迎着同伴们惊慌的目光，男高中生揉了一下自己憋闷的胸口。“我感受到了真实的气息！”他慢慢抬起头看向同伴们，狂热地笑道，“我们要回家了！”

“不许动，不许说话！”有人用枪指着男高中生的脑袋，厉声大喝。

男高中生没有听他的，他的身子缓缓往后倒去。

周围的警员面面相觑，不知道他怎么了。其中一位警员上前一摸，发现他的身体已经僵硬了。

“所有人都是要死的，只是死亡并非结束。”

“我们终会回到家乡，在那里，我们永远不用伪装……”

“家乡藏着一切真相，或许丑陋，或许陌生，但那是我们最初的模样。”

“我信奉家乡，我将永远留在家乡！”

令人心安的宣言在脑海里回荡着，缓缓倒下去的男高中生慢慢睁开了眼睛。他看到了温暖的灯光，看到了有些老旧但很温馨的装饰，这使得他心里一松，最隐秘的一丝担忧也消失不见了。

原来那些人说的是真的，他们死后真的会回到家乡！

他慢慢坐起来，感觉自己的身体很轻盈，视野也开阔了许多。

“所以，我现在是回到家乡了吗？”他喃喃自语的同时，眼珠微微一动，就看到了一张沙发，沙发上坐着一个笑得很温暖的年轻人。

“不是。”年轻人目不转睛地看着他道，“你是来到了我家。”

“所以，你们信奉的是一个叫作‘真实家乡’的地方，而非某个具体的邪神？”陆辛打开自己的笔记本，将客人在家人的“热情招待”下交代的事情全部记录下来，准备之后写报告的时候用。

> 根据此次抓捕目标的说法，他是在觉醒精神能力的时候听到了“神谕”，感觉自己是天选之人，然后开始在四号卫星城传教，发展信徒（我怀疑他小说看多了）。具体发展模式为，让被他选中的人聆听神谕，开启智慧，追求真实家乡。如果对方认同他的理念，他便让对方自愿献出所有；如果对方不认同，他就强制性让对方献出所有。

陆辛抬头看了一眼那个正在家人中间颤抖的客人，微微摇了一下头。没想到，这么大规模的一个神秘组织居然是由这个哭哭啼啼的家伙搞出来的，而且看他的样子，陆辛实在无法将他和那些狠辣阴毒的恶性事件联系到一起。

> 他们仗着有个精神能力者，到处谋财害命。他们看上了银寰商务有限公司总经理的身家，操纵人头项链怪物杀了他，抢夺了他的财产。红

背心兄弟会则是因为跟他们起了冲突，所以成员都死于爬山虎怪物之手。另外，银寰商务的总经理有个女儿，在半个月前坠楼身亡，也是他们的某个成员干的。

问得越多，陆辛心里就越不舒服，紧紧皱起了眉头。这个神秘组织挑选目标的方式简直荒唐：

发展新的会员，一是看谁对自己有利，二是通过某种特定方法挑选。简单来说，一是看利益，二是看缘分。特定方法有很多，比如，看谁在某个特定环境下，点了某种咖啡。

陆辛都有些记录不下去了："什么鬼？"

另外，他们派出精神怪物，并不是为了取目标的性命，而是为了让他们"露出真面目"，他们管这个过程叫"洗礼"。具体来说就是，一旦遇到拒绝接受他们指导的人，他们便会派出精神怪物，让这个人暴露出自己"真实"的一面。在他们的影响下，这个人一般在当天晚上就会做出后悔一辈子的事情。

也就是说，当时去找酒鬼的精神怪物并不是去杀她的。起初，他们应该是想让酒鬼受到精神怪物的影响，做出后悔莫及的事情，然后乖乖接受他们的传教，最终"洗心革面"，成为他们的一员。只是，那两只精神怪物两次都没有找到酒鬼。酒鬼用精神能力扭曲了它们的感知，使得它们连续两天扑空，什么也没来得及做就消失了。

当时的酒鬼还以为这两只精神怪物寻找她，是为了杀她灭口的。但实际上，它们是过来"传教"的。那个神秘组织的人甚至不知道它们为什么连续两次都失败了，只是感觉拖的时间有点久，所以才会在第三天晚上改变策略，直接让怪物影响酒鬼的邻居。他们的想法就是，既然无法让酒鬼露出"真实"的一面，那就让她看看这个"真实"的世界吧。

酒鬼和陆辛之前行动失败的原因找到了。酒鬼以为对方很高明，所以小心翼翼地寻找精神怪物背后的操控者。结果对方非但不高明，反而菜得厉害。陆辛当时去找那个幕后的操控者，当然找不到，因为他根本就没在现场。酒鬼还一直在分析对方是如何发现调查的事的，以及派出精神怪物有什么深意……其实对方根本没有一点城府。

“这么奇葩的脑回路，谁能想得到呢？”陆辛有些无奈地摇了摇头。如果让他正儿八经地去调查，恐怕查个十年八年也查不明白。

好在他有另外一种调查方式：直接请人来到他家，通过一场“友好、亲切”的会谈，让人把自己心里那点秘密全部分享出来，他只负责记录。

不过呢，客人分享得如此彻底，倒是让他的报告不太好写了。因为他不太好解释自己是如何调查得这么清楚的。大概调查任务都是这样的吧，完成任务容易，写报告难。

认真考虑了一会儿，陆辛决定如实上报。调查方式应该不重要吧，反正领导看重的是结果。他只需要诚实地把结果交上去，总部的人能不能理解，就看他们专不专业了。

他把精神怪物追到酒鬼家的真正目的与原因如实写上，且整段都加了下划线。

他另外加了一句“此组织的发展方式极不专业”，又备注一句：此组织身为“杠精”，极度讨厌“杠精”，又尤其喜欢吸纳“杠精”。

写完了，他想了一会儿，又将“尤其喜欢吸纳‘杠精’”这句画掉。

毕竟他和酒鬼不是“杠精”，肯定不是。

接着，他记录道：“此神秘组织的精神能力者能够给人留下特殊的印记，这种印记会引来两只精神怪物，它们的能力分别是激发目标的负面情绪和直接吞噬掉目标的头颅。”

“这算是什么体系的精神能力？”陆辛又忍不住皱起眉头。这位“客人”把自己的精神能力交代得很清楚，但有些问题他自己都搞不明白。比如，精神怪物并不能凭空出现，它们是怎么来的？它们又为何要听他的话？

其实还有很多事情没搞明白。比如，所谓的“神谕”究竟是一个神经病的妄想，还是真有什么东西在暗中引导？比如，他们利用那两只精神怪物，前前后后一共杀掉了多少人？他们的成员中，有多少人是真的十恶不赦，又有多少人是因为受到了精神怪物的影响，才做下了那些骇人听闻的事情？

还有，他们信奉的真实家乡，究竟是否真的存在？

问题这么多，陆辛倒是想接着问问，但等了好一会儿都没有听到什么动静。他转头看去，就发现客人已经回答不了问题了。

“算了，就这么着吧！”记录完最后一条有用的信息，陆辛对着笔记本拍了几张照，发给了酒鬼。然后他收起笔记本，默默回到了自己的房间。

客厅里太吵闹了，他不喜欢热闹。

“这一次，你做得很好。”父亲和妹妹都很开心，把他给忘了，还是温柔的妈妈比较体贴，就算客厅里再热闹，她也记挂着陆辛。她端着一碟苹果片走进他的房间，微笑着向他表达了赞许之意。

“是因为我开始邀请客人来家里了吗？”陆辛抬头看向妈妈。

“不。”妈妈轻轻摇了摇头，温柔道，“是因为你开始相信家人，尤其是你父亲了。”说着，她通过门缝看了一眼和客人一起在厨房里做菜的父亲，脸上的笑意更浓了些，“虽然是以这种形式……”

陆辛能够感受到妈妈此时的心情确实很好，便轻轻点了一下头。

“那么，现在我们可以好好聊一下了吗？”他再次抬头看着妈妈，直接问道，“是你让妹妹先不要帮我的吧？为什么？”

听到陆辛的问题，妈妈的脸色没有一点变化，既没有表现出意外，也没有丝毫为难。

“因为你不能一直依赖妹妹哦！”她笑着回答，“你总是要长大的，家人不能陪伴你的时候，你该怎么办呢？”

陆辛沉默了。

妈妈笑了笑，安慰道：“当然，家人会一直陪伴着你的，你不要多想。只是，随着你越来越强大，你也需要自己的朋友、自己的生活呀！如果你的朋友一直不理解你、不相信你，你又怎么可能让他们用心来帮助你呢？”

“所以……”陆辛慢慢道，“你是让我为了顺利进入第二阶段……欺骗他们？”

“不是欺骗哦！”妈妈的表情变得有些神秘，“他们自己怎么想，那是他们的事情……我们只是稍微引导一下而已。”

“我明白。”过了好一会儿，陆辛才笑着回答道，“所以我告诉他们，我可以直接锁定怪物。”

妈妈顿时露出了欣慰的笑容。

陆辛看着妈妈的笑容，也不好意思地笑了。这一次，他与妈妈的意见达成了一致。

看，家人之间就是需要沟通的！只不过，沟通的时候可能需要一点礼物当作润滑剂。

“太吓人了！”

当陆辛的家人继续热情地招待着客人时，他家对面那栋楼里，失控风险评估小组的三位成员待在陈菁曾经用过的观察室里，一脸惊恐地放下了望远镜。

陆辛发送给酒鬼的照片，失控风险评估小组的成员也可以看到。正是因为看到了那些信息，他们才那么惊恐。虽然现在他们只能看到拉起来的窗帘，但不久前，他们通过特殊仪器，亲眼看见那两只精神怪物进了陆辛的家。它们进去后到底发生了什么？怎么一会儿工夫，陆辛就把什么都搞清楚了？

“他是怎么做到的？”微胖前辈的身体在微微发抖，“那两只精神怪物的精神量级绝对接近两千，它们的精神辐射甚至可以影响到路灯的电压……但这样的两只精神怪物，居然被单——被他直接拉进了屋里，然后……然后就没有动静了？这是……被他吃了吗？”

“也……也不一定。”高个子前辈咽了口唾沫，“这两只精神怪物本来就会在一段时间过后……消……消失掉……而且，他的记录上只写了那个神秘组织的信息，没有写打败这两只怪物的具体过程……所以，会不会是时间到了，它们才不见的？”

“就算如此，这么短的时间内，他是怎么得到这么多调查结果的？”微胖前辈觉得事情没有这么简单，“另外，难道你没有注意到他刚才是怎么对付那两只精神怪物的吗？看起来，他是直接将它们扯进去的啊！酒鬼是因为她的精神能力比较克制那两只怪物，才可以撑过它们留存的时间，其他精神能力者若是与它们正面对抗，有几个可以撑过三分钟？而他不但强行把它们扯进去了，甚至还很快搞清楚了整件事情的来龙去脉。不合理，这太不合理了！”他也忍不住咽了口唾沫，“我怎么感觉，他好像是直接审问出来的？”

这话说得高个子前辈都蒙了："审什么？审精神怪物？"

"确实让人很难理解。"一边的实习生看到两位前辈古怪的脸色，忍不住小声提醒了一句，"但是，无论局面多么复杂，作为专业人员，咱们是不是……得拿出点专业素养？"

两位前辈顿时对他怒目而视。实习生缩了缩脖子，感觉自己遭受了职场欺压。不过，大概是因为他的提醒，两位前辈冷静了不少。其实他们也觉得，刚刚的猜测太疯狂了。

"无论如何……"深吸一口气后，微胖前辈道，"从完成任务的角度来看，他做得没问题。从四号卫星城到二号卫星城，他与酒鬼联手，很好地完成了对神秘组织的瓦解与对不轨精神能力者的清理，没有借助其他力量，也没有造成误伤。更头疼的是……"他深深地叹了一口气，"我们想打个马后炮，都不知道该怎么打！"

实习生惊愕了一下，又忍不住发表意见："那这样的岂不是要评为A级？"

"按理说是的。"微胖前辈道，"评为A级的任务有两种，一种是你做得最好，别人再怎么样也不可能处理得更完美；另一种就是，别人都不知道该怎么处理，而你却处理了。"

实习生连连点头。

"没那么简单，"高个子前辈沉声道，"还牵扯了另一个问题。我们毕竟是失控风险评估小组，我们不光要做任务评级，还要对精神能力者本身做出评价。"他顿了一下，露出疑惑的表情，"他的资料上明明写着'蜘蛛系'三个字，但是，通过从以前到现在的一系列观察，我们发现，他可以直接看到精神怪物，可以在极短的时间内搜寻目标，可以在不使用制式武器的情况下让两只精神怪物凭空消失……这些都远远超出了蜘蛛系的能力范畴！"

微胖前辈苦笑着补充道："根据他与酒鬼刚才的对话，他还有通过那两只精神怪物直接锁定它们的操控者的能力，所以他才那么放心地让酒鬼动手抓人。"

两人说着，不由得大眼瞪小眼："蜘蛛系肯定做不到这些！所以，他的精神能力究竟是什么？"

三个人都一脸茫然。一个精神能力者通常只属于一种精神能力体系，只拥有基本的一到三种能力。那么，像陆辛这样的属于什么体系？连他的精神能力都搞不清楚，又该如何评估他的失控风险？

“其实，我倒觉得，如今的情况看似复杂，实则更为清晰了。”片刻后，实习生怯怯地举了一下手，“对于评估报告，我有个想法。”

两位前辈同时转头看向他。他们的眼神让实习生产生了一个想法：他能不能通过实习期，就看这一回了。

“最好还是给他评A级。”实习生吞了口口水，壮着胆子说道。

两位前辈闻言，异口同声道：“理由。”

“工作嘛，一码归一码！”实习生小声道，“起码从任务完成度来看，他做得很好，这件事没什么争议吧？”

微胖前辈质疑道：“可他的精神能力问题呢？”

“那跟咱们无关呀！”实习生道，“咱们是观察人员，又不是研究人员，直接把观察到的东西交上去不就行了？”

两位前辈都皱起了眉头。

“其实还有一个更重要的原因……”实习生偷偷看了一眼对面那栋老楼，不由自主地放低声音道，“两位前辈有没有觉得那扇窗后面，好像有人在看着我们？”

两位前辈的头发顿时都竖了起来，猛然转头看了过去。那扇窗静悄悄的，窗帘背后只有淡淡的微光，但若仔细看去，就会发现窗帘上隐约有几道影子……

观察室里的气氛一下子降到了冰点。

“咳咳！”过了片刻，微胖前辈干咳了一声，很自然地道，“咱们上次不是说要给他调高一点吗？”

“对呀！”高个子前辈同样表现得很自然，“那就A级评价喽？”

“低了。”微胖前辈笑了笑，云淡风轻道，“我看，直接给他个A+吧！”

“前辈，A+是不是有点高了？”实习生知道这时候不该说话，但是他忍不住，“不是只有彻底搞清了目标的犯案过程与行事逻辑，且处理得极为完美，才能给予A+吗？整个特清部里，好像只有陈组长得到过这种评价。”

两位前辈再次向他怒目而视：“新人就是新人，怎么就不明白？”

“我们是观察人员，又不是研究人员！”

“他究竟是什么精神能力，跟我们的工作有什么关系？”

第九章

单兵的再评估

“四号卫星城神秘组织‘老乡会’已经被一网打尽，深入调查正在进行中。”青港城主城，当沈部长大步走进会议室时，白教授正笑着向苏先生汇报道。

沈部长微微一怔，似乎没想到苏先生会在这里。他向苏先生敬了一礼之后才将自己的帽子放到桌上，向白教授道：“如果只是为了这样一个神秘组织，你没必要让我们亲自过来一趟。”

白教授笑了一下，让陈菁将有关老乡会的调查资料都收起来，然后向沈部长与苏先生点点头，另外拿出几份文件，分别递给三人，同时慢慢道：“当然，我请你们过来，是为了一个更重要的问题。我相信，单兵的精神能力谜团已经解开了。”

“什么？！”无论是风风火火赶过来的沈部长，还是气度不凡的苏先生，都表现得有些震惊。他们急忙低头去看自己手上的文件。

文件第一页是陆辛的资料：

姓名：陆辛

代号：单兵

年龄：23岁

精神能力体系：~~蜘蛛系~~ 未命名

等级：C+级

失控风险系数：75%（待讨论）

…………

沈部长只扫了一眼便沉声道："75%？怎么可能这么低？！"

"不是还要讨论吗？"白教授在椅子上坐下来，戴上一副老花镜，一边翻着资料，一边道，"有一点我们不得不承认，那就是对于单兵的失控风险，我们一直没有实质性的评估依据，是靠着主观感受与判断定下的数据。事实上，从以往的资料来看，他的任务完成度与对规定的遵守程度，简直就是精神能力者中的异类。他经手的任务，你几乎找不出一点违规的地方！"

"其实还是有的。"陈菁补充道，"我分析了他与壁虎的任务报告，怀疑他有报虚账的嫌疑！前后几次加起来，数额高达……好几千！"

"呃——"苏先生本来紧绷着脸，听到这里，忍不住摸了一下鼻子。

沈部长冷着脸哼了一声，道："继续！"

白教授笑了笑，道："总而言之，从客观数据来看，单兵的失控风险非但不高，反而比其他精神能力者还要低不少，甚至比公认失控风险最低的壁虎都要低很多。毕竟壁虎报虚账可比单兵狠多了，而且他那对于异性的稍稍异于常人的渴望，某些时候也确实让人不太放心。我们不得不承认，单兵的失控风险系数一直居高不下，原因其实只有一个……"说到这里，白教授微微停了一下，然后一字一顿道，"我们不了解他！"

苏先生赞同地点了点头。沈部长微微皱起眉头，然后也缓缓点了一下头。

白教授继续道："单兵很强，但我们不知道他为什么这么强。他数次出色地完成了任务，但我们不知道他是怎么做到的。我们认为已经给他的精神能力做了划分，但他不经意间表现出来的能力，总是将我们对他的印象打破。这才是我们总是把他的失控风险系数定得很高的原因——我们不了解他，所以害怕他。"

会议室里非常安静，气氛微妙。

片刻后，苏先生笑着点头道："别人怎么想的我不知道，老实讲，我个人是有一点的。对于不了解的人或事物，我确实有些提防心理。"

连苏先生都这么说了，沈部长便也默认了。

白教授接着道："我也有同样的心理。不过，可能是性格不同，我对于不了解的人或事物，是好奇心大过恐惧心理的。所以，我一直想试着搞明白单兵的秘密。这期间，我做过许多次假设与推论，具体的便不细说了，反正成果不佳。真正让我想明白的是刚刚递交上来的这几份报告。"

白教授说完，将手里的文件翻到一页，展示给三人看。这是失控风险评估小组递交的报告，上面详细记录了单兵在处理“幽灵”事件、四号卫星城神秘组织老乡会事件中的表现。最吸引他们的是最后的结论：

> 单兵绝不止拥有一种能力，其精神能力体系绝不是——或者说绝不仅仅是——蜘蛛系。

会议室里的每个人都紧紧盯着这句话。

“这……能说明什么？”沈部长沉默了一会儿才道，“在我看来，这恰恰证实了我们的担忧是正确的！这份报告为我们的担忧提供了依据！”

白教授脸色坦然地道：“之前我们对他不放心，主要有两个原因：第一，我们怀疑他不是真正的蜘蛛系；第二，我们不确定他是否真的有几位家人在身边。”

在场的人都轻轻点了一下头，这是一件再清楚不过的事情。

白教授继续平静地陈述道：“特清部派过去的失控风险评估小组里共有三人，分别是两个资深观察人员以及一个极富潜力的新人。这个新人擅长观察，尤其擅长对精神力变化的感知。他们从单兵捕捉‘幽灵’开始观察，一直跟到单兵解决了老乡会的精神能力者。另外，当单兵决定去四号卫星城时，我也曾请求酒鬼借此对他进行观察。除了基本的失控风险评估、任务评级，最重要的问题……”白教授说到这里，加重了语气，“便是看他有没有所谓的‘家人’。”

会议室里，另外三人的神色都变得凝重了些。尤其是沈部长，更是一脸严肃。

“结果是……没有。”白教授不管他们三人有什么反应，继续说了下去，“单兵在酒鬼的能力影响范围内与那两只代号为‘传教士’的精神怪物交过手，在那种情况下，如果单兵有家人存在，酒鬼一定看得出来。而酒鬼的结论是没有。另外，失控风险评估小组也从头到尾一直留意着各种细节，在确定了单兵的能力比较复杂之外，同时也确定了单兵的能力是他自己施展出来的，完全可以排除幽灵附体、强烈污染物影响、借助寄生物品等的可能性。他就是自己施展出那些能力的。”

望着白教授一脸肯定的样子，沈部长微微撇了撇嘴。但他没有说什么，因为酒鬼是很可靠的人，她的证词在特清部是很有分量的。

“至于他的精神能力体系……”白教授停顿了一下，又道，“可以确定，他确实不只有蜘蛛系的能力。从截至目前的记录来看，他可以像蜘蛛系一样控制自己的身体，提高自身的灵活性、感应力，甚至可以快速使伤口复原。他可以直接‘看到’精神怪物，可以徒手撕裂精神怪物。他可以远程追踪目标。他可以用我们不知道的手段解除精神污染炸弹。他可以安全地进入开心小镇并全身而退。最关键的是，他可以通过那两只精神怪物，直接锁定其幕后的操控者。”

三位听众听着听着，都皱起了眉头，感觉这些一个比一个难理解。青港城一直致力于对精神异变者的研究，一直试图从混乱中寻找逻辑。但如今，在单兵身上，他们看不到任何逻辑，只感觉头疼。

白教授的表情倒挺轻松的，他轻声道：“如今，从各种资料来看，单兵表现出来的能力复杂、多样，与我们掌握的有关精神能力者的所有研究资料都不太相同，这让我们困惑不已，但其实，我们可能只是想错了方向。我怀疑，单兵的精神能力不是蜘蛛系的，而是……”白教授微微一顿，坚定地看着三人，轻声说出了自己的猜想，“他本身并不具备精神能力！”

“不具备精神能力？！”苏先生与沈部长都不可置信地看着白教授，就连陈菁的嘴巴也成了“O”形。

这种听起来很荒诞的话从白教授这样的顶尖学者口中说出来，让人感觉有些匪夷所思。如果连单兵这样强大的精神能力者都算是没有精神能力的话，那么其他精神能力者又算什么？

“不错。但我说的不具备精神能力和你们理解的并不一样。”白教授沉声道，“我们可以看一眼最早的时候，单兵作为二号卫星城第十三号被观察者接受监视时留下的资料。当时，青港城精神污染防御系统判断出二号卫星城里有潜在的精神能力者，因此陈菁亲自赶了过去，判断他的精神能力与失控风险。虽然她观察到他可以凭借精神力量掀翻桌椅，但我们并不知道他究竟产生了什么样的精神能力。直到后来，在街角咖啡馆精神污染事件中，他通过蜘蛛系的能力，解决掉了那只精神怪物，我们才确定他的精神能力体系是蜘蛛系。但之后，我们又发现，他有很多表现不符合蜘蛛系的特征。他自己也说他的精神能力是从他妹妹身上借来的，而他的这个妹妹别人看不见。这件事让我们难以理解，甚至认为他有多重人格障碍，因此调高了他的失控风险系数。”

白教授说着，皱起了眉头：“但如果他说的是实话呢？”

沈部长、苏先生以及陈菁都在认真听着他的话，但越听越糊涂。

沈部长忍不住一拍文件，道：“你刚刚说过，酒鬼确定了他并没有什么家人！”

“他的家人的存在方式，可能与我们想的不一样。”白教授深深吁了一口气，说出自己的猜想，“当现有的精神能力体系无法解释一件事的时候，很可能意味着，我们的视野变得狭窄了。毕竟，现有的精神能力体系是我们归纳总结出来的。换句话说，这属于经验，而经验形成了框架，则容易限制我们的认知。所以，在这时候，试着打开视野，有些事情就容易理解了。对于单兵的精神能力的推测，我就是基于这个理念进行的。换了种思路之后，我发现，单兵的精神能力并不复杂，甚至可以说非常简单。”他顿了一下，轻声说，“他只是因为精神力异常强大，所以没有具体的精神能力异变方向。”

听着白教授的话，陈菁还勉强跟得上，沈部长看不出来是否理解了，苏先生则明显一脸困惑。

白教授笑着继续道：“这个猜测可以解释当时在南墙之下，单兵为什么能解决那枚精神污染炸弹。那样的精神污染炸弹只有强于它的精神力——甚至要双倍——才可以覆盖并且化解它的威力。同样，单兵为什么可以借此次事件的那两只精神怪物锁定它们的操控者，这一点也有了合理的解释。因为那两只精神怪物既然是受指使的，那么它们身上必然有幕后主使留下的信息，即幕后主使给予的袭击酒鬼与单兵的真正指令。那么，倘若单兵的精神力够强，便可以从它们身上挖出那些指令，从而搞清楚整件事！”

“这……”陈菁听得有点愣了，甚至顾不得去思索这里面的逻辑，只是下意识问道，“如果他真能做到，那……他的精神量级得有多高？”

沈部长沉着脸道：“从我当时接到的汇报来看，二号卫星城南墙之下的那只精神怪物起码有四千以上的精神量级。你说单兵的精神力足以覆盖这枚炸弹，那么他的精神量级……”

那个数字他没有说出来，陈菁也没有说出来，倒是苏先生在心里计算了一下，慢慢道：“以倍数论，接近……一万？”

沈部长与陈菁的心都颤了一下。

白教授笑着摇了摇头，道：“目前还没有哪个人可以承受接近一万精神量级的精神力，就算是单兵也不能。所以，你们也不必这么担忧。从当时的报告来看，他在处理那只精神怪物之前，经过了一番激烈的争斗，所以，他很可能是先削弱了那只精神怪物，然后才将它覆盖的。这么算的话，我认为预估在四千至六千之间比较合适。”

会议室里静悄悄的，一时间，没有人赞同白教授的话，也没有人反驳。

白教授笑了笑，继续说着自己的推论：“如果你们接受了他拥有强大精神力的事实，那我就可以给你们解释下面的推论了。为了便于理解，你们可以将单兵视作一个污染源——一个强大的污染源。但是，他是一个没有污染性的污染源……就像纯水并不导电。”

沈部长、陈菁、苏先生三个人都满肚子疑问，但都耐心地听着，没有试图打断。

“他没有精神能力，只具有强大的精神力，而强大的精神力让他可以做到超乎常人的扭曲、感知和模仿等。因此，他可以在需要的时候，借助强大的精神力，去解析、重构一些精神能力。当然，这需要他对那种精神能力非常熟悉才行。”白教授喘了一口气，继续道，“而这也就可以解释他为什么会有三个‘家人’。他并非患有多重人格障碍，也不是真的存在三个家人。我怀疑，在他的能力觉醒阶段，他见过三个类似他所谓‘家人’的人。我们都知道他与‘逃走的实验室’有关系，但又不知道他经历了什么。如果让我猜测的话，那便是在实验过程中，他见到了三个这样的人，并且因为某种原因，他用自身强大的精神力，去模仿并重构了那三人的三种能力。而通过这种方式留存下来的能力虽与他本身的精神力性质不同，但又同源，所以他会感觉到亲近。这就像一个演员扮演了一个角色，他对这个角色印象很深，赋予了很多心血。这个角色是他，又不是他，只是他基于自己的理解重构出来的。”

白教授拿起写字笔，在身后的白板上画了一个大圈，又在大圈上面画了三个小圈，再在最左边的小圈上画了两笔，使其变成一个有着两根小辫的头像，表示这是“妹妹”。然后他道：“重构出这三种能力后，他必然会生出一定的困惑。精神力如此之强的他，逻辑思维能力也必然异于常人，所以，在逐渐接受这三种能力的过程中，他必然会照着自己的理解，去给予这三种能力一个恰当的定位。当时的他只是一个身处混乱时代，失去了唯一的庇护所的十二三岁的小孩，所以，他给予这三种能力的定位便是‘家人’。他将这三种能力当成别人看不见的家人来接受，并允许它们陪着自己。”

一口气说到这里，白教授轻轻放下文件，摘下眼镜，揉了揉眉心。然后，他轻声总结道：“这就是我基于目前所有的资料，对单兵的推测！他拥有如此之强的精神力，已经属于危险范畴了，如果再有相应的精神能力，就往往可以达到无解状态，也就是S级。但实际上，单兵只是精神力很强大，却没有真正觉醒精神能力，他的能力都是他模仿并重构而来的，无法真正发挥出他所有的精神力，所以他比S级还是要差一点。由此，对于他的能力评级，我也可以给出一个答案了！”

他重新戴上眼镜，在白板上更新了陆辛的资料：

姓名：陆辛

代号：单兵

年龄：23岁

精神能力体系：无/未觉醒

等级：A级

失控风险系数：65%

会议室里再次出现了片刻的安静。

听完白教授的叙述，沈部长、陈菁以及苏先生的反应各不相同。陈菁好像被解开了一些疑问，但随即涌现的却是更多的疑问。但她有所顾虑，没有立刻问出来。

沈部长沉默了一会儿之后，抬头看向白教授，脸色显得十分严肃：“你这根本就是猜测。这样全无根据的猜测，能够说服得了谁？”

沈部长这话算说得很重了，没给白教授留情面。

苏先生笑了一声，打圆场道：“话不能这么说，白老也是大胆假设，小心论证嘛！不过，我倒还有些疑问。比如，当初那位潜入单兵梦境为他做心理评估的造梦师究竟出了什么事？另外，老沈手底下似乎也有几个人因为观察单兵而遇到了一些……”他微微一顿，道，“不好的事情？”

三人一齐看向沈部长。这件事其实大家都知道，但没在沈部长面前提起过。

“窥探一个精神力远超自己的精神能力者，无异于窥探深渊，发生什么事情都是有可能的。况且，当初在处理那枚精神污染炸弹之前，单兵就提醒过我们，不可接近，不可窥视，不可录制。所以，当时是我们自己违反了规则，不能怪他。另外，我刚才的叙述只是为了让你们更好理解，接下来进入正题，我要靠数据说服你们同意让他进入第二阶段。”说着，他翻起了资料，“最近，单兵在短时间内连续处理了两起特殊污染事件，而且评价都不错。也就是说，即便不算上夺回《红月的凝视》这件事，他也已经满足升为三级特殊人才的条件了。而根据我们的规定，他已经有申请进入第二阶段的资格了。”

沈部长脸色一变，沉声道：“精神能力者想进行第二阶段的强化，不是升为三级特殊人才就可以的，还有另外一个重要的标准，那就是他的失控风险也要控制在一定程度之内！”

白教授点点头，道：“这正是我要跟你说的，从现有资料分析，他已经符合标准了。”

沈部长瞄了一眼白板上的“65%”，眉头紧紧皱起：“这不可能！”他一边说一边哗哗地翻起了资料，试图找到那份荒诞的报告的漏洞。

“事实与数据不会说谎。”白教授平静地看着他，“你必须得承认一个事实——虽然初始时期我们都认为他失控风险高，但是后来，他在处理特殊污染事件时并没有失控。面对精神污染炸弹时，他没有失控；去荒野上追捕骑士团时，他没有失控；甚至进入开心小镇后，他也没有失控！失控的诱因往往是精神量级增加导致自身不稳定，或是过度使用精神能力造成自身崩溃，抑或是一些异样的诱导、强烈的情绪冲击等，这些都可以导致各种异变。从这个角度来讲，单兵已经经受住了几乎所有考验，唯一还没有经历的只有情绪的冲击。”

沈部长听到这里，立刻开口道：“情绪的冲击可是最常见的失控原因之一！”

“是！”白教授笑着道，“但他有一个很好的习惯，他很遵守规则。”他笑着看了看陈菁与苏先生，“一个遵守规则的人，是很容易控制自己的情绪的。因为规则之内的事情，他愿意接受；而会破坏规则的事情，他可以平心静气地去争取，争取不到的话也很容易自我调节。所以……”白教授笑着做出了总结，“多好的苗子啊，我认为他很适合进入第二阶段。”

这个结论似乎顺理成章，三人却都不敢轻易苟同。那可是单兵！那可是独自一人解决了精神污染炸弹的单兵！那可是出城追杀了三个精神能力者的单兵！那可是在开心小镇晃悠了一圈又没事人似的跑出来的单兵啊！

“你们的意见呢？”白教授笑吟吟地问道。

“我心里没什么底，”陈菁第一个回道，“但我相信事实和数据！”

苏先生沉吟了一下，坦诚道：“老实讲，我对精神能力者的理解不如你们深。有时候，其实你们说的事情，在我听起来多少有点复杂。不过，我一直记得当初我们设立特殊污染清理部时定下的原则：与精神能力者合作，而不是与之为敌！”说着，他笑了一下，“我想，这个原则可以帮我们做很多决定。”

三人都向沈部长看去。

沈部长的脸很黑，过了一会儿才道：“我认可苏先生说的原则，所以，我没有强制要求所有精神能力者入伍，用对待军人的态度去对待他们。我甚至同意在不构成威胁的前提下，允许他们保留自己的部分秘密、享有部分特权。但是，有一件事我们都明白……”他顿了一下，沉声道，“精神能力者太可怕了。开心小镇的资料，难道你们还没有看吗？当然，这份资料也是他带回来的！居然有精神能力者，或者说污染源，将偌大一个小镇变成了蜂窝、蚁穴一样的存在。我不知道你们是怎么想的，我感觉到了恐惧，甚至可以说感觉到了绝望！”

沈部长这样骄傲的人说出这番话，想必是经过一番心理斗争的。说完，他定定地看着白教授：“所以，你真的确定吗？”

白教授迎着他的目光，从容地点了一下头：“开心小镇的资料我也看过，虽然确实让人吃惊，但老实讲，我并没有多意外。当初，月食研究院的那个天才研究员因为自己的研究结果，绝望到从研究院一百层高的大楼上跳下去了。他跳下去之前说的那些话你们还记得吗？”

陈菁闻言，猛地抬起了头：“那三个诅咒？”

“不能说是诅咒，应该说是警告，或者说是……预言！”白教授缓缓道，

“第一句是随着精神异变的出现，我们之前赖以生存的社会结构与秩序很可能会迎来前所未有的冲击，到时候人类会进入另外一种生存结构。”

听着白教授过分冷静的声音，三人的心都微微有些发沉。

“第二句是——”白教授慢慢地开口，目光看向众人。这时候，苏先生接过他的话，轻声道：“准备好迎接神的到来！”

沈部长微微咬牙，脸上的肌肉抽动了一下。

“呵呵，那样一个疯子的遗言不说也罢！”苏先生笑了一下，“但我必须承认，老沈的担忧有道理啊！这种事确实要慎重再慎重。”

“对于老沈的担忧，我其实早有准备。”白教授不疾不徐道，“我准备了两句话给老沈。当然，也不只是说给你听，还要说给另外几位先生听。”他一边说着，一边走到沈部长面前，迎着沈部长有些疑惑的眼神，轻声道，“你知不知道，海上国正与深井开采公司密切接触？”

沈部长微微皱眉，点了一下头，道：“我手下的人掌握了这个消息，向我汇报过。”

白教授接着道：“那你知不知道，他们谈的是关于培养液的事？”

沈部长微微一怔，旋即眉头紧锁。

“我要给你说的第二句话是……”白教授顿了顿，轻轻开口，“你以为凭单兵目前的精神力，真的需要强化吗？”

沈部长先是有些不解，然后细细想了想，忽然脸色大变。迎着他的目光，白教授很轻地笑了一下，这笑容里罕见地包含了一点疲惫。他轻声道：“进行第二阶段主要是为了强化和稳定精神力，而他并不需要强化。所以，让他进入第二阶段，只是为了让他更稳定而已！”

会议室里顿时落针可闻。

白教授轻轻地转过身来，抱着双臂道：“我想说的已经说完了。”

沈部长咬了咬牙，抬头看向白教授：“看样子，你早就想好怎么说服我们了。”微微一顿，他又道，“你给出来的建议我认可，所以，如果他真的符合各项标准，我不会行使特权来拒绝他对第二阶段的申请。但是，我有一个问题要请你回答。”

陈菁与苏先生都好奇地看向沈部长。

沈部长脸上的肌肉紧绷，一字一顿道：“你如何保证他进入第二阶段之后不会与我们为敌？”

这是一个实实在在的问题。为精神能力者进行第二阶段的强化，不仅有使其失控的风险，也有过精神能力者在得到强大的力量后反客为主，滋生出原本没有的野心，进而对整个青港城造成极大威胁的先例。

面对这个最让人心情沉重的话题，白教授却轻松一笑道：“这个问题我想过，而且想到了一个绝佳的办法来解决。”迎着三人好奇的目光，他打了个响指，“跟他签份合同！”

第十章

吃人的噩梦

“单兵先生，酒鬼已经提交了任务报告，之前你发给我的任务报告也递交上去了。对于神秘组织‘老乡会’的调查会有专人继续跟进，你们的任务已经宣告结束。对了，对于你和酒鬼的这次合作，上面的评价可是很高的哦！”

韩冰这个小姑娘总是可以让人心情变好，正在楼梯间抽烟的陆辛一听到她的话，脸上就不由得浮现出笑容。

刘主任正好拿着烟走进来，抬头看见陆辛的笑脸，顿时吓得脸一抽，急忙摆了摆手，僵硬地转过身往楼下走。他心里颤颤巍巍的，边走边想，陆辛啥事这么高兴？是又砍了几个人，还是把死对头给干掉了？

“我现在可以升为三级特殊人才了吧？”陆辛笑着问道。

“当然可以。”韩冰的声音非常轻快，“特清部的领导签过字之后，立刻生效。酒鬼将这次任务的报酬分了五十万给你，她说，在对付神秘组织的精神能力者这件事上，基本是你独自完成的。贡献点则是由上面的人特批，你与酒鬼各五十个。”

“五十万？”陆辛捏了个拳头，忍住了没有跳起来。

这五十万让他有些意外。老实说，这个神秘组织并没有想象中那么难对付，不值这么高的报酬。处理过程那么简单，却拿了这么高的报酬，他有点心虚……

“另外，关于第二阶段，我已经在帮单兵先生申请了。”韩冰继续说着，“对于申请原因，单兵先生有什么特别的原因要加上吗？”

“特别的原因？”陆辛怔了一下，“一般都怎么填？”

韩冰翻了一下资料：“一般会填申请第二阶段，是为了更好更稳定地发挥自己的能力，保护好青港城，保护好人民，为世界文明的重建做出贡献。当然了，如果还有什么特殊的理由，也是可以写上的！”

陆辛忙道：“不用了，‘为世界文明的重建做出贡献’这个理由挺好的！”

“好的！”韩冰笑道，“上面批示单兵先生升为三级特殊人才后，我会第一时间帮你提交申请。算算时间，应该就在这几天了，单兵先生赶得上特清部高级人才培训会议。”

“高级人才培训会议？”陆辛疑惑道。

“是的哦，这个会议是在主城举办的，针对的是高级人才培训问题。到时候，申请了进行第二阶段的单兵先生当然会收到邀请。嘻嘻，单兵先生就要来主城了呢！”

“啊？”惊喜来得有点突然，陆辛愣了一下，笑道，“他们会放心让我去吗？”

很早之前，陆辛就察觉到，特清部其实一直对他很警惕。比如，六位研究教授是在二号卫星城对他进行检测的。可是，上次出城抓捕骑士团的时候，壁虎讲过，他当时是直接去主城接受检测的。也就是说，那些人害怕他，宁愿劳烦教授们专门跑一趟，也不愿让他进主城……这些教授的重要性可一点也不比精神能力者小，事实上，他们也属于特殊人才的范畴。而且，论起级别来，他们很可能比即将成为三级特殊人才的陆辛还要高不少。

“单兵先生请放心，我们都是按规定来的。”韩冰有些诧异于陆辛毫无避讳地点破了这件事，微微一顿才笑道，“等你的资料变更之后，你立刻就可以收到主城的通行证了。至于在主城购置房产，现在还不行。精神能力者要在卫星城执勤超过三年，或是升为四级特殊人才，才可以在主城定居。”

“买房子……”陆辛是在二号卫星城长大的，小鹿老师和红月亮小学也在二号卫星城，他没想过在主城定居的事。不过，韩冰提到买房，倒让他心里微微一动。他升为二级特殊人才就可以在二号卫星城特殊地域买房了，不过这些天他忙于任务，没有精力想这件事。此时，他略一思索，轻声道：“这样说，我倒是有件事要麻烦你。”

韩冰笑道：“单兵先生不许跟我客气哦，你尽管说好了。”

“谢谢，谢谢。”陆辛急忙道谢，“我想请你帮我打听一处房产。二号卫星城城东区的青岩山一带好像有很多独栋小别墅，特别宽敞，还带有小花园和池塘。”说着，他有些不好意思，“你可不可以帮我问问，那里的别墅能不能买？多少钱？嗯——如果可以，能不能打个折？”

韩冰沉默了一瞬，然后轻快地答应下来：“好的，我记下了，会帮你仔细问问的，放心好啦！”

“太感谢你了！”

“应该的呀！”

“我知道你帮我做了很多工作之外的事情，真的感谢。”

“嘻嘻，我很开心呢……”

照例客套一番后，陆辛挂了电话。把已经烧到烟蒂位置的烟丢掉，他深呼了一口气，强压下跳起来喊一声的冲动。

他们不再忌惮他进入主城，也没有拒绝他进行第二阶段的申请，看来，他的“朋友们”果然对他放松了警惕。所以，妈妈的“引导”成功了？虽然陆辛觉得妈妈这样安排有欺骗的嫌疑，但妈妈说过，这不算欺骗，只是“引导”。况且，陆辛自己也想顺利进入第二阶段，因为他想搞明白自己身上的秘密……

陆辛正准备迈着“敢问别墅价格”的步伐走出楼梯间，没想到，卫星电话又响了起来。

“这么快就有消息了？”陆辛把卫星电话拿起来一看，发现不是韩冰的号码，便好奇地接了起来。

“兄弟，太棒了，我太感动了！”电话里立刻传来壁虎激动的哭腔，“你知道吗？总部终于批准我去参加高级人才培训会议了！哈哈哈！琳达也会去！我的天哪！我终于可以和琳达见面了！不行，我得淡定，淡定……见了面之后，若聊得好，我们就可以确定关系了。”

“……”

“然后我再熬一年，就可以去主城定居，买房子，娶琳达，生仨娃！啧啧啧，天天守着老婆看着娃，没事再搞个外遇……哈哈哈……”

“……”

壁虎这一顿猛说，都把陆辛说蒙了。他反应了一会儿才意识到，刚才韩冰说的好像也是这个会……壁虎要去参加，并且说铁翠也会去，那韩冰……

“挺好的，挺好的，恭喜你呀！我可能也会去……”陆辛笑道。

“嗯？你也去呀？”壁虎稍微冷静了，但很快又兴奋起来，“那我们岂不是要一块儿‘奔现’？你的那个小组花呢？她会不会去？”

“这个……”陆辛还真不知道。刚才他光顾着高兴了，没有问韩冰。不过，铁翠要去，韩冰应该也会去吧？但铁翠明显比韩冰大些，级别高过她也是有可能的。铁翠可以参加高级人才培训会议，韩冰就不一定了。但是，再转念想想，韩冰特意提到了这个会，是不是在暗示他什么呢？要是这样的话……他去的时候该穿什么衣服？

想着想着，陆辛紧紧皱起了眉头。

和壁虎约好了到时候一起出发，他挂断电话，思考着这个很重要的问题，回了办公室。

陆辛刚刚在工位上坐下，就看到不知下楼去做了什么的刘主任一脸亲切地走到了他的面前。

刘主任笑着道：“小陆呀，今天下了班，你先不要急着回家，有事情呢！”

“嗯？什么事？”陆辛有些不解。在没有清理任务的情况下，他每天晚上都会去警卫厅继续接受培训。如果公司没有特别重要的事，他是不愿中断培训的，毕竟，每天都有一百元的补贴……

“是咱们集团的副总下来巡查啦！”刘主任一脸堆笑地看着陆辛，“作为本月的模范员工，以及主管候选人，你晚上要和副总一起吃饭呀！”

“哦。”陆辛一听是这事，立刻答应下来，“好的，好的。”

“呵呵，下班了坐我的车过去。”刘主任笑着说道，然后脸色又有些为难，压低声音道，“不过，我有一个小小的要求——毕竟人家是集团副总，晚上吃饭的时候，你可不可以……别带枪？”

陆辛为难地皱了一下眉头。

“待会儿肖副总进来的时候，大家知道怎么做了吧？”

“知道了！”

肖副总请客的地方定在了“老水手”，这是二号卫星城少见的高档饭店。“老水手”这个名字偏西式，但饭店的装修却是非常有格调的中式风格，有镂空的红色窗户、古典书画，以及修在大厅里的假山鱼池。

来赴宴的不仅有陆辛和刘主任，还有集团旗下其他几个公司的领导，以及那几个公司里和陆辛一样前途远大、准备升职的年轻人。

肖副总很阔绰，直接包下了老水手饭店的一间小厅，里面摆放了四张桌子，居然还有个粉红色的小舞台。

这时候，在一位年龄比较大的领导的调度下，陆辛以及其他公司的年轻骨干一起站在小厅门口，排练着待会儿该怎么热烈欢迎肖副总。对此，所有人都很积极，包括陆辛在内。

排练完了，那位年轻的肖副总还没到，陆辛等人便站在门口说着话。

“今天这场合可是非常重要的啊！”其中一人说。

一个三十多岁的女人笑着道：“咱们这位肖副总，可是城里排得上号的青年才俊！今天如果能给他留下个好印象，以后工作肯定会顺利很多。”她穿着黑色职业装，无论是脸上那精致的妆容还是腿上那崭新的黑丝袜，都显示出她为这场晚宴精心准备过一番。她还算比较矜持，没有直接说飞黄腾达之类的话。

陆辛听他们的口吻，好像都挺了解这位领导的，只有他是临时被拉来的。他心里没底，忙打听道：“肖副总多大了呀？”

一个梳着油头的胖子想了想道：“前不久我见过他一面，好像是……二十七八？”

陆辛顿时有些诧异：“这么年轻就干上副总啦？”

“人家能坐上副总位置，可是有原因的。”穿职业装的女人道，“这位肖副总啊，听说特别能干，年轻帅气，见多识广，二十岁就可以独自负责几百万的大项目了，而且今年还考上了主城的大学呢！”

陆辛听着，不由得有些感慨：这么优秀的人，确实——

“当然了，”梳着油头的胖子补充道，“他最了不起的地方在于，咱们的老总是他爸。”

“……”陆辛把感慨收了回去。

“肖副总来了！”

就在这时，小厅的门被打开，包括刘主任在内的几位领导簇拥着一个看起来非常有气质的年轻人走了进来。刘主任笑呵呵地提醒众人：“大家欢迎啊！”

“啪啪啪啪！”守在门边的年轻骨干们都热烈地鼓起掌来，同时齐声喊着：“欢迎肖副总莅临指导，欢迎欢迎！”

一时间，气氛很是热烈。陆辛站在这群同事之中，无论是鼓掌还是喊口号，都做得很到位。

刘主任从人群中向陆辛投来有些欣慰的目光。他本来是不想叫陆辛的，但肖副总说了，要把这次即将提拔的年轻骨干都请过来聚一聚，他好认识一下。没办法，刘主任只得让陆辛跟着过来露个面了。虽然刘主任很怕陆辛过来惹着肖副总，但他更怕陆辛知道自己没叫他，回头生气！

“谢谢，谢谢大家！千万不要搞这些形式上的东西，请坐，请坐……”

肖副总的年龄果然不大，他穿着合身的休闲西装，身材偏瘦，气质不凡，态度也很友善，只是看起来好像不大有精神。

陆辛与职业装女人和油头胖子坐了一桌。

“肖副总看起来人不错，没架子，就是那精气神……嘿嘿……”

“花花公子的标志性黑眼圈！”

一群人坐下来之后，话题自然离不开肖副总。临时被拉过来，没有做功课的陆辛正好借这个机会补补课。他仔细一听才明白，肖副总是清远集团老肖总的大儿子，听说他已经在集团干了好几年了，前不久考上了大学，很快就要去主城深造了。主城的大学门槛很高，卫星城有很多人都会像他一样，先工作几年再考大学。

“啪啪啪……”所有人都落座之后，又是一片鼓掌的声音，陆辛也老老实实地跟着鼓掌。

领导桌上有人请肖副总为大家讲几句，肖副总急忙推辞，见推不过，只好站起来，双手微压，向众人道：“我就不上台了，太正式。咱们今天就是私底下聚一聚，在座的都是老员工，或是年轻骨干，我得感谢大家。我是年轻人，资历尚浅，以后在工作中还要多向大家请教。见谅，见谅，待会儿我敬大家几杯。”

“真不错。”陆辛桌上有人称赞道。

坐在陆辛对面的职业装女人不着痕迹地将自己无名指上的戒指摘了下来，塞进口袋里，然后十指交叉放在桌上，望着肖副总笑道：“你们说，他喜欢什么？”

“他喜欢什么咱不知道，但像他这样的，喜欢他的女人一定很多吧？”油头胖子咂咂嘴，笑着说道。

“哈哈，肖副总待会儿要亲自过来敬酒，我就先留点量，不跟大家喝了！”一个眼睛浮肿、气质懒散的年轻人扣住酒杯，跃跃欲试。

“肖副总能够考上主城的大学，真是年轻有为，品位一定不会差的。”一个三十来岁的男人一边说，一边解开袖扣，露出一块黑色的腕表。

虽然很少参加这样的场合，但陆辛也能看出来，今天这个酒局，大家都是有备而来的。能够坐在这里的都是在各个公司里干出了业绩的，他们都做好了给肖副总留个好印象的准备。

陆辛这么一想，有点慌了。人家都有特长，他的特长是什么呢？他认真地思索了一下。他能得到升职的机会，原因是什么？是他老实肯干，工作认真，态度端正，待人友善，积极向上吗？

菜已经送上来了，桌上的人都不熟，加上心思都在肖副总身上，所以只是有一搭没一搭地聊着，而且聊来聊去，无非是肖副总年轻有为、很有气质那几句。

大约五分钟后，小厅的门打开，一个保姆模样的女人带了两个孩子进来——一个男孩，一个女孩，男孩大约十岁，女孩只有五六岁。保姆把两个孩子送到肖副总身边，肖副总立刻满脸堆笑地将他们抱了过去，笑着说了些什么。

“这……肖副总都有孩子了？”职业装女人愣住了。

“哈哈，你是怎么打听的？”旁边的油头胖子笑道，“那是他的弟弟妹妹。老肖总的前妻在灾变中去世了，老肖总另娶了一位，生了一个男孩、一个女孩。肖副总对这两个同父异母的弟弟妹妹挺好的，估计老肖总愿意把集团交给他，也是因为他这个人重感情。”

“哦。”职业装女人看了油头胖子一眼，笑着举杯道，“待会儿留个联系方式，以后有机会合作。”

陆辛没想到他们把领导的家庭背景摸得这么深，顿时肃然起敬。他远远地看了肖副总一眼，只见他让小男孩坐在自己右边，又将小女孩放到自己腿上，一边逗她，一边笑着和周围的领导们说了些什么，看起来确实很疼爱他们。

只是，不知道是不是错觉，陆辛看到，当肖副总伸筷子夹排骨的时候，他的动作忽然停了一下。他看了看排骨，又深深地看了一眼自己腿上的小女孩，然后装作不经意地掩嘴咳嗽了一声，咽了一口口水。

不会有什么问题吧？陆辛觉得不太对劲。他想了一会儿，想起了妈妈的能力，就在心里尝试着唤醒那种感觉。当他的心情平静下来后，他的视野很快就出现了变化。

陆辛周围坐着很多人，他们喝酒吃菜，谈天说笑，非常自然。但在陆辛的视野之中，他们身上出现了种种不同的色彩。陆辛能够清晰地感觉到他们有着不同的情绪，精神体的状态也表现出了差异。

他看到，对面的职业装女人的小腹位置有一团异样的红色；油头胖子则是脑部不停出现蓝色；眼睛浮肿的年轻人一直忍着没喝酒，但他的目光一直瞄着酒杯，此时，他的胃部发着绿光；而那个不停看腕表的男人则隐约呈现出紫色。

这一眼看过去，捕捉到的信息太多，所以陆辛慢慢在心里分析着自己看到的画面："我对面那位大姐，她的红色代表着什么？情欲？那个发型很别致的胖子在想什么？嗯，他应该是在努力让自己冷静，想等肖副总过来敬酒的时候发挥得好一些。那个眼睛浮肿的年轻人应该挺想喝酒的，他已经很馋了，但是还在忍。戴表的大哥好像很陶醉啊，他觉得自己与众不同，比在座所有人都更有品位……"

陆辛缓缓转头，向肖副总看了过去。

肖副总正在回敬一位老领导，被他抱着的小女孩好像不喜欢他喝酒，她将小手举起来，想去捂他的嘴。周围的人都在笑，肖副总也笑了起来。他似乎想逗逗小女孩，像小狗一样汪汪叫了一声，张开嘴，一下子咬住了小女孩的手。小女孩嘻嘻地笑着，周围的人也都很开心。

但陆辛忽然皱起了眉头。他看到，肖副总的身体不明显地颤抖了一下，他强行压制着，嘴巴放开了小女孩的手。与此同时，他的胃部绿光大作，光芒比那个馋酒的年轻人的要强烈十倍！

陆辛花了几秒钟时间反复确认，然后慢慢收回了目光。他知道该怎么讨好肖副总了。

默默地吃了一会儿饭，他拿出自己的笔记本，在上面写了几个字，然后撕了下来。大约四十分钟后，肖副总开始敬酒，一桌一桌敬了过来。

看得出来，他确实很友善，跟每一桌的人喝酒，都要挨个儿碰杯，还要笑着聊几句。而从那些被他敬酒的人脸上的表情来看，他们的心情也都很不错。这场宴会的气氛显得十分融洽。

在大家的满心期待中，肖副总终于来到了陆辛这桌。陆辛注意到，有位穿着西装短裙的女秘书接过肖副总的杯子，似乎想把他的酒换了。

“不用，要有诚意嘛！”肖副总拒绝道，然后往杯子里倒满了酒。

“不好意思，现在才过来。”肖副总站在桌前，看着都紧张地站了起来的年轻骨干们，笑道，“其实我本来打算早点过来，和大家好好交流一下的，但我家老爷子和阿姨都去主城了，他们把两个小的送过来让我带着，我刚刚在酒店辅导他们做功课，耽误了一会儿，希望大家不要介意。”

“哪里，哪里……”大家慌忙道。

职业装女人举着杯，笑道：“肖副总真有爱心……”

“哈哈，也不算，弟弟妹妹小，总爱缠着我。”

肖副总笑着，先与大家一起喝了一杯，然后挨个儿敬酒。他也不是每对着一个人都要干一杯酒，但他至少会喝一口，而且没有区别对待谁。他认真地询问了每个人的姓名和职位，然后说了一些勉励的话。

“肖副总这么年轻帅气，一定很受女孩子喜欢。”

面对职业装女人的刻意亲近，肖副总不动声色地抽开了手臂，微笑道：“忙工作，没顾上。”

“哈哈，肖副总年轻有为，如果可以跟着您做事，那得是多大的福气啊！”

面对油头胖子的恭维，肖副总忙笑着摆手：“千万别这么讲，应该是我感谢你们的付出才对。”

“肖副总，您随意，我干了！”眼睛浮肿的年轻人直接倒了一大杯酒，一饮而尽。

肖副总连忙一口喝干自己杯子里的酒，笑道：“尽管喝，喝开心，但也要注意身体。”

“肖副总，您的表……咦？您没戴表？”

“我不喜欢那些东西，不过，王涛老哥，你这表挺漂亮啊！”

…………

肖副总一一敬着酒，最后才来到比较沉默的陆辛面前。

没办法，陆辛直到这时才发现，原来刚才落座的时候，其他人就已经选好座位了。他坐的正好是这一桌最不起眼的座位，也最难被领导们留意到。

这桌的其他人都还没有坐下，此时都向陆辛看了过来。看得出来，好几个人的表情都有些遗憾。肖副总看似与每个人都聊得很开心，其实他并没有对谁另眼相看，他们想给他留下深刻印象的目的算是失败了。不过，让他们每个人心里比较舒服的是，虽然自己失败了，但是其他人也没有成功……

“你好！你看起来很年轻呀，不知道该怎么称呼？”

肖副总端着酒杯，脸上挂着让人心生好感的笑。陆辛也端着酒杯，老实地回答：“我叫陆辛，是深度的。”

“好的好的，辛苦了！”肖副总笑容不变，举杯向陆辛示意。

但陆辛没有跟他碰杯，而是将左手伸了出去，手里是张字条。肖副总虽然愣了一下，但还是顺手接了过去。桌上的其他人都有些诧异，不知道这位小兄弟忽然给领导递字条干什么。

就在他们疑惑不解时，肖副总看到字条上的内容，忽然脸色大变。因为太过紧张，他甚至把手里的杯子摔到了地上，整个人也一下子向后倒去，撞倒了一张椅子。他表情惊恐，喉咙里发出了低沉的“嗬嗬”声。

“哎呀，肖副总你……”旁边的人都大吃一惊，急忙伸手去扶，小厅里的所有人都看了过来。

那位女秘书更是吃惊，急忙要去看肖副总手里的字条，但肖副总居然死死地攥住字条不让她看。然后，他挣扎着站了起来，看着陆辛的目光像野兽一般凶狠，让人不寒而栗。女秘书似乎感觉到了他身上那种骇人的气息，一时都不敢靠近他。

迎着那道阴冷、可怕的目光，陆辛眨了一下眼睛。

其实，这个人的反应让他有些意外。他就是为了不引起太大关注，才想到给他写字条的，哪想到他反应居然这么大。但是，大概是因为他正在借用“妈妈的视野”，他的心情很平静。肖副总骇人的目光没有吓到他，反而让他觉得十分有趣。他温柔地一笑，动作优雅地举起酒杯：“还喝吗？”

那位女秘书哪里会理他，她已经打算扶着肖副总离开，顺便叫保安进来了。没想到，肖副总阴森的目光忽然消失了。他的表情变得有点慌乱，先是点了点头，然后从桌上拿过来一个新杯子，倒满酒后慢慢向陆辛举了过来，声音显得有些干涩："不知你……你怎么称呼？"

陆辛微笑着与他碰了一下杯："刚才不是说了吗？我叫陆辛，在你家的深度公司工作。"

这场宴会，陆辛觉得还挺成功的，他如愿在所有的年轻骨干里脱颖而出，得到了肖副总的注意。

而且，他有一个意外发现。这次模仿了妈妈的能力后，他的情绪似乎出现了一点变化。他记得，当初在酒鬼家，他先是借用了妈妈的能力，紧接着便用了父亲的能力。结束后，有那么一会儿，他仍能感觉到愤怒的情绪缠绕着自己，甚至差点吓到了妹妹。不过，兴许是用完妈妈的能力后马上用了父亲的，他没有发现别的情绪。而这次结束后，他感觉自己……好像变得有点……小心眼？当时，肖副总摔倒后，陆辛以为他不会向自己敬酒了，就有点不满意。还好肖副总强撑着和他喝完了酒……

"小……小陆啊，你刚才……刚才究竟干了啥？"

开车载着陆辛回家的刘主任这时候吓得魂都快飞了，冒着冷汗偷看了一眼后视镜，只见陆辛正静静地坐在后座上，脸色平静，眼神涣散，好像在想事情。

刚才在宴会上，待人处事向来从容的肖副总居然好像变了个人似的，哪怕他极力装得若无其事，大家也能够看出来，他的身体在微微颤抖。

肖副总向大家道了声歉，很快就走了。剩下的人也没心情再吃下去了，勉强坐了一会儿，然后就都匆匆离开了。所有人都是满肚子诧异，他们都怀疑这可能与陆辛有关，但肖副总不说，谁又知道是怎么回事？

"哦？"面对刘主任的询问，陆辛反应了一下才笑道，"没什么，我就是跟他讨论了一下饮食。"

"饮食？"刘主任心里发毛，又偷看了一眼后视镜。

"是的。"陆辛坐在后座上，向后视镜坦然一笑。在微弱的灯光下，他的牙齿显得很白。

刘主任猛地一个哆嗦，不敢再问，一脚踩在油门上，飞快地向月亮台冲去。他真想立刻把陆辛扔下车，可是他不敢。

“这究竟是什么人啊？公司里都在传他有黑道背景，可是他这背景得多可怕，才会写张字条就把肖副总吓成那样？肖副总那人也不简单啊！肖家能把产业做得那么大，怎么可能没点道上的关系？说不定人家在城外还有私人武装呢！身为肖家大公子，怎么会这么害怕他？”刘主任心里一团乱麻。尽管他非常好奇，却不敢再问下去。

“谢谢主任，麻烦你了。”车子飞快地行驶到月亮台，陆辛从车上走下来，客气地向刘主任道谢。饭店距离他家那么远，按理说他坐地铁回来就好，刘主任却硬要送他回来，这真是……

“哎，不谢不谢，你可千万别跟我说谢谢。”刘主任车都没停，最后一个字说出来时，车子已经滑出去了。“嗖——”随着一个漂亮的甩尾，车子消失在了陆辛的视野之中。

“看不出来，主任这么大年纪，又不是精神能力者，车居然也开得这么好！”陆辛不由得称赞了一声，摇了摇头。

他没急着上楼，而是认真琢磨了一会儿，然后拿出手机打了个电话。

他觉得肖副总有问题。一是他反应太大了，二是在那么大反应之后，他居然立刻装作若无其事的样子，那张字条也被他塞进了口袋。这说明，他心里有鬼啊，问题很大！陆辛不能坐视，得向上头举报一下……

“单兵……先生，晚上……好呀！”韩冰的声音听起来断断续续的，而且不是很清晰。

“晚上好。你在干什么？”

“呼噜噜……噗……我在刷牙。”

陆辛怔了一下，忙道：“不好意思，不好意思，这么晚还——”

“嘻嘻，没事，单兵先生这么晚还打电话过来，一定是有重要的事情。”韩冰很快就轻快道，“是房子的事情吗？”

“不是啦，而且没那么重要。”陆辛急忙否认，然后将肖副总的事情如实说了。

韩冰听了，声音立刻变得凝重了些：“他是一位精神能力者吗？”

陆辛道：“应该不是。”

借助“妈妈的视野”，陆辛可以看到很多东西，他感觉，肖副总无论怎么看都与普通人一样，并没有什么特别的。

韩冰沉默了一下，道："这样的话，问题倒有些麻烦了。如果单兵先生只是看出来他有吃人的欲望，那这样的刑事案件——准确地说，是还没有发生的潜在刑事案件——是不归我们特清部管的，我只能将这件事转告警卫厅，请他们多多注意一下。但是……"顿了一下，她接着道，"如果对方还没有做什么，警卫厅恐怕也不好插手。"

陆辛细想了一下这里面的逻辑，点头道："我明白。"

"不过，单兵先生放心，我会让警卫厅那边重视一下，查查他有没有别的问题。至少今天晚上，无论怎样都会找个借口敲打他一下。这样一来，他就算真有问题，也不敢立刻下手。这样起码能保证两个小朋友今晚不会受到伤害。"

陆辛闻言，觉得韩冰的心思真细腻，他都没有考虑过今天晚上会不会出事。

"另外，"韩冰轻声道，"单兵先生，你也要小心哦！"

"小心？"陆辛有些不解。

"如果那个人真的不正常，而单兵先生又暴露了知道他的秘密，我担心他会……"

陆辛这才反应过来："哦哦，我明白了，我会小心的。"

"好的，单兵先生，晚安！"陆辛听到电话那端传来了放洗澡水的声音。

"好的，晚安。"

挂断电话之后，陆辛无声地叹了一口气。如今的他好像与之前有些不一样了，明明他可能遇到了一个会吃人的变态杀手，而且他已经引起了这个杀手的注意，但韩冰提醒他的时候，他居然没反应过来，就好像面对着这样一个可怕的家伙，他完全没有感受到什么威胁……

咦？他好像又忘了问她会不会参加高级人才培训会议！不过，人家这会儿可能已经躺进浴缸里了，还是不要再打扰她了吧。

第二天，到公司后，陆辛明显感觉到，同事们见了他似乎更紧张了。

有个正在吃鸡蛋灌饼的小姑娘被他看了一眼，居然立刻苦着脸把鸡蛋灌饼递了过来。陆辛当然没有接。她都已经吃了一半的东西，他怎么可能会要呢？把他当成什么人了？

陆辛在工位上坐下来，还没开始处理工作，就听到一阵骚乱。他转头看去，只见刘主任一脸紧张地陪着一个年轻人走了进来。

那年轻人正是肖副总，他穿着剪裁合身的黑西装，脸上戴着墨镜。似乎只有他一个人来了，没带昨天的那位女秘书。

刘主任殷勤地朝众人大喊："大家工作先停一下，集团的肖副总来看我们了，欢迎欢迎！"

整个公司里的人都蒙了，呆呆地看着肖副总。好半天才有人反应过来，急忙开始鼓掌："啪啪啪——"陆辛也跟着鼓掌："啪啪啪！"

"好好好，没事，不要影响大家的工作，我们去你办公室聊。"

肖副总体贴地向大家摆了摆手，藏在墨镜下的眼睛四处找了找，最后视线落在了陆辛身上。但他没有说什么，而是脸上保持着微笑，与刘主任一前一后地进了办公室。

这时，有不少人都偷偷向陆辛看了过来。昨天的宴会上，陆辛不知说了什么，吓得肖副总直接摔倒的事情已经传开了。现在有很多同事都认为陆辛的黑道背景比肖副总家还要大。

"小……小陆！"没过一会儿，刘主任忽然一脸紧张地跑到陆辛面前，脸上都冒汗了，"肖副总……想见你。"

周围的同事看似忙成了一团，有的在飞快地打字，有的在整理文件，其实个个腰杆挺得笔直，竖着耳朵偷听着。

"见我？"陆辛听了这话，觉得有些奇怪。昨天他以字条的方式道破了肖副总的秘密，今天肖副总就忽然来了公司，还点名要见他，这是要杀人灭口吗？他认真琢磨了一下，变态杀手的事情是不归特清部管的，肖副总也不是精神能力者，所以没必要叫妹妹过来，不如……

他心里有了主意，于是当着刘主任的面将自己的左轮手枪拿了出来，然后一脸平静地向刘主任道："走吧！"

刘主任看着陆辛淡定起身走向办公室的样子，吓得腿都软了。他想大喊一声，让肖副总快跑，但是他不敢。他想扑过去将陆辛摁倒在地，救下肖副总立个大功，但是他更不敢。他麻木地看着陆辛走到办公室门口，敲了敲门，然后推门进去了。办公室的门静静关上了，他用尽浑身力气，转头看向一个男同事："小尹，听说你家有个亲戚，在城外混得挺好？城外最近不像以前那样，到处抓人干黑工了吧？现在在城外工作，给不给交五险一金？”

陆辛走进办公室，看到肖副总坐在刘主任的沙发上，正用两只手揉着自己的脸。他脸上的墨镜没有摘下来，一听到陆辛进来的声音，他立刻抬起头来，墨镜下的目光带着一种异样的警惕与审视。

“肖副总好。”陆辛向他打了个招呼，然后看了看，在沙发对面的椅子上坐了下来。虽然他不确定这个想吃人的家伙叫他过来做什么，也做好了一见不对就立刻给他一枪的打算，但是在对方表现出恶意之前，他还是要对领导表现出应有的尊重！

“你叫陆辛，对吧？”肖副总的目光落在陆辛脸上后就一直没挪开过，死死地盯了他好一会儿才缓缓开口，“我查过你，你最近在公司里做得不错，好像有些背景。我爸爸的秘书专门给深度这边打过电话，把一个项目交给了你，不知道他为什么这么做。你在深度做了三年多，评过好几次模范员工。但我听说，前段时间，你去谈一个运输业务时，跟人闹了矛盾，还开了枪？”

听着他一点一点地数着自己的工作史，陆辛微微皱了皱眉头，然后他点头道：“对。”

肖副总似乎没想到他承认得这么干脆，有些不知道接下来该说什么了。沉默片刻，他沉声道：“你究竟是谁？”

这种问题根本没有意义嘛！于是陆辛只是静静地看着他，没有回答。他注意到，肖副总墨镜下的眼睛眯了起来，好像对他极有敌意。

肖副总也沉默地看着陆辛。身为上位者，他非常擅长用这种方式给人施压。但这一次，他看了很久，却发现陆辛的表情根本没有半点变化，也没有任何表示，这让他顿时有种一拳打中空气的感觉。

最终，他放弃了这种做法，用力揉了一下自己的脸，长长叹了一口气，道：“算了，这些我不问了。我今天过来，就是想好好问你一句，昨天你给我这个是什么意思？”

说着，他将一个纸团从口袋里掏了出来，展开，铺在茶几上。这张字条上只有一句话：“人不该，更不能想着吃人。”

他居然还留着这张字条？陆辛细想了一下，肖副总留着这张字条，便说明他对字条上的内容很重视，也就是说，自己确实说中了。今天一大早肖副总又过来找他，说明这个人……其实还有救啊！

陆辛笑了一下，道："其实很简单啊，就是字面意思。真的，你千万不要去尝试那种味道，无论是法律，还是道德，都是不允许的。"

"你……"看着陆辛一副好言相劝的样子，肖副总差点就发火了。但他只是瞪着陆辛，微微咬牙道："我是问你，为什么要给我这张字条？一个正常人怎么会忽然给人写这种字条，说这种话？"

陆辛认真想了想道："如果你正常，昨天看到字条的时候，就该问我了吧？但你却等到今天才拿着字条来找我……"他身子前倾，说出自己的结论，"所以，不正常的人是你。"

"你……"肖副总死死地盯着陆辛，然后忽然站了起来。

陆辛都做好开枪的准备了，却看到肖副总走到门口打开门看了一眼，确定外面没有人偷听，这才重新将门关上，然后走了回来。他没有坐下，只是直直地看着陆辛道："我做的那个梦是不是和你有关？"

"梦？"陆辛怔住了。

肖副总伸手摘掉墨镜，露出了满眼的红血丝。看起来，他好像整整一夜都没有睡。这样一双充满疲惫的眼睛使得他那张英俊的脸显得有些扭曲。"整整折磨了我一个月的噩梦，是不是和你有关？"

陆辛意识到，事情可能和他想的不太一样。他略作思索，问道："究竟是什么梦？"看到肖副总一脸警惕的模样，他和善地笑了笑，又道，"没关系，你可以告诉我的。对于看起来比较奇怪的事，我处理起来还是有一点经验的。"

肖副总愣了一下。他很擅于通过表情判断对方撒没撒谎，而陆辛的表情告诉他，他是认真的。

他深呼了一口气，缓缓坐了下去，有些无力地道："你先告诉我，为什么给我写字条？"

陆辛直接道："我能看出来，你特别想吃了……"他的声音很轻柔，并且故意停顿，好观察肖副总的反应。但他很快便发现，根本不用观察，因为肖副总的反应实在太大了——他的脸上满是惊恐，身体颤抖起来。

过了一会儿，他才轻轻点了一下头，声音异常干涩："我……确实想。或者说，我已经……吃过了。而且……已经连续吃了一个月了！"

“嗯？”陆辛这下是真的有些好奇了。

肖副总把茶几上的水端起来，一口气喝掉，长长地吁了一口气才道：“一个月前，我开始梦到一些奇怪的场景。在梦里，有人将我的弟弟妹妹杀死，做成……食物……强迫我吃！”

他眼睛瞪得大大的，喉结不停地滚动：“你能想象那个面画吗？他用精致的银盘子端到我面前，然后撬开我的嘴巴，硬逼着我……”

陆辛想象了一下那个画面，平静道：“是怪吓人的。”

“你！”肖副总瞪了他一眼，好像有些生气，“你这样子一点也不像被吓到了！”

陆辛点了点头：“我习惯了。”

听了这话，肖副总不知想到哪里去了，一阵毛骨悚然。不过，陆辛毕竟是第一个看出他有那种念头的人，而且他已经压抑了许久，实在是不堪重负，所以，犹豫片刻后，他还是说了下去：“第一天晚上醒来后，我第一时间跑去看我的弟弟妹妹。虽然他们和我不是一个母亲生的，但我真的特别喜欢他们。还好，弟弟妹妹都没事。父亲奇怪地问我怎么了，那样吓人的梦，我没敢告诉父亲，也没有放在心上，只当自己压力太大了。”

肖副总顿了一下，继续道：“没想到，第二天晚上，我又做了那个梦。”他的眼神变得有些迷离，“还是那个地方，还是那个人。我看不清他的样子，只看到他又杀了我的弟弟妹妹，然后……然后……他捧着一个红色的瓦罐来到我的面前。我意识到自己在梦里，就拼命地挣扎，但无论怎么挣扎都无法醒过来！我还是吃下了那个……后来，他每天晚上都……”

肖副总脸上的肌肉颤抖起来，说话的声音有点飘忽。

陆辛看出他的紧张，好心地掏出烟来递给他。肖副总摆了摆手，从西装口袋里掏出一个扁平的银色盒子，打开之后，里面是一根根有着金色过滤嘴的香烟。他颤抖着抽出一根烟叼在嘴边，用打火机点燃，然后顺手把烟盒递给陆辛。

陆辛接过烟盒，示意他继续。

“这样的噩梦我做了很多天，那个人每天晚上都会出现在我的梦里，而我每次都只有吃完了才能醒来。”

陆辛问道：“你一直没有告诉你的家人吗？”

“怎么说？”肖副总的情绪有些激动，“就说我每天晚上都会梦见吃了自己的弟弟妹妹？”

“这确实有些难以启齿。”陆辛又问道，“只是这样吗？”

肖副总过了一会儿才点了一下头：“是的，只有这样的梦，每天重复。我的弟弟妹妹都好端端的，我除了睡眠不太好，也没有别的异样。但是……”他顿了一下，抬头看着陆辛，眼睛红得厉害，“我……上瘾了！”

“上瘾了？”

听着肖副总的讲述，陆辛本来觉得还好，只是做噩梦而已，这时候才想起来他的那种念头是在清醒的时候产生的，顿时意识到了这件事的严重性。

迎着陆辛投过来的目光，肖副总无力地抓了一下自己的头发。然后他深深地吸了一大口烟，继续道：“我每天都被那个人逼着吃掉……吃掉那样的东西。虽然那是一个异常恐怖的噩梦，但我……我还是变了口味。有人说，在梦里其实是没有味觉的。现在我知道了，这话是假的。我就是在梦里，每天变着花样，吃我的——吃那东西。那东西是那么的……美味，我醒来后都忘不掉。这段时间，我开始疯狂吃肉，各种动物的肉都尝试过，但是……不行。”

一口气说到这里，他有些疲惫地停了下来，双眼充血地盯着陆辛，低声道：“没有任何现实中的食物比得上我在梦里尝到的味道，它们是那么的寡淡无味，吃起来就好像在嚼木头。于是……于是我……甚至有些希望快点入梦。”

陆辛脸色平静地道：“这想法有些可怕。”

肖副总又瞪了陆辛一眼，似乎想说什么，但只是叹了一口气。

“梦里的一切对我来说不再那么可怕了，但有一天，我被现实中的自己吓到了。”又抽了几口烟，他接着叙述起来，眼神变得有些惶恐和惊惧，“每天在梦里吃到的那样东西，我醒来后……也好想吃。这种欲望好像一直在叠加，一天更比一天强烈。有一天，我回家吃饭，弟弟妹妹来找我玩。我抱起他们，心里忽然生出了一个可怕的念头……我……”他的脸上仍然是一片惊惧，但在这惊惧之中，又藏着一丝异样的贪婪，“我有很强烈的冲动，想把他们……”

因为知道他并没有付诸行动，所以陆辛只是平静地点了点头。

“发现这个念头之后，我很害怕……”肖副总见陆辛并没有开口说话的意思，只好继续讲了下去，“从那时候开始，我就尽量少回家。以前我几乎每天都会回家，但这段时间我尽可能住在公司里，哪怕必须回去，也尽可能躲着弟弟妹妹。我真的受不了那种忽然从心里涌出来的感觉。”

陆辛赞赏道：“你做得很对。”

“可是这样也解决不了问题啊……”肖副总的情绪慢慢平复，整个人显得异常疲惫，“我不可能一直躲着弟弟妹妹的，毕竟我家——可能你也听说了，虽然我母亲去世了，但是阿姨对我很好。父亲年纪大了，他特别疼爱弟弟妹妹，最担心的就是我们三兄妹将来不和。我比我弟弟妹妹大很多，如果我真有私心，他们不可能斗得过我。而如果父亲提前把家产分给我们，在如今这个经济环境下，我们集团的企业竞争力会被削弱。所以，父亲很看重我对弟弟妹妹的态度。说实话，我能在集团发展得这么顺利，就是因为父亲和阿姨都相信我，知道我疼爱弟弟妹妹，不可能对他们不好。若不然，阿姨可能早就开始给我使绊子了。我心里其实特别感激她，也很喜欢我们家和睦的氛围。偏偏我一直做着这样的梦，也感觉自己越来越不正常。这样的事情，我又不敢对他们讲，不敢跟任何人讲。一不小心泄露出去，我立刻就会陷入万劫不复之地……

“这一次，如果不是父亲和阿姨一起去主城办理定居的手续了，在二号卫星城上学的弟弟妹妹只能交给我来照顾，我都不会允许自己接近他们俩。昨天晚上，我真的……我真的很害怕，他们俩越是想找我玩闹，我越是害怕自己会做出什么无法挽回的事……幸亏有警察来调查情况，我正好去警卫厅待了一晚……”

脸色苍白、头发凌乱的肖副总围绕着家庭关系絮絮叨叨说个不停，陆辛没有心情理会他突然爆发的倾诉欲，只是默默地想着他的遭遇。每天晚上都做吃掉弟弟妹妹的梦，渐渐上了瘾，这究竟是什么原因？他是遇到了污染源吗？如果是，那究竟是怎样的污染源？怎么只影响了他一个人？还是说，其实他们一家人都……

陆辛想着想着，想起九大精神能力体系中有一种叫“造梦系”。会是造梦系精神能力者在对他施加影响吗？

“你……怎么不说话了？”肖副总自顾自说了一会儿，没听到陆辛的回答，抬头一看，只见陆辛皱起眉头，一副若有所思的样子。他瞬间慌了，忙问道：“我没救了吗？”

“嗯？”陆辛回过神来，赶紧摇头道，“没有，我在想别的事。”

肖副总满脸祈求地看着他：“你说你有处理这种事的经验，那么——”

陆辛打断道：“你等一下，我先去打个电话。”说完，他起身向办公室外面走去。

当陆辛走出办公室时，无数道目光一下子集中到了他的身上。

所有同事都呆呆地看着他，正窝在陆辛的工位上的刘主任更是猛地抬起头来。他先看向陆辛，然后看向办公室，生怕里面流出鲜血，或是躺着一具尸体。他一直在等办公室里传出枪声，等得心都焦了。

陆辛这时候正有心事，没有理会他们，径直去了楼梯间。他从肖副总给的烟盒里抽出一根烟点燃，然后播出一个电话号码。

“单兵先生，早上好呀！”韩冰好听的声音马上传了过来。

“哦哦，早上好！”陆辛愣了一下，憋出一句话，“吃早饭了吗？”

“吃过啦。”韩冰笑着回答，然后补了一句，“吃的小馄饨。”

“好，挺好的。”陆辛定了定神，没有继续探讨早餐的话题，压低声音道，“我昨天跟你说的那个肖副总，他今天来公司找我了。不用担心，他好像不是变态杀手……他之所以变成这样，是因为这一个月以来，他一直在做一种怪梦……”尽可能简短地描述完后，他问道，“所以，这种情况你认为是怎么回事？”

“造梦系精神能力者？”韩冰反应很快，立刻冷静地分析道，“他好像是受到了某种强烈的心理暗示，产生了扭曲的欲望。”

“对。”陆辛道，“我也觉得可能是这样，所以我有一个问题——”

韩冰温柔地打断道：“单兵先生，如果真是造梦系精神能力者在对他施加影响，那便说明情况比较严重。因为造梦系很特殊，它属于影响组，很难对付……”

“影响组？”陆辛愣了一下，隐约觉得在哪儿听过。

韩冰解释道：“这也是培训的内容，你很快就会学到。红月亮事件之后出现了越来越多的精神能力者，我们的重要工作之一便是命名并记录每一种精神能力。但各种各样的精神能力实在是千奇百怪，很难用几个字概括清楚，所以有时候，我们只能抓住它的部分特性给它命名。因此，我们会把一些有相似特点的精神能力划分为一个组别，这样一来，即便一时无法完全摸清某种精神能力，也可以根据其组别进行大体的推测与参考。比如，造梦系、催眠系的主要效果都是影响他人，所以划为影响组；而公主系、木偶系主要表现为对他人的操控、掌握，因此属于支配组。此外，还有扭曲组、暗示组、深渊组，等等。”

“这么复杂？”陆辛突然想起来，似乎是秦燃在开心小镇说过类似的话，于是下意识问道，“那毁灭组是什么？”

韩冰怔了一下，笑道：“什么毁灭组？好像没有这个组别。”

“哦哦。”陆辛想着自己可能记错了，也不是很关心，转而道，“其实我不是想问这个。”

“嗯？”听这语气，韩冰的头顶上应该出现了一个小问号。

陆辛有些不好意思，脸都红了，但仍然问了出来：“那个……这件事如果我处理了，算不算是完成了一个任务？可以领报酬吗？”

韩冰那边静了片刻，然后她轻轻一笑，开心道：“单兵先生，处理了违法犯罪的精神能力者，最少会有五万报酬哦。”

陆辛弹掉长长的烟灰，笑得很灿烂：“好的！”

“我可以帮你！”

陆辛回到办公室时，看到肖副总坐立不安，不停地拍打身上的口袋，翻沙发垫子，似乎在找他的烟。他不动声色地坐下，好心地将自己的烟让了一根给他，还用自己的复古打火机帮他点燃了。在肖副总感激的眼神之中，他平静地说出了自己的决定。

“咳咳……”肖副总顿时连声咳嗽起来，一是因为这烟他抽不惯，二是因为激动。他掐掉烟，努力睁着被烟熏得几乎要流出泪来的眼睛，惊喜地问陆辛：“你真的可以帮到我？”

陆辛看着被他抽了一口就掐掉的烟，皱了皱眉头，点了一下头。

“好，好！”肖副总激动地站了起来，但站起来之后又不知道该做什么，于是原地转了两圈，“如果你能帮到我，那我……我就给你五万——不，十万报酬！”

“嗯？”陆辛顿时瞪圆了眼睛，直直地看着他。

肖副总莫名被吓了一跳，心虚道："那……再加点？"

此时的陆辛简直要后悔死了，心想，早知道就不给韩冰打那个电话了！但他冷静下来一想，电话已经打了，韩冰肯定也已经帮他递交申请了，这就是公事了，公事是不能再私下收人家的钱的。他心里一阵刀割似的疼，十分不满地看了肖副总一眼："我们有自己的原则，不乱收钱！"

肖副总被他的眼神吓了一跳，心想，难道是自己提钱的事冒犯了他？是了，他看起来确实有一种身怀绝技、视金钱如粪土的气质。

压制住内心的激动，肖副总定了定神，忙问道："什么时候？"

陆辛气还没消，沉沉地叹了一声，起身向办公室外走去："下班后再说吧！"

肖副总连连点头，但又忍不住问道："为什么？"

陆辛回头看了他一眼："因为我要上班。"

肖副总呆呆地看着陆辛走出办公室，坐到他的工位上，拿起手边的文件开始认真处理。可能是因为太长时间没睡好了，这时的肖副总大脑有些不好使。陆辛是他手底下公司的员工，所以要上班，也就是给他打工，帮他赚钱。而他其实并不缺钱，且愿意花很多钱来解决眼下这个最难的问题。但陆辛是不在乎钱的，他无法用钱去打动他，所以他只能老老实实等他下班之后再帮他处理问题……好像有哪里不对，但逻辑又挺自洽的。

这一整天，刘主任都没能回到自己的办公室，因为肖副总把办公室占了，他怎么也不敢回去跟他抢地方。

午饭是叫的盒饭，肖副总请的。肖副总本来想请陆辛出去吃，但见陆辛正在认真地忙工作，他实在不敢打扰，所以干脆让刘主任出去定了带鸡腿的盒饭，每人一份。看到陆辛拿到盒饭时开心的笑容，肖副总长长地松了一口气。

下午，肖副总盯着时钟，一动不动地坐着。六点一到，他"腾"的一声蹿出办公室，三两步冲到陆辛面前，眼神渴望地看着他。这一幕把整个公司的人眼睛都看直了，不明白这到底是咋回事。

"陆——"肖副总刚开口，却不知道该怎么称呼陆辛，只好含混过去，"可以一起吃晚餐吗？"

陆辛看了一眼电脑上的时间，道："我晚上还有点事。"

肖副总顿时大为紧张："那……我……这样，要不我送你过去，再等等你？"

陆辛认真考虑了一下，道："也可以。"

然后他就在所有同事的注视下背上背包，与肖副总一起离开了。

在他们走后，整个公司都沸腾了。

"这是怎么回事？"

"小陆是怎么做到的，居然把肖副总吓成了那样？"

"我的天，他不会是绑架了董事长吧？"

"他向肖副总下了追杀令？"

"你们都想得这么血腥吗？我怎么感觉，肖副总是看上他了？"

"……"

刘主任看着一前一后下楼去的两道身影，心里飞快地琢磨了半晌，然后对自己的秘书叮嘱道："小王啊，明天你叫装修工人过来，把那块隔板去了，修一间办公室出来吧！算了，今天晚上就叫过来吧，连夜改……"

肖副总开车把陆辛送到警卫厅门口，然后目送陆辛走了进去。

看着陆辛熟门熟路的样子，肖副总的心里顿时涌现诸多猜测：他来警卫厅干什么？难道他是警卫厅特聘的奇异人士？他是不是来提前做一些安排的？

事实上，陆辛是过来接受培训的。培训期间每天都有一百元的补贴，如果没有太重要的事情，他不想缺席。至于让肖副总跟来，原因有两个。第一，正常来说，陆辛不该让其他人知道自己在特清部的这份工作，这不是为了保护他自己，而是为了保护别人。但肖副总已经遇上了与特殊污染相关的事，保密条款对他暂且失效。第二，如果放他单独回去，谁也不敢保证在这段时间里，他接触到他的弟弟妹妹会不会出什么意外。陆辛让他跟过来，出了事也方便照应。

"今天晚上先重点了解一下造梦系吧！"陆辛坐下后，向音箱里的韩冰说道。

"好的，今天上午单兵先生通知我之后，我就着手准备了相关资料。"音箱里响起韩冰柔柔的声音，同时，会议室的大屏幕上显示出一些信息。

听到“通知”俩字，陆辛又忍不住一阵惋惜，心情低落了一些。他当然不能怪韩冰，但莫名对楼下的肖副总多了几分怨念。

“造梦系是青港城特清部研究得比较深的精神能力体系之一。特清部一共招募了两位造梦系精神能力者，其中一位殉职了，另一位仍然在主城负责特殊污染清理工作。虽然我们对造梦系研究得比较详细，但不得不承认，造梦系是公认的最诡异、最难应付的体系之一。造梦系的核心能力是可以进入别人的梦境，从这种核心能力出发，又延伸出了强制入梦、梦境穿梭以及操控梦境三种能力。搭配使用这三种能力，可以做到很多匪夷所思的事情……”

在韩冰轻柔的讲述声里，陆辛认认真真地做着笔记。只不过，他偶尔会幽幽地叹息一声，似乎有些失落。

“单兵先生今天的心情似乎不太好？”韩冰捕捉到几声叹息，忍不住暗想，“是因为我今天的辅助工作很不到位吗？”

与此同时，陆辛的脑海里不停地冒出一个念头：“十万块呢！”

走出警卫厅的时候，陆辛已经吃过了一份红烧肉盖面，也做好了应对这次任务的准备。

他刚刚不仅尽可能多地了解了有关造梦系精神能力者的信息，还申请了两枚特殊子弹。造梦系属于影响组，他了解到，影响组精神能力者之所以不好对付，是因为他们几乎很少与人正面交手。他们的能力非常诡异，让人防不胜防，这个特点让他们成了异常可怕的存在。很多时候，受害人直至被他们折磨到死，都不知道他们究竟在哪里。

在特清部的规定中，蜘蛛系精神能力者一般不会单独处理与造梦系有关的污染事件，因为太吃亏了。就算要处理，也一定会配备特殊子弹，尽量弥补自身的不足。陆辛之所以可以接这个任务，大概是因为他的资料已经变更了，不再是单纯的蜘蛛系。尽管如此，特殊子弹还是备着比较好。

看到肖副总坐在车里啃面包，陆辛这才想起来，他倒是吃饱了，肖副总还饿着呢。肖副总也真够有诚意的，等了这么久都不肯离开，买个面包就凑合了一顿。不过，陆辛很快就发现他吃的面包跟“凑合”并不沾边，那面包不仅烤得酥脆松软，上面甚至有果干和奶油，还夹了一根肠。他一下子就不觉得抱歉了，径直走到车边。

“陆大师，你有办法了吗？”肖副总一看到陆辛过来，急忙将剩下的面包塞进嘴里，跑下车给陆辛开车门。

“大师？”陆辛看了他一眼，表情有些古怪。

“对啊……”肖副总很喜欢自己刚想到的这个称呼，觉得很合适，“你不是懂得处理那种事吗？”

“这世上是没有鬼的。”陆辛认真向他解释道，“所以你遇到的事肯定不是你想的那样。”

肖副总愣了一下，觉得自己好像听明白了又好像没明白。他也管不了那么多了，忙问道：“那么，咱们现在该怎么做？”

他殷勤地坐上驾驶座，态度非常恭敬。毕竟，陆辛不收他的钱，而且听说他的事之后，立马跑到了警卫厅，这肯定是来查资料的啊！而且查了这么久，估计连饭都没有吃，这样的人怎么不值得他尊重呢？他唯一有点不理解的是，这样的世外高人，为什么要在他家的小公司里当“社畜”？

“肖副总，你晚上住在哪里？”陆辛想了想，询问肖副总。

“别……别叫我肖副总，我叫肖远，你叫我小肖就可以了。”肖远急忙自报家门，然后才道，“之前我是住在家里的，但是因为我想……想躲着弟弟妹妹，所以就借口工作忙，在蓝山大酒店定了一个套间。我爸和阿姨这几天去主城办事了，弟弟妹妹就被送到酒店来了，我正在考虑要不要单独回家住。”

“不用了。”陆辛道，“今天还是去酒店吧！”

肖远有些紧张：“因为我们要做的事和弟弟妹妹有关吗？”

陆辛有些奇怪地看着肖远道：“不是啊。你弟弟妹妹跑到酒店来找你，你却又跑回家了，就不担心你爸爸和阿姨会觉得你是故意扔下他们不管吗？”

肖远没想到陆辛考虑事情居然这么周到，只好讷讷地点点头。反正他就算回酒店，也绝对不会和弟弟妹妹住在一个房间里，以免出事。再加上，如今有陆辛在身边，他也能比较放心。于是车子启动，径直向蓝山大酒店驶去。

陆辛经常从气派的蓝山大酒店前经过，只是想都没想过有一天可以住进去，更想象不到居然有人可以拿工作忙当借口，每天都住在这样的酒店里。肖远每天赚的钱能有酒店房费多吗？陆辛想着这个问题下了车，又回头看了一眼肖远开的车，确定地想，应该是有的。在卫星城，判断一个人有没有钱，只看一点就够了——看他开的车实不实用，越不实用就越有钱。

“小肖总，您终于回来了，萝萝和童童一直要找您呢！”肖远与陆辛刚走进酒店，那位女秘书和其他助理就急忙迎了上来，先是着急地询问肖远这一天都去哪里了，有很多公务等着他处理，又说弟弟妹妹闹了一天，要他陪着出去玩。

肖远没有心情跟他们多说，只是吩咐自己有正事要做，任何事情都等到明天再处理。他走了没几步，又回头吩咐人送些吃的和两瓶红酒到套间里去——他还惦记着，陆大师到现在都还没吃饭呢！

女秘书听了这话，顿时有些狐疑地扫了陆辛几眼，眼神闪烁。助理们也面面相觑，窃窃私语。

“难道……”

“不会吧？！”

“居然……”

“为了让你放心，我现在给你看一下我的证件。”

肖远的专属套间分成里外两间，外面是豪华的客厅，里面是档次很高的卧室，家电一应俱全，甚至有专门的衣帽间以及一整套最新的游戏设备。这客厅比陆辛家都大，他有些惊讶。不过他没有露出大惊小怪的表情，坐下后便按流程向肖远出示了证件。“你遇到的应该是一起精神污染事件。我现在没时间跟你解释精神污染是什么，你只需要知道，我就是处理这种事的人，而你要做的就是全力配合我，可以吗？”

看到证件上红彤彤的印章与深刻的钢印，肖远肃然起敬。尤其是陆辛说这些话的时候表情严肃、平静，一下子就打消了他所有的顾虑。他用力点头，紧张得额头直冒汗：“可……可以。”

“那行。”陆辛收起证件道，“你上床躺着吧！”

肖远急忙答应，和衣躺在里间的床上，身子绷得紧紧的。

陆辛从自己的背包里取出左轮手枪，检查了一遍又放回去，然后将今天记的笔记摊开，认真复习，以免待会儿出纰漏。

肖远在床上绷得像根棍一样，五分钟过去了，他小声问道：“陆大师，然后呢？”

陆辛诧异地看了他一眼："然后你睡啊……"

肖远蒙了："睡？"

"对啊！"陆辛没想到肖远反应这么迟钝，"你不睡怎么做梦？"

"啊这……"肖远直愣愣地坐了起来，傻傻地看着陆辛，"所以，陆大师你的意思是，我得赶紧睡着，然后，当我再次做那个……那个特别可怕的梦时，你就可以想办法帮我了？"

陆辛皱眉道："你既然知道，怎么还不睡？"

肖远闹了个大红脸，不敢多说什么，只是小声道："我收拾一下。"

就在陆辛继续看笔记的时候，肖远跑进卫生间，又是洗澡，又是刷牙，又是换睡衣，还在身上喷了一点点不知名的水，这才踩着一双毛茸茸的拖鞋跑到床上，哧溜一声钻进了被子里。他拍松了枕头，又喝了一杯水，然后两只手扯着被子，躺在床上闭上了眼睛。

"有钱人的生活都这么麻烦的吗？"陆辛在心里吐槽了一句，然后转头继续看笔记。

这时候，门铃响了，陆辛过去打开门。服务员推着餐车走进来，餐车上放着几个扣着不锈钢餐盖的盘子，另外还有一个冰桶，冰桶里放了两瓶红酒。肖远的女秘书跟在服务员后面，踮着脚往里看。当她看到肖远躺在床上的时候，她的脸唰的一下就绿了。

陆辛没有拒绝上门的美食，想着等会儿可以当夜宵。毕竟，因为那个打得太快的电话，他帮肖远省了那么多钱……吃顿夜宵过分吗？

餐车留了下来，房门在女秘书绝望的眼神中关上。陆辛正准备看看都有什么吃的，忽然感觉不对，猛地转头，只见肖远缩在被子里，正眨巴着眼睛看着他。

陆辛顿时想，幸好他没有直接去揭开盖子，要不然得多尴尬啊？他无奈地问道："你怎么还没睡？"

肖远的声音有些委屈："不是，我这一下子躺下来，真的睡不着啊！"

陆辛眉头微微一皱："你不睡我怎么观察你的状态？"

肖远不敢还嘴，又在床上躺了一会儿，忽然心一狠，从床上跳下来，快步走到餐车旁，郑重地点头道："就靠你了。"然后他一把抓起冰桶里的一瓶红酒，利索地拔出酒塞，仰头咕嘟咕嘟地往肚子里灌。

一瓶酒灌完，肖远的脚步踉跄了一下。陆辛目瞪口呆地看着这一幕。

“就靠……靠你了！”肖远晃了晃，努力将酒瓶放稳，然后晃悠着回了床上。他被子也不盖，就那么一趴，不一会儿就响起了细细的鼾声。

“啊这……”陆辛收起快惊掉的下巴，摇了摇头。

确定肖远已经睡着了，他松了一口气。又看了一会儿笔记，他摸出烟盒，从里面拿出一根有着金色过滤嘴的烟叼上。然后他走到窗边，打开窗户抽起烟来，一边抽一边默想着今天了解到的关于造梦系精神能力者的资料，以及自己的计划。前期的准备很重要，他要尽可能不出纰漏。现在只看肖远什么时候进入那个梦境了。

正想着，他忽然听到身后有窸窸窣窣的声音，心里一凛，立刻转过头。然后他就看到，肖远居然又爬起来了。他刚想问他为什么还没睡，但下意识住了口，静静地看着他下了床，赤着脚走到客厅里。

走到餐车旁边，肖远伸出一只手拿起一个银色的餐盖，另一只手则高高地举起来，用力地向餐盖“砍”了下去。一下、两下……手掌砍到餐盖上，发出一种闷闷的声音。砍了一会儿，他露出开心的表情，又拿起另一个餐盖继续砍。

不多时，他结束了挥砍的动作，缓缓蹲下身，两只手伸下去，做出正在掏什么东西的样子。然后他抬起右手旋转了一下，好像在拧什么开关一样。接下来是冲洗的动作，同时他深深吸了一口气，表情非常愉悦。

陆辛微微皱了一下眉头，知道肖远在做什么了。他不动声色地继续看着他。

这一切就像一出无实物表演。冲洗完毕，肖远又做出切割的动作，然后是装盘，中间甚至有一个拧开什么东西往外挤的细微动作。最后，他坐在床沿上，两只手抬起来，拿起看不见的刀叉把盘子里的东西喂到了自己的嘴里。他的嘴巴咀嚼了几下，神情激动而满足。

“吃生的？”陆辛皱着眉头暗道。从肖远的讲述来看，他是被某个人逼着吃掉那东西的。但现在看来，全程都是他一个人在忙活，而且他的动作很熟练，表情很享受。所以，肖远是对自己从被动到主动的转变有所隐瞒，还是从一开始就撒了谎？

陆辛没急着打断肖远，而是仔细地打量着他，不消一会儿就确定了，他的身上没有精神怪物的存在，也没有连接着丝线一类的东西。此时此刻，他眼中的肖远非常正常。这里的“正常”是指他的一切动作都是他自主做出的，没有身体被操控或者被附身的痕迹。

“那么……”陆辛决定借用妈妈的能力。他回想着妈妈的模样，同时让自己平静下来，渐渐地，眼前的画面出现了变化。

肖远身上有一点绿色的光芒，代表着他进食的欲望，此时它正在变强烈。按理说，梦里的他正在吃自己想吃的东西，这种欲望是会得到满足的。但是，因为梦里只有虚无，所以那只是虚假满足。这种欲望实际上是不停在积攒的——他只会越来越馋。

除了不停累积着的进食的欲望，陆辛通过仔仔细细的观察，又在他身上看到了一个不太正常的地方。

一根细若游丝的白色线条依附在他的精神体外围，像一道影子一样与他的身体重叠在一起。

这道白色影子极微极淡，与肖远的身体融合得极深，几乎难分彼此。哪怕借用了“妈妈的视野”，陆辛也只能勉强分辨出来。这还是在肖远正处于梦境影响的情况下，若他是清醒的，就算陆辛借用了“妈妈的视野”，估计也无法发现它的存在。

“这就是让他受到影响的那种力量？”陆辛略有明悟，但很快就又皱起了眉头。肖远身上的问题是找到了，但他该怎么帮他解决这个问题呢？

一开始，他的计划是观察肖远，看他在做那个梦时，身边是不是会出现精神怪物，或是类似精神丝线一样的东西。无论是哪种，只要出现了，他就可以顺藤摸瓜，找到始作俑者。但如今，两种情况都没有，问题的难度稍稍增加了。

那道白色影子在肖远的体内，几乎与他融为一体了，要帮他取出来，就会伤到他本身。也不知道如果妈妈在这里，能不能在不影响到他的情况下，帮他清除掉白影。只可惜，陆辛已经与妈妈约定了，在他成功进入第二阶段前，暂时不让家人帮忙。他已经提交了进入第二阶段的申请，还没有得到批准，这时候请家人出来帮忙，容易节外生枝。

既然这样……陆辛思索一番，心里很快有了主意——问问韩冰该怎么办。

因为这不是特清部指派他处理的特殊污染事件，所以他没有与韩冰连线。但他遇到了觉得棘手的问题，请求信息支持是很正常的。只是，那样一来，他的报酬可能要分出去一部分了。唉……虽然他很心疼，但毕竟救人要紧。

心里这样想着，陆辛已经拿起了自己的背包。

“嘀——”就在这时，房门外忽然传来一声轻轻的电子音。那是刷房卡的声音，有人来了。

紧接着，酒店房门被推开了。两个小孩吵吵闹闹地钻了进来，大笑着跑向肖远，一边跑一边大叫着：“哥哥，哥哥，终于抓到你啦！”

陆辛用“妈妈的视野”看向外面的走廊，肖远的女秘书正躲在走廊不远处。

此时的肖远已经“进食”到了中途。他吃得越多，那种积攒的欲望就越强烈，且无法排遣。当弟弟妹妹冲到他身边时，他明显愣了一下，无实物表演也忽然停了。他下意识吸了一下鼻子，下一秒，他满脸都是狂喜。

他用力将小男孩扯到怀里，狠狠咬了一口。小男孩虽然被咬得有些疼，但还以为哥哥是像平时一样在跟自己闹，于是闭着眼睛大笑着。小女孩则抱着哥哥的胳膊，也想得到哥哥的关注。

陆辛一个跨步来到肖远身前，伸手捏住了他的下巴。同时，他将另一只手探下去，从肖远紧紧收着的两条胳膊里将小男孩解救出来，顺手扔向枕头位置。然后，他脚下一勾，将旁边的一个柜子打开，顺势用腿将小女孩推进了柜子里。

“嗬嗬嗬……”感觉到弟弟妹妹的气息在离自己远去，肖远愤怒地站了起来，向柜子扑去。

陆辛身子微微后仰，同时脚下一踢，肖远便结结实实地扑倒在地。然后陆辛抬脚踩在他的脊椎下方，让他使尽力气也爬不起来。

直到这时，两个小孩才反应过来，“哇”的一声哭了起来。

在门口偷看的女秘书显然没料到会出现这样一幕，顿时着急忙慌地踩着高跟鞋跑了过来，同时叫道：“你干什么？保镖，保镖快来！”

看不出来，她居然是个彪悍型的，在跑的过程中顺势抄起了茶几上的烟灰缸。

陆辛把手伸进背包里，还不等她的烟灰缸砸下来，就掏出枪指着她的脸。

女秘书大吃一惊。这把枪的存在超出了她的意料。这人不是分公司的小职员吗？怎么会有枪？

走廊上很快便响起了沉重的脚步声，是肖远的保镖们。他们一直在这层楼别的房间里待着，一听到女秘书的喊声，他们立刻往这边跑来。

陆辛脚下的肖远正红着眼睛，使劲地扒拉柜门。柜门已经被他拉开了，那个害怕的小女孩离他的手只有不到十厘米的距离。

此时的局面很紧张，陆辛微微皱起了眉头。如果那几个保镖冲进来，陆辛无法确保自己可以在控制好肖远的同时解决掉他们。短时间内，他又解释不清。若是平时，他可能已经有些烦躁了，但此刻，他正处于借用“妈妈的视野”的状态，比平时要冷静多了，所以，他快速做出了判断。

女秘书这时候终于反应过来，似乎是陆辛人畜无害的长相给了她一点底气，她狠狠地质问道：“你怎么敢？！”

还不等她把话说完，陆辛就微笑道：“是你给他们房卡的吗？”

女秘书被他说中，愣了一下。

陆辛摇摇头，仿佛看穿了她的所有心思：“吃醋了？你的思想真够肮脏的！”

话音未落，枪口下移，扳机扣动。“砰！”这一枪打在了女秘书的腿上，女秘书脸上刚刚堆起的恼羞成怒一下子消失得干干净净。剧烈的枪声在室内显得异常刺耳，两个小孩被吓蒙了，停止了哭喊。走廊上的保镖们吓得一个趔趄，拥堵在门口。

事情得到了完美的处理。

第十一章

实验室的记忆

应付完闯入者，陆辛才低头看向地上的肖远。仿佛是被枪声惊到了，本来在拼命挣扎的肖远变得一动不动了。

“被打断了？”陆辛有点失望。

但他突然看到，肖远的后背上生长出一只惨白的手，一把抓住了他的小腿。与此同时，他感觉自己的意识在急速下坠，周围的世界开始颠倒、变形，好像一块巨大的屏幕一样不停地闪烁着。

随着场景的不断变换，他一时感觉自己还在这个酒店套间里，一时感觉自己到了另外一个世界，就像一个快要入睡的人，一时觉得自己进入了梦境，一时又觉得自己的意识还是清醒的。

是造梦系精神能力者在影响他吗？陆辛的脸色很平静，不慌不忙地思考着这个问题。他先是观察了一下周围，确定没有别的足够强大的污染源或精神能力者在影响自己，然后他才确定，问题就出在从肖远体内伸出的这只手上。

这只手是那个造梦系精神能力者留在肖远体内的力量？它是感受到了肖远正处于完成梦境暗示的关键时候，却被外力阻止，因此自动出现，想将他也扯入梦中吗？想明白这里面可能的逻辑之后，他俯下身，打算一把抓住那只手。虽然他不像妹妹一样擅长撕裂东西，但应该可以对付它。

“嗡！”

就在此时，那只手忽然消失不见了，周围的闪烁也消失了，陆辛感觉自己一下子回到了现实世界。他仍然在酒店套间里，肖远倒在地上，女秘书则抱着腿痛哭不已。保镖们这时候已经反应过来，急忙从衣服后面拿出一把把冲锋枪，向陆辛扫射过来。

"砰砰砰——"一连串子弹飞到了陆辛面前。此时的陆辛有机会躲避，甚至可以拿着枪还击，但他却没有动，任由子弹打到自己身上。子弹穿身而过，射出了无数的血洞，激起了难以想象的剧痛。陆辛感觉自己的生命力正随着鲜血飞快地流失，身体甚至没有站立的力气了。

就在他快要摔倒时，他微微低下头看向自己的身体。他认真地看了看，发现自己身上并没有弹孔，疼痛感也忽然消失了。

原来他正在做梦。当他去抓那只苍白的手时，它忽然消失了，但不是真的消失，而是在那一刻，它终于将他扯入了梦境——一个基于现实环境的梦境。这样的梦境该怎么打破？

这个念头刚闪过脑海，陆辛就看到脚下的肖远狰狞地扭曲起来，下一秒，他的整个身体诡异地翻了过来。

肖远整张脸的肌肉都在抖动，眼睛里露出森然的光芒，直勾勾地看着陆辛。然后，他张开长满獠牙的大口，狠狠咬在了陆辛的腿上。这个举动让陆辛产生了一丝给他一枪的冲动。好在陆辛没有，他只是皱着眉头，看着咬住自己小腿不放的肖远，不说话，也不笑。

仿佛是被陆辛看尴尬了，肖远慢慢松了口，又变成了趴在地上的姿势。

这就是造梦系强制入梦的能力吗？陆辛默默地想着。他没有急着动，因为他知道，面对造梦系精神能力者，轻举妄动更容易陷入被动。对付造梦系精神能力者的第一原则就是不能轻信自己看到的一切，如果他轻易相信了，造梦系精神能力者就会乘虚而入。

陆辛深吸了一口气，开始静静地观察。乍一看去，他感觉周围很真实，但仔细去分辨，却发现到处都是朦朦胧胧的光影。这种不真实的光影只有他集中精力认真去看的时候才会发现，不然的话，他一点也无法察觉。而越是集中精力，他的意识便越清醒。

恶补了一晚上的陆辛自然知道，造梦系精神能力者的核心能力是在一个人沉睡的时候，悄无声息地潜入他的梦境。在这种情况下，睡眠者完全无法察觉自己在做梦。由这种核心能力延伸出的"强制入梦"则是在一个人清醒的时候，强行把他拉入自己制造的梦境。"强制入梦"的具体效果要看被拉入者的意志，意志弱的仍然无法分辨梦境的真伪；意志强的则有可能保留几分清醒的意识，快速发现破绽并醒来。

如今的陆辛就是后者，他虽然被强制拉入了梦境，但一直保留着清醒的意识，并且快速发现了梦境的不真实。到了这时候，眼前这个梦境就很难继续困着他了。

朦胧的光影开始褪去，梦境即将被打破。就在这时，陆辛听到了一个若有似无的笑声，头脑顿时有些晕眩。这笑声似乎能产生某种影响。循着笑声，陆辛看到旁边的墙壁上慢慢伸出来一只惨白的手，然后是一个披头散发的脑袋，最后是穿着白色长裙的身子。这个像鬼一样的家伙低着头，头发散落下来，看不见脸，只能听到它发出的带着回音的笑声。

这是什么鬼东西？！陆辛心里一惊，想到了把自己拉入梦的那只手。很明显，那只手就是它的。它是那个造梦系精神能力者遗留的精神力量化作的具象？那么，是否打死了它，就算是消灭了这股力量？

陆辛一边想着，一边将一枚黑色的子弹塞进左轮手枪的转轮里。这正是他为了对付这个造梦系精神能力者而专门申请的特殊子弹。

扣上转轮，陆辛慢慢抬起了枪。

“呵呵呵……”就在这时，更多的笑声响了起来。陆辛看到，墙壁上又伸出了一只惨白的手，然后又从里面走出一道白色人影。它与之前那道白色人影一模一样，披头散发，穿着白裙。紧接着，电视机里，天花板上，卫生间里，甚至是床头上，一道又一道白色人影冒了出来，像一朵朵蘑菇一样。它们塞满了整个房间，同时发出笑声。混乱的笑声交织在一起，从四面八方冲击着陆辛的脑海。

特殊子弹有限，陆辛根本不知道该打哪一道人影。它们的笑声一直持续着，不停施加着影响，陆辛听着听着，脑海中忽然闪现出一幕幕不知是真还是假的画面。这些画面闪烁不定，充斥着他的整个大脑。它们有的像一扇窗，有的像一盏灯，有的像一条长长的、看不见尽头的走廊。这些信息碎片不停地在他的脑海里翻腾，模糊了他的视野。

潜意识入梦？陆辛想到了之前看的资料。潜意识入梦是比较厉害的造梦系精神能力者才会的把戏，不过它仍然属于强制入梦的范畴。它是通过刺激目标的潜意识，让目标自己营造出一个梦境来。这样的梦境里往往藏着目标最久远的记忆、最深的秘密，因此最难以打破，也最容易让目标崩溃。据说，在陆辛之前，特清部检测一个精神能力者能否被招募，就是让造梦系精神能力者用这种方式直接查看他的潜意识，摸清他的失控风险。

“这里是……”当那些似乎并不属于自己的画面出现在脑海深处时，陆辛有些迷茫。此时，他的个人意志还很强，还有挣脱的机会。但是，那些画面莫名地吸引了他。看到那些画面，他的心跳瞬间加快，甚至莫名有些激动，心里涌出一种隐秘的渴望。因此，他非但没有抗拒这些画面的出现，反而下意识想要去追逐它们。

在这种情况下，那个造梦系精神能力者留下的那股力量感觉到了一种异样的顺畅。本来潜意识入梦是很难做到的，因为突破目标的潜意识时，目标会下意识反抗。但如今，它却发现陆辛异常配合，居然以一种不可思议的速度成功构建了梦境。

“嗡——”在陆辛的视野之中，那些画面变得越来越真实，也越来越大。一块块碎片飞速拼接起来，最后，当所有碎片全部归位时，陆辛的大脑一阵晕眩，眼前一阵模糊，他不得不闭上了眼睛。

下一秒，陆辛像从噩梦中惊醒一样猛地睁开了眼睛。然后他就看到，他正站在一条走廊上。这条走廊两米多高、一米多宽，显得有些逼仄。照亮走廊的光线白花花的，光源隐藏在天花板里。周围的地面上散落着各种各样的手术器材，还有一些不认识的奇怪的仪器。墙壁上贴着白色的瓷砖，没有一点花纹。整条走廊有种异样的苍白感。

“叮叮——叮叮——”走廊深处传来了清脆的金属敲击声。

“吱吱吱……”那是模糊的电击声。

“哧哧哧……”那好像是锋利的刀刃切开皮肉的声音。

还有遥远的有气无力的呻吟声，以及若有似无的惨叫声。

“这是哪里？”陆辛的心脏猛地收缩了一下。他说不清自己现在的感受。他感觉这个地方很熟悉，可又完全想不起来什么时候来过。唯一能确定的是，他此时的心情五味杂陈。因为借用“妈妈的视野”而带来的冷静一下子消失得干干净净，他的心里生出了已经很久没有出现的惶恐情绪。这种情绪让他觉得好压抑，忍不住想要深深地吸气、呼气，保持镇定。

他抬头看去，只见这条走廊的尽头，距离他七八米远的地方，有一扇浅绿色的木门。门虚掩着，通过门上狭窄的窗口，他看到门的后面好像是一片宽阔的实验区域。

陆辛的心里忽然生出了极大的好奇。他不知从哪里来的冲动与渴望，特别想搞清楚这个梦境里都有什么。于是他抬起有些沉重的脚，慢慢向前走去。

但是，他刚刚迈出一步，便感觉有一股力量在阻止他。

“啪啪啪……”他的耳边响起了一连串清脆的声音，那是有人在不停打响指，施加某种暗示。与此同时，这个梦境开始颤抖，出现一道道裂痕。

陆辛猛地转过头，看到了那道白色人影。它站在他身后，脑袋猛地扬了起来，披散的头发之下是一张惊恐而困惑的脸。然后它极力向后退去，好像要不顾一切地离开这个梦境。

白色人影没想到陆辛的潜意识会制造出这样一个地方。按理说，这时候正是它向陆辛发动攻击的大好时机，可是它下意识感觉到了害怕。它极力想要逃出去，于是，这个梦境开始变得不稳定。毕竟，这个梦境是借助它的力量与陆辛的潜意识制造出来的。

就在这个梦境即将崩溃的刹那，白色人影突然被一只大手一把抓住了！

陆辛与那道白色人影距离很远，但他一伸手就死死地揪住了它。他根本不管它的挣扎，用力将它扯到了自己身前。他从来没有像此时一般用力抓住过什么。

那道白色人影被他抓住，浑身都散发出了恐惧的气息。

“既然来了，就陪我多待一会儿吧。”陆辛温柔而坚定地对手里的人影说道。

抓住它之后，这个梦境重新变得稳定。陆辛现在不想管自己手里抓着的是什么东西，确保它无法逃走后，他就继续向前走去。

白色人影在陆辛手里不停地颤抖、扭曲着，它从来没有像现在这样恐惧过，也从没见过这样荒诞的一幕。虽然它只是一股残留的精神力量，但它也记得，以前的所有入梦者想的都是拼命离开梦境，回到现实世界，那是生存的本能。唯独这一次，居然是它想要离开，而入梦者却坚持要留下。最关键的是，这个入梦者的意志太强大了，它完全不是他的对手。它在自己营造的梦境里被压制了，或者说，被绑架了。

陆辛没有时间理会这个临时同伴的想法，他急于去探索这个梦境。不知是因为这里是梦境，还是别的原因，周围的空气里好像有无数扭曲的力量，让他的视野变得模糊不定。一股股冷风不停地从走廊深处扑过来，在他的身边旋转，就像有许多看不见的东西正围绕着他似的。

这条走廊并不宽，周围的空间也不大，但陆辛却明显能感觉到，在他看不见的地方，正有无数只眼睛死死地盯着他。它们不是对他抱有敌意，而是恐惧。陆辛能够察觉到，那些目光的主人正在瑟瑟发抖，恐慌到了极点，却又不敢逃走，只能发出一声声他听不见的哀号。

与那些东西相应和的则是被陆辛抓在手里的“它”。被那些目光盯着，它好像感觉到了难以形容的恐惧，或者说是折磨。它的身体就像被无数光源环绕着一样，不停地扭曲、分解，然后恢复原状。每变化一次，它似乎都会小一点。

陆辛慢慢地走着，感觉到了这条走廊的空旷。随着他的接近，那些杂乱的声音诡异地消失了，但又在不经意的时候突兀地响起。走到走廊尽头，他慢慢地推开那扇虚掩的门。门后的灯闪了两下，他听到了电流的嗡嗡声。

刚推开门，陆辛就看到地上有个黑乎乎的东西。他心里微微一惊，仔细看去，发现那是一个身体扭曲的男人。他的身体扭曲成了一个古怪的形状，长长的白大褂上大片大片地覆盖着一种黑色的物质。他的脸已经看不出原本的样子了，从张大的嘴巴还能感受到他临死前的恐惧。

陆辛看了他一会儿，在他的白大褂上看到了一个胸牌，没有完全被黑色物质覆盖的胸牌上依稀能分辨出“红月”“项目”“研究”等字样。陆辛没有试图去捡起胸牌，他微微抬头，看到前方是一排房间，看起来既像监狱，又像病房。这些房间的门都开着，房门在风的吹拂下，无力地开合着。有些房间的门口倒着金属架子，周围凌乱地散布着药片。另有一些房间门口溅满了血迹，门上有指甲的抓痕。

陆辛感受到了些许迷茫，不知道该怎么消化眼睛看到的画面。他努力看过去，就看到更远的地方还有三扇门，它们是紧紧关闭着的。他心里那种激动——或者说是紧张——的情绪更强烈了。他大步向前走去，能够感受到自己的双腿正忍不住发抖。他走到第一扇关着的门前，然后，他把脸贴在门的小窗口上，强压着内心汹涌的情绪，仔细向里面看去。

房间里黑洞洞的，他借着走廊里的灯光，看到里面有很多器械，以及一张手术床。在这个房间的角落里，似乎还有一些被撕碎的毛绒玩具，东一块西一块地躺在地上。

异样的情绪就像火焰，在拼命燃烧着。

陆辛感觉到，自己手里的人影已经恐惧到了极点，它在拼命挣扎，撒泼打滚，想要赶紧逃离。但他用尽全力握住了它，逼着它让这个梦境保持稳定。

然后他踮起脚，继续看向这扇紧闭的门后面的世界，下意识在寻找着什么。

他觉得，这个房间里一定有东西。

突然，陆辛用脸贴着的窗口出现了一双眼睛。那是一双倒着的、满是眼白的眼睛。

异样的熟悉感和悲伤一下子涌进了他的脑海，淹没了他的意识。

他的手里忽然一空。与此同时，他的脑袋开始剧痛，周围的环境开始一寸寸地崩溃。他强行抓住的那道人影已经彻底消失了，他正在回到现实世界。

营造这样的梦境对于那道白色人影而言似乎消耗特别大，而它又被陆辛强行抓住，无法退出，结果就是，陆辛借用它的力量，强行在这个梦境里停留了二十来秒。这二十来秒都是靠消耗它维持的，终于，当陆辛看到那双眼睛时，它被消耗光了。

陆辛耳边开始传来孩童的啼哭声、女人的叫喊声，以及喋喋不休的劝告声。他眨了眨眼睛，发现自己已经回到了现实世界。他下意识抬起手去看手表，发现其实才过去了三秒时间。

三秒前，他向女秘书开了一枪，然后被那只惨白的手抓住了。三秒后，女秘书跌坐在地上大叫着，几乎要疼昏过去了；两个小孩愣了愣，哭得更大声了。

房门外，保镖们躲在门的两侧，轮流大喊着：

“请你控制自己！”

“在高墙城里开枪是犯法的！”

“警卫厅的人已经赶来了，你还有回头的机会！”

“不要激动……”

一切并没有脱离自己的掌控，但陆辛忽然感觉异常失落。过了好一会儿，他才颓然地坐在了椅子上。虽然他刚才经历的只是一个梦境，而且持续时间特别短，但梦里的那种感觉却始终笼罩着他。

又呆坐了好一会儿，他的理智才渐渐回笼，感觉自己的眼睛有些异样。

他下意识伸手摸了一下眼角，发现手指上沾了一点晶莹的液体。

原来，他哭了。

未完，待续！

《从红月开始3》战斗升级！